The
TIPPING POINT

का हिन्दी अनुवाद

छोटे बदलावों से पाएं *बड़े* परिणाम

मैल्कम ग्लैडवेल

अनुवाद : नितिन माथुर

MANJUL
मंजुल पब्लिशिंग हाउस

MANJUL
मंजुल पब्लिशिंग हाउस
कॉरपोरेट एवं संपादकीय कार्यालय
•द्वितीय तल, उषा प्रीत कॉम्प्लेक्स, 42 मालवीय नगर, भोपाल-462 003
विक्रय एवं विपणन कार्यालय
•सी-16, सेक्टर 3, नोएडा, उत्तर प्रदेश, 201301
वेबसाइट : www.manjulindia.com
वितरण केन्द्र
अहमदाबाद, बेंगलुरू, कोच्चि, कोलकाता, चेन्नई,
हैदराबाद, मुम्बई, नई दिल्ली, पुणे

मैल्कम ग्लैडवेल द्वारा लिखित मूल अंग्रेजी पुस्तक
द टिपिंग पॉइन्ट : हाउ लिटिल थिंग्ज़ केन मेक अ बिग डिफ्रेंस का हिन्दी अनुवाद

The Tipping Point: How Little Things Can Make a Big Difference
by Malcolm Gladwell– Hindi Edition

यह हिन्दी संस्करण 2020 में पहली बार प्रकाशित
द्वितीय आवृत्ति 2026

ISBN 978-93-89647-86-0

अनुवाद : नितिन माथुर

मुद्रण व जिल्दसाज़ी : मणिपाल टेक्नोलॉजीज़ लिमिटेड, मणिपाल

इस पुस्तक का केंद्र बिंदु उस जादुई मालूम होती प्रक्रिया का विश्लेषण करने का प्रयास है जिससे कुछ उत्पाद, विचार और व्यवहार दहलीज़ को पार कर गए या "टिप" पर पहुंचे और चल निकले - तथा इसके विपरीत बहुत-से अन्य विफल रहे। ज़्यादा से ज़्यादा लोगों की इसमें दिलचस्पी होनी चाहिए - क्योंकि हम सभी के पास ऐसे उत्पाद, संदेश या उद्देश्य होते हैं, जिन्हें हम आगे बढ़ता देखना चाहते हैं। यहां उन्हें जीवंत बनाने वाले ऐसे आसान और विविध भांति के उदाहरण दिए गए हैं जिसने जल्द ही मैल्कम ग्लैडवेल को एक तरह का पत्रकारीय सितारा बना दिया... *द टिपिंग पॉइंट* वैसी ही अहम भूमिका में है, जैसी जानकार व्यक्ति आकर्षक विचारों, जानकारियों और ट्रेंड्स को फैलाने में निभाते हैं। यह ज्ञान मिलना भी प्रसन्नता की बात है कि पुरुष और स्त्री अपने दम पर भी बदलाव ला सकते हैं।' —*संडे टेलीग्राफ़*

'सही मायनों में दिलचस्प... *द टिपिंग पॉइंट* एक व्यापक शोध और बारीक तर्क विश्लेषण है कि किस तरह कोई विचार, ट्रेंड, अथवा सामाजिक व्यवहार जनता के बीच फैलता है, विशेष रूप से उन मामलों में जहां इसका प्रसार जंगल की आग की तरह हुआ। सामाजिक व्यवहार संक्रामक रोग की महामारी की तरह फैलते हैं। ग्लैडवेल का काम उन कारकों की पहचान करना है, जिसने इन्हें 'टिपिंग पॉइंट' पर पहुंचाया, जब यह महामारी दहलीज़ पार कर गई, या थोड़ा महत्त्वपूर्ण हो गई, और जिसका विस्तार लगभग-संवर्धन पर अति सक्रिय होने वाला हो। वह तरीक़ा जिसमें सामग्री आश्चर्यचकित करने वाले आंकड़ों से बनाई जाए-बिखेरी जाए, उपाख्यान और मानवीय रंगों में वर्णित की जाए, इसे बिना असार या विनीत बनाए चुस्त-दुरुस्त ढंग से पढ़ने योग्य बनाता है। यह हर उस व्यक्ति के लिए एक शक्तिशाली और व्यवहारिक साधन है जिसके पास गति देने के लिए कोई विचार या प्रोत्साहन के लिए अभियान मौजूद हो।'
—*स्कॉटलैंड ऑन संडे*

'*द टिपिंग पॉइंट* उन दुर्लभ पुस्तकों में से है जो आपका, हर चीज़ से संबंधित सोचने का तरीक़ा बदल सकती है। यह स्पष्ट स्पष्टीकरणों और वास्तविक-जगत के विविध (और अक्सर मज़ेदार) उदाहरणों का मिश्रण है। यह पुस्तक बताती है कि लोग जैसा व्यवहार करते हैं, उनके वैसा करने का क्या कारण है।'
—जेफ़्री टूबिन, *अ वास्ट कॉन्सपिरेसी* के लेखक

‘दुनिया बदलना चाहते हैं? कैसे करना है, *द टिपिंग पॉइंट* से जानें। ग्लैडवेल के पास सामाजिक महामारियों की इंजीनियरिंग के “नियम” हैं... ग्लैडवेल की इंजीनियरिंग शैली ने अपनी शानदार केस स्टडीज़ और उपाख्यानों के अंतर्बोध से सामाजिक संक्रमण अनुसंधान में जान डाल दी है। इसने इसे दिमाग़ के लिए शानदार स्रोत बना दिया है... *द टिपिंग पॉइंट* में ऐसी चीज़ें हैं जो आपके व आपके साथ हफ़्तों तक रात्रि भोज करने वालों के मनोरंजन के लिए पर्याप्त हैं... इसमें हम वो बातें जान सकते हैं जिनके द्वारा हम अक्सर संचालित होते हैं। ग्लैडवेल हमें अपनी स्वतंत्रता की दिशा में एक क़दम आगे बढ़ा दिया है।’
—न्यू साइंटिस्ट

‘*द टिपिंग पॉइंट,* पहले ही अमेरिका में अपने शब्दों और ज़बानी ताक़त के दावों को प्रमाणित कर चुकी है। मैंने यह पुस्तक सिएटल से ख़रीदी। फिर मैं सैन फ़्रांसिस्को में समुद्र किनारे सप्ताहांत बिताने चला गया, जहां मेरे भाई ने मुझसे यह पुस्तक मांगी ली और अगले दिन की सुबह तक इसे पढ़ता रहा। लॉस एंजिलिस में, मेरे मेज़बान ने यह पुस्तक लगातार हर रात पढ़ते हुए बिताई और बाद में इस पर चर्चा भी की। पासाडेना में, जब मैंने इसकी एक और कॉपी ख़रीदने का प्रयास किया, तो पुस्तक विक्रेता ने कहा कि माफ़ कीजिए, अंतिम दो प्रतियां बची थीं, जिन्हें मैंने अपने दोस्तों के लिए ख़रीद लिया है।’
—डेली टेलीग्राफ़

‘एक दिलचस्प पुस्तक जो आपको दुनिया को अलग तरह से देखना सिखाती है।’ *—फ़ॉर्च्यून*

‘परिष्कृत और आशापूर्ण, *द टिपिंग पॉइंट* उसी विचार जैसी है, जिस पर बात करती है : संक्षिप्त, शिष्ट, लेकिन सामाजिक ताक़त से परिपूर्ण।’
—जॉर्ज स्टेफ़नोपोलस

मेरे माता-पिता

जॉइस और ग्राहम ग्लैडवेल को समर्पित

अनुक्रम

परिचय

हश पपीज़, अमेरिका के ब्रश से साफ़ होने वाले हल्के चपटे तले वाले क्लासिक जूतों के लिए टिपिंग पॉइंट का दौर 1994 के अंत और 1995 की शुरुआत के बीच कहीं आया। ब्रांड की बिक्री उस समय लगभग अवसान पर थी। बिक्री घटकर 30,000 जोड़ी प्रति वर्ष पर आ गई थी, जो मुख्यतः दूर-दराज की दुकानों तथा छोटे-शहरों के पारिवारिक स्टोर्स में हो रही थी। हश पपीज़ की निर्माण कंपनी वोल्वेरिन उस जूते को बंद करने पर विचार कर रही थी, जिससे वह प्रसिद्ध हुई थी। तभी कुछ अजीब हुआ। एक फ़ैशन शूट के दौरान, दो हश पपीज़ कर्मचारी - ओवन बैक्सटर और जेफ़्री लेविस की मुलाक़ात न्यू यॉर्क के एक स्टाइलिस्ट से हुई जिसने उन्हें बताया कि अभी हाल ही में हश पपीज़ डाउनटाउन मैनहट्टन के क्लबों और बार में अचानक फ़ैशन में आ गए हैं। बैक्सटर याद करते हैं, "हमें बताया गया कि सोहो के गांवों में पुराने जूतों की दुकानें हैं जहां ये बिक रहे हैं। जिन छोटे-से मा ऐंड पा स्टोर्स में यह मौजूद हैं, लोग वहां जाकर इन्हें ख़रीद रहे हैं।" बैक्सटर और लेविस पहले तो थोड़ा चकराए। वे यह समझ नहीं पा रहे थे कि जो जूते साफ तौर पर चलन से बाहर हो गए थे वे फिर से अपने पांव जमा रहे हैं। लेविस कहते हैं, "हमें बताया गया कि इसहाक मिज़राही ने खुद ये जूते पहने हुए थे। मुझे लगता है कि यह बताना उचित होगा कि तब हमें पता भी नहीं था कि इसहाक मिज़राही कौन हैं।"

1995 का अंत आने तक, हालात तेज़ी से बदलने लगे। सबसे पहले डिज़ाइनर जॉन बार्टलैट का फ़ोन आया। वह हश पपीज़ को अपने स्प्रिंग कलेक्शन में इस्तेमाल करना चाहते थे। इसके बाद मैनहट्टन की एक और

डिज़ाइनर, अन्ना सुई का फ़ोन आया, वो भी अपने शो के लिए ये जूते चाहती थीं। लॉस एंजिलिस में डिज़ाइनर जोएल फ़िट्सजेराल्ड ने अपने हॉलीवुड स्टोर की छत पर पच्चीस फुट ऊंचा हश पपीज़ का ब्रांड चिह्न बैसेट हाउंड लगाया और साथ वाली ख़ाली पड़ी आर्ट गैलरी को हश पपीज़ बुटीक में बदल दिया। जब पेंट और शेल्फ़ लगाने का काम चल ही रहा था, तभी अदाकार पी-वी हर्मन वहां आए और कुछ जोड़ी जूतों का ऑर्डर दिया। फ़िट्सजेराल्ड याद करते हैं, "यह सब बस ज़बानी प्रचार से हो रहा था।"

सन् 1995 में कंपनी ने क्लासिक हश पपीज़ के 4,30,000 जोड़े बेचे, और अगले साल ये उससे भी चार गुना हो गए, और उसके अगले वर्ष इससे भी अधिक, और ऐसा तब तक जारी रहा जब तक हश पपीज़ एक बार फिर युवा अमेरिकी पुरुषों के पहनावे में प्रमुख नहीं हो गए। सन् 1996 में, हश पपीज़ को लिंकन सेंटर में आयोजित काउंसिल ऑफ़ फ़ैशन डिज़ाइनर्स अवार्ड डिनर के दौरान बेस्ट एक्सेसरी का अवार्ड मिला। केल्विन क्लेन और डोना कैरन के साथ मंच साझा कर पुरस्कार लेते हुए फ़र्म के अध्यक्ष यह स्वीकार करने वाले पहले व्यक्ति बने कि इस उपलब्धि से उनकी कंपनी का कोई सरोकार नहीं है। हश पपीज़ के दिन अचानक फिर गए, और इसकी शुरुआत हुए मात्र ईस्ट विलेज और सोहो के कुछ बच्चों से हुई।

यह कैसे हुआ? वह शुरुआती बच्चे, वे जो कोई भी थे, उन्होंने जानबूझकर हश पपीज़ का प्रचार नहीं किया था। वे इसे केवल इसलिए पहन रहे थे, क्योंकि कोई और इन्हें नहीं पहनता था। इसके बाद, किसी और चीज़ को बेचने में इनका उपयोग करने वाले दो फ़ैशन डिज़ाइनरों के फैलाए उन्माद ने इसे -उच्च फ़ैशन- बना दिया। ये जूते अचानक ही मशहूर हो गए। किसी ने भी हश पपीज़ को ट्रेंड बनाने का प्रयास नहीं किया था। फिर भी, किसी तरह, ठीक यही हो गया। जूते प्रसिद्धि के एक ख़ास पायदान पर पहुंचकर चरम को छू गए। तीस-डॉलर जोड़ी के इन जूतों ने दो ही सालों में कुछ मुट्ठीभर डाउनटाउन मैनहट्टन हिपस्टर्स और डिज़ाइनरों से अमेरिका के हर मॉल में अपनी जगह कैसे बना ली?

1.

अभी कुछ ही समय पहले तक, ऐसा भी वक़्त था, जब न्यू यॉर्क शहर के अत्यधिक ग़रीब पड़ोसी इलाक़े ब्राउंसविल और ईस्ट न्यू यॉर्क की सड़कें, सांझ ढलते ही भूतिया कस्बों में बदल जाती थीं। आम कामकाजी लोग फुटपाथों पर नहीं टहलते थे। बच्चे सड़कों पर अपनी साइकिलें नहीं चलाते थे। बूढ़े लोग अपने छोटे बरामदों या पार्कों की बेंचों पर नहीं बैठते थे। ब्रुकलिन के इस हिस्से में, नशीली दवाओं का कारोबार क़ाबू से बाहर और गैंग्स के बीच की लड़ाई इतनी आम थी कि लोग सांझ ढलते ही अपने मकानों में दुबक जाते। 1980 और 1990 के दशक की शुरुआत में ब्राउंसविल में कार्य कर चुके पुलिसवाले बताते हैं कि उन वर्षों में, सूरज डूबने के साथ ही उनके रेडियो पर बीट अफ़सरों और उनके डिस्पैचरों के बीच हरसंभव प्रकार की हिंसा और ख़तरनाक अपराधों पर बातचीत की बाढ़ आ जाती। सन् 1992 में, न्यू यॉर्क शहर में 2,154 हत्याएं और 6,26,182 गंभीर अपराध हुए। और ब्राउंसविल और ईस्ट न्यू यॉर्क जैसे स्थानों पर ऐसे अपराधों की संख्या सबसे अधिक थी। लेकिन फिर एक रहस्यमय और गंभीर बिंदु पर कुछ अजीब घटा। अपराध दर में गिरावट आने लगी। यह चरम छू चुकी थी। अगले पांच सालों में, हत्याएं 770 से गिरकर 64.3 फ़ीसदी रह गईं और कुल अपराध 3,55,893 तक गिरकर लगभग आधे हो गए। ब्राउंसविल और ईस्ट न्यू यॉर्क, के फुटपाथ फिर से भरने लगे, साइकिलें वापस आ गईं, और बूढ़े लोग पुनः अपने छोटे बरामदों में बैठे दिखाई देने लगे। ब्राउंसविल इलाक़े में पुलिस की कमान संभाल चुके इंस्पेक्टर एडवर्ड मेसाड्री बताते हैं, "एक समय था यहां लगातार गोलाबारी की आवाज़ें सुनाई देना उतना ही आम था, जितना वियतनाम के जंगलों में था। लेकिन अब यहां गोली की आवाज़ नहीं सुनाई देती।"

न्यू यॉर्क पुलिस आपको बताएगी कि न्यू यॉर्क में ऐसा होने के पीछे शहर की पुलिस रणनीति में प्रभावशाली सुधार होना है। अपराध-विज्ञानी इसे नशीली दवाओं के कारोबार में कमी और आबादी में बड़ी उम्र के लोग अधिक होना कारण बताएंगे। वहीं, अर्थशास्त्री कहेंगे कि यह 1990 के दशक में शहर की अर्थव्यवस्था में हुए क्रमिक सुधार से हुआ, जिसमें उन लोगों को रोज़गार मिले जो वरना शायद अपराधी बन जाते। ये सामाजिक समस्याओं

के उत्थान और पतन की पारंपरिक व्याख्याएं हैं, लेकिन अंत में इनमें से कोई भी बयान उससे ज़्यादा संतोषजनक नहीं है जो ईस्ट विलेज के हश पपीज़ के पुनः प्रचलन में आने मिलता है। नशीली दवाओं के कारोबार, आबादी और अर्थव्यवस्था में बदलाव, ये सभी लंबे-समय से जारी ट्रेंड थे, जो देशभर में हो रहे थे। इससे यह साफ नहीं होता कि इस कारण देशभर में अन्य शहरों के मुक़ाबले न्यू यॉर्क में ही अपराध घटने का क्या कारण था, साथ ही इससे यह खुलासा भी नहीं होता कि ऐसा असाधारण रूप से इतने कम समय में क्यों हो गया। जहां तक पुलिस के किए सुधारों की बात है, तो वे भी महत्त्वपूर्ण हैं। लेकिन पुलिस में हुए बदलावों और ब्राउंसविल एवं ईस्ट न्यू यॉर्क जैसे स्थानों पर जिस आकार में बदलाव हुए उनके स्तर के बीच भ्रमित कर देने वाला अंतर है। आख़िरकार, न्यू यॉर्क में अपराध हालात के क्रमिक रूप से सुधरने के साथ ही धीरे-धीरे कम नहीं हुए। ये अचानक ही घट गए। मुट्ठीभर आर्थिक और सामाजिक सूचकांकों में बदलाव से पांच सालों के भीतर हत्याओं की दर में दो-तिहाई गिरावट किस कारण आई?

2.

द टिपिंग पॉइंट एक विचार की जीवनी है, और यह विचार बेहद साधारण है। यह फ़ैशन ट्रेंड के उभरने, अपराध की लहर के चढ़ने और उतरने तथा साथ ही एक अज्ञात पुस्तक के बेस्टसेलर में तबदील होने, या किशोरों में धूम्रपान की प्रवृत्ति या ज़बानी प्रचार के बढ़ने, या रोज़ाना के जीवन में होने वाले ऐसे रहस्यमय बदलाव जिससे इन्हें महामारी मान लिया जाए, को समझने का सबसे बेहतर तरीक़ा है। विचार, उत्पाद, संदेश और व्यवहार बिलकुल वायरस की तरह फैलते हैं।

हश पपीज़ का उत्थान और न्यू यॉर्क की अपराध दर में गिरावट महामारी के सक्रिय होने का साफ उदाहरण है। हालांकि, इनके बीच कोई समानता दिखाई नहीं देती। फिर भी इनमें समान रूप से एक बुनियादी और आधारभूत पैटर्न है। सबसे पहले तो ये संक्रामक व्यवहार का स्पष्ट उदाहरण हैं। ऐसा नहीं था कि किसी ने विज्ञापन निकालकर लोगों को बताया कि पारंपरिक हश पपीज़ बहुत उम्दा हैं और उन्हें इसे पहनना शुरू कर देना

चाहिए। वे बच्चे बस इन जूतों को पहनकर क्लबों और कैफ़े में जाते या डाउनटाउन न्यू यॉर्क की सड़कों पर टहलते, और इस तरह अन्य लोगों में अपने फ़ैशन रुझान के बारे में बताते। उन्होंने उन्हें हश पपीज़ "वायरस" से संक्रमित कर दिया।

न्यू यॉर्क में अपराध निश्चित ही इसी तरह कम हुए हैं। ऐसा नहीं है कि भावी-हत्यारों ने बड़ी संख्या में एकत्रित होकर सन् 1993 में अचानक ही आपस में मिलकर आगे से कोई अपराध नहीं करने का फ़ैसला कर लिया। ना ही ऐसा था कि पुलिस ने जादुई ढंग से बड़े पैमाने पर उन हालात में दख़ल दिया जो अन्यथा घातक साबित होते। ऐसा क्या हुआ कि कुछ ही लोगों ने कुछ हालात में, जिन पर पुलिस या नई सामाजिक ताक़तों का प्रभाव था, बहुत अलग तरह व्यवहार करने लगे, और यह व्यवहार वैसे ही हालात वाले अन्य संभावित अपराधियों के बीच भी फैल गया। इस तरह न्यू यॉर्क में थोड़े ही समय में बड़े पैमाने पर लोग इस अपराध-विरोधी वायरस से "संक्रमित" हो गए।

इन दो उदाहरणों की दूसरी विशिष्ट विशेषता यह है कि दोनों ही मामलों में छोटे बदलावों के बड़े प्रभाव हुए हैं। न्यू यॉर्क में अपराध दर घटने के कारणों में सीमांत बदलाव भी हैं, और ये वृद्धिशील बदलाव थे। नशीली दवाओं का कारोबार मंदा पड़ गया। वृद्धों की संख्या बढ़ गई। पुलिस बल थोड़ा बेहतर हो गया। फिर भी यह प्रभाव नाटकीय है। ऐसा ही हश पपीज़ के साथ भी साथ है। हमने डाउनटाउन मैनहट्टन के जिन बच्चों के ये जूते पहनने की बात की है वे कितने होंगे? बीस? पचास? या ज़्यादा से ज़्यादा सौ? फिर भी ऐसा लगता है कि उन्होंने अकेले दम पर एक अंतर्राष्ट्रीय फ़ैशन ट्रेंड को शुरू कर दिया।

अंत में, ये दोनों ही बदलाव शीघ्र हुए। ये धीमे या स्थिर नहीं थे। ऐसा नहीं है कि न्यू यॉर्क शहर की अपराध दर के चार्ट को देखकर कहा जा सके कि 1960 के मध्य से 1990 के अंत तक ऐसा हुआ। यह एक विशाल धनुषाकार संरचना जैसा है। सन् 1965 में, शहर में 2,00,000 अपराध हुए और तभी से इनमें इज़ाफ़ा हुआ, जो दो सालों के भीतर दोगुने हो गए और ऐसा लगातार चलता रहा, जो 1970 के दशक का मध्य आने तक यह संख्या 6,50,000 हो गई। अगले दो दशक तक ये आंकड़े इसी स्तर पर स्थिर रहे, तत्पश्चात सन् 1992 में यह उतनी ही तेज़ी से नीचे आए जितनी तेज़ी से

तीस वर्ष पहले बढ़े थे। अपराध अचानक नहीं घटते। ये धीरे-धीरे कम होते हैं। एक निश्चित बिंदु तक पहुंचकर वहीं रुक जाते हैं।

ये तीन विशेषताएं, पहली-संक्रामकता, दूसरा छोटे कारणों से बड़े प्रभाव होने का तथ्य, और तीसरा, बदलाव धीरे-धीरे नहीं बल्कि एक नाटकीय क्षण में हो जाते हैं - यही तीनों सिद्धांत हैं जो बताते हैं कि कैसे चेचक ग्रेड-स्कूल कक्षा में फैलती है, या फ़्लू हर सर्दियों में हमला करता है। इन तीनों में से तीसरी विशेषता कि -महामारी एक नाटकीय क्षण में उभरती और समाप्त होती है- सबसे महत्त्वपूर्ण है। क्योंकि यही सिद्धांत पहले दो को मायने देता है और यह महान अंतर्बोध देता है कि आधुनिक बदलाव जिस तरह हुए हैं वैसे क्यों हुए है। किसी महामारी में वह नाटकीय क्षण जब सबकुछ एकदम से बदल जाता है, इसे ही टिपिंग पॉइंट नाम दिया गया है।

3.

महामारी के नियमों का पालन करने वाली दुनिया उस दुनिया से बहुत अलग है, जिसमें हम सोचते हैं कि हम फिलहाल रह रहे हैं। ज़रा, संक्रामकता के विचार पर क्षणभर विचार करें। अगर मैं आपको वह शब्द बोलूं, तो आप सर्दी लगने और फ़्लू या शायद किसी एच.आई.वी. या इबोला जैसी ख़तरनाक चीज़ के बारे में सोचने लगेंगे। हमने अपने दिमाग़ में संक्रामक के लिए एक विशिष्ट जैविक धारणा बना रखी है। लेकिन अगर अपराध की महामारी या फ़ैशन की महामारी होती है, तो निश्चित ही ऐसी और भी बहुत-सी चीज़ें होंगी जो वायरस जैसी संक्रामक हैं। जैसे कि, क्या आपने जम्हाई के बारे में सोचा है? जम्हाई लेना आश्चर्यजनक रूप से एक शक्तिशाली क्रिया है। पिछले दो वाक्यों में जम्हाई शब्द पढ़ने, और इस वाक्य में दो बार पुनः जम्हाई शब्द आने से काफ़ी संभावना है कि आने वाले कुछ मिनटों में आप भी जम्हाई लें। बल्कि यह लिखते हुए, मैं भी दो बार जम्हाई ले चुका हूं। अगर आप इसे किसी सार्वजनिक स्थान पर पढ़ रहे हैं, और आपको अचानक जम्हाई आ जाए, तो बहुत संभव है कि आपको जम्हाई लेता देखने वाले ज़्यादातर लोग खुद भी जम्हाई लेने लगें और यह जम्हाई का चक्र लगातार ऐसे ही बढ़ता जाएगा।

जम्हाई अत्यधिक संक्रामक है। मैंने सिर्फ़ "जम्हाई" शब्द लिखकर ही आप में से कुछ लोगों को जम्हाई दिला दी होगी। इस बीच, आपको जम्हाई लेता देख जिन लोगों ने जम्हाई ली होगी, वो आपको जम्हाई भरता देखकर संक्रमित हुए हैं - जो एक अन्य क़िस्म का संक्रमण है। वे संभवतः तब भी जम्हाई लेते जब उन्होंने आपको केवल जम्हाई लेते सुना भर हो, क्योंकि जम्हाई कानों से सुनना संक्रमण भी है। यदि आप नेत्रहीनों के बीच जम्हाई का ऑडियो-टेप चला दें, तो वे भी जम्हाई लेने लगेंगे। और अंत में, इसे पढ़ते हुए अगर आपने भी जम्हाई ली हो, कि क्या आपको यह विचार आया - भले ही अनजाने में या क्षणभर को, कि शायद आप थके हुए हैं? मुझे यक़ीन है कि आप में से कुछ के साथ ऐसा हुआ होगा, जिसका मतलब हुआ कि जम्हाई भावनात्मक रूप से भी संक्रामक हो सकती है। मैं बस एक शब्द लिखकर आपके मन में एक अनुभूति का बीज बो सकता हूं। क्या फ़्लू वायरस भी यही करता है? दूसरे शब्दों में, संक्रामकता हर चीज़ की अनपेक्षित संपत्ति है, और अगर हम महामारी के बदलावों को पहचानना और इनका निदान करना चाहते हैं, तो हमें यह याद रखना होगा।

महामारी का दूसरा नियम है - कि छोटे बदलावों से भी बड़े प्रभाव संभव हैं, जो वस्तुतः अत्यधिक अतिवादी धारणा है। हम, बतौर मनुष्य, कारण और प्रभाव के बीच मोटा अनुमान लगाने के लिए काफ़ी सामाजिक हैं। अगर हम किसी सबल भावना को व्यक्त करना चाहते हैं, अगर हम किसी को, मान लीजिए हमें उससे प्यार है, को जताना चाहते हैं, तो हमें लगता है कि हमें यह बात पूरी भावना और स्पष्टता के साथ बोलनी चाहिए। अगर हमें किसी को बुरी ख़बर देनी हो, तो हम अपनी आवाज़ को धीमा कर देते हैं और शब्दों का चयन बहुत सावधानी से करते हैं। हमें यही सोचना सिखाया गया है कि किसी रूपांतर या रिश्ते या व्यवस्था का सीधा संबंध, उससे प्राप्त होने वाली गंभीरता और आयाम से है। जैसे कि, निम्न पहेली देखिए। मैं आपको बड़ा-सा काग़ज़ का टुकड़ा देता हूं, और इसे एक बार मोड़ने को कहता हूं। और इस मुड़े हुए काग़ज़ को बार-बार मोड़ने के लिए कहूं। तब तक, जब तक आप उस काग़ज़ को 50 बार नहीं मोड़ लें। आपके ख़याल से आख़िरी में यह ढेर कितना बड़ा होगा? इस सवाल का जवाब देने के लिए ज़्यादातर लोगों ने मन ही मन काग़ज़ मोड़ना शुरू भी कर दिया होगा, और अनुमान लगाएंगे कि यह ढेर एक मोटी टेलीफ़ोन डायरेक्ट्री या यदि अधिक

साहसी होंगे, तो कहेंगे कि एक लंबे फ्रिज जितना होगा। जबकि इसका सही जवाब है कि इस ढेर की ऊंचाई लगभग सूर्य की दूरी जितनी होगी। और यदि आपने इसे एक और बार मोड़ा, तो इसकी ऊंचाई सूर्य तक जाने और वापस आने जितनी होगी। यह गणित में गुणोत्तर श्रेणी (जियोमैट्रिक प्रोग्रेशन) का उदाहरण है। महामारी भी इसी गुणोत्तर श्रेणी का एक और उदाहरण है : जहां वायरस लोगों के माध्यम से फैलने पर दोगुना और फिर उसका भी दोगुना हो जाता है, और यह (लाक्षणिक रूप से) तब तक जारी रहता है जब तक यह पचास चरणों में सूर्य तक नहीं पहुंच जाता। बतौर मनुष्य हमारे लिए इस तरह की प्रगति कठिन है, क्योंकि इसका अंतिम परिणाम, मुख्य प्रभाव, कारण के अनुपात में कहीं बड़ा होगा। महामारी की शक्ति को स्वीकार कर के लिए, हमें अनुपातीकरण की उस उम्मीद को छोड़ना होगा। हमें अपने आपको इस संभावना के लिए तैयार करना होगा कि कई बार छोटी घटनाओं के बाद बड़े बदलाव होते हैं, वहीं कई बार ये बदलाव बहुत तेज़ी से हो सकते हैं।

यह अचानक बदलाव की संभावना ही टिपिंग पॉइंट का मूल विचार है और इसे स्वीकार करना शायद सबके लिए आसान नहीं होगा। यह शब्द सबसे पहले 1970 के दशक में अमेरिकी नॉर्थईस्ट के पुराने शहरों से उपनगरों में प्रवासन करने वाले श्वेतों को परिभाषित करने में उपयोग के लिए प्रसिद्ध हुआ। जब आसपास के विशिष्ट इलाक़ों में आने वाले अफ़्रीकी अमेरिकियों की संख्या एक ख़ास बिंदु-मान लीजिए 20 फ़ीसदी, पर पहुंच गई - तब समाजविज्ञानियों ने देखा कि वह समुदाय, "चरम" पर था : तथा शेष श्वेतों में से अधिकांश जल्दी ही वहां से चले गए। टिपिंग पॉइंट अधिकतम दबाव, शुरुआत और चरम बिंदु का क्षण है। 1990 के दशक की शुरुआत में न्यू यॉर्क में हिंसक अपराध टिपिंग पॉइंट पर थे, और हश पपीज़ के पुनर्भाव का टिपिंग पॉइंट जैसा ही किसी भी नई तकनीक के आरंभ का टिपिंग पॉइंट होता है। शार्प ने कम-क़ीमत पर पहली फ़ैक्स मशीन सन् 1984 में पेश की, और पहले ही साल में अमेरिका में लगभग 80,000 मशीनें बेच दीं। अगले तीन साल, व्यापार में स्थिर और धीमी गति से फ़ैक्स अपनी जगह बनाने लगे, और 1987 आने तक इतने लोगों के पास फ़ैक्स थे कि हर किसी को फ़ैक्स का होना ज़रूरी लगने लगा। उन्नीस सौ सत्तासी का साल फ़ैक्स मशीन के लिए टिपिंग पॉइंट था। उस साल एक मिलियन

मशीनें बिकीं, और 1989 आते-आते दो मिलियन नई मशीनें काम कर रही थीं। सेल्युलर फ़ोन भी इसे रास्ते पर चले। 1990 के दशक के बाद से यह लगातार छोटे और सस्ते होते जा रहे हैं, और सन् 1998 तक इनकी सेवाएं तब और बेहतर हो गईं जब तकनीक अपने टिपिंग पॉइंट पर पहुंची और अचानक हर किसी के पास सेलफ़ोन था।

हर महामारी का टिपिंग पॉइंट होता है। इलिनॉय विश्वविद्यालय के समाज विज्ञानी जोनाथन क्रेन ने पेशेवरों, प्रबंधकों, शिक्षकों के जनगणना ब्यूरो द्वारा "उच्च स्तरीय" बताए जाने वाले समुदाय के मॉडल (आदर्श व्यक्तियों) के उन्हीं के पड़ोस के किशोरों के जीवन पर पड़ने वाले प्रभाव की खोज की। उन्होंने पाया कि वहां आसपास के इलाक़ों में गर्भधारण दर या स्कूल छोड़ने वालों की दर में 40 फ़ीसदी और उच्च स्तरीय कर्मचारियों में 5 फ़ीसदी की गिरावट आई। लेकिन जैसे ही पेशेवरों का प्रतिशत 5 फ़ीसदी से कम हुआ, समस्याएं होने लगीं। जैसे कि, उच्च-स्तरीय पेशेवरों के प्रतिशत में मात्र 2.2 फ़ीसदी की गिरावट आने के साथ ही, अश्वेत स्कूली बच्चों की स्कूल-छोड़ने की दर दोगुनी हो गई। इसी टिपिंग पॉइंट पर, किशोरियों में गर्भधारण की दर -जिसमें तब तक बहुत मामूली बढ़ोतरी हुई थी- लगभग दोगुनी हो गई। हमने इसके, आस-पड़ोस में और सामाजिक समस्याओं की गिरावट में किसी तरह की स्थिर प्रगति का अनुमान लगाया। लेकिन कई बार उनमें यह गिरावट कतई स्थिर नहीं होती थी। टिपिंग पॉइंट पर, स्कूलों का अपने छात्रों पर से नियंत्रण समाप्त हो सकता है, और पारिवारिक जीवन फ़ौरन खंड-खंड हो सकता है।

मुझे बचपन में अपने पालतू पिल्ले का बर्फ़ देखना (पहली बार) याद आता है। पहले तो वो चौंका, फिर आनंदित और प्रभावित हुआ और बेसब्री से अपनी दुम हिलाने लगा। उसने इस अजीब, मुलायम वस्तु को सूंघा और उसकी रहस्यमयता पर विलाप किया। उसकी पहली बर्फ़बारी की सुबह पिछली शाम के जितनी ठंडी नहीं थी। पिछली शाम यह शायद 34 डिग्री, और अब 31 डिग्री था।

दूसरे शब्दों में, कुछ नहीं बदला था, और सबसे आश्चर्यजनक था कि, सबकुछ बदल गया था। बारिश ने एक बिलकुल अलग रूप ले लिया था। बर्फ़ का! जिसकी हम क्रमिकतावादियों ने समय के साथ ही उम्मीद कर ली

है। लेकिन टिपिंग पॉइंट की दुनिया ऐसा स्थान है जहां जिसकी उम्मीद नहीं होती वो हो जाता है, जहां तात्विक बदलाव संभावनाओं से अधिक होते हैं। यह हमारी सभी उम्मीदों के विपरीत - निश्चितता है।

विलक्षण विचारों के क्रम में मैं आपको बाल्टीमोर लिए चलता हूं, जहां हम शहर की सिफ़लिस महामारी से सीख लेंगे। मैं यहां तीन दिलचस्प क़िस्म मेवन, कनेक्टर और सेल्समैन के बारे में बताऊंगा जो हमारे स्वाद, ट्रेंड और फ़ैशन को शासित करने वाली ज़बानी महामारियों को फैलाने में अहम भूमिका निभाते हैं। मैं आपको बच्चों के शो *सीसमी स्ट्रीट* और *ब्लूज़ क्लूज़* के सेट और ऐसे व्यक्ति की दिलचस्प दुनिया में ले जाऊंगा जिसने कोलंबिया रिकॉर्ड क्लब को इसके निर्माण में मदद की कि संदेशों को किस तरह गढ़ा जाए जिससे श्रोताओं पर सबसे अधिक संभावित प्रभाव पड़ सके। मैं आपको डेलावेयर की हाई-टेक कंपनी में ले जाऊंगा, जहां मैं आपसे उस टिपिंग पॉइंट पर बात करूंगा जो एक संगठन के जीवन को शासित करता है और किस तरह न्यू यॉर्क के सब-वे में भी कि किस तरह वहां अपराध महामारी का अंत हुआ था। इन सबका उद्देश्य मात्र उन दो आसान सवालों का जवाब देना है जो इन सबका केंद्र हैं कि हम सब बतौर शिक्षक, माता-पिता, विक्रेता, व्यापारी और नीति-नियामक क्या हासिल करना चाहते हैं। ऐसा क्यों है कि कुछ विचार, या व्यवहार या उत्पाद तो महामारी बन सके लेकिन बाक़ी नहीं? और हम ऐसा क्या करें कि अपनी खुद की सकारात्मक महामारी को उद्देश्यपूर्वक आरंभ और नियंत्रित कर सकें?

(1)

महामारी के तीन नियम

बाल्टीमोर शहर पर 1990 के दशक के मध्य में, सिफ़लिस की महामारी का हमला हुआ। सन् 1995 से 1996 के बीच के दो वर्षों में इस बीमारी के साथ जन्म लेने वाले बच्चों की संख्या में 500 फ़ीसदी बढ़ गई। बाल्टीमोर की सिफ़लिस दर का ग्राफ़ देखने पर आप पाएंगे कि इसमें यह रेखा कई वर्षों तक सीधी चलती रही है, और जैसे ही 1995 आया, यह लगभग समकोण में ऊपर उठ गई।

बाल्टीमोर में सिफ़लिस की समस्या चरम पर किस कारण पहुंची? सेंटर्स फ़ॉर डिज़ीज़ कंट्रोल (सी.डी.सी.) के अनुसार इस समस्या का कारण कोकीन का अवैध व्यापार था। इस अवैध व्यापार से जोख़िमपूर्ण कामुक व्यवहार में प्रभावशाली वृद्धि हुई, जो एच.आई.वी. और सिफ़लिस जैसी चीज़ों के फैलने का कारण बना। इससे लोग कोकीन ख़रीदने के लिए बड़ी संख्या में ग़रीब इलाक़ों में आने लगे। जिससे यह संभावना भी बढ़ गई कि वे अपने साथ इस पड़ोसी इलाक़े में संक्रमण का मूल भी ले आए। इससे आस-पड़ोस के बीच के सामाजिक संपर्कों के पैटर्न में बदलाव हुआ। सी.डी.सी. के अनुसार, कोकीन का व्यापार ही वह छोटा-सा धक्का था जो सिफ़लिस की समस्या को प्रचंड महामारी बनने के लिए चाहिए था।

बाल्टीमोर के जॉन हॉकिंस विश्वविद्यालय में यौन रोग विशेषज्ञ, जॉन ज़ेनिलमैन के पास एक और कारण है : शहर के सबसे ग़रीब इलाक़ों में चिकित्सकीय सेवाओं की कमी होना। ज़ेनिलमैन कहते हैं, "सन् 1990-91

में, शहर के यौन रोग क्लिनिकों में छत्तीस हज़ार मरीज़ आए थे। इसके बाद शहर प्रशासन, बजट की समस्या के कारण धीरे-धीरे हाथ खींचने लगा। क्लिनिकों में काम करने वाले कर्मचारियों (चिकित्सा कर्मियों) की संख्या सत्रह से दस हो गई। वहीं चिकित्सकों की संख्या तीन से वस्तुतः शून्य हो गई। इलाज करवाने वालों की संख्या गिरकर इक्कीस हज़ार रह गई। इसके अलावा फ़ील्ड में काम करने वाले कर्मचारियों की संख्या में भी ऐसी ही गिरावट आई। कंप्यूटर अपग्रेड जैसे आवश्यक कार्यों में खूब राजनीति हुई, और ये नहीं हुए। यह शहर की नौकरशाही के काम ना करने की सबसे बुरी स्थिति थी। उनके पास दवाएं समाप्त हो चुकी थीं।"

जब बाल्टीमोर शहर के आंतरिक शहर में सालभर में 36,000 मरीज़ एस.टी.डी. क्लिनिकों में आ रहे थे, तो दूसरे शब्दों में रोग पर लगाम लगाई गई थी। ज़ेनिलमैन के अनुसार, प्रतिवर्ष 36,000 से 21,000 के बीच मरीज़ों का आना, रोग का प्रचंड होना था। यह अंदरूनी शहर से बाहर, आस-पड़ोस से जुड़ी सड़कों और हाईवे के माध्यम से, बाक़ी शहर में भी फैलने लगा। अचानक ही, पहले जिन लोगों को संक्रमण के एक हफ़्ते में उपचार मिल जाता था, अब वो उपचार मिलने के पूर्व दो या तीन या चार हफ़्तों तक दूसरों को संक्रमित करते रहते। उपचार में आई बाधा ने सिफ़लिस को उससे कहीं अधिक बड़ी बीमारी बना दिया जो वो पहले थी।

एक तीसरा सिद्धांत भी है, जो देश के अग्रणी महामारी-विज्ञानियों में से एक जॉन पोटेरैट का था। उनके लिए दोषी इन वर्षों में ईस्ट और वेस्ट बाल्टीमोर को प्रभावित करने वाले भौतिक बदलाव थे। ये बाल्टीमोर के दोनों तरफ़ बहुत अधिक आबादी वाले इलाक़े थे, जो सिफ़लिस की समस्या का केंद्र थे। वे संकेत करते हैं कि, 1990 के दशक के मध्य में बाल्टीमोर में ईस्ट और वेस्ट बाल्टीमोर में, 1960 की शैली वाली सार्वजनिक हाउसिंग हाईराइज़ इमारतों को ध्वस्त करने की अत्यधिक प्रचारित नीति को शुरू किया जा रहा था। इसमें दो सबसे प्रचारित ध्वस्तीकरण -वेस्ट बाल्टीमोर का लेक्सिंग्टन टैरेस और ईस्ट बाल्टीमोर का लाफ़ियेट कोर्ट्स- बहुत बड़े प्रोजेक्ट थे, जिसमें सैकड़ों परिवार रहते थे, जो अपराध और संक्रामक रोगों का गढ़ थे। जैसे ही लोगों ने ईस्ट और वेस्ट बाल्टीमोर के पुराने कतारबद्ध मकानों से निकलना शुरू किया, तभी से हालात बिगड़ने आरंभ हो गए।

पोटेरैट अपने ईस्ट और वेस्ट बाल्टीमोर के पहले दौरे के बाद कहते हैं, "यह बेहद चौंकाने वाला था। पंद्रह फ़ीसदी कतारबद्ध मकान ख़ाली हो चुके थे और इसके ध्वस्तीकरण की परियोजना जारी थी। यह ख़ाली करने जैसा था। इससे प्रवासन बढ़ गया। वर्षों तक सिफ़लिस बाल्टीमोर के सोशियोसेक्सुअल नेटवर्क में ख़ास हिस्से तक सीमित था। आवासीय विस्थापन प्रक्रिया के कारण ये लोग बाल्टीमोर के अन्य हिस्सों में पहुंच गए, और वे अपने सिफ़लिस व अन्य व्यवहार भी अपने साथ ही ले गए।"

इन तीनों स्पष्टीकरणों में सबसे दिलचस्प बात यह है कि इनमें से कोई भी नाटकीय नहीं है। सी.डी.सी. इस समस्या के लिए कोकीन को ज़िम्मेदार मानती है। लेकिन ऐसा नहीं है कि बाल्टीमोर में कोकीन पहली बार सन् 1995 में आई थी। वो यहां वर्षों से थी। उनका कहने का मतलब था कि मध्य-1990 दशक में कोकीन की समस्या गंभीर हो गई थी, और यह बदलाव सिफ़लिस महामारी की शुरुआत के लिए काफ़ी था। इसी तरह, ज़ेनिलमैन यह नहीं कह रहे कि बाल्टीमोर में एस.टी.डी. क्लिनिक बंद कर दिए गए। उनमें बस कटौती की गई थी, जिससे क्लिनिकों की संख्या घटकर सत्रह से दस हो गई। ना ही पोटेरैट यह कह रहे हैं कि पूरे बाल्टीमोर को ख़ाली करवा लिया गया था। वह कह रहे हैं कि मुख्य डाउनटाउन के आसपास कुछ हाउसिंग प्रोजेक्ट के ध्वस्तीकरण और घरों के ख़ाली होने ने सिफ़लिस को शीर्ष पर पहुंचा दिया। बस एक छोटा-सा बदलाव ही महामारी के संतुलन को बेतरतीब करने के लिए काफ़ी था।

दूसरी, इस स्पष्टीकरणों के बारे में शायद और ज़्यादा दिलचस्प बात यह है कि ये सभी महामारी के चरम पर पहुंचने के अत्यधिक भिन्न तरीक़ों का वर्णन कर रहे हैं। जहां सी.डी.सी. रोग के जुड़े समग्र संदर्भ पर बात कर रहा है - कि किस तरह एक नशीली दवा का आना और बढ़ना शहर के वातावरण को बदल सकता है जिससे एक बीमारी चरम पर पहुंच गई। ज़ेनिलमैन भी रोग की बात कर रहे हैं। जब क्लिनिकों की संख्या में कटौती होने से सिफ़लिस को दूसरा जीवन मिल गया। यह एक गंभीर संक्रमण बन गया। यह दीर्घकालिक संक्रमण नहीं था। यह एक बारहमासी समस्या बन गई जो कई हफ़्तों तक बनी रहती। वहीं पोटेरैट सिफ़लिस के वाहकों पर केंद्रित थे। उनका कहना था, सिफ़लिस ऐसी बीमारी है जिसके वाहक बाल्टीमोर के एक ख़ास क़िस्म के बेहद ग़रीब, संभावित नशेबाज़, यौन सक्रिय व्यक्ति

थे। अगर इस तरह के लोग अचानक अपने पुराने इलाक़ों से नए इलाक़ों या शहर के नए हिस्से में चले जाते हैं, जहां सिफ़लिस पहले कभी समस्या नहीं थी, वहां भी इस बीमारी को चरम पर पहुंचने का अवसर मिल गया।

दूसरे शब्दों में कहें तो महामारी के चरम पर पहुंचने के एक से ज़्यादा तरीक़े हैं। महामारी ऐसे लोगों की गतिविधि है जो संक्रामक एजेंट को संक्रामित करते हैं तथा वह संक्रामक एजेंट जिस परिवेश में कार्य करता है, उसमें भी संक्रामक तत्त्वों को फैलाते हैं। और जब महामारी चरम पर होती है, जब यह संतुलन से बाहर हो जाती है, तब अचानक उन एक (या दो या तीन) क्षेत्रों में अचानक कुछ होने, कुछ बदलने से चरम पर पहुंच जाती है। मैं बदलाव के इन तीन एजेंटों को अल्प का सिद्धांत, स्थिरता का घटक, और प्रसंग की शक्ति कहता हूं।

1.

जब हम कहते हैं कि ईस्ट विलेज के मुट्ठीभर बच्चों ने हश पपीज़ महामारी की शुरुआत की, या कुछ हाउसिंग परियोजनाओं के निवासियों का बिखराव बाल्टीमोर की सिफ़लिस महामारी की शुरुआत के लिए पर्याप्त था, तो वस्तुतः हम यह कह रहे हैं कि मौजूदा प्रक्रिया या व्यवस्था में कुछ लोगों का महत्त्व अन्य लोगों से अधिक है। यह स्पष्ट रूप से विशिष्ट कट्टरपंथी धारणा नहीं है। अर्थशास्त्री अक्सर 80/20 सिद्धांत पर बात करते हैं, जो यह विचार है कि किसी भी तरह के हालात में 80 फ़ीसदी "काम" 20 फ़ीसदी भागीदारों द्वारा किया जाता है। अधिकांश समाजों में, 20 फ़ीसदी अपराधी 80 फ़ीसदी अपराध करते हैं। 20 फ़ीसदी वाहन-चालक सभी दुर्घटनाओं में से 80 फ़ीसदी को अंजाम देते हैं। बीस फ़ीसदी बीयर पीने वाले कुल बीयर में से 80 फ़ीसदी पी जाते हैं। हालांकि, जब महामारी की बात हो, तो यह अनुपात-असमानता और बढ़ जाती है : बहुत कम फ़ीसदी लोग अधिकांश कार्य करते हैं।

जैसे कि, पोटेरैट ने एक बार कोलोराडो के कोलोराडो स्प्रिंग्स में सूजाक महामारी का विश्लेषण किया, जिसमें उन्होंने छह महीने के भीतर रोग के इलाज के लिए सार्वजनिक स्वास्थ्य क्लिनिक आने वाले हर व्यक्ति की जानकारी ली। उन्होंने पाया कि इलाज के लिए आए कुल मामलों में से लगभग आधे अनिवार्य रूप से चार आसपास के क्षेत्रों से थे, जो शहर के

लगभग 6 फ़ीसदी भौगोलिक क्षेत्र का प्रतिनिधित्व करता है। वस्तुतः, इन 6 फ़ीसदी में से आधे लोग मिलने-जुलने के लिए समान रूप से छह बार में जाते थे। इसके बाद पोटेरैट ने उस छोटे से उपसमूह से 768 लोगों का साक्षात्कार किया और पाया कि उनमें से 600 में से किसी से भी ना तो किसी को सूजाक हुआ था या केवल एक व्यक्ति को हुआ था। इन लोगों को वो नॉनट्रांसमीटर्स (ग़ैर-रोगाणुवाहक) कहते हैं। जो लोग इस महामारी को बढ़ाने का कारण थे - जो इससे आगे दो या तीन या चार अथवा पांच लोगों को संक्रमित कर रहे थे, वो शेष 168 लोग थे। दूसरे शब्दों में, पूरे कोलोराडो स्प्रिंग्स शहर में एक कस्बा जहां 100,000 लोग रहते हैं, वहां सूजाक की महामारी बढ़ाने में 168 लोगों को हाथ था जो आसपास के चार छोटे इलाक़ों में रहते थे और बुनियादी रूप से अक्सर छह शराबख़ानों में आया-जाया करते थे।

ये 168 लोग कौन थे? ये आपके या मेरे जैसे नहीं थे। ये वह लोग हैं, जो हर रात बाहर निकलते हैं, वे लोग जिनके आमतौर पर सामान्य से अधिक यौन साथी होते हैं, ऐसे लोग जिनका जीवन और व्यवहार सामान्य से अलग होता है। जैसे कि, 1990 के दशक के मध्य में, मिसौरी के कास्ट सेंट-लुइस के पूल हॉल और रोलर-स्केटिंग रिंक में एक व्यक्ति हुआ करता था जिसका नाम था डार्नेल "बॉसमैन" मैक्गी। वो छह फुट लंबा, आकर्षक और प्रतिभाशाली स्केटर था जो रिंक में अपने करतबों से युवतियों को अत्यधिक प्रभावित कर लेता। उसकी कमज़ोरी तेरह से चौदह साल की लड़कियां थीं। वो उन्हें गहने दिलवाता, अपनी कैडिलैक में सैर करवाता, और कोकीन का भारी नशा करवाता, और फिर उनके साथ यौन संबंध बनाता। सन् 1995 से 1997 के बीच, एक अंजान हमलावर की गोली का निशाना बनने से पहले, उसने तक़रीबन 100 महिलाओं के साथ यौन संबंध बनाए थे। बाद में पता चला कि उसने उनमें से कम से कम 30 को एच.आई.वी. से संक्रमित कर दिया था।

इन्हीं दो वर्षों में, पंद्रह सौ मील दूर, न्यू यॉर्क के बफ़ैलो में, एक अन्य व्यक्ति -जो लगभग बॉसमैन जैसा ही था- और जेम्सटाउन की तंग सड़कों पर काम करता था। उसका नाम नुशॉन विलियम्स था, हालांकि उसे "फ़ेस", "स्लाय" और "शायटीक" जैसे नामों से भी जाना जाता था। विलियम ने दर्जनों लड़कियों को अपने हथकंडे में फंसाया, उसके शहर में तीन या चार अपार्टमेंट थे, और इस दौरान वो पैसे कमाने के लिए ब्रोंक्स से नशीली

दवाओं की तस्करी करता था। (इस मामले के जानकार एक महामारी-विज्ञानी ने मुझे साफ़ तौर पर कहा कि, "वो गुणी आदमी था। अगर मैं भी विलियम जैसा कर पाता तो मुझे ज़िंदगी में फिर कभी काम नहीं करना पड़ता।") बॉसमैन की तरह विलियम भी आकर्षक था। वो अपनी महिला मित्रों को गुलाब देता, उन्हें अपने लंबे बालों से खेलने देता, और अपने अपार्टमेंट में सारी रात गांजे और माल्ट शराब के बीच व्यभिचार करता। उसकी एक महिला-मित्र याद करते हुए कहती है, "हम एक ही रात में तीन या चार बार संबंध बनाते। मैं और वो, हमेशा साथ में पार्टी किया करते थे... फ़ेस के बाद उसके दोस्त भी मुझसे यौन संबंध बनाते। एक बाहर जाता तो दूसरा अंदर आता।" विलियम फिलहाल जेल में है। माना जाता है कि उसने अपनी पिछली तक़रीबन सोलह महिला मित्रों को एड्स वायरस से संक्रमित किया। इनमें सबसे मशहूर, जिसका ज़िक्र रैंडी शिल्ट्स ने अपनी पुस्तक *ऐंड द बैंड प्लेड ऑन,* में विस्तार सहित किया है, एड्स का कथित पेशंट ज़ीरो, फ़्रेंच-कनाडियाई फ़्लाइट अटेंडेंट गेटां ड्यूगा था। उसने पूरे उत्तर अमेरिका में अपने 2,500 यौन साथी होने का दावा किया, और उसके कैलिफ़ोर्निया और न्यू यॉर्क में मिले एड्स के शुरुआती मामलों में से कम से कम 40 लोगों के साथ संबंध थे। यही वे लोग हैं जो रोग की महामारी को चरम पर पहुंचा देते हैं।

सामाजिक महामारी भी ठीक इसी तरह काम करती है। उसका परिचालन भी इसी तरह कुछ मुट्ठीभर असाधारण लोग करते हैं। इस मामले में, यह यौन भूख नहीं है जो इन्हें सबसे अलग बनाती है। ये ऐसी चीज़ें हैं जैसे, वे कितने मिलनसार हैं, और उनके साथी उन्हें कितना ऊर्जावान या ज्ञानवान या प्रभावकारी मानते हैं। हश पपीज़ के मामले में सबसे बड़ा रहस्य यही था कि आख़िर किस तरह डाउनटाउन मैनहट्टन के कुछ फ़ैशनेबल हिपस्टर्स द्वारा पहने जा रहे ये जूते देशभर की दुकानों में बिकने लगे। किस कनेक्शन ने ईस्ट विलेज और मिडल अमेरिका को जोड़ दिया? अल्प का सिद्धांत के अनुसार इसका जवाब है कि ऐसे ही किसी असाधारण व्यक्ति को यह ट्रेंड मिला और अपने सामाजिक संपर्कों और ऊर्जा तथा उत्साह एवं व्यक्तित्व द्वारा उसने हश पपीज़ की बात ज़बानी फैला दी। बिलकुल उसी तरह जैसे गेटां ड्यूगा और नुशॉन विलियम्स ने एच.आई.वी. को फैलाया था।

2.

बाल्टीमोर में, जब शहर के सार्वजनिक क्लिनिक कटौती से पीड़ित थे, तब सिफ़लिस की शहर के आसपास के ग़रीब इलाक़ों को प्रभावित करने की प्रकृति बदल गई। यह एक ख़तरनाक संक्रमण बन गया। कुछ ऐसा जिसका इलाज उससे कहीं तेज़ी से किया जा सकता था इससे पहले कि वो दूसरों को संक्रमित करे। लेकिन कटौती के कारण, सिफ़लिस बढ़ते हुए बारहमासी बीमारी बन गया। और रोग वाहकों को इस संक्रमण को दूर करने में तीन या चार अथवा पांच गुना ज़्यादा समय लगने लगा। महामारी कुछ चुनिंदा वाहकों के असाधारण प्रयासों से चरम पर पहुंचती है। लेकिन कई बार यह तब भी चरम पर पहुंच जाती है जब खुद महामारी के एजेंट का रूपांतर करने वाली कोई घटना घट जाए।

यह विषाणु विज्ञान का जाना-माना सिद्धांत है। सर्दियों में फ़्लू महामारी की शुरुआत के समय फैलने वाले फ़्लू की नस्ल इसकी समाप्ति पर फैलने वाले फ़्लू की नस्ल से काफ़ी अलग होती है। सबसे विख्यात फ़्लू महामारी -सन् 1918 की सर्वव्यापी महामारी- को पहली बार उसी वर्ष के बसंत में पहचान लिया गया था, और उस वक़्त वो काफ़ी कमज़ोर थी। लेकिन गर्मियां आने तक इस वायरस में कुछ अजीब रूपांतरण हुआ और अगले छह महीनों में इसने दुनियाभर में 20 से 40 लाख लोगों की जान ले ली। वायरस के फैलने के तरीक़े में कोई बदलाव नहीं था। लेकिन वायरस अचानक ही इतना अधिक घातक हो गया।

डच एड्स अनुसंधानकर्ता जाप गाउड्स्मिट तर्क देते हैं कि इसी तरह का नाटकीय रूपांतरण एच.आई.वी. में भी हुआ था। गाउड्स्मिट का काम उस पर केंद्रित था जिसे न्यूमोसिस्टिस कारिनी निमोनिया या पी.सी.पी. के तौर पर जाना जाता है। हमारे शरीर में जीवाणु संभवतः जन्म या इसके ठीक बाद से ही मौजूद रहते हैं। हम में से ज़्यादातर लोगों में ये हानिरहित हैं। हमारी प्रतिरक्षा प्रणाली इन्हें आसानी से नियंत्रित कर लेती है। लेकिन जब एच.आई.वी. या ऐसी ही कोई अन्य चीज़ हमारी प्रतिरक्षा प्रणाली को मिटा देती है, तब ये अनियंत्रित हो जाते हैं जो एक घातक क़िस्म के निमोनिया का कारण बनता है। पी.सी.पी. एड्स के रोगियों में बहुत आम है। बल्कि, इसे किसी भी वायरस की उपस्थिति के ख़ास संकेत के रूप में देखा जाने लगा

है। गाउड्स्मिट ने चिकित्सा साहित्य को देखा और उसमें पी.सी.पी. मामलों को तलाश किया, और उन्हें जो मिला वो काफ़ी चौंकाने वाला था। दूसरे विश्वयुद्ध के ठीक बाद में पी.सी.पी. की महामारी ने डैनज़िंग के बाल्टिक पोर्ट शहर से आरंभ होकर मध्य यूरोप तक पैर फैला लिए थे जिसमें हज़ारों छोटे बच्चों की जान गई।

गाउड्स्मिट ने पी.सी.पी. महामारी से सबसे अधिक प्रभावित शहरों में से एक डच प्रांत लिम्बर्ग के खनन कस्बे हीरलेन का विश्लेषण किया। हीरलेन में मिडवाइफ़ प्रशिक्षण अस्पताल क्विक्स्कूल वूर वूदव्रावन था। इसके एक एकल यूनिट -कथित स्वीडिश बैरक- का उपयोग 1950 के दशक में कम वज़न वाले या अपरिपक्व शिशुओं के लिए स्पेशल वॉर्ड के तौर पर होता था। जून 1955 से जुलाई 1958 के बीच इस स्वीडिश बैरक में 81 शिशुओं को पी.सी.पी. हुआ जिनमें से 24 की मौत हो गई। गाउड्स्मिट मानते थे कि यह शुरुआती एच.आई.वी. था, यह वायरस किसी तरह अस्पताल में प्रवेश कर गया, और एक बच्चे से दूसरे में फैलने लगा, जिसका कारण स्पष्ट रूप से एक ही सुई को ब्लड ट्रांसफ़्यूजन और एंटीबायोटिक इंजेक्शन में बार-बार इस्तेमाल करना रहा होगा। वे लिखते हैं :

> बहुत संभावना है कि एक वयस्क - संभवतः पोलैंड, चेकोस्लोवाकिया या इटली का खदान मज़दूर- इस वायरस को लिम्बर्ग लाया होगा। यह वयस्क बिना किसी की नज़र में आए एड्स के कारण मर गया होगा... उसने यह वायरस अपनी पत्नी और बच्चों में संक्रमित कर दिया होगा। और उसकी संक्रमित पत्नी (या महिला मित्र) ने स्वीडिश बैरक में ऐसे शिशु को जन्म दिया होगा जो एच.आई.वी. संक्रमित, लेकिन देखने में स्वस्थ था। संक्रमित सुइयों और सीरिंजों से यह वायरस एक से दूसरे बच्चे तक फैल गया होगा।

निस्संदेह, इस कहानी में एक सचमुच अजीब बात यह है कि सभी बच्चों की मौत नहीं हुई। केवल एक तिहाई की हुई। बाकियों ने जो कर दिया वो आज लगभग असंभव दिखाई देता है। उन्होंने एच.आई.वी. को मात दी, इसे अपने शरीर में शुद्ध कर दिया, और स्वस्थ जीवन जीते रहे। दूसरे शब्दों में, 1950 के दशक में एच.आई.वी. की जो क़िस्म प्रसारित हुई थी वो आज प्रसारित होने वाली एच.आई.वी. क़िस्म से काफ़ी अलग थी।

उसका हर कतरा संक्रामक था। लेकिन इतना कमज़ोर था कि अधिकांश लोग -यहां तक कि छोटे बच्चे भी- उससे लड़कर बच सकते थे। संक्षेप में कहें, तो एच.आई.वी. महामारी का चरम 1980 के दशक की शुरुआत में आया। जिसका कारण मात्र पुरुष समलैंगिकों के यौन व्यवहार में बड़ा बदलाव ही नहीं था जिससे इस वायरस को तेज़ी से फैलने में मदद मिली। इसके चरम पर पहुंचने का कारण एच.आई.वी. का खुद में बदलाव लाना था। किसी कारण से, यह वायरस अत्यंत घातक हो गया। एक बार संक्रमण हो जाने पर व्यक्ति हमेशा के लिए संक्रमित रहता है। यह स्थिर हो जाता है।

चरम पर पहुंचने में स्थिरता के महत्त्व का यह विचार हमारे सामाजिक महामारियों के प्रति व्यवहार पर भी काफ़ी हद तक लागू होता है। हम ज़्यादातर समय यही सोचते रहते हैं कि अपने संदेश को और अधिक संक्रामक कैसे बनाएं - अपने उत्पाद या विचार को अधिक से अधिक लोगों तक कैसे पहुंचाएं। लेकिन संपर्क का सबसे कठिन भाग अक्सर यही सोचना होता है कि कैसे यह संदेश एक कान में घुसकर दूसरे से बाहर नहीं निकले। स्थिरता का मतलब है कि संदेश ने अपना प्रभाव छोड़ा है। आप इसे अपने दिमाग़ से निकाल नहीं पा रहे। यह आपकी स्मृति में स्थिर हो गया है। उदाहरण के लिए, सन् 1954 के बसंत में जब विंस्टन की फ़िल्टर-टिप सिगरेट पेश हुईं, तब कंपनी ने एक नया स्लोगन निकाला, "विंस्टन का स्वाद जैसे सिगरेट का ख़ास" (विंस्टन टेस्ट्स गुड लाइक अ सिगरेट शुड)। उस वक़्त, अंग्रेज़ी शब्द "एज़" की जगह "लाइक" के अव्याकरणिक और किंचित उत्तेजक उपयोग से थोड़ी सनसनी मची। यह कुछ वैसी ही उक्ति थी जिसके बारे में लोग चर्चा करते हैं। वैंडी की मशहूर टैग लाइन, "व्हेयर इज़ द बीफ़?" की तरह। अपने सिगरेट उद्योग के इतिहास में रिचर्ड क्लुगर ने लिखा है कि, विंस्टन की मार्केटिंग करने वाले आर.जे. रेनॉल्ड्स, जो इसके विक्रेता भी थे, इस "ध्यानाकर्षण से आनंदित" थे और उन्होंने, "इस अप्रिय स्लोगन की टेलीविज़न और रेडियो के लिए चुलबुले शब्दों वाली छोटी-सी जिंगल बनवाई, और व्यंग्यपूर्वक अपने वाक्य-विन्यास को ग़लत व्याकरण की जगह बोलचाल की भाषा बताकर रक्षा की।" पेश होने के कुछ ही समय में, उस आकर्षक उक्ति की बदौलत, विंस्टन अमेरिकी सिगरेट बाज़ार में पार्लियामेंट, केंट और एल ऐंड एम को दूसरे स्थान पर और वाइसराय को पीछे छोड़ते हुए शीर्ष पर पहुंच गई। कुछ ही वर्षों में यह देश का सबसे ज़्यादा बिकने

वाला ब्रांड हो गया। आज के दिन अगर आप अधिकांश अमेरिकियों के आगे उक्ति का पहला भाग बोलें कि, "विंस्टन टेस्ट्स गुड," तो वो अंतिम भाग बता देंगे कि कि, "लाइक अ सिगरेट शुड।" यह एक आदर्श स्थिर विज्ञापन पंक्ति है, और आदत चरम पर पहुंचने का एक महत्त्वपूर्ण तत्व है। अगर आपको मेरी कही बात ही याद नहीं है तो आप अपना व्यवहार क्यों बदलेंगे, या मेरा उत्पाद क्यों ख़रीदेंगे, या मेरी फ़िल्म देखने क्यों जाएंगे?

स्थिरता का घटक कहता है कि कुछ ख़ास तरीक़ों से एक संक्रामक स्मरणीय संदेश बनाया जा सकता है : सूचनाओं को पेश करने और बनाने में कुछ तुलनात्मक रूप से साधारण बदलाव होते हैं जो उससे कितना प्रभाव पड़ेगा इसमें बड़ा बदलाव ला सकते हैं।

3.

हर बार जब भी कोई बाल्टीमोर के सार्वजनिक क्लिनिक में सिफ़लिस या सूजाक के इलाज के लिए आता, जॉन ज़ेनिलमैन उसका पता अपने कंप्यूटर में दर्ज कर लेते, क्योंकि वह मामला शहर के नक़्शे में एक छोटा काला सितारा और बढ़ा देता। यह उसी नक़्शे के चिकित्सकीय संस्करण था, जैसा पुलिस विभाग में दीवार पर लगा होता है, जिस पर पिन द्वारा आपराधिक घटनास्थल को चिह्नित किया जाता है। ज़ेनिलमैन का नक़्शा मूल डाउनटाउन के दोनों ओर बसे ईस्ट और वेस्ट बाल्टीमोर का था। जिस पर मोटे काले सितारे लगे थे। इन दोनों बिंदुओं से मामला उस केंद्रीय सड़क से होता हुआ बाहर जा रहा था, जो दोनों पड़ोसी इलाक़ों के बीच से गुज़रती थी। गर्मियों में, जब यौन संक्रमण रोगों के मामले सबसे अधिक होते, तब ईस्ट और वेस्ट बाल्टीमोर से बाहर जाती सड़क पर लगे काले सितारों की मोटाई मामले बढ़ने के साथ ही और मोटी होती जाती। रोग बढ़ रहा है। लेकिन सर्दियों के महीनों में, नक़्शा बदल जाता। मौसम ठंडा होने पर, जब ईस्ट और वेस्ट बाल्टीमोर के निवासी ज़्यादातर समय घर पर रहते, शराबख़ानों और क्लबों और सड़क के कोनों में नहीं जाते जहां यौन गतिविधियां घटती थीं, तो हर इलाक़े के सितारे ग़ायब हो जाते।

इन मामलों में मौसम का असर इतना ठोस था यह कल्पना करना कतई मुश्किल नहीं था कि बाल्टीमोर की लंबी, सख़्त सर्दियां सिफ़लिस की

महामारी को, कम से कम एक मौसम के लिए, धीमा या महत्त्वपूर्ण रूप से कम करने के लिए पर्याप्त थीं।

ज़ेनिलमैन का नक़्शा दर्शाता है कि, महामारियों पर हालात - अवस्थाओं और परिस्थितियों तथा वो ख़ास वातावरण जिसमें वे परिचालित होती थीं, का भारी प्रभाव था। यह तो ज़ाहिर ही है। हालांकि, दिलचस्प बात यह है कि, इस सिद्धांत का किस हद तक विस्तार किया जा सकता है। यह केवल मौसम जैसा सामान्य घटक ही नहीं है जो व्यवहार को प्रभावित करता हो। कोई भी छोटा और सूक्ष्म या सबसे अप्रत्याशित घटक भी हमारे कार्य करने के तरीक़े को प्रभावित कर सकता है। उदाहरण के लिए, न्यू यॉर्क शहर के इतिहास की सबसे कुख्यात घटनाओं में से एक, सन् 1964 में क्विन्स की किट्टी जेनोवेस नामक युवा महिला की चाकुओं से गोदकर हत्या करना है। हमलावर ने आधे घंटे तक जेनोवेस का पीछा किया और सड़क के बीचों-बीच उस पर तीन बार वार किया, और इस दौरान उसके अड़तीस पड़ोसी खिड़कियों से झांकते रहे थे। फिर भी, उन अड़तीस चश्मदीदों में से किसी एक ने भी पुलिस को फ़ोन नहीं किया। इस मामले ने आत्म-आरोपण का दौर शुरू कर दिया। यह शहरी जीवन के ठंडे और अमानवीय प्रभाव का प्रतीक बन गया। ऐब रोज़ेन्थल, जो बाद में *न्यू यॉर्क टाइम्स* के संपादक हुए, ने इस मामले पर एक पुस्तक में लिखा :

> कोई नहीं पूछ सकता कि उन अड़तीस लोगों ने मिस जेनोवेस पर हमला होने के दौरान फ़ोन क्यों नहीं किया, क्योंकि शायद वे खुद भी नहीं करते। हालांकि, यह माना जा सकता है कि उनकी उदासीनता निश्चित ही बड़े-शहर की विविधता है। यह बस मानसिक बचाव का मामला है, कि अगर कोई व्यक्ति लाखों लोगों से घिरा या दबाव में हो, तो निरंतर टकराव से बचने का सिर्फ़ एक ही तरीक़ा है कि आप जितना हो सके इसे नज़र अंदाज़ करें। न्यू यॉर्क शहर में अपने पड़ोसियों और उनकी समस्याओं के प्रति उदासीन होना जीवन की ऐसी सशर्त प्रतिक्रिया है जैसी कि किसी भी दूसरे बड़े शहरों में होती है।

यह इस क़िस्म की अनुकूलित व्याख्या है जिससे हमारे सहज ज्ञान युक्त भाव का निर्माण हुआ है। बड़े शहरों की गुमनामी और अकेलापन लोगों को कठोर

और संवेदनाशून्य बना रहा है। फिर भी, जेनोवेस का सत्य थोड़ा और पेचीदा और अधिक दिलचस्प साबित हुआ। न्यू यॉर्क शहर के दो मनोवैज्ञानिक - कोलंबिया विश्वविद्यालय के बिब लाताने और न्यू यॉर्क विश्वविद्यालय के जॉन डार्ले ने बाद में एक सिलसिलेवार अध्ययन करते हुए उसे समझने का प्रयास किया जिसे वे "बायस्टैंडर प्रॉब्लम" (तमाशाई समस्या) कहते हैं। वे विभिन्न हालात में अलग-अलग तरह की समस्याएं उत्पन्न करते, यह देखने के लिए कि मदद को कौन आता है। और हैरान करने वाली बात है कि उन्होंने जिस कारक को सबसे अहम पाया वो घटना के दौरान वहां कितने दर्शक मौजूद थे इससे मदद करने के व्यवहार की भविष्यवाणी करना था।

उदाहरण के लिए, एक प्रयोग में, लाताने और डार्ले ने एक कक्ष में अकेले छात्र से मिर्गी का दौरा पड़ने का अभिनय करने को कहा। पास वाले कमरे में केवल एक व्यक्ति था। उसने जैसे ही यह सुना, 85 फ़ीसदी मामलों में वो दौड़कर उस छात्र की मदद के लिए आया। लेकिन जब प्रयोग-पात्र को यह लगा कि अन्य चार लोग भी इसे सुन रहे हैं, तो वे केवल 31 फ़ीसदी बार मदद करने आए। एक अन्य प्रयोग में, जब लोगों ने दरवाज़े के नीचे से धुआं निकलता देखा तो 75 फ़ीसदी ने खुद इसे देखते ही इसकी रिपोर्ट की। लेकिन जब देखने वालों की संख्या अधिक थी, तब केवल 38 फ़ीसदी ने ऐसा किया। दूसरे शब्दों में, जब लोग समूह में होते हैं तो उनकी प्रतिक्रिया देने का दायित्व बिखर जाता है। वे मान लेते हैं कि किसी और ने फ़ोन कर दिया होगा, या वे यह मान लेते हैं कि जब दूसरे कमरे से घुटी-सी आवाज़ आने या दरवाज़े के नीचे से धुआं निकलने के आसन्न संकट पर कोई और कुछ नहीं कर रहा है, तो वस्तुतः यह कोई समस्या नहीं है। तब, किट्टी जेनोवेस के मामले में, लाताने और डार्ले जैसे मनोवैज्ञानिकों का तर्क था कि अड़तीस लोगों ने उसे चीख़ते सुना था। वहीं यदि सुनसान सड़क पर केवल एक चश्मदीद के सामने उस पर हमला होता, तो शायद वो बच सकती थी।

दूसरे शब्दों में, लोगों का व्यवहार बदलने, उनके अपने पड़ोसी की परेशानी में मदद करने की कुंजी बहुधा मौजूदा हालात के छोटे विवरणों में निहित है। प्रसंग की शक्ति कहती है कि मनुष्य अपने परिवेश के प्रति उससे कहीं ज़्यादा संवेदनशील होता है जितना वो दिखाई देता है।

4.

टिपिंग पॉइंट के तीन नियम -अल्प का नियम, स्थिरता घटक, और प्रसंग की शक्ति- महामारी को समझने का तरीक़ा बताते हैं। वे हमें वह निर्देश देते हैं जिनसे टिपिंग पॉइंट तक पहुंचा जा सकता है। पुस्तक का आगामी भाग इन विचारों को हमारे आसपास की दुनिया की उलझी हुई परिस्थितियों और महामारियों पर लागू करके दिखाएगा। उदाहरण के लिए, ये तीन नियम किशोरों में धूम्रपान, ज़बानी प्रचार परिदृश्य, या अपराध या बेस्टसेलर होने को समझने में हमारी कैसे मदद कर सकते हैं? इसके जवाब आपको हैरान कर देंगे।

2

अल्प का सिद्धांत

कनेक्टर, प्रवीण लोग, सेल्समैन

18 अप्रैल, 1775 की दोपहर को, घोड़े किराए पर देने वाले अस्तबल में काम करने वाले एक किशोर ने कुछ सुना। एक ब्रिटिश सैन्य अधिकारी दूसरे से, "कल मज़ा चखाना है," कह रहा था। अस्तबल वाले लड़के ने फ़ौरन इस ख़बर को पॉल रिवीयर नामक सुनार के 'बोस्टन्स नॉर्थ एंड' घर तक पहुंचा दिया। रिवीयर ने इसे पूरी गंभीरता से सुना : उस दिन यह उसे मिलने वाली पहली अफ़वाह नहीं थी। इससे पहले भी अनेक बार उसने बोस्टन्स लॉन्ग वॉर्फ़ पर एकत्रित ब्रिटिश अफ़सरों के धीमी आवाज़ में बात करने की ख़बर सुनी थीं। ब्रिटिश नाविक बोस्टन हार्बर पर एच.एम.एस. *सोमरसेट* और एच.एम.एस. हॉयन के नीचे से नावों में तेज़ी से आते-जाते देखा गया है। उस सुबह, तट पर और भी बहुत-से नाविक मौजूद थे, जो अंतिम-मिनट की तैयारी के लिए दौड़ते दिखाई पड़ते थे। दोपहर होने तक रिवीयर और उनके नज़दीकी मित्र जोसफ़ वॉरेन का यक़ीन और बढ़ गया कि ब्रिटिश वो बड़ा क़दम उठाने जा रहे हैं जिसकी अफ़वाह काफ़ी पहले से सुनी जा रही थी। यानी वो बोस्टन के उत्तरपश्चिम में स्थित लेक्सिंग्टन शहर में जाकर औपनिवेशिक नेताओं जॉन हैनकॉक और सैमुअल एडम्स का गिरफ़्तार करने जा रहे हैं। और इसके बाद कॉनकोर्ड शहर जाएंगे जहां वे जमा की गईं बंदूकों और गोला-बारूद को जब्त करेंगे जिन्हें कुछ स्थानीय औपनिवेशिक नागरिक-सेनाओं ने एकत्रित कर रखा है।

इसके बाद जो हुआ वो ऐतिहासिक उपाख्यान है। एक ऐसी कहानी जो अमेरिका के हर स्कूली बच्चे को सुनाई जाती है। उस रात दस बजे, वॉरेन और रिवीयर मिले। उन्होंने फ़ैसला किया कि वे बोस्टन के आसपास के समुदायों को सचेत करेंगे कि ब्रिटिश आने वाले हैं, जिससे वहां की स्थानीय नागरिक-सेना उनका सामना कर सके। रिवीयर पूरे साहस के साथ बोस्टन हार्बर से नौका द्वारा चार्ल्सटाउन पहुंच गया। वहां वो घोड़े की पीठ पर सवार हुआ और लेक्सिंग्टन की अपनी "अर्धरात्रि यात्रा" आरंभ कर दी। दो घंटों में वो तेरह मील पहुंच गया। रास्ते में पड़ने वाले हर कस्बे -चार्ल्सटाउन, मैडफ़ोर्ड, नॉर्थ कैम्ब्रिज, मेनोटोमी- से गुज़रते हुए उसने दरवाज़े खटखटाए और स्थानीय औपनिवेशिक नेताओं को ब्रिटिशों के आने और यह बात बाक़ी सब तक पहुंचाने की बात बताता गया। गिरजाघरों की घंटियां बजने लगीं। नगाड़े बजाए जाने लगे। पॉल रिवीयर की बताई ख़बर को वायरस की तरह फैलाने के लिए सबने अपने घोड़े दौड़ा दिए, जब तक सारे इलाक़े को पता नहीं लग गया। सुबह एक बजे तक यह ख़बर लिंकन और मेसाचुसेट्स, तीन बजे तक सडबरी, बोस्टन से चालीस मील उत्तरपश्चिम स्थित एंडोवर में सुबह 5 बजे तक पहुंच गई, और सुबह नौ बजे तक सुदूर पश्चिम के वॉर्सेस्टर के निकट एश्बी तक पहुंच गई। उन्नीस तारीख़ की सुबह आख़िरकार जब ब्रिटेन ने लेक्सिंग्टन की ओर अपना मार्च आरंभ किया, तो ग्रामीण इलाक़ों में उन पर अचानक हमला हुआ, जो उनके लिए बेहद हैरानी भरा - लेकिन व्यवस्थित और भयंकर प्रतिरोध था। उस दिन के पूरे तालमेल के साथ स्थानीय नागरिक-सेना ने ब्रिटिशों का मुक़ाबला किया और उन्हें मात दी, और इसी लड़ाई के साथ वह युद्ध आरंभ हुआ जिसे अमेरिकी क्रांति के तौर पर जाना जाता है।

पॉल रिवीयर की घुड़सवारी संभवतः ज़बानी महामारी का सबसे प्रसिद्ध ऐतिहासिक उदाहरण है। एक छोटी-सी असाधारण ख़बर ने इतनी लंबी दूरी इतने कम समय में पार कर ली जिससे सारा इलाक़ा हथियार लेकर संगठित हो गया। निश्चित ही सभी ज़बानी महामारियां इतनी ही सनसनीखेज नहीं होतीं। लेकिन यह कहना सुरक्षित होगा कि ज़बानी प्रचार, आज के इस जनसंपर्क और मल्टीमिलियन-डॉलर के विज्ञापन अभियान युग में भी मानव संवाद का सबसे महत्त्वपूर्ण प्रारूप है। ज़रा क्षणभर के लिए उस अंतिम महंगे रेस्टोरेंट के बारे में सोचिए जहां आप गए थे, वो आख़िरी महंगा कपड़ा जो

आपने ख़रीदा था, और वो आख़िरी फ़िल्म जो आपने देखी थी। उन मामलों में कितनी बार आपके अपना धन ख़र्च करने के फ़ैसले पर आपके मित्र की अनुशंसा का भारी प्रभाव रहा था? ऐसे बहुत-से विज्ञापन कर्मचारी हैं जो मानते हैं कि आज मार्केटिंग प्रयासों की सर्वव्यापकता के कारण ज़बानी अपील एकमात्र मनुहार रह गया है जिसके प्रति हम सब प्रतिक्रिया देते हैं।

लेकिन इन सबके बावजूद ज़बानी प्रचार बेहद रहस्यमय है। लोग हर समय एक दूसरे को हर तरह की सूचनाएं देते रहते हैं। लेकिन ऐसा किसी-किसी मामले में ही होता है कि ऐसे संवाद ज़बानी प्रचार की शुरुआत कर सकें। मेरे पड़ोस में एक छोटा-सा रेस्टोरेंट है जो मुझे बहुत पसंद है और बीते छह माह से अपने दोस्तों को इसके बारे में बता रहा हूं। लेकिन यह अभी भी आधा ख़ाली रहता है। साफ़ है, मेरा समर्थन ज़बानी प्रचार के लिए काफ़ी नहीं है। जबकि ऐसे भी रेस्टोरेंट हैं जो मेरे पड़ोस वाले रेस्टोरेंट से ज़्यादा अच्छे नहीं है जो खुलने के कुछ ही हफ़्तों बाद ग्राहकों से भर गए। ऐसा क्यों है कि कुछ विचार और ट्रेंड और संदेश तो "चरम" पर पहुंच जाते हैं, लेकिन बाक़ी नहीं?

पॉल रिवीयर की यात्रा वाले मामले में, इसका जवाब आसान लगता है। रिवीयर के पास एक सनसनीखेज ख़बर थी : ब्रिटिश आ रहे हैं। लेकिन अगर आप उस शाम की घटनाओं पर ग़ौर करें तो इस स्पष्टीकरण से भी उलझन सुलझाती नहीं है। जब रिवीयर ने बोस्टन के उत्तर और पश्चिम की अपनी यात्रा आरंभ की, तो उसका साथी क्रांतिकारी विलियम डावेस इसी अतिआवश्यक दूतकर्म पर निकला था। वो लेक्सिंग्टन तक बोस्टन के पश्चिमी कस्बों की तरफ़ गया था। उसके पास भी वही संदेश था, और उसने भी उतने ही कस्बों और उतने ही मील का सफ़र तय किया जितना पॉल रिवीयर ने किया था। लेकिन डावेस की यात्रा ग्रामीण क्षेत्रों को प्रेरित नहीं कर सकी। स्थानीय नागरिक-सेना के प्रमुख सावधान नहीं थे। बल्कि, वो एक जिस प्रमुख कस्बे -वॉल्टहैम- से गुज़रा था अगले दिन इस तरह लड़ाई की कि कुछ उत्तरवर्ती इतिहासकारों ने निष्कर्ष निकाला कि वो पूरी तरह से ब्रिटिश-समर्थक समुदाय था। जबकि ऐसा था नहीं। वॉल्टहैम के लोगों को जब तक ब्रिटिशों के आने की ख़बर मिली तब तक बहुत देर हो चुकी थी। अगर यह ख़बर के मामले में सिर्फ़ ज़बानी महामारी की बात होती तो डावेस भी उतना ही प्रसिद्ध होता जितना पॉल रिवीयर है। लेकिन वो

नहीं है। तो ऐसा क्यों हुआ कि रिवीयर तो सफल रहे लेकिन डावेस विफल हो गए।

इसका जवाब यह है कि किसी भी तरह की सामाजिक महामारी की सफलता काफ़ी हद तक उसमें शामिल लोगों के ख़ास और दुर्लभ क़िस्म के सामाजिक उपहारों पर निर्भर होती है। रिवीयर की ख़बर चरम पर पहुंची लेकिन डावेस की नहीं इसका कारण इन दोनों व्यक्तियों के बीच का अंतर है। यह अल्प का सिद्धांत है, जिसे मैंने पिछले अध्याय में संक्षेप में बताया था। लेकिन यहां मैंने केवल उन्हीं लोगों के उदाहरण दिए थे जो महामारियों और यौन संक्रमित रोगों के प्रति समीक्षात्मक हैं। यह अध्याय ऐसे लोगों के बारे में है जो सामाजिक महामारी को लेकर समीक्षात्मक हैं और वह चीज़ जो पॉल रिवीयर को विलियम डावेस जैसों को अलग बनाती है। ऐसे लोग हमारे चारों ओर हैं। हालांकि हम उन्हें उनकी उस भूमिका के लिए समुचित सम्मान नहीं दे पाते जो वे हमारे जीवन में निभाते हैं। मैं उन्हें कनेक्टर, प्रवीण लोग और सेल्समैन कहता हूं।

1.

1960 के दशक के अंत में मनोवैज्ञानिक स्टेनली मिलग्राम ने इस सवाल का जवाब तलाशने के लिए प्रयोग किया जिसे छोटी-दुनिया की समस्या कहते हैं। समस्या थी कि : मनुष्य एक दूसरे के साथ किस तरह जुड़े हुए हैं? क्या हम सब अलग दुनियाओं से आते हैं, जो साथ मिलकर लेकिन स्वतंत्र रूप से कार्य करते हैं, और क्या दुनिया में कहीं पर भी मौजूद दो लोगों के बीच का संपर्क अल्प और सुदूर होता है? या क्या हम सब एक विशाल और आपस में जुड़े जाल में एकसाथ बंधे हैं? एक मायने में, मिलग्राम बिलकुल वही सवाल पूछ रहे हैं जिससे इस अध्याय की शुरुआत हुई। अर्थात्, आख़िर किस तरह एक विचार या ट्रेंड की छोटी-सी ख़बर कि ब्रिटिश आ रहे हैं! पूरी जनता के बीच फैल सकी?

मिलग्राम का विचार था कि इस सवाल की जांच करने के लिए सिलसिलेवार पत्र भेजे जाएं। उन्होंने नेब्रास्का, ओमाहा में रहने वाले 160 लोगों के नाम हासिल किए, और उन सबको एक पैकेट डाक से भेजा। उस पैकेट में एक स्टॉक ब्रोकर का नाम था जो बोस्टन में काम करता और

शैरॉन, मेसाचुसेट्स में रहता था। हर व्यक्ति को निर्देश दिया गया था कि वह उस पैकेट पर अपना नाम लिखे और उसे अपने किसी ऐसे दोस्त या साथी को भेज दे जो उसके अनुसार पैकेट को स्टॉक ब्रोकर तक पहुंचा सकता हो। उदाहरण के लिए, अगर आप ओमाहा में रहते हैं और आपका एक परिचित बोस्टन के बाहर रहता है, तो आप इसे उसको यह मानते हुए भेज सकते हैं कि यदि आपका परिचित खुद उस स्टॉक ब्रोकर को नहीं भी जानता होगा तो भी वह दो या तीन या चार चरणों में इसे उस स्टॉक ब्रोकर तक पहुंचा सकता है। विचार यह था कि जब पैकेट अंततः स्टॉक ब्रोकर के घर पहुंच जाएगा, तब मिलग्राम उन सब लोगों के नाम तलाशेंगे जिनके हाथों से होता हुआ यह यहां तक पहुंचा है, और यह देखेंगे कि देश के एक हिस्से से चुना कोई भी व्यक्ति किसी दूसरे हिस्से के व्यक्ति से कितनी निकटता से जुड़ा होता है। मिलग्राम ने पाया कि अधिकांश पत्र स्टॉक ब्रोकर तक पांच से छह चरणों में पहुंच गए। इसी प्रयोग से हमें सिक्स डिग्रीज़ ऑफ़ सैपरेशन (विलगाव के छह पायदान) का विचार प्राप्त हुआ।

अब यह उक्ति इतनी अधिक सुपरिचित है कि इसे आसानी से भुलाया जा सकता है कि मिलग्राम की यह खोज कितनी हैरान कर देने वाली थी। हम में से अधिकांश लोगों के विविध समूहों वाले मित्र नहीं होते। एक सुविख्यात अध्ययन के दौरान मनोवैज्ञानिकों के समूह ने उत्तरी मैनहट्टन के डायक्मैन पब्लिक हाउसिंग प्रोजेक्ट में रहने वाले लोगों से सवाल किया कि वे उसी परियोजना में अपने सबसे नज़दीकी मित्र का नाम बताएं। उनके 88 फ़ीसदी दोस्त उन्हीं की बिल्डिंग में, और उनमें से आधे उन्हीं के फ़्लोर पर रहते थे। आमतौर पर लोग समान आयु और नस्ल के लोगों को दोस्ती के लिए चुनते हैं। लेकिन जब दोस्त आपके ही गलियारे के दूसरे छोर पर रहता हो तब उम्र और नस्ल का ज़्यादा महत्त्व नहीं होता। निकटता समानता पर हावी हो जाती है। एक और अध्ययन में, जो यूटा विश्वविद्यालय के छात्रों पर किया गया था, पाया गया कि जब किसी से पूछा कि उसने किसी दूसरे व्यक्ति के साथ दोस्ती क्यों की है, तो उसने जवाब दिया, क्योंकि उसकी तथा दूसरे व्यक्ति का दृष्टिकोण एक जैसा है। लेकिन अगर आप वास्तव में उन दोनों से उनके दृष्टिकोण को लेकर सवाल करें तो आपको ज्ञात होगा कि वास्तव में वे दोनों एक जैसी गतिविधियों से जुड़े हुए हैं। हम जिस तरह समान स्वभाव वालों को दोस्त बनाते हैं, उसी तरह उन लोगों को भी दोस्त बनाते

हैं जिनके साथ मिलकर हम कुछ कर सकें। दूसरे शब्दों में हम दोस्तों की तलाश नहीं करते। हम उन लोगों के साथ जुड़ जाते हैं जिनके पास वैसा ही छोटा, भौतिक स्थान हो जैसा हमारा है। बतौर नियम, ओमाहा के लोग उन लोगों से दोस्ती नहीं करेंगे जो उनसे आधा देश दूर शैरॉन, मेसाचुसेट्स में रहते हों। मिलग्राम ने एक वक़्त लिखा था, "एक बार जब मैंने अपने एक बुद्धिमान दोस्त से पूछा कि उसके अनुसार इस कार्य में कितने चरण होंगे, तो उसका अनुमान था कि नेब्रास्का से शैरॉन पहुंचने के बीच 100 या उससे भी अधिक लोग लग जाएंगे। बहुत-से लोगों का शायद यही अनुमान होगा। और उन्हें यह जानकर हैरानी होगी औसतन केवल पांच बिचौलिये ही काफ़ी थे। यह किसी भी तरह अंतर्ज्ञान के अनुरूप नहीं रहा।" पैकेट केवल पांच चरणों में शैरॉन कैसे पहुंचा?

इसका जवाब, सिक्स डिग्रीज़ ऑफ़ सैपरेशन में है, जिसमें सभी पायदान एक बराबर नहीं हैं। जब मिलग्राम ने इस प्रयोग का विश्लेषण किया, तो पाया कि ओमाहा से शैरॉन तक की बहुत-सी कड़ियों ने एक जैसे विषम पैटर्न का पालन किया है। स्टॉक ब्रोकर के घर शैरॉन में चौबीस पत्र पहुंचे, इनमें से सोलह उन्हें एक ही व्यक्ति से मिले जो कपड़े का व्यापारी था, जिसे मिलग्राम श्री जैकब्स पुकारते हैं। शेष पत्र स्टॉक ब्रोकर के ऑफ़िस पहुंचे थे, जिनमें से अधिकांश दो अन्य लोगों द्वारा पहुंचे जिन्हें मिलग्राम श्री ब्राउन और श्री जोन्स कहकर पुकारते हैं। कुल मिलाकर, स्टॉक ब्रोकर तक पहुंचने वाली प्रतिक्रियाओं में से आधी उस तक इन्हीं तीन लोगों द्वारा पहुंची थीं।

ज़रा सोचिए। दर्जनों लोग ने इतने बड़े मिडवेस्टर्न शहर से व्यक्तिगत रूप से पत्र पहुंचाने के लिए इन्हीं को चुना। कुछ लोग तो कॉलेज के साथियों के माध्यम से पहुंचाए थे। कुछ ने अपने पत्र रिश्तेदारों को भेजे थे। कुछ ने पुराने सहकर्मियों को भेजे थे। हर किसी की अपनी रणनीति थी। फिर भी, आख़िरकार, जब ये सारी अलग और विशेष प्रकृति की कड़ियां जुड़कर पूरी हुईं, तो इनमें से आधे पत्र अंत में जैकब, जोन्स या ब्राउन के हाथ में पहुंचे। सिक्स डिग्रीज़ ऑफ़ सैपरेशन का यह मतलब नहीं कि हर कोई किसी के भी साथ मात्र छह चरणों में जुड़ सकता है। इसका मतलब है कि बहुत कम लोग किसी भी दूसरे के साथ कुछ ही चरणों में जुड़ सकते हैं, और बाक़ी हम सब उन्हीं कुछ लोगों के माध्यम से दुनिया से जुड़े होते हैं।

इस विचार को समझने का एक आसान तरीक़ा भी है। मान लीजिए ऐसे चालीस लोगों का समूह है जिसे आप अपनी मित्र मंडली बताते हैं (इसमें परिवार के लोग व सहकर्मी शामिल नहीं होंगे)। और ऐसे हम मामले में आप तब तक पीछे जाते रहेंगे जब तक उस व्यक्ति को नहीं पहचान लें जो आख़िरकार इस संपर्क सूत्र को जारी रखने के लिए ज़िम्मेदार है जो अंत में इस दोस्ती तक आता है।

उदाहरण के लिए मेरी अपने सबसे पुराने दोस्त ब्रूस से पहली कक्षा में मुलाक़ात हुई। यहां ज़िम्मेदार व्यक्ति मैं हुआ। यह तो आसान है। मेरी अपने दोस्त नाइजल से मुलाक़ात इसलिए हुई क्योंकि वो कॉलेज में मेरे दोस्त टॉम के निकट ही रहता था। उससे मेरी मुलाक़ात तब हुई जब हाईस्कूल के पहले वर्ष उसने मुझे टच फुटबॉल खेलने के लिए आमंत्रित किया। नाइजल से मेरी दोस्ती के लिए टॉम ज़िम्मेदार है। एक बार सब संपर्क जोड़ लेने के बाद आपको एक अजीब चीज़ दिखाई देगी कि बार-बार वही नाम उभर कर आ रहे हैं।

मेरी एक ऐमी नाम की दोस्त है। उससे मेरी मुलाक़ात तब हुई जब उसे उसकी दोस्त केटी अपने साथ उस रेस्टोरेंट में लाई जहां मैं खाना खा रहा था। मैं केटी को जानता था क्योंकि वो मेरी दोस्त लारिसा की सबसे अच्छी दोस्त थी। जिसे मैं तब से जानता था जब मेरे दोस्त माइक ए. ने मुझे उसका ध्यान रखने को कहा था। क्योंकि वो हम दोनों की दोस्त थी। माइक ए. को मैं अपने एक और दोस्त माइक एच. के कारण जानता था, जो मेरे दोस्त जैकब के साथ एक राजनीतिक साप्ताहिक में काम करता था। अगर जैकब नहीं होता, तो ऐमी भी नहीं होती।

इसी तरह, मेरी अपनी दोस्त सारा एस. के साथ मुलाक़ात एक साल पहले मेरी जन्मदिन की पार्टी में हुई। वो वहां अपने लेखक दोस्त डेविड के साथ आई थी, जिसे उसकी एजेंट टीना ने आमंत्रित किया था। टीना से मेरी मुलाक़ात मेरी दोस्त लेसली के कारण हुई, जिसे मैं उसकी बहन नीना के कारण जानता था, जो मेरी दोस्त ऐन की दोस्त थी। ऐन से मेरी मुलाक़ात मेरी पुरानी रूममेट मौरा के माध्यम से हुई, जो मेरी रूममेट इसलिए थी क्योंकि वो सारा एल. नाम लेखिका के साथ काम कर चुकी थी, जो मेरे दोस्त जैकब की कॉलेज की मित्र थी। अगर जैकब नहीं होता, तो सारा एस. भी

ना होती। बल्कि जब मैंने अपने चालीस दोस्तों की सूची बनाई, तो उनमें से तीस किसी न किसी तरह जैकब से जाकर जुड़ते थे। मेरा सोशल सर्किल वास्तव में सर्किल नहीं था। यह पिरामिड था। और इस पिरामिड के शीर्ष पर एक व्यक्ति था -जैकब- जो इन सबमें से अधिकांश रिश्तों को परिपूर्ण बनाने वाला है जिनसे मेरा जीवन बना है।

मेरा सोशल सर्किल वास्तव में सर्किल नहीं होने के साथ ही "मेरा" भी नहीं है। यह जैकब का है। यह एक क्लब जैसा है जिससे जुड़ने के लिए उसने मुझे आमंत्रित किया है। जो लोग दुनिया के साथ हमें जोड़ते हैं, जो ओमाहा और शैरॉन के बीच पुल बनते हैं, जो हमें हमारे सोशल सर्किल से परिचित करवाते हैं - जिन लोगों पर हम इतने ज़्यादा निर्भर होते हैं, हमें तब अहसास होता है कि वे कनेक्टर्स हैं। ऐसे लोग, जिन्हें यह विशेष उपहार मिला होता है कि वे दुनिया को साथ लाएं।

2.

कौन-सी चीज़ व्यक्ति को कनेक्टर बनाती है? पहला - और सबसे स्पष्ट मापदंड है कि कनेक्टर बहुत-से लोगों को जानता है। ये ऐसे लोग होते हैं जो सबको जानते हैं। हम सभी ऐसे किसी न किसी व्यक्ति से परिचित होंगे। लेकिन मुझे नहीं लगता कि हम इस तरह के लोगों के महत्त्व पर अधिक विचार करते हैं। बल्कि मुझे इस पर भी संदेह है कि हम में से अधिकांश लोग इस तरह के सबसे पहचान होने वाले लोगों के सचमुच सबसे पहचान होने पर विश्वास करते हैं। लेकिन वे पहचानते हैं। यह दिखाने का एक बेहद आसान तरीक़ा है।

नीचे दिए पैराग्राफ़ में लगभग 250 कुलनाम दिए जा रहे हैं। इन सबको मैनहट्टन फ़ोन बुक में से जहां कहीं से उठा लिया गया है। अब नीचे दी इस सूची को देखें और इसमें जब भी आपको अपने किसी परिचित का कुलनाम दिखाई देता है तो अपने को एक अंक दे दें (यहां परिचित की परिभाषा काफ़ी व्यापक है। उदाहरण के लिए, ट्रेन में आपके पास बैठा व्यक्ति यदि आपको अपना नाम बताकर अपना परिचय दे और आप उसे अपना नाम बताएं तो वह भी इसमें शामिल है)। इसमें हर नाम को अलग अंक मिलेंगे। जैसे यदि इनमें जॉनसन नाम है, और आप तीन जॉनसन को जानते हैं, तो अपने

को तीन अंक दें। इसमें मूल विचार यह है कि इस परीक्षा के बाद आपके अंक मोटे तौर पर यह दर्शा सकें कि आप कितने सामाजिक हैं। यह बस यह अनुमान लगाने का तरीक़ा है कि आपके कितने दोस्त और परिचित हैं।

> अलग़ाज़ी, अल्वारेज़, अल्पर्न, अमेतरानो, एंड्रूज़, अरान, एरनस्टाइन, ऐशफ़ोर्ड, बेली, बेलआउट, बैमबर्गर, बैप्टिस्टा, बार्र, बार्रोस, बास्करविल, बसीरी, बेल, बॉक्गीज़, ब्रैनडो, ब्रावो, ब्रूक, ब्राइटमैन, बिली, ब्लाऊ, बोहेन, बोह्न, बॉर्सुक, ब्रेंड्ले, बटलर, कैले, कांटवैल, कैरेल, चिनलुंड, सर्कर, कोहेन, कोलास, काउच, कैलेग़र, कलकतैरा, कुक, कैरी, कैसल, चैन, चुंग, क्लार्क, कोह्न, कार्टन, क्रॉले, क्युरबेलो, डिलेमान्ना, डियाज़, डिरार, डंकन, डिगॉस्टिनो, डेलाकस, डिलॉन, डॉनेगी, डेली, डॉसन, ऐड्री, एलिस, एलियट, ईस्टमैन, एस्टन, फ़ेमस, फ़ेर्मिन, फ़ियाल्को, फ़िंक्लस्टीन, फ़ार्बर, फ़ाल्किन, फ़ाइनमैन, फ़्रीडमैन, गार्डनर, जैल्पी, ग्लासकिक, ग्रैंडफ़ीड, ग्रीनबॉम, ग्रीनवुड, ग्रुबर, गैरिल, गॉफ़, ग्लैडवेल, ग्रीनअप, गैनन, गैनशॉ, गार्सिया, जेनिस, जेरार्ड, गैरिका, गिलबर्ट, ग्लासमैन, ग्लेज़र, गोमेन्डियो, गोंज़ालेज़, ग्रीनस्टैन, गुलिएल्मो, गुर्मैन, हैबरकर्न, हॉस्किंस, हुसैन, हम, हार्डविक, हैरल, हॉप्टमैन, हॉकिंस, हैंडर्सन, हेमन, हिबारा, हीमन, हैबस्ट, हैजिस, होगन, हॉफ़मैन, होरोविट्ज़, श्यू, ह्यूबर, इकिज़, ज़ैराशी, योहान, जैक़ब्स, हारा, जॉनसन, कासैल, कीगन, कुरोडा, कैवेनाऊ, केलर, कैविल, कीयफ़, किमब्रॉग़, क्लाइन, कॉसफ़, कॉटज़िट्ज़की, काह्न, कीज़लर, कौसर, कोर्ते, लीबोविट्ज़, लिन, ल्यू, लॉरेंस, लुंढ, लॉक्स, लाइफ़र, लियांग, लेविन, लेइफ़, लॉकवुड, लोग्रोनो, लोहनस, लॉवेट, लेबर, लियोनार्डी, मार्टेन, मैकलीन, माइकल्स, मिरांडा, मोये, मैरिन, म्यूर, मर्फ़ी, मैरोडॉन, मैतोस, मेंडोज़ा, म्यूराक़ी, नैक, नीड्ह्म, नोबोआ, नुल, ओ'फ़्लिन, ओ'नील, ऑर्लोस्की, पर्किंस, पीपर, पीयर, पॉन्स, प्रूस्का, पाउलिनो, पॉपर, पॉटर, पर्प्यूरा, पाल्मा, परैज़, पोर्टोकैरैरो, पनवाज़ी, रेडर, रैनकिन, रे, रेयस, रिचर्डसन, रेटियेर, रूज़, रोज़, रोज़ेनफ़ील्ड, रेनकार्ट, रॉबर्ट्स, रोवन, रेने, रोज़ारियो, रोथबार्ट, सैपर्स्टीन, शोइन्ब्रॉड, श्वाड, सीयर्स, स्टैस्क़ी, सट्फ़न, शीही, सिल्वरटन, सिल्वरमैन, सिल्वरस्टेन, स्क्लार, सियोआइकिन,

स्पैरोस, स्टॉलमैन, सैदोस्को, श्लेस, शैपिरो, सिग्डल, स्नो, स्पेंसर, सीनकॉल, स्टीवर्ट, स्टायर्स, स्टिपनिक, स्टोनहिल, तायिस, टिलने, टैम्पल, टॉरफ़ील्ड, टाउन्सेंड, ट्रिम्पिन, टर्चिन, विल्ला, वैसिलव, वोडा, वैरिंग, वेबर, वाइंस्टेन, वांग, वैगिमॉन्ट, वीड, वाइशाउस।

मैंने यह परीक्षा लगभग दर्जन भर समूहों में ली है। इनमें से एक मैनहट्टन के सिटी कॉलेज में वैश्विक सभ्यताओं के प्रथम की कक्षा थी। सभी छात्र उन्नीसवें वर्ष के अंत या बीसवें वर्ष की शुरुआत के थे। उनमें से अनेक हाल ही में अमेरिका आए थे, और मध्य या निम्न आय वर्ग से थे। उस कक्षा का औसत स्कोर 20.96 रहा, अर्थात् उस कक्षा का हर व्यक्ति मेरी सूची के कुलनाम वाले 21 लोगों को जानता था। मैंने यही परीक्षा स्वास्थ्य शिक्षकों और अकादमिकों के लिए प्रिंस्टन, न्यू जर्सी में एक सम्मेलन के दौरान पेश की। इस समूह के अधिकांश लोग चालीस से पचास के दशक में थे, मुख्यतः श्वेत, अत्यधिक शिक्षित - इनमें से अनेक पीएच.डी. और समृद्ध थे। उनका औसत स्कोर 39 रहा। तत्पश्चात मैंने इस परीक्षा का तुलनात्मक रूप से अव्यवस्थित नमूना अपने दोस्तों और परिचितों को दिया, जिनमें अधिकांश उम्र के बीसवें के अंतिम व तीस की शुरुआत के दशक वाले पत्रकार और पेशेवर थे। इनका औसत स्कोर 41 रहा। ये परिणाम कतई हैरान करने वाले नहीं हैं। कॉलेज के छात्रों के परिचितों का दायरा चालीस के दशक की उम्र वालों जितना बड़ा नहीं होता। यह स्वीकार्य है कि बीस से चालीस की उम्र के लोगों में जानकार लोगों की संख्या मोटे तौर पर दोगुनी हो सकती है। और उच्च-आय पेशेवरों की जान-पहचान निम्न-आय प्रवासियों से ज़्यादा लोगों से होगी। प्रत्येक समूह में उच्चतम और न्यूनतम स्कोर वालों के बीच भी बड़ा अंतर था। मुझे लगता है, यह भी समझ आता है। रियल एस्टेट सेल्समैनों की जान-पहचान कंप्यूटर हैकरों से ज़्यादा लोगों से होती है। हालांकि, फिर भी, सबसे हैरानी की बात यह है कि यह रेंज कितनी व्यापक थी। कॉलेज की कक्षा में न्यूनतम स्कोर 2 था, और उच्चतम स्कोर 95 था। मेरे अव्यवस्थित नमूने में, न्यूनतम स्कोर 9 और उच्चतम स्कोर 118 था। बल्कि प्रिंस्टन के सम्मेलन में, जहां समान उम्र, शिक्षा और आय वालों का काफ़ी समरूपी समूह था - वहां भी यह रेंज व्यापक थी। न्यूनतम स्कोर 16 था। उच्चतम स्कोर 108 था। सब मिलाकर। मैंने 400 लोगों पर यह जांच की। इनमें से,

तक़रीबन दो दर्जन 20 से कम उम्र के, आठ 90 से ऊपर, और चार 100 साल से भी अधिक के थे। इसमें मुझे तलाशे गए प्रत्येक सोशल ग्रुप में एक और हैरानी की बात ज्ञात हुई। सिटी कॉलेज के छात्रों का स्कोर वयस्कों के स्कोर से औसतन कम था। लेकिन इस समूह में भी ऐसे लोग मौजूद थे जिनका सोशल सर्किल बाक़ी लोगों से चार या पांच गुना बड़ा था। दूसरे शब्दों में, हर तरह के लोगों में मुट्ठीभर लोग ऐसे भी थे जिनमें दोस्त और जान-पहचान बनाने की आदत वास्तव में असाधारण थी। यही कनेक्टर्स हैं।

मेरे परिचित सर्वेक्षण में उच्चतम अंक लेने वाले एक व्यक्ति का नाम रॉजर हॉर्श्यो था। वह डलास के एक सफल व्यापारी थे। हॉर्श्यो ने एक उच्च-गुणवत्ता वाली मेल ऑर्डर व्यापारिक कंपनी हॉर्श्यो कलेक्शन की स्थापना की थी। उन्हें *लेस मिसरेबल्स* और *फैंटम ऑफ़ ओपेरा* जैसी हिट फ़िल्मों में सहायता और पुरस्कार-विजेता गर्शविन म्यूज़िकल *क्रेज़ी फ़ॉर यू* के निर्माता के तौर पर ब्रॉडवे में भी अच्छी सफलता हासिल हुई। मेरा हॉर्श्यो से परिचय उनकी बेटी के माध्यम से हुआ, जो मेरी दोस्त थी। मैं उनसे मिलने उनके मैनहट्टन में अस्थायी आवास फ़िफ़्थ एवेन्यू के ऊपरी मंजिल पर स्थित ख़ूबसूरत अपार्टमेंट में गया। हॉर्श्यो दुबले-पतले व शांतचित्त के व्यक्ति हैं। वह धीमे व किंचित टेक्सास उच्चारण में बात करते हैं। उनमें एक क़िस्म का व्यंग्यात्मक, परिहासशील आकर्षण है जो दिल जीत लेता है। यदि आप अटलांटिक की यात्रा के दौरान विमान में रॉजर हॉर्श्यो के पास बैठे हैं, तो वह विमान के रन-वे पर दौड़ने से बात करना शुरू करेंगे, और सीट बेल्ट बांधने का संकेत आने तक तो आप हंसी से लोटपोट होने लगेंगे। और जब तक विमान उतरेगा, आपको पता ही नहीं चलेगा कि समय कैसे बीत गया। जब मैंने हॉर्श्यो को मैनहट्टन डायरेक्ट्री से लिए नामों की सूची सौंपी तो उन्होंने उसे शीघ्रतापूर्वक पढ़ लिया, और काग़ज़ पर पेन्सिल से निशान लगाते हुए कुछ नाम बुदबुदाते रहे। उन्हें 98 अंक मिले। मुझे यक़ीन है कि अगर मैं उन्हें और 10 मिनट दे देता तो उनका स्कोर इससे भी बेहतर हो सकता था।

हॉर्श्यो इतना बेहतर कैसे कर सके? उनसे मिलने के बाद मुझे इस पर यक़ीन हो गया कि बहुत-से लोगों से जान-पहचान होना दरअसल एक कौशल है। एक ऐसी चीज़ जो व्यक्ति जान-बूझकर भी कर सकता है, और वो भी पूरी तरह सही तरीक़े से। और यही तकनीकें इस तथ्य का केंद्र थी कि वे इतने लोगों को जानते थे। मैंने हॉर्श्यो से पूछा कि उनके जीवन के

इतने सारे संपर्कों ने उनकी व्यापारिक जगत में किस तरह सहायता की, क्योंकि मेरा मानना था कि इन दो चीज़ों में कोई तो संबंध होगा। लेकिन इस सवाल ने उन्हें उलझा दिया। ऐसा नहीं है कि उन्हें इन संपर्कों से कोई मदद नहीं मिली हो। बल्कि वह यह नहीं मानते थे कि लोगों के साथ संबंध बनाना उनकी व्यापारिक रणनीति का हिस्सा है। वह बस इसे ऐसा मानते थे जो यूं ही हो गया। वह ऐसे ही थे। हॉर्श्यो में सामाजिक संबंध बनाने की मूल प्रकृति और स्वाभाविक उपहार प्राप्त है। वह इसे लेकर आक्रामक नहीं हैं। ना ही वह उन अत्यधिक सामाजिक, और पीठ पर धौल जमाने वाले लोगों में से हैं जिनका जान-पहचान बढ़ाने का कारण स्पष्ट रूप से फ़ायदा उठाना होता है। बल्कि वह एक ऐसे अवलोकनकर्ता हैं जो एक शुष्क और ज्ञात प्रकृति का होकर भी थोड़ा दूर ही रहता है। वह लोगों को पूरी ईमानदारी और प्रबल ढंग से पसंद करते हैं, और जान-पहचान तथा संवाद का ऐसा पैटर्न बनाते हैं जिसमें लोग अपने आपको अंतहीन चित्ताकर्षित पाते हैं। हॉर्श्यो से मुलाक़ात होने पर उन्होंने मुझे बताया कि उन्होंने गर्शविन म्यूज़िकल *गर्ल्स क्रेज़ी* को बतौर *क्रेज़ी फ़ॉर यू* फिर से शुरुआत करने के अधिकार कैसे हासिल किए। पूरी कहानी बताने में उन्हें बीस मिनट लगे। मैं उसका सिर्फ़ एक हिस्सा बताऊंगा। अगर यह पूर्व-नियोजित लगे, तो ऐसा नहीं है। हॉर्श्यो ने यह कहानी हलके-फुलके और अपना मज़ाक़ बनाते माहौल में सुनाई। मुझे लगता है कि वह जानबूझकर अपने व्यक्तित्व की विशेषताओं से खेल रहे थे। लेकिन दिमाग़ किस तरह काम करता है -और कौन-सी चीज़ व्यक्ति को कनेक्टर बनाती है- मुझे लगता है कि उसके लिए यह बिलकुल सटीक है :

> मेरा एक दोस्त है मिकी शैनन, जो न्यू यॉर्क में रहता है। उसने मुझसे कहा, मुझे पता है तुम्हें गर्शविन पसंद हैं। मेरी जॉर्ज गर्शविन की पुरानी मित्र से मुलाक़ात हुई है। उनका नाम एमिली पैली है। वह इरा गर्शविन की पत्नी लेनोर की बहन भी हैं। वह एक गांव में रहती हैं और उन्होंने हमें रात के खाने पर बुलाया था। इस तरह, मेरी एमिली पैली से मुलाक़ात हुई, और मैंने गर्शविन की उनकी बनाई तसवीर भी देखी। उनके पति, लू पैली, इरा गर्शविन और जॉर्ज गर्शविन को तब भी पत्र लिखते थे जब इरा गर्शविन खुद को आर्थर फ़्रांसिस कहती थीं। यह एक कड़ी थी...

मैं एक व्यक्ति के साथ दोपहर का भोजन कर रहा था जिसका नाम था लियोपोल्ड गैदोस्की था। वो जॉर्ज गर्शविन की बहन फ्रांसिस गर्शविन का पुत्र था। फ्रांसिस गर्शविन ने गैदोस्की नामक कंपोज़र से विवाह किया था। आर्थर गर्शविन का पुत्र भी वहां मौजूद था। उसका नाम मार्क गर्शविन था। तो उन्होंने कहा – हम आख़िर आपको *गर्ल्स क्रेज़ी* के अधिकार क्यों दें? आप हैं कौन? आप कभी थियेटर नहीं गए। तब मैंने अपने संयोगों को पहचानना आरंभ किया। आपकी आंटी, एमिली पैली, मैं उनके घर गया हूं। उनकी लाल शॉल ओढ़े तसवीर – शायद आपने भी देखी होगी? मैं सभी छोटे-छोटे संपर्कों को निकालने लगा। इसके बाद हम सब हॉलीवुड गए और वहां श्रीमती गर्शविन के घर पहुंचे और मैंने कहा, मुझे आपसे मिलकर बहुत खुशी हुई। मैं आपकी बहन को जानता हूं। मुझे आपके पति का काम बहुत पसंद है। और, इसके बाद मैंने अपने लॉस एंजिलिस वाले दोस्त का ज़िक्र किया। जब मैं नीमन मार्कोस में था, एक महिला ने कुक-बुक लिखी थी। उनका नाम मिल्ड्रेड क्नाफ़्फ़ था। उनके पति एडविन क्नाफ़्फ़ फ़िल्म प्रोड्यूसर थे। उन्होंने ऑड्रे हेपबर्न के साथ काम किया था। उनके भाई एक प्रकाशक थे। हमने उनकी कुक-बुक को डलास में पेश किया, और मिल्ड्रेड हमारी अच्छी दोस्त बन गईं। हमें वह बहुत पसंद थीं, और जब मैं लॉस एंजिलिस में था मैं उन्हें फ़ोन करता रहता था। मैं अक्सर लोगों से बात करता रहता हूं। तब पता चला कि एडविन क्नाफ़्फ़ तो जॉर्ज गर्शविन के नज़दीकी मित्र हैं। उनके घर में जगह-जगह गर्शविन की तसवीरें लगी थीं। वह उस समय गर्शविन के साथ नॉर्थ केरोलिना के एश्विल में ही थे जब उन्होंने "रैप्सडी इन ब्लू" लिखा था। श्री क्नाफ़्फ़ की मृत्यु हो चुकी थी। लेकिन मिल्ड्रेड अभी जीवित थीं। वह तब अट्ठानवे साल की हो गईं थीं। तो जब मैं ली गर्शविन से मिलने गया, तो मैंने उन्हें बताया कि हम अभी मिल्ड्रेड क्नाफ़्फ़ से मिले हैं। उन्होंने कहा – आप उन्हें जानते हैं? ओह, हम पहले क्यों नहीं मिले? और उन्होंने तुरंत ही हमें अधिकार दे दिए।

हमारी बातचीत के दौरान, हॉर्श्यो बार-बार यही करते रहे, वह जीवन के खुले सिरों को आनंद द्वारा जोड़ते रहे। अपने सत्तरवें जन्मदिन पर, उन्होंने अपने प्राथमिक स्कूल के दोस्त बॉबी हन्सिगर को तलाशने का प्रयास किया, जिन्हें उन्होंने साठ साल से नहीं देखा था। उन्हें जितने भी बॉबी हन्सिगर मिले उन्होंने सब को पत्र लिखे, और उनसे पूछा कि क्या वह वही हन्सिगर हैं जो 4501 फ़र्स्ट लेन, सिनसिनाटी में रहते थे।

यह आम सामाजिक व्यवहार नहीं है। यह कुछ असामान्य है। हॉर्श्यो लोगों को उसी तरह एकत्रित करते हैं, जैसे बाक़ी लोग डाक टिकटें जमा करते हैं। उन्हें साठ साल पहले उनके साथ खेलने वाला लड़का याद था। उनके बाल्यावस्था के दोस्त का पता, उस व्यक्ति का नाम याद है जिसे उनकी कॉलेज की दोस्त विदेश में जूनियर पढ़ाई के दिनों में पसंद करती थी। यह विवरण हॉर्श्यो के लिए बेहद अहम हैं। उन्होंने अपने कंप्यूटर पर 1,600 लोगों के नाम और पते लिख रखे हैं, और हर प्रविष्टि के साथ एक नोट उन हालात का वर्णन करता है जिसमें वे उन लोगों से मिले थे। हमारी बातचीत के दौरान ही, उन्होंने लाल रंग की एक डायरी निकाली। “यदि मैं आपसे मिला और आप मुझे पसंद आए। और आपने बातचीत के दौरान अपनी जन्मतिथि का ज़िक्र किया, तो मैं उसे इसमें लिख लूंगा और आपको उस दिन रॉजर हॉर्श्यो की तरफ़ से जन्मदिन का बधाई कार्ड प्राप्त होगा। यहां देखिए, सोमवार को जिंजर ब्रूम का जन्मदिन है, और विट्टनबर्ग की शादी की सालगिरह। एलन श्वार्टज़ का जन्मदिन शुक्रवार को है और हमारे कर्मचारी का शनिवार को।”

मुझे लगता है, हम में से अधिकांश लोग इस तरह की जान-पहचान बढ़ाने से संकोच करेंगे। हमारा अपना दोस्तों का दायरा होता है जिसके प्रति हम समर्पित होते हैं। जान-पहचान वालों को हम खुद से ज़रा दूर ही रखते हैं। हमें जिनकी परवाह नहीं करते उन्हें जन्मदिन पर बधाई कार्ड इसी कारण नहीं भेजते, क्योंकि हम खुद को उनके साथ रात्रि भोज करने या फ़िल्म जाने या उनके बीमार होने पर उन्हें देखने जाने को बाध्य नहीं समझते। हम में से अधिकांश लोगों के लिए जान-पहचान बढ़ाने का उद्देश्य, यह आकलन करना होता है कि इस व्यक्ति को दोस्त बनाया जा सकता है या नहीं। हमें नहीं लगता कि हमारे पास सभी लोगों के साथ सार्थक संपर्क बनाने लायक़ समय या ऊर्जा है। हॉर्श्यो काफ़ी अलग हैं। उन्होंने अपनी डायरी या कंप्यूटर में

जिन लोगों के नाम दर्ज किए हैं, उनसे उनकी केवल जान-पहचान है। ऐसे लोग जिनसे वे कभी साल या कई सालों में एक बार मिलते हैं। और वह उस दायित्व से कभी नहीं कतराते जो उस संबंध को बनाए रखने के लिए आवश्यक होता है। वह उस चीज़ में माहिर हैं जिसे समाज-विज्ञानी "कमज़ोर संबंध" कहते हैं, जो दोस्ताना लेकिन आकस्मिक सामाजिक संपर्क होते हैं। सबसे बढ़कर, कि वह इन कमज़ोर संबंधों से खुश थे। हॉर्श्यो से मिलने के बाद मुझे थोड़ी निराशा हुई। मैं उन्हें और अच्छी तरह जानना चाहता था। लेकिन मुझे नहीं पता कि कभी यह मौक़ा मिल भी पाएगा या नहीं। मुझे नहीं लगता कि उन्हें मुझे लेकर ऐसी कोई निराशा होगी। मुझे लगता है कि वह उन लोगों में से हैं जो एक आकस्मिक मुलाक़ात में भी मूल्य और आनंद को तलाश लेते हैं।

हॉर्श्यो हम सबसे किस मायने में अलग हैं? उन्हें भी नहीं पता। उन्हें लगता है कि इसका कारण ऐसा अकेला बच्चा होना है जिसके पिता अक्सर बाहर रहते थे। लेकिन वास्तव में इससे यह स्पष्ट नहीं होता। शायद इसे बस कनेक्टर मनोवेग कहना ही काफ़ी होगा - एक ऐसा मनोवेग, व्यक्तित्व की अनेक खूबियों में से सिर्फ़ एक जो एक व्यक्ति को दूसरे से अलग बनाती है।

3.

कनेक्टरों का महत्त्व केवल उनकी पहचान वाले लोगों की संख्या से कहीं ज़्यादा है। उनका महत्त्व भी उनकी पहचान वाले लोगों के प्रकारों का फलन है। इसे समझने का शायद सबसे बेहतर तरीक़ा लोकप्रिय पार्लर गेम, "सिक्स डिग्रीज़ ऑफ़ केविन बेकन" है। इस खेल को इस तरह खेला जाता है कि इसमें किसी भी अदाकार या अदाकारा को उनकी फ़िल्मों के माध्यम से, अदाकार केविन बेकन के साथ छह चरणों में जोड़ा जाता है। उदाहरण के लिए, ओ.जे. सिम्पसन, *नैकेड गन* में प्रिसीला प्रेस्ली के साथ थे, जो *फ़ोर्ड फ़ेयरलेन* में गिल्बर्ट गॉटफ़्राइड के साथ थीं, जो बेवर्ली हिल्स कॉप II में पॉल रीसर के साथ थे, जो *डिनर* में केविन बेकन के साथ थे। ये चार चरण हुए। मैरी पिक्फ़ोर्ड स्क्रीन स्नैपशॉट्स में क्लार्क गेबल के साथ थीं, जो *कॉम्बैट अमेरिका* में टोनी रोमानो के साथ थे, जिन्होंने पैंतीस साल बाद, स्टार्टिंग ओवर में बेकन के साथ काम किया। ये तीन चरण हुए। अभी हाल ही

में, वर्जिनिया विश्वविद्यालय के ब्रेट ट्याडन नामक कंप्यूटर साइंटिस्ट ने यह आंकड़ा निकाला कि टेलीविज़न और प्रमुख फ़िल्मों में काम करने वाले लगभग सवा लाख अदाकारों और अदाकाराओं की औसत बेकन संख्या क्या है, तो उन्हें 2.8312 चरण प्राप्त हुए। दूसरे शब्दों में, जिस किसी ने भी अभिनय किया है, उसे बेकन के साथ औसतन तीन चरणों में जोड़ा जा सकता है। जो प्रभावशाली लगता है, सिवाय इसके कि ट्याडन ने उलटा चलते हुए एक और अधिक साहसिक गणना करते हुए यह तलाशा कि हॉलीवुड में सभी के किसी के भी साथ काम करना निकालने के औसत चरण कितने हैं। उदाहरण के लिए, औसतन कितने चरणों में हॉलीवुड में काम करने वाले हर किसी के रॉबर्ट डीनेरो या शिर्ले टेम्पल या एडम सैंड्लर से संबंध जोड़ सकते हैं, जिससे इनकी "कनेक्टिडनेस" (आपसी संपर्कों) को जाना जा सके। बैकन इसमें केवल 669वें पायदान पर थे। इनके विपरीत, मार्टिन शीन को सभी अदाकारों के साथ 2.63681 चरणों में जोड़ा जा सकता था, जिससे वह बेकन से लगभग 650 पायदान ऊपर रखा गया था। इलियट गोउल्ड को इससे भी ज़्यादा शीघ्रता से 2.63601 चरणों में जोड़ सकते हैं। शीर्ष पंद्रह लोगों में रॉबर्ट मिट्चम और जीन हैकमैन और डोनाल्ड सुदरलैंड और शैली विंटर्स तथा बर्जेस मैराडिथ शामिल हैं। और सबसे ज़्यादा कनेक्टेड अदाकार रॉड स्टाइगर थे।

केविन बेकन इन सब अदाकारों से इतने पीछे क्यों हैं? इसमें एक बड़ा कारण यह है कि बेकन की उम्र इनमें से अधिकांश लोगों से काफ़ी कम है जिस कारण उन्होंने इनसे फ़िल्में भी कम की हैं। लेकिन इससे कुछ ही अंतर का स्पष्टीकरण मिलता है। उदाहरण के लिए, ऐसे बहुत-से लोग हैं जिन्होंने बहुत सारी फ़िल्में की हैं और फिर भी विशेष रूप से जुड़े नहीं हैं। उदाहरण के लिए, जॉन वेन को ही लीजिए। उन्होंने अपने साठ-वर्षीय करियर में 179 फ़िल्में की हैं और फिर भी 2.7173 के साथ 116वीं रैंक पर हैं। इसका कारण है कि जॉन वेन ने आधी से ज़्यादा फ़िल्में वेस्टर्नस हैं, अर्थात् उन्होंने बार-बार एक ही तरह की फ़िल्मों में समान अदाकारों के साथ काम किया है।

लेकिन वहीं स्टाइगर को लीजिए : उन्होंने ऑस्कर-विजेता *ऑन द वॉटरफ्रंट* जैसी तथा *कार पूल* जैसी ख़ौफ़नाक फ़िल्में की हैं। उन्हें अपनी *इन द हीट ऑफ़ द नाइट* की भूमिका के लिए ऑस्कर जीता है और इतनी "बी" फ़िल्में भी बनाई हैं जो इतनी बुरी थीं कि सीधे वीडियो पर आ गईं।

उन्होंने मुसोलिनी, नेपोलियन, पोंटियस पाइलेट और अल कैपोन की भूमिकाएं की हैं। वह अड़तीस नाटकों में थे, बारह अपराध और हास्य फ़िल्मों में, ग्यारह थ्रिलर, आठ एक्शन फ़िल्में, सात वेस्टनर्स, छह युद्ध फ़िल्में, चार वृत्तचित्रों, तीन डरावनी फ़िल्मों, और दो साई-फ़ाई, म्यूज़िकल और अन्य फ़िल्मों में थे। रॉड स्टाइगर, इतिहास के सबसे संपर्कित (कनेक्टिड) थे क्योंकि उन्होंने ऊपर-नीचे, आगे-पीछे हर तरह के भिन्न जगत और उपसंस्कृतियों तथा अवसरों तथा स्तरों पर काम किया है जो उन्हें अभिनय के पेशे में हासिल हुए।

कनेक्टर ऐसे ही होते हैं। वह दैनिक जीवन के रॉड स्टाइगर हैं। वो ऐसे लोग हैं जिनसे हम सबको किसी न किसी कारण, कुछ ही चरणों में जोड़ा जा सकता है। वह बहुत-सी भिन्न तरह की दुनियाओं और उपसंस्कृतियों और अवसरों से जुड़े होते हैं। निस्संदेह, स्टाइगर के मामले में, उनका उच्च संपर्कित होना उनकी बतौर अदाकार विविधता तथा कुछ हद तक सौभाग्य का भी फल है। लेकिन कनेक्टरों के मामले में, उनकी बहुत-सी दुनियाओं में विस्तार ऐसा कार्य है जो उनके व्यक्तित्व में अंतर्भूत है, जो उत्सुकता, आत्म-विश्वास, सामाजिकता और ऊर्जा का मिश्रण है।

मेरी एक बार शिकागो में एक आदर्श कनेक्टर से मुलाक़ात हुई जिनका नाम लुइस वाइसबर्ग था। वाइसबर्ग शिकागो शहर के सांस्कृतिक मामलों के आयुक्त के पद पर कार्य करती हैं। लेकिन अनुभवों और करियर के असाधारण संपर्क तो अभी की बात हैं। उदाहरण के लिए, 1950 के दशक की शुरुआत में, वाइसबर्ग शिकागो में एक नाटक मंडली चलाती थीं। सन् 1956 में, उन्होंने जॉर्ज बर्नार्ड शॉ की जन्म शताब्दी मनाने के लिए एक उत्सव के आयोजन का फ़ैसला लिया। इसके लिए उन्होंने शॉ से संबंधित अख़बार निकालना शुरू किया, जिसमें बाद में *द पेपर* नामक एक गुप्त, वैकल्पिक साप्ताहिक में तबदील कर दिया गया। शुक्रवार की रात पूरे शहर से लोग संपादकीय बैठक के लिए एकत्रित होते। *द फ्रेंच कनेक्शन* और *द एक्ज़ोर्सिस्ट* का निर्देशन करने वाले विलियम फ्रीडकिन इसमें नियमित रूप से आते थे। इसी तरह अटॉर्नी एल्मर गैट्ज़ (जो नेथन लियोपोल्ड के अटॉर्नियों में से एक थे) और हाल ही में उभरना शुरू हुई पत्रिका *प्लेबॉय* के कुछ संपादक थे। आर्ट फ़ार्मर और थेलोनियस मॉन्क तथा जॉन कॉल्ट्रेन और लेनी ब्रूस जैसे लोग भी शहर से गुज़रते हुए यहां आ जाया करते थे। (बल्कि ब्रूस कुछ

समय वाइसबर्ग के साथ ही रहे थे। वाइसबर्ग कहती हैं, "मेरी मां इसे लेकर बहुत परेशान हो जाती थीं, विशेष रूप से उस दिन जब मां ने दरवाज़े की घंटी बजाई और ब्रूस ने केवल तौलिया पहने ही दरवाज़ा खोल दिया। हमारे बरामदे में एक खिड़की थी, और उनके पास चाबी नहीं थी, इसलिए उस खिड़की को हमेशा उनके लिए खुला रखा जाता था। घर में बहुत सारे कमरे थे, और वहां बहुत-से लोग रहते थे और मुझे नहीं पता था कि वह भी वहां रहते हैं। मुझे उनके चुटकुले कभी अच्छे नहीं लगे। मुझे उनकी अदाकारी कभी नहीं भायी। मुझे वो शब्द अच्छे नहीं लगते थे जिनका वह इस्तेमाल करते थे।") *द पेपर* के बंद हो जाने के बाद, लुइस ने एक घायल पुनर्वास संस्थान में जनसंपर्क की नौकरी कर ली। वहां से, वह बी.पी.आई. नामक सार्वजनिक हित क़ानूनों के लिए काम करने वाली फ़र्म में कार्य करने लगीं। और बी.पी.आई. में रहते हुए ही उन्हें इस तथ्य ने आकर्षित किया कि शिकागो के पार्क टूटे-फूटे और उपेक्षित हैं। अतः उन्होंने अपने साथ प्रकृति प्रेमियों, इतिहासकारों, नागरिक कार्यकर्ताओं, और घरेलू महिलाओं के पंचमेल को एकत्रित करके एक पैरवी समूह की स्थापना की जिसे फ्रेंड्स ऑफ़ पार्क का नाम दिया गया। इसके बाद वह पुनः चिंतित हुईं क्योंकि लेक मिशिगन के दक्षिणी किनारे से गुज़रते हुए साउथ बेंड से शिकागो जाने वाले यात्री रेलरोड को बंद किया जा रहा था। इस बार उन्होंने फिर से रेल उत्साहियों, पर्यावरणविदों और यात्रियों के पंचमेल को एकत्रित कर साउथ शोर रीक्रिएशन की स्थापना की, और रेलरोड को बचाया। इसके बाद उन्हें एक प्रगतिशील क़ानूनी ग्रुप शिकागो काउंसिल ऑफ़ लॉयर्स का कार्यकारी निदेशक बना दिया गया। इसके बाद उन्होंने एक स्थानीय महासभा सदस्य का चुनाव अभियान संभाला। इसके बाद शिकागो के पहले अश्वेत मेयर, हेरोल्ड वॉशिंगटन के विशेष आयोजन निदेशक का पद मिल गया। इसके बाद उन्होंने सरकार को छोड़ दिया और कबाड़ी बाज़ार में एक छोटा-सा स्टैंड खोल लिया। इसके बाद वह मेयर रिचर्ड डेली के लिए काम करने लगीं - जहां वह आज भी शिकागो की सांस्कृतिक मामलों की आयुक्त के पद पर काम कर रही हैं।

यदि आप इतिहास में जाएं और उन दुनियाओं की गणना करें जिनमें लुइस रहीं थीं तो इनकी संख्या आठ होगी : अभिनेत्री, लेखिका, चिकित्सक, वकील, पार्क-प्रेमी, राजनेता, रेलरोड के दीवाने, और कबाड़ी बाज़ार के प्रशंसक। जब मैंने वाइसबर्ग से खुद सूची बनाने को कहा तो उन्होंने दस

नाम लिखे, क्योंकि उन्होंने इसमें वास्तुकारों और आतिथ्य उद्योग के लोगों को भी जोड़ लिया जिनके साथ वह अपनी मौजूदा नौकरी में काम कर रही थीं। लेकिन वह शायद थोड़ी विनयी रहीं, क्योंकि यदि आप वाइसबर्ग के जीवन को थोड़ी गहराई से देखें तो आप उनके अनुभवों को पंद्रह या बीस दुनियाओं में बांट सकते हैं। हालांकि ये भिन्न दुनियाएं नहीं हैं। कनेक्टरों के बारे में एक बात यह होती है कि इतनी सारी विभिन्न दुनियाओं से जुड़े होने के बाद भी उनमें उन सबको एक साथ लाने का प्रभाव होता है।

यह 1950 के दशक के मध्य की बात है, एक बार, वाइसबर्ग ने तरंग में आकर साइंस फ़िक्शन राइटर्स कॉन्वेंशन में जाने के लिए न्यू यॉर्क जाने वाली ट्रेन पकड़ी। वहीं उनकी मुलाक़ात एक युवा लेखक आर्थर सी. क्लार्क से हुई। क्लार्क को वाइसबर्ग अच्छी लगीं। और अगली बार जब वह शिकागो में थे उन्होंने वाइसबर्ग को फ़ोन किया। वाइसबर्ग याद करती हैं, "वह पे फ़ोन से बात कर रहे थे। उन्होंने कहा, क्या शिकागो में कोई ऐसा है जिससे उन्हें मिलना चाहिए। तो मैंने उनसे मेरे घर आने के लिए कहा।" आधी शताब्दी सिगरेट पीते रहने से वाइसबर्ग की आवाज़ धीमी और कर्कश थी, वो दो वाक्यों के बीच रुक जातीं, जिससे वह कश भर सकें। अगर वह सिगरेट ना भी पी रही हों तो भी वह बीच-बीच में रुकती थीं। शायद यह अब उनकी आदत में शुमार हो गया था। "मैंने बॉब ह्यूज़ को फ़ोन मिलाया। बॉब ह्यूज़ मेरे अख़बार के लिए लिखने वालों में से एक थे।" विराम। "मैंने कहा, क्या आप शिकागो में किसी ऐसे व्यक्ति को जानते हैं जिसे आर्थर क्लार्क से बात करने में दिलचस्पी हो। उन्होंने कहां, जी हां, इसहाक़ असिमोव शहर में हैं। और यह व्यक्ति रॉबर्ट, रॉबर्ट-रॉबर्ट हाइनलाइन भी है। और वे सब आए और मेरी घर पर बैठक जमी।" विराम। "इसके बाद उन्होंने मुझे फ़ोन किया और कहा, लुइस... मुझे वो शब्द याद नहीं जो उन्होंने कहा था। उन्होंने मेरे लिए एक शब्द इस्तेमाल किया। यह कुछ ऐसा था कि मैं उस तरह की व्यक्ति हूं जो लोगों को साथ लाती हूं।"

यह कुछ मायनों में ठेठ लुइस वाइसबर्ग कथा है। पहले वो किसी व्यक्ति से मिलती हैं, जो उनकी दुनिया से बाहर का है। उस समय वह नाटक की दुनिया में थीं। ऑर्थर क्लार्क विज्ञान फंतासी लिखते थे। फिर, इसमें यह भी महत्त्वपूर्ण है उस व्यक्ति ने भी प्रतिक्रिया दी। हम में से बहुत-से लोग ऐसे लोगों को जानते हैं जो उनसे काफ़ी अलग हैं, या जो हमसे ज़्यादा मशहूर

या सफल हैं। लेकिन वे हमेशा जवाबी प्रतिक्रिया नहीं देते। साथ ही इसमें यह भी था कि शिकागो आने पर आर्थर क्लार्क किसी से जुड़ना चाहते थे, किसी दूसरे से संपर्क बनाना चाहते थे। वाइसबर्ग ने इसहाक़ असिमोव को बुलाया। वह बताती हैं कि उस समय असिमोव का शहर में होना एक संयोग ही था। लेकिन अगर असिमोव नहीं होते तो कोई और होता।

वाइसबर्ग की 1950 के दशक की शुक्रवार रात की संगोष्ठियों के बारे में लोगों को जो एक बात याद है वे सब हमेशा, बिना किसी प्रयास के, नस्लीय रूप से अविभाज्य रहते। इसमें बात यह नहीं है कि अगर यह संगोष्ठी नहीं होती तो अश्वेत उत्तरी हिस्से के श्वेतों से मिलते-जुलते नहीं थे। तब ऐसा बेहद दुर्लभ लेकिन मुमकिन था। इसमें बात यह है कि 1950 के दशक में शिकागो में अश्वेतों का श्वेतों से मिलना अचानक नहीं होता था। यह तभी होता था जब कोई विशेष व्यक्ति ऐसा करवाता था। जब असिमोव और क्लार्क वाइसबर्ग में वह ख़ासियत होने की बात करते हैं, भले ही वो कुछ भी हो, यह लोगों को साथ लाती है।

वाइसबर्ग के साथ काम कर चुकी वैंडी विलरिच बताती हैं, “उनमें किसी क़िस्म का दंभ नहीं है। एक बार मैं उनके साथ किसी के पेशेवर फ़ोटोग्राफ़ी स्टूडियो के दौरे पर गई थी। लोग उन्हें पत्र लिखते थे और वह अपने सभी पत्र खुद देखती थीं। इस व्यक्ति ने उन्हें अपने यहां आमंत्रित किया था जिसे उन्होंने स्वीकार कर लिया। वो मूलतः शादियों में फ़ोटो खींचता था। उन्होंने उससे मिलने का फ़ैसला किया। मैं सोच रही थी, हे ईश्वर, क्या हमें पैंतालीस मिनट उसी स्टूडियो में रहना होगा? वो एयरपोर्ट के पास ही था। यहां हम शिकागो शहर की सांस्कृतिक मामलों की आयुक्त की बात कर रहे हैं। लेकिन उन्हें वो बेहद दिलचस्प लगा।” क्या वो सचमुच दिलचस्प था? कौन जाने? बात यह है कि लुइस को वो दिलचस्प लगा क्योंकि, उन्हें किसी न किसी मायने में सभी में कुछ न कुछ दिलचस्प लगता है। उनकी दोस्तों में से एक ने मुझे बताया कि वाइसबर्ग, “हमेशा कहती हैं - ओह, मेरी एक बहुत शानदार व्यक्ति से मुलाक़ात हुई। तुम्हें भी वो पसंद आएगा।” और वो उस व्यक्ति को लेकर इतनी उत्साहित हो जाती हैं जितना वो किसी पहले व्यक्ति से मिलकर हुई होंगी, और जानते हैं, वह अक्सर सही होती हैं।” उनकी एक अन्य मित्र हेलेन डोरिया ने मुझे बताया, “लुइस आपमें वो चीज़ें देख लेती हैं जो आपको खुद दिखाई नहीं देती होंगी।” जो इसी बात

को अलग तरीक़े से कहना है कि प्रकृति की अद्भुत विचित्रता के कारण, लुइस व उनके जैसे अन्य लोग में एक ऐसा अंतर्बोध होता है, जो उन्हें उनसे मिलने वाले लोगों से संबंध जोड़ने में मदद करता है। जब वाइसबर्ग दुनिया को देखती हैं या जब रॉजर हॉर्श्यो विमान में आपके पास बैठे हों, तब वे दुनिया को वैसे नहीं देखते जैसे शेष हम सब देखा करते हैं। वे संभावनाओं को देखते हैं। और जब हम में से अधिकतर यह चुन रहे होते हैं कि हमें किससे पहचान बढ़ानी है, और उन लोगों को अस्वीकार कर रहे होते हैं जो हमें ठीक नहीं लगते, या जो एयरपोर्ट के पास ही रहते हों, या जिन्हें हमने बीते पैंसठ सालों में नहीं देखा, लुइस और रॉजर को वे सब पसंद आते हैं।

4.

कनेक्टर किस तरह काम करते हैं इसका सबसे अच्छा उदाहरण समाज-विज्ञानी मार्क ग्रैनोवेटर के काम में दिखता है। अपने 1974 के उत्कृष्ट शोध *गैटिंग अ जॉब* में, ग्रैनोवेटर ने न्यूटन के बोस्टन इलाक़े के कुछ सौ पेशेवरों और तकनीकी कर्मचारियों का अध्ययन करते हुए उनके रोज़गार इतिहास का कुछ विवरण लेने के लिए साक्षात्कार किया। उन्होंने पाया कि उन्होंने जिन लोगों से भी बात की थी उसमें से 56 फ़ीसदी को वह नौकरी व्यक्तिगत संपर्क के माध्यम से मिली थी। शेष 18.8 फ़ीसदी को औपचारिक साधनों - जैसे विज्ञापन, रोज़गार खोज एजेंसी आदि के माध्यम से मिली और तक़रीबन 20 फ़ीसदी ने सीधे आवेदन किया था। इसमें ज़्यादा हैरानी की बात नहीं है कि भीतर प्रवेश का सबसे अच्छा तरीक़ा व्यक्तिगत संपर्क ही होता है। लेकिन, ग्रैनोवेटर को एक अजीब बात मिली कि इन व्यक्तिगत संपर्कों में से अधिकांश "कमज़ोर संबंध" थे। नौकरी पाने में संपर्क का इस्तेमाल करने वालों में से केवल 16.7 फ़ीसदी अपने संपर्क से "अक्सर" मिलते हैं, वो भी अगर वह संपर्क अच्छा दोस्त हो। और 55.6 फ़ीसदी अपने संपर्क से "कभी-कभार" ही मिले होते हैं। तथा 28 फ़ीसदी ने अपने संपर्क को "शायद ही कभी" देखा होता है। लोगों को नौकरी अपने दोस्तों के माध्यम से नहीं मिल रही बल्कि जान-पहचान के कारण मिल रही है।

ऐसा क्यों है? ग्रैनोवेटर तर्क देते हैं कि ऐसा इसलिए क्योंकि जब बात नई नौकरी तलाशने की आती है - या तत्संबंधित नई सूचना, या नए

विचार की आती है, तब "कमज़ोर संबंध" मज़बूत संबंधों से हमेशा ज़्यादा महत्त्वपूर्ण होते हैं। आपके दोस्त, अंततः, उसी दुनिया के होते हैं जिससे आप हैं। वे शायद आपके साथ काम करते होंगे, या आपके निकट ही रहते होंगे, या आपके वाले धार्मिक स्थलों, स्कूलों, या पार्टियों में जाते होंगे। तो आख़िर वे ऐसा क्या जानते होंगे जो आप नहीं जानते? वहीं दूसरी ओर, आपके जान-पहचान वालों का ठहराव आपकी दुनिया से काफ़ी अलग होता है। उन्हें ऐसा कुछ पता होने की ज़्यादा संभावना है जो आप नहीं जानते। इस स्पष्ट विरोधाभास को समझने के लिए, ग्रैनोवेटर ने 'कमज़ोर संबंधों की ताक़त' का अनोखा वाक्यांश गढ़ लिया। संक्षेप में, जान-पहचान वाले सामाजिक शक्ति के स्रोत का प्रतिनिधित्व करते हैं। आपकी जान-पहचान जितने ज़्यादा लोगों से होगी, आप उतने ही ज़्यादा शक्तिशाली होंगे। कमज़ोर संबंधों में माहिर लुइस वाइसबर्ग और रॉजर हॉर्श्यो जैसे कनेक्टर असाधारण रूप से शक्तिशाली हैं। हम इसके लिए उन पर निर्भर हो सकते हैं कि वे हमें उन अवसरों और दुनियाओं तक पहुंचाएं जिनसे हमारा कोई संबंध नहीं है।

निश्चित ही यह सिद्धांत केवल नौकरियों तक ही सीमित नहीं है। यह रेस्टोरेंट, फ़िल्में, फ़ैशन ट्रेंड्स, या ऐसी किसी भी चीज़ पर लागू हो सकता है जिसका ज़बानी प्रचार संभव हो। ऐसा नहीं है कि केवल कनेक्टर से जितना ज़्यादा क़रीब होंगे, उतना ही ज़्यादा शक्तिशाली, या समृद्ध या अधिक अवसर हासिल कर सकेंगे। इसमें यह भी है कि एक विचार या उत्पाद कनेक्टर के जितना क़रीब होगा, उसे उतनी ही ज़्यादा ताक़त और अवसर मिल सकेंगे। क्या यही तो हश पपीज़ के अचानक प्रमुख फ़ैशन ट्रेंड बन जाने का कारण नहीं था? ईस्ट विलेज से मध्य अमेरिका तक के पूरे रास्ते में निश्चित ही कोई कनेक्टर या कनेक्टरों की श्रंखला उन पर मोहित रही होगी। और उनके विशाल सामाजिक संपर्कों के माध्यम से, उनके कमज़ोर संबंधों की लंबी सूची द्वारा, उनकी विभिन्न दुनियाओं और उपसंस्कृतियों में भूमिका के कारण, निश्चित ही उनमें इन जूतों को एक साथ हज़ारों दिशाओं में फैलाने की क्षमता होगी - जिससे वे शीर्ष पर पहुंच सके। हश पपीज़ एक मायने में सौभाग्यशाली रहे। और शायद अमेरिकी की मुख्यधारा में अपनी जगह नहीं बना पाने वाले बहुत-से फ़ैशन ट्रेंड का यह बस दुर्भाग्य ही है कि वे किसी कनेक्टर की स्वीकार्यता हासिल नहीं कर सके।

हॉश्यों की पुत्री सैली ने मुझे वो कहानी बताई कि किस तरह एक बार वो अपने पिता को उस जापानी रेस्त्रां में ले गई जहां उनका दोस्त शेफ़ था। हॉश्यों को खाना पसंद आया। और जब उन्होंने घर जाकर अपना कंप्यूटर खोला और अपने आसपास के जान-पहचान वालों के नाम निकाले और उन्हें फ़ैक्स भेजा कि उन्हें एक कितना शानदार रेस्टोरेंट मिला है और उन्हें भी उसको आज़माना चाहिए। यह भी, संक्षेप में, ज़बानी प्रचार जैसा ही है। यह ऐसा ही है जैसे मैंने आपको नए रेस्टोरेंट और उसके लज़ीज भोजन के बारे में बताया और आपने इसे अपने दोस्त को और उस दोस्त ने अपने दोस्त को इसके बारे में बताया। ज़बानी प्रचार की शुरुआत वहां से होती है जब इस श्रंखला में रॉजर हॉश्यों जैसे व्यक्ति को कोई बात बताई जाए।

5.

अब यहां हम स्पष्टीकरण देंगे कि पॉल रिवीयर की अर्ध-रात्रि यात्रा ने ज़बानी प्रचार की महामारी को आरंभ किया जबकि विलियम की यात्रा ऐसा नहीं कर सकी। पॉल रिवीयर अपने समय के रॉजर हॉश्यों या लुइस वाइसबर्ग थे। वह कनेक्टर थे। उदाहरण के लिए वह मिलनसार और गहन सामाजिक थे। उनकी मृत्यु होने पर उनकी अंत्येष्टि को एक समकालीन अख़बार ने “लोगों की फौज” के रूप में व्यक्त किया। वह एक मछुआरे, शिकारी, ताश के खिलाड़ी, थियेटर के प्रेमी, पब में आते रहने वाले, और एक सफल व्यापारी थे। वह स्थानीय मेसोनिक लॉज में सक्रिय थे और बहुत-से चुनिंदा सोशल क्लबों के सदस्य भी थे। वह कर्मयोगी थे, एक सौभाग्यशाली व्यक्ति, जिसे डेविड हैकेट फिश़र अपनी उम्दा पुस्तक - *पॉल रीवियर्स राइड* - में “घटनाओं के केंद्र में रहने की अलौकिक प्रतिभा” बताते हैं। फ़िशर लिखते हैं :

> जब बोस्टन सन् 1774 में अपनी पहली स्ट्रीट लाइटें आयात कर रहा था तब पॉल रिवीयर से इसकी व्यवस्था देख रही कमेटी में सेवा देने के लिए पूछा गया। जब बोस्टन के बाज़ारों को नियमों की आवश्यकता पड़ी, तो पॉल रिवीयर को इसका क्लर्क बनाया गया था। क्रांति के बाद, महामारी के समय, उन्हें बोस्टन का स्वास्थ्य अधिकारी और सफक़ काउंटी का मृत्यु समीक्षक चुना

गया। जब ओल्ड वुडन टाउन में बड़ी आग भड़की, तो उन्होंने मेसाचुसेट्स म्यूचुअल फ़ायर इंश्योरेंस कंपनी स्थापित करने में मदद दी, और उनका नाम इसके निगमन चार्टर में सबसे ऊपर था। चूंकि नए गणराज्य में ग़रीबी बड़ी समस्या बनती जा रही थी इसलिए उन्होंने एक मीटिंग बुलाई और मेसाचुसेट्स चैरिटेबल मेकैनिक असोसिएशन का गठन किया, और इसके पहले अध्यक्ष चुने गए। जब बोस्टन समुदाय उनकी पीढ़ी के सबसे सनसनीखेज हत्या के मुकदमे से स्तंभित था, तब पॉल रिवीयर को इसकी ज्यूरी के ज्यूरी-प्रमुख के तौर पर चुना गया था।

अगर रिवीयर को सन् 1775 की बोस्टन जनगणना में से यत्र-तत्र 250 कुलनाम निकाल कर दिए जाते, तो इसमें कोई सवाल ही नहीं है कि उन्हें पूरे 100 अंक मिलते।

सन् 1773 में बोस्टन टी पार्टी के बाद, जब ब्रिटिश शासकों के प्रति अमेरिकी उपनिवेशों का क्रोध उफान पर आने लगा, तब न्यू इंग्लैंड में चारों ओर क्रोधित उपनिवेशिकों की दर्जनों कमेटियां और सभाएं पनपने लगीं। उनके पास संवाद के लिए कोई औपचारिक संस्था या संगठन नहीं था। लेकिन पॉल रिवीयर तुरंत ही उन दूर तक फैले क्रांतिकारी बिंदुओं की मिलान रेखा के तौर पर सामने आए। वह फ़िलाडेल्फ़िया से न्यू यॉर्क और वहां से न्यू हैम्पशायर तक की नियमित यात्राओं द्वारा संदेशों को एक समूह से दूसरे समूह तक पहुंचाते थे। बोस्टन में भी उन्होंने अहम भूमिका निभाई। क्रांति के वर्षों के दौरान बोस्टन में "विग्स" (क्रांतिकारियों) के सात समूह थे, जिनसे 255 लोग जुड़े थे। इनमें से अधिकांश लोग, तक़रीबन 80 फ़ीसदी केवल एक समूह में थे। कोई भी इन सातों का सदस्य नहीं था। केवल दो ही लोग ज़्यादा से ज़्यादा पांच समूहों के सदस्य थे : पॉल रिवीयर उन दो में से एक थे।

तब, सन् 1774 में, ब्रिटिश सेना का अनुभवहीन क्रांतिकारी आंदोलन द्वारा एकत्रित शस्त्र और गोला-बारूद के गोदामों को जड़ से मिटाने और नष्ट करने के गोपनीय अभियान की शुरुआत कोई हैरान कर देने वाली बात नहीं थी। रिवीयर एक तरह से ब्रिटिश-विरोधी ताक़तों के अनाधिकारिक निकास केंद्र बन गए। वह हर किसी को जानते थे। वह उन तार्किक व्यक्तियों

में से थे जिनके पास 18 अप्रैल, 1775 की दोपहर अस्तबल में काम करने वाला लड़का जा सका। जिसने दो ब्रिटिश अधिकारियों को अगली दोपहर किस तरह मज़ा चखाना है इस पर बात करते सुना था। और ना ही इसमें कोई हैरानी की बात है जब रिवीयर लेक्सिंग्टन के लिए निकले, तब वह जानते थे कि इस ख़बर को जितना हो सके उतना दूर तक कैसे फैलाया जा सकता है। जब उन्होंने सड़क पर लोगों को देखा तो स्वाभाविक व अत्यधिक सामाजिक होकर वहां रुके और उन्हें इस बारे में बताया। किसी शहर में पहुंचने पर वह जानते थे कि किसके दरवाज़े पर जाना है, वहां का स्थानीय नागरिक-रक्षक नेता कौन है, उस शहर के प्रमुख कर्ताधर्ता कौन हैं। वो इन सबसे पहले भी मिल चुके थे। और वह सब भी उनको जानते तथा उनका सम्मान करते थे।

लेकिन विलियम डावेस? फ़िशर को इस बात पर यक़ीन नहीं होता कि डावेस ने लेक्सिंग्टन की पूरे सत्रह मील की यात्रा के दौरान किसी से भी बात की होगी। क्योंकि उनके पास रिवीयर जैसा सामाजिक उपहार नहीं था, क्योंकि ऐसा कोई रिकॉर्ड नहीं है जिसमें किसी को भी उस रात उनकी कोई याद हो। फ़िशर लिखते हैं, "पॉल रिवीयर के उत्तरी मार्ग पर सभी शहरों के नेताओं और कंपनी कप्तानों ने तुरंत ही चेतावनी जारी कर दी। वहीं विलियम डावेस के दक्षिणी सर्किट में, ऐसा काफ़ी देर तक नहीं हुआ था। कम से कम एक शहर में तो ऐसा बिलकुल नहीं हुआ। डावेस ने रॉक्सबरी, ब्रूकलाइन, वॉटरटाउन, या वॉलथम शहरों के शहर प्रमुखों और नागरिक-रक्षा कमांडरों को नहीं चेताया।" क्यों? क्योंकि रॉक्सबरी, ब्रुकलाइन, वॉटरटाउन और वॉलथम बोस्टन नहीं थे। और डावेस हर तरह से सामान्य सोशल सर्किल वाला व्यक्ति था, जिसका अर्थ है कि -हम में से अधिकतर जैसा- अपने शहर से बाहर निकलने के बाद उसे शायद पता ही नहीं था कि वो किसका दरवाज़ा खटखटाए। डावेस के यात्रा मार्ग पर केवल एक छोटे-से समुदाय को यह संदेश मिला था कि पड़ोस के ही कुछ किसानों को वॉलथम फ़ार्म्स कहा जाता है। लेकिन चेतावनी को चरम पर पहुंचाने के लिए केवल उन कुछ घरों को सावधान करना काफ़ी नहीं था। ज़बानी प्रचार की महामारी कनेक्टरों का काम है। विलियम डावेस बस एक आम आदमी था।

6.

यह सोचना एक भूल होगी कि सामाजिक महामारी के मामले में केवल कनेक्टर ही महत्त्व रखते हैं। रॉजर हॉर्श्यो ने अपनी पुत्री के दोस्त के रेस्टोरेंट का प्रचार करने के लिए दर्जनों फ़ैक्स भेजे। लेकिन वह खुद उस रेस्टोरेंट को नहीं तलाश सके थे। किसी और ने ऐसा किया और उन्हें इसके बारे में बताया। हश पपीज़ के उत्थान में किसी बिंदु पर कनेक्टरों ने जूतों को तलाशा था, जिन्होंने हश पपीज़ जूतों के फिर से चलन में लौटने की बात दूर-दराज तक फैलाई। लेकिन कनेक्टरों को हश पपीज़ के बारे में किसने बताया? यह भी संभव है कि कनेक्टरों को इस नई सूचना के बारे में पूरी तरह अव्यवस्थित प्रक्रिया द्वारा पता चला हो। क्योंकि वे इतने सारे लोगों को जानते हैं तो उन्हें किसी भी चीज़ की जानकारी उसके उभरते ही हो जाती है। अगर आप सामाजिक महामारी को नज़दीक से देखेंगे, तो यह साफ़ हो जाएगा कि जिस तरह हम अपने आपको दूसरे लोगों से जोड़ने के लिए कनेक्टर पर निर्भर होते हैं, उसी तरह हम उन लोगों पर भी निर्भर होते हैं जो हमें नई सूचनाओं के साथ जोड़ते हैं। कुछ लोग स्पेशलिस्ट (विशेषज्ञ) होते हैं, और कुछ सूचना विशेषज्ञ भी होते हैं।

निस्संदेह, कई बार ये दोनों विशेषज्ञ एक ही रूप में मिल जाते हैं। उदाहरण के लिए, पॉल रिवीयर की शक्ति का एक अंश यह भी है कि वह केवल नेटवर्कर नहीं हैं। वह बस बोस्टन उपनिवेश में सबसे बड़े रोलोडैक्स वाले व्यक्ति नहीं हैं। वह ब्रिटिशों से संबंधित सूचनाएं एकत्रित करने में सक्रिय रूप से लगे हुए थे। सन् 1774 के अंत में, उन्होंने एक गुप्त समूह स्थापित किया जो नियमित रूप से ग्रीन ड्रेगन टैवर्न में ब्रिटिश सेनाओं की गतिविधियों पर निगरानी से मिले ब्योरे को देने के उद्देश्य से मिलता था। उसी वर्ष दिसंबर में, इस समूह को पता चला कि ब्रिटिश, बोस्टन से पचास मील उत्तर में स्थित पोर्ट्समाउथ हार्बर के प्रवेश के निकट उपनिवेश नागरिक-रक्षकों द्वारा एकत्रित गोलाबारूद पर कब्ज़ा करने का मंसूबा बना रहे हैं। 13 दिसंबर की बर्फ़ जैसी ठंडी सुबह, रिवीयर घनी बर्फ़ के बीच से निकलकर स्थानीय नागरिक-रक्षकों को सचेत करने पहुंच गए कि ब्रिटिश उनकी तरफ़ बढ़ रहे हैं। उन्होंने ख़ुफ़िया जानकारी निकाली, और उसे आगे पहुंचा दिया। पॉल रिवीयर कनेक्टर थे। लेकिन वह इसके साथ ही - तीन में दूसरी

तरह के व्यक्ति - मेवन थे, जो ज़बानी प्रचार की महामारी को नियंत्रित करता है।

मेवन शब्द यहूदी भाषा से आया है, जिसका अर्थ है, ऐसा व्यक्ति जो ज्ञान संग्रहीत करता हो। अभी हाल के वर्षों में, अर्थशास्त्रियों ने मेवन का अध्ययन करने में काफ़ी समय लगाया है। जिसका स्पष्ट कारण है कि अगर बाज़ार सूचनाओं पर निर्भर हैं, तो जिन लोगों से पास सबसे अधिक सूचना है वे सबसे महत्त्वपूर्ण होने चाहिए। उदाहरण के लिए, कई बार जब सुपरमार्केट को किसी ख़ास उत्पाद की बिक्री बढ़ानी हो, तो वो उनके सामने एक प्रमोशन स्टीकर लगा देता है, जिस पर "हर दिन सस्ता!" जैसा कुछ लिखा होता है जबकि क़ीमत वही होती है। ऐसा उत्पाद अधिक उभरकर सामने आता है। सुपरमार्केट ने पाया कि जब वे ऐसा करते हैं तब अनिवार्य रूप से उस उत्पाद की बिक्री शीर्ष पर पहुंच जाती है। बिलकुल उसी तरह जैसे उत्पाद पर वास्तव में छूट मिलने पर होता है।

यहीं से आप इस बारे में सोचने लगते हैं, एक संभावित गड़बड़ जानकारी का अंश। बिक्री या सुपरमार्केट स्पेशल के पीछे का संपूर्ण आधार, यह है कि बतौर उपभोक्ता हम चीज़ों की क़ीमतों को लेकर काफ़ी जागरूक होते हैं और तदनुसार प्रतिक्रिया देते हैं : कम क़ीमत होने पर हम ज़्यादा ख़रीदते हैं और अधिक क़ीमत होने पर कम ख़रीदारी करते हैं। लेकिन अगर हम तब कुछ ज़्यादा ख़रीदें जब क़ीमत कम नहीं हुई हों, तो सुपरमार्केट को अपनी क़ीमतें कभी कम नहीं करने से कौन रोक सकेगा? तब उन्हें हमारे हर बार वहां जाने पर निरर्थक "हर दिन सस्ता" जैसी धोखाधड़ी से कैसे रोकें? इसका जवाब है कि हालांकि हम में से अधिकांश लोग क़ीमत नहीं देखते, हर रिटेल विक्रेता जानता है कि ऐसा बहुत कम लोग करते हैं, और अगर उन्हें इसमें अनुचित मिलेगा - ऐसा प्रचार जो वास्तव में प्रचार नहीं है - तो वे इसके ख़िलाफ़ कुछ न कुछ ज़रूर करेंगे। अगर स्टोर यह तरीक़ा बार-बार आज़माएगा, तो ये लोग इसे फ़ौरन पहचान लेंगे और प्रबंधन और अपने दोस्तों व जान-पहचान वालों को उस स्टोर में जाने से बचने के लिए कहेंगे। यही वे लोग हैं जो बाज़ार को ईमानदार बनाए रखते हैं। कोई दस वर्ष पूर्व जब इस समूह को पहली बार पहचाना गया, तो अर्थशास्त्रियों ने इन्हें जानने के लिए काफ़ी अध्ययन किया। उन्हें वे जीवन के हर क्षेत्र में व हर सामाजिक-आर्थिक समूह में मिले। इनमें से एक नाम, "क़ीमत

निगरानी" करने वाला है। दूसरे, जो ज़्यादा आम है, इन्हें "मार्केट मेवन" नाम देते हैं।

नेब्रास्का विश्वविद्यालय में मार्केटिंग प्रोफ़ेसर और मेवन अनुसंधान में अग्रणी लिंडा प्राइस ने उन साक्षात्कारों के वीडियोटेप बनाए हैं जो उन्होंने इन कुछ मेवन के किए थे। इनमें से एक में, एक बढ़िया कपड़े पहने व्यक्ति बेहद उत्साह के साथ बता रहा था कि वो ख़रीदारी कैसे करता है। उसकी पूरी बातचीत निम्न है :

> क्योंकि मैं वित्तीय पृष्ठों पर निकट से नज़र रखता हूं, इसलिए मुझे ट्रेंड दिखाई दे जाते हैं। इसका एक उत्कृष्ट उदाहरण कॉफ़ी है। दस साल पहले जब पहला कॉफ़ी संकट आया था, तब मैं ब्राज़ील की ठंड और दीर्घावधि में इसके कॉफ़ी की क़ीमतों पर पड़ने वाले प्रभाव पर नज़र रखे था। और इसलिए मैंने कहा कि मैं बड़ी मात्रा में कॉफ़ी ख़रीद कर रख लूंगा।

साक्षात्कार के दौरान, इस बिंदु पर उस व्यक्ति के चेहरे पर भारी मुस्कान खेल रही थी।

> मैंने कॉफ़ी के तक़रीबन पैंतीस या चालीस कैन ख़रीद कर रख लिए। और मैंने उन्हें इस हास्यास्पद क़ीमत पर ख़रीदा जब तीन-पौंड का कैन 2.79 डॉलर और 2.89 डॉलर का था... आज उसी तीन-पौंड के कैन की क़ीमत 6 डॉलर है। मुझे ऐसा करके मज़ा आया।

क्या आपने इसमें जुनून का स्तर देखा? उसे दस साल बाद भी कॉफ़ी के कैन की क़ीमत तक याद थी, वो भी सेंट तक।

हालांकि, मेवन के साथ महत्त्वपूर्ण बात यह होती है कि वे सूचनाओं के निष्क्रिय संग्रहकर्ता नहीं होते। यह सिर्फ़ इतना ही नहीं है कि उन्हें कॉफ़ी का कैन कितना सस्ता ख़रीदने का जुनून है। उन्हें जो चीज़ अलग बनाती है वो यह कि एक बार जब उन्हें पता लग जाता है कि यह सौदा कैसे हो सकता है, तो वे आपको भी इस बारे में बताना चाहते हैं। "मेवन वह व्यक्ति है जिसके पास बहुत-सी भिन्न तरह की चीज़ों या क़ीमतों या स्थानों के बारे

में सूचनाएं होती हैं। यह व्यक्ति उपभोक्ताओं के साथ चर्चा आरंभ करना और उनके सवालों के जवाब देना चाहता है।" प्राइस कहती हैं, "वे बाज़ार में मददगार बनना चाहते हैं। वे कूपन बांटते हैं। वे आपको ख़रीदारी के लिए ले जाएंगे। वे आपके लिए ख़रीदारी करने चले जाएंगे... वे अन्य लोगों के मुक़ाबले चार गुना ज़्यादा कूपन बांट देंगे। यही वे लोग हैं जो दूसरों को बाज़ार से जोड़ते हैं और बाज़ार की अंदरूनी जानकारी रखते हैं। वे यह तक जानते हैं कि रिटेल स्टोर में शौचालय कहां हैं। वे इतने जानकार होते हैं।" वे विशेषज्ञों से भी बढ़कर होते हैं। प्राइस कहती हैं, "एक विशेषज्ञ कार के बारे में इसलिए बात करता है, क्योंकि उसे वो पसंद हैं। लेकिन वो कार के बारे में इसलिए बात नहीं करते, क्योंकि उन्हें आप पसंद हैं, और वे आपको फ़ैसला लेने में मदद करना चाहते हैं। जबकि मार्केट मेवन ऐसा ही करते हैं। वे समाज के प्रति अत्यधिक प्रेरित होते हैं।"

प्राइस कहती हैं कि आधे से ज़्यादा अमेरिकी ऐसे मेवन को, या मेवन के विवरण के निकट के व्यक्ति को जानते हैं। बल्कि, उन्होंने खुद भी, अपने एक विचार में ऐसे व्यक्ति को आधार बनाया है जिससे उनकी ग्रैजुएट स्कूल के दौरान मुलाक़ात हुई। वह व्यक्ति इतना स्मरणीय था कि उसका व्यक्तित्व उनके आज के पूरे मार्केटिंग जगत के अनुसंधान के क्षेत्र का आधार बना है।

प्राइस कहती हैं, "मैं टेक्सास विश्वविद्यालय से पीएच.डी. कर रही थी। तब मुझे इस बात का अहसास नहीं हुआ कि मेरी एक आदर्श मेवन से मुलाक़ात हुई है। वो यहूदी था और यह ईस्टर का दिन था और मैं हैम तलाश रही थी। मैंने उससे इस बारे में पूछा। और उसने कहा, आप जानती हैं कि मैं यहूदी हूं, लेकिन यह एक भोज्य पदार्थ की दुकान है और आपको यहां ये इस क़ीमत पर मिल जाएगा।" प्राइस इसे याद करके हंसने लगती हैं, "आपको उसे देखना चाहिए था। उसका नाम मार्क अल्पर्ट था।"

7.

मार्क अल्पर्ट पचास के लगभग उम्र के पतले और ऊर्जावान व्यक्ति हैं। उनके बाल काले, नाक तीखी और दो छोटी, ज्वलंत और बुद्धिमानी से भरी आंखें हैं। वह जल्दी-जल्दी और बिलकुल ठीक व पूरे अधिकार के साथ बोलते हैं। वह उन लोगों में से नहीं हैं जो कहते हैं कि कल बहुत गर्मी थी। वह कहेंगे

कल 87 डिग्री तापमान वाली गर्मी थी। वह सीढ़ियों पर चलते नहीं हैं। बल्कि एक छोटे बच्चे की तरह दौड़कर चढ़ जाते हैं। वह ऐसा दिखाते हैं जैसे उन्हें हर चीज़ के प्रति दिलचस्पी और उत्सुकता है। इस उम्र में भी, अगर आप उन्हें बच्चों का कैमिस्ट्री सेट दे दें तो वह बार-बार उसे लेकर बैठने और नए अजीब मिश्रण बनाने में खुश रहेंगे।

अल्पर्ट का लालन-पालन मिडवेस्ट में हुआ। वह उस व्यक्ति के पुत्र हैं जिसने उत्तरी मिनेसोटा में पहला डिस्काउंट स्टोर चलाया था। उन्होंने दक्षिण कैलिफ़ोर्निया विश्वविद्यालय से पीएच.डी. की और अब टेक्सास विश्वविद्यालय के स्कूल ऑफ़ बिजनेस एडमिनिस्ट्रेशन में पढ़ाते हैं। लेकिन वास्तव में उनके अर्थशास्त्री के स्तर और मेवनवादी होने के बीच कोई संबंध नहीं है। अगर अल्पर्ट प्लंबर होते, तब भी उनकी बाज़ार के तौर-तरीक़ों के बारे में जानकारी इतनी ही सटीक और संपूर्ण व ज्ञानपूर्ण होती।

हम ऑस्टिन में झील के सामने स्थित रेस्टोरेंट में दोपहर के भोजन के लिए मिले। मैं वहां पहले पहुंचा और एक टेबल पसंद कर ली। वह बाद में आए और मुझसे दूसरी टेबल पर चलने के लिए कहा, जो उनके अनुसार अधिक बेहतर थी। और वो थी। मैंने उनसे पूछा कि वह जो कुछ भी ख़रीदते हैं, कैसे ख़रीदते हैं, और उन्होंने बताना शुरू किया। उन्होंने बताया कि उनके पास डिश टीवी की जगह केबल टीवी क्यों है। उन्होंने मुझे लियोनार्ड माल्टिन की नई फ़िल्म *गाइड* की अंदरूनी गुप्त जानकारी के बारे में बताया। उन्होंने मुझे मैनहट्टन के पार्क सेंट्रल होटल के एक संपर्क का नाम बताया जो वहां सस्ता सौदा करवा सकता है। ("मैल्कम, उस होटल में निन्यानवे डॉलर का कमरा है। और रैक रेट एक सौ नवासी डॉलर है!") फिर उन्होंने बताया कि रैक रेट क्या होता है। (होटल के कमरे का शुरुआती, मगर बदलने योग्य किराया)। उन्होंने मेरे टेप रिकॉर्डर की तरफ़ संकेत किया। उन्होंने कहा, "मुझे लगता है कि आपका टेप समाप्त हो गया है।" वो हो गया था। उन्होंने मुझे समझाया कि मुझे ऑडी कार क्यों नहीं लेनी चाहिए। ("वे जर्मन हैं, इसलिए उनके साथ सौदा करना मुश्किल है। पहले वे आपको समय से ज़्यादा वारंटी दे देते थे, लेकिन अब नहीं देते। उनका डीलर नेटवर्क बहुत छोटा है। इसलिए इसकी सर्विस नहीं मिल पाती। मुझे उन्हें चलाना पसंद है, लेकिन मैं इसे ख़रीदना नहीं चाहता।" मुझे कौन-सी कार लेनी चाहिए, उन्होंने मुझे बताया कि मर्करी मिस्टीक लो, क्योंकि यह चलने में कहीं अधिक महंगी यूरोपीय

सेडान जैसी है। "उनकी बिक्री नहीं हो रही, इसलिए तुम्हें यह काफ़ी सस्ती मिल जाएगी। तुम फ़्लीट बायर के यहां जाओ। वहां महीने की पच्चीस तारीख़ को जाना। तुम्हें पता ही होगा...") इसके बाद उन्होंने नया टीवी ख़रीदने में उन्हें लगे कई महीनों का विवरण दिया जो काफ़ी लंबा और कहीं-कहीं हास्यास्पद था। अगर मुझे या आपको इस तरह से अनुभव से गुज़रना पड़े -जिसमें टीवी को वापस भेजना, और इसके हर छोटे इलेक्ट्रॉनिक विवरण तथा वारंटी के बारीक अक्षरों की तुलना का श्रम करना हो- तो मुझे लगता है कि हमारे लिए यह नर्क से भी बदतर होगा। जबकि स्पष्ट था कि अल्पर्ट को यह आनंददायी लग रहा है। प्राइस के अनुसार, मेवन ऐसे लोग होते हैं जो *कंज़्यूमर रिपोर्ट्स* को उत्सुकता से पढ़ते हैं। अल्पर्ट उस तरह के मेवन हैं जो *कंज़्यूमर रिपोर्ट्स* वालों को भी इन्हें सुधारने के लिए लिख सकते हैं। "एक बार उन्होंने कहा कि ऑडी 4000 फ़ॉक्सवैगन डैशर पर आधारित है। यह 1970 के दशक के अंत की बात है। लेकिन ऑडी 4000 बड़ी कार है। मैंने उन्हें पत्र लिखा। इसके बाद ऑडी 5000 फ़ियास्को आई। इसकी अचानक गति बढ़ने की समस्या के कारण *कंज़्यूमर रिपोर्ट्स* ने इसे अपनी नहीं ख़रीदे जाने की सूची में स्थान दिया। लेकिन जब इस समस्या के बारे में पढ़ा तो यही माना कि यह झूठ है... इसलिए मैंने उन्हें पत्र लिखा और कहा कि आपको वास्तव में इसकी जांच करनी चाहिए। मैंने उन्हें ध्यान देने के लिए कुछ सूचनाएं दीं। लेकिन फिर मुझे उनसे कुछ सुनने को नहीं मिला। इससे मैं बहुत परेशान हो गया। उन्हें तो इससे आगे होना चाहिए था।" उन्होंने घृणा में सिर हिलाया। वह मेवनवाद और मेवन बाइबिल से बढ़कर हैं।

कह सकते हैं कि अल्पर्ट, मैं सब जानता हूं जैसी बेहूदगी से दूर हैं। निस्संदेह, फिर भी देखा जा सकता है कि वह इसके कितने निकट हैं। बल्कि अल्पर्ट भी इससे वाक़िफ़ हैं। अल्पर्ट ने मुझे बताया, "मैं सुपरमार्केट में एक बच्चे के पास खड़ा था जिसने सिगरेट ख़रीदने के लिए अपनी आई.डी. दिखाई। मुझे उसे बताने कि तीव्र इच्छा हुई कि मुझे फेफड़ों का कैन्सर हो गया है। एक मायने में, भले ही यह सेवा या प्रभावित करना, जो भी भावना हो, काफ़ी ज़्यादा बढ़ सकती है। आप दखलंदाज़ हो सकते हैं। मैं अत्यधिक निष्क्रिय मेवन होने का प्रयास कर रहा हूं... आपको याद रखना होगा कि यह उनका फ़ैसला है। यह उनकी ज़िंदगी है।" वह इस कारण से बच जाते हैं कि आपको कभी महसूस ही नहीं होता कि वो दिखावा कर रहे हैं। बाज़ार

में उनका दूसरों के साथ जुड़ाव का स्तर कुछ स्वचालित और आभ्यासिक-सा है। यह प्रदर्शन नहीं है। यह काफ़ी कुछ हॉर्श्यो और वाइसबर्ग के सामाजिक अंतर्बोध जैसा है। एक बिंदु पर अल्पर्ट ने एक ब्लॉकबस्टर का वीडियो किराए पर लेने में कूपनों का सबसे बेहतर इस्तेमाल कैसे करें से संबंधित एक पेचीदा कहानी की शुरुआत की। इसके बाद वह खुद रुक गए, जैसे उन्हें अहसास हुआ हो कि वो क्या कह रहे हैं। फिर वो हंसने लगे। "देखो, तुम पूरा एक डॉलर बचा सकते हो! सालभर में मैं कम से कम शराब की पूरी बोतल जितनी क़ीमत बचा लूंगा।" अल्पर्ट लगभग निदानकर्ता जितने मददगार हैं। वो खुद को रोक नहीं सकते। अल्पर्ट कहते हैं, "मेवन वह व्यक्ति होता है जो आमतौर पर अपनी समस्याएं सुलझाते हुए, दूसरों की समस्याएं सुलझाता है।" उनकी बात सही है, हालांकि मेरा मानना है कि इसे विपरीत रूप से कहना भी उतना ही सही है कि मेवन वह व्यक्ति होता है - जो दूसरों की समस्याएं सुलझा कर, अपनी समस्याएं, अपनी भावात्मक ज़रूरतें सुलझाता है। अल्पर्ट को यह जानना परिपूर्ण कर देता है कि इसके बाद मैंने जब भी टेलीविज़न या कार ख़रीदे या न्यू यॉर्क के होटल में रूम लिया तो उसमें उस ज्ञान का उपयोग किया जो उन्होंने मुझे दिया था।

टेक्सास विश्वविद्यालय में उन्हीं के कॉलेज की सहकर्मी लीग़ मैकएलिस्टर ने मुझे बताया, "मार्क अल्पर्ट एक शानदार निस्वार्थ व्यक्ति हैं। मैं बताना चाहूंगी कि मेरे पहली बार ऑस्टिन आने पर उन्होंने मेरे पंद्रह हज़ार डॉलर बचाए थे। उन्होंने घर ख़रीदने के मोल-तोल में मेरी मदद की, क्योंकि वे रियल स्टेट के खेल को बख़ूबी समझते हैं। मुझे वॉशर और ड्रायर चाहिए था। यह सौदा भी उन्होंने ही करवाया। मुझे कार ख़रीदनी थी। मैं वोल्वो लेना चाहती थी क्योंकि मार्क के पास भी वही है। तब उन्होंने मुझे एक ऑनलाइन सर्विस दिखाई जो पूरे टेक्सास में वोल्वो की क़ीमत दिखाती थी और वह मेरे साथ कार ख़रीदने भी गए। उन्होंने मेरे टेक्सास विश्वविद्यालय में रिटायरमेंट प्लान को चुनने में भी मदद की। वह हर चीज़ को आसान बना देते हैं। वह हर चीज़ को संसाधित कर चुके हैं। ऐसे हैं मार्क अल्पर्ट। वह हैं मार्केट मेवन। ईश्वर का आशीर्वाद उन पर बना रहे। इन जैसों से ही अमेरिकी व्यवस्था महान बनी है।"

8.

ऐसी क्या बात है कि महामारी शुरू करने में मार्क अल्पर्ट जैसे लोग इतने अहम हो जाते हैं? स्पष्ट है कि वे ऐसी चीज़ें जानते हैं जो हम सब नहीं जानते। वे हम सबसे ज़्यादा पत्रिकाएं, ज़्यादा अख़बार पढ़ते हैं, और शायद यही वे लोग हैं जो जंक मेल भी पढ़ते हैं। मार्क अल्पर्ट इलेक्ट्रॉनिक उपकरणों की भी अच्छी समझ रखते हैं। अगर आपका नया टेलीविज़न या वीडियो कैमरा ख़राब हो जाए, और उनसे आपकी दोस्ती है, तो आपको उसके बारे में फ़ौरन सब पता लग जाएगा। मेवन में वह ज्ञान और सामाजिक कौशल होता है जिससे वे ज़बानी प्रचार की महामारी आरंभ कर सकते हैं। हालांकि, मेवन को जो चीज़ अलग बनाती है वो उनकी जानकारी नहीं बल्कि वे उसे कैसे प्रदान करते हैं, यह है। यह तथ्य कि मेवन केवल किसी की मदद केवल इसलिए करना चाहते हैं क्योंकि मदद करना उनकी इच्छा है, किसी के भी ध्यान को अत्यंत प्रभावशाली ढंग से आकर्षित कर लेता है।

निश्चित ही यह उस हिस्से का भी स्पष्टीकरण करता है कि आख़िर क्यों उस मध्य-रात्रि की यात्रा में पॉल रिवीयर का संदेश इतना शक्तिशाली रहा था। ब्रिटिशों के आने की ख़बर फ़ैक्स या ग्रुप ई-मेल के माध्यम से नहीं आई थी। ना ही यह विज्ञापनों से घिरी रात की ख़बरों में प्रसारित हुई थी। इसे एक व्यक्ति, एक स्वयंसेवक, ठंड की रात में घोड़े पर बैठकर अपने साथियों की आज़ादी की चिंता के अतिरिक्त बिना किसी व्यक्तिगत एजेंडा के लाया था। हश पपीज़ के साथ भी ऐसा ही हुआ। जूतों ने कनेक्टरों का ध्यान शायद केवल इसीलिए आकर्षित किया क्योंकि वे किसी असहज, व्यापारिक फ़ैशन ट्रेंड का हिस्सा नहीं थे। शायद कोई फ़ैशन मेवन, नए विचार की तलाश में ईस्ट विलेज गया होगा। और उसने पाया कि आप सच में शानदार हश पपीज़ को एक ख़ास किफ़ायती दुकान से, वाजिब क़ीमत पर ले सकते हैं। उसने यह बात अपन दोस्तों को बताई, जिन्होंने अपने लिए ये जूते ख़रीदे क्योंकि मेवन की निजी, निस्वार्थ, विशेषज्ञ राय में कुछ ऐसा होता है कि हर कोई उसे सुनता है। और ज़ैगट रेस्टोरेंट गाइड इतनी लोकप्रिय क्यों है? एक कारण तो यह कि क्योंकि वह किसी भी शहर के सभी रेस्टोरेंट के बारे में आसान निर्देशिका है। लेकिन इसे वास्तविक ताक़त इस तथ्य से मिलती है कि इसकी समीक्षाएं स्वयंसेवक रिपोर्टों की देन हैं। वहां खाना खा चुके वे

लोग जो अपनी राय बाकियों के साथ साझा करना चाहते हैं। हालांकि यह विशेषज्ञों की राय से ज़्यादा सम्मोहक सिफ़ारिश होती है जिनका कार्य रेस्टोरेंट का मूल्यांकन करना होता है।

अल्पर्ट से बात करते हुए मैंने ज़िक्र किया कि मैं कुछ ही हफ़्तों में लॉस एंजिलिस जाने वाला हूं। उन्होंने बिना किसी झिझक के कहा, "वहां वेस्टवुड में एक जगह है जो मुझे रहने के लिहाज़ से पसंद आई। द सेंचुरी विलशायर। यह यूरोपीय शैली का बेड-एंड-ब्रेकफ़ास्ट है। उनके कमरे बहुत अच्छे हैं। गर्म पानी वाला स्वीमिंग पूल है। भूमिगत पार्किंग है। पांच या छह साल पहले जब आख़िरी बार मैं वहां गया था तब कमरे सत्तर डॉलर के आसपास और जूनियर सुइट्स एक सौ दस डॉलर के आसपास से शुरू थे। वे आपको पूरे हफ़्ते का रेट बताते हैं। यह लगभग 800 डॉलर के क़रीब होता है।" अब आख़िर वो अनुभवी-मेवन थे, मैं लॉस एंजिलिस में सेंचुरी विलशायर में ही रुका, और इसमें वो सब बल्कि उससे कुछ ज़्यादा ही था, जो उन्होंने कहा था। घर वापस लौटने के बाद, मैं पूरी तरह बदल गया था। मैं बताना चाहूंगा - कि इसके बाद मैंने अपने दो दोस्तों से और एक ही महीने के भीतर दो और दोस्तों से सेंचुरी विलशायर की अनुशंसा की। और मैं कल्पना ही कर सकता हूं कि मैंने जिन्हें उस होटल के बारे में बताया था उन्होंने कितने लोगों को इसके बारे में बताया होगा। फिर मार्क अल्पर्ट ने मेरी तरह और कितने ही लोगों को इस होटल के बारे में बताया होगा। तब मुझे अहसास हुआ कि मैं एक छोटे मार्क अल्पर्ट-निर्मित, ज़बानी महामारी के बीच में खड़ा हूं। निश्चित ही, अल्पर्ट किसी रॉजर हॉर्श्यो जैसे कनेक्टर जितनी ज़्यादा लोगों को नहीं जानते होंगे, इसलिए उनकी ट्रांसमिशन शक्ति वैसी प्राकृतिक नहीं है। लेकिन पुनः, अगर रॉजर हॉर्श्यो लास एंजिलिस की यात्रा के दौरान आपसे बात कर रहे हों, तो वे शायद आपको यह सलाह नहीं देंगे कि आप कहां पर रुकें। अल्पर्ट हमेशा बताएंगे। और अगर हॉर्श्यो अनुशंसा करते हैं, तो आप उसे मान भी सकते हैं और नहीं भी। आप उनकी सलाह को उतनी ही गंभीरता से लेंगे जितना किसी दोस्त की सलाह को लेते हैं। लेकिन अगर मार्क अल्पर्ट आपको सलाह देते हैं, तो आप उसे हमेशा मानेंगे। एक कनेक्टर अपने दस दोस्तों को बता सकता है कि लॉस एंजिलिस में कहां ठहरें, और उनमें से शायद आधे उनकी सलाह मानेंगे। एक मेवन पांच लोगों को बताएगा कि लॉस एंजिलिस में कहां ठहरें, लेकिन

वो उस होटल के बारे में इतने सुस्पष्ट रूप से बताएगा कि उनमें से प्रत्येक उनकी सलाह मानेगा। यहां दो भिन्न व्यक्तित्व, दो बिलकुल अलग कारणों से कार्य कर रहे हैं। लेकिन उन दोनों में ही ज़बानी प्रचार की चिंगारी उत्पन्न करने की ताक़त है।

9.

एक चीज़ यह होती है कि मेवन फुसलाने वाला नहीं होता। अल्पर्ट का प्रोत्साहन शिक्षण और मदद के लिए है। वह ऐसे व्यक्ति नहीं जो आपसे बात मनवाना चाहें। बल्कि, जब हम बातें कर रहे थे, तब कुछ ऐसे भी क्षण आए जब वह जानकारी पाने के लिए मुझसे खोद-खोद कर पूछ रहे थे, कि मैं क्या जानता हूं, जिससे वह इसे अपने कमाल के डाटाबेस में रख सकें। मेवन होने के लिए शिक्षक बनना पड़ता है। लेकिन साथ ही यह शिष्य होने के लिए उससे ज़्यादा प्रभावपूर्ण है। मेवन वास्तव में जानकारियों के ब्रोकर होते हैं, और उन चीज़ों का साझा या व्यापार करते हैं जो वे जानते हों। फिर भी, एक अच्छी सामाजिक महामारी को शुरुआत के लिए कुछ लोगों को तो कुछ करने के लिए मनाना ही पड़ता है। उदाहरण के लिए, हश पपीज़ ख़रीदने वाले बड़ी संख्या में युवा वे लोग हैं जो कभी उसमें पांव भी धरना नहीं चाहते थे। इसी तरह, पॉल रिवीयर के ख़बर दे देने के बाद, आप कल्पना कर सकते हैं कि नागरिक-रक्षा के सभी जवान एकत्रित हुए होंगे और अगली सुबह ब्रिटिशों का सामना करने की योजना बनाई होगी। लेकिन यह एक स्वचालित प्रक्रिया नहीं हो सकती। संभवतः कुछ लोगों को तो उत्साह दिखाना ही होगा। कुछ लोग घरेलू नागरिक सैनिकों द्वारा प्रशिक्षित, सैन्य दल को चुनौती दिए जाने की बुद्धिमानी पर संदेह करेंगे। बाक़ी -जो रिवीयर को व्यक्तिगत रूप से नहीं जानते होंगे- उनकी सूचना की शुद्धता के प्रति शंकालु हो सकते हैं। आख़िरकार सबके किसी एक बात पर सहमत होने को हम आमतौर पर साथियों का दबाव मानते हैं। लेकिन साथियों का दबाव भी हमेशा स्वचालित या अवचेतन प्रक्रिया नहीं होती। इसका मतलब है कि कम से कम आधी बार, कोई ना अपने साथी के पास जाकर उस पर दबाव बनाता है। सामाजिक महामारी में, मेवन डाटा बैंक के जैसे हैं। वे संदेश देते हैं। वहीं कनेक्टर सामाजिक गोंद के जैसे हैं : वे इसे फैलाते

हैं। लेकिन चुनिंदा लोगों का एक और समूह होता है -सेल्समैन- ये अपने कौशल द्वारा हमें वो बातें स्वीकार करवाते हैं, अपनी जिन सुनी-सुनाई बातों पर हम यक़ीन नहीं करते। और ये ज़बानी प्रचार की महामारी को चरम पर पहुंचाने में उतने ही महत्त्वपूर्ण हैं जितने कि बाक़ी दो समूह। ये सेल्समैन कौन हैं? और वे जो करते हैं उसे करने में उन्हें इतना बेहतर कौन बनाता है?

टॉम गाउ लास एंजिलिस से थोड़ा दक्षिण स्थित टोरेंस, कैलिफ़ोर्निया में फ़ाइनेंशियल प्लानर (वित्तीय योजनाकार) हैं। उनकी फ़र्म -कावेश ऐंड गाउ- दक्षिणी कैलिफ़ोर्निया में अपने क्षेत्र में सबसे बड़ी है और देश में शीर्ष वित्तीय नियोजन फ़र्मों में से एक है। यह एक वर्ष में कई मिलियन डॉलर कमाती है। व्यवहार मनोवैज्ञानिक डोनाल्ड मोयेन जिन्होंने फुसलाने के विषय पर काफ़ी कुछ लिखा है, ने मुझे गाउ के बारे में जानने को कहा क्योंकि गाउ मंत्रमुग्ध कर देते हैं। और इसी तरह, टॉम गाउ अपनी वित्तीय नियोजन सेवाएं बेचा करते हैं। लेकिन यदि वह चाहें, तो कुछ भी बेच सकते हैं। यदि हम फुसलाने योग्य व्यक्तित्व प्रकार को समझना चाहते हैं तो गाउ इसकी शुरुआत के लिए समुचित बिंदु प्रतीत होते हैं।

गाउ उम्र के चालीसवें दशक में हैं। वह दिखने में ख़ूबसूरत तो हैं, लेकिन कमनीय नहीं हैं। उनका क़द मध्यम, छरहरे, गहरे रंग के बिखरे बाल, मूंछें और चेहरे पर कुछ संकोची भाव है। उन्हें एक हैट और घोड़ा दे दीजिए तो वह पूरी तरह से काउबॉय लगेंगे। वह अदाकार सैम इलियट जैसे लगते हैं। जब हमारी मुलाक़ात हुई, तो गाउ ने मुझसे हाथ मिलाया। लेकिन बाद में उन्होंने मुझे बताया कि आमतौर पर हम जब किसी से मिलते हैं तो उससे गले लगते हैं या अगर महिला है तो चुंबन लेते हैं। जैसा कि किसी महान सेल्समैन से उम्मीद की जाती है, उनमें भी उसी तरह का स्वाभाविक उल्लास है।

गाउ कहते हैं, "मुझे अपने ग्राहकों से प्रेम है, ठीक है? और मैं उनके लिए हर संभव प्रयास करता हूं। मैं अपने ग्राहकों को अपना परिवार कहता हूं। मैं अपने ग्राहकों से कहता हूं कि मेरे दो परिवार हैं। एक में मेरे पत्नी और बच्चे हैं तो दूसरे में आप लोग हैं।" गाउ शीघ्र, लेकिन सारगर्भित और धाराप्रवाह बोलते हैं। उनकी रफ़्तार तेज़-हल्की होती रहती है। कई बार जब वह स्वगत कथन कर रहे होते हैं तब उनकी रफ़्तार थोड़ी और तेज़ हो

जाती है, जिससे वह खुद अपने वाक्यों में कोष्ठक लगा सकें। वह बहुत-से औचित्यपूर्ण प्रश्न पूछते हैं। "मुझे अपना काम पसंद है। मुझे अपना काम अच्छा लगता है। मैं काम का लती हूं। यहां सुबह छह या सात बजे यहां आ जाता हूं। और रात को नौ बजे यहां से जाता हूं। मैं बहुत सारे पैसे का प्रबंधन करता हूं। मैं देश के शीर्ष उत्पादकों में से हूं। लेकिन मैं अपने ग्राहकों से यह नहीं कहता कि मैं यहां उनके कारण नहीं हूं, मैं यहां लोगों की मदद के लिए हूं। मुझे लोगों की मदद करना अच्छा लगता है। मुझे और काम करने ज़रूरत नहीं है। मैं वित्तीय रूप से स्वतंत्र हूं। तो फिर मैं यहां इतने लंबे समय तक काम क्यों करता रहता हूं? क्योंकि मुझे लोगों की मदद करना अच्छा लगता है। मुझे लोग पसंद हैं। इसी को रिश्ता कहते हैं।"

गाउ मानते हैं कि उनके मेहनती अफ़सर ग्राहकों को इस स्तर की सेवा और विशेषज्ञता प्रदान करते हैं जो उन्हें कहीं और से मिलना मुश्किल है। उनके ऑफ़िस के गलियारे के सामने एक क़ानून फ़र्म है, जो कावेश ऐंड गाउ से मान्यता प्राप्त है। वह वित्तीय नियोजन से जुड़े वसीयत, निर्वाह न्यासों और अन्य क़ानूनी मामलों को संभालती है। गाउ के पास बीमा आवश्यकताओं को संभालने के लिए बीमा विशेषज्ञ हैं, निवेश को संभालने के लिए स्टॉक ब्रोकर तथा वृद्ध ग्राहकों के लिए रिटायरमेंट स्पेशलिस्ट भी हैं। उनके तर्क विवेकपूर्ण और सुसंगत होते हैं। मोयेन ने गाउ के साथ मिलकर एक चीज़ बनाई जिसे उन्होंने वित्तीय नियोजकों की स्क्रिप्ट बुक का नाम दिया। मायेन का तर्क है कि एक महान सेल्समैन को औसत से जो चीज़ अलग बनाती है वो ऐसे जवाबों की संख्या और गुणवत्ता है जो आपत्तियां आमतौर पर संभावित ग्राहक उठाते हैं। उन्होंने गाउ के साथ बैठकर गाउ से सभी जवाब टेपरिकॉर्ड कर लिए और उन्हें एक किताब की शक्ल में लिख लिया। मोयेन और गाउ ने गणना की कि ऐसी ऐसे बीस सवाल या बयान हैं जिनके लिए नियोजक को तैयार रहना चाहिए। उदाहरण के लिए, एक है, "मैं यह खुद कर सकता हूं।" और इसके लिए किताब में पचास संभावित जवाबों की स्क्रिप्ट बुक सूची है। जैसे कि, "क्या आपको ग़लती करने और मदद के लिए कोई ना होने की चिंता नहीं सताती?" या, "मुझे पूरा विश्वास है कि धन प्रबंधन का काम आप काफ़ी अच्छी तरह कर सकेंगे। फिर भी, क्या आप जानते हैं कि अधिकांश महिलाएं अपने पतियों से ज़्यादा जीती हैं? अगर आप को कुछ हो गया तो क्या आपकी पत्नी सब कुछ अपने आप संभाल सकेगी?"

मैं कल्पना कर सकता हूं कि व्यक्ति इस स्क्रिप्ट बुक को ख़रीदे और इसकी सभी संभावित प्रतिक्रियाओं को याद कर ले। मैं यह भी कल्पना करता हूं कि वह व्यक्ति, समय के साथ, इस सामग्री से इतना सुपरिचित हो जाएगा कि वह यह भली-भांति समझने लगेगा कि किस तरह के लोगों पर किस तरह की प्रतिक्रिया सबसे अच्छी तरह काम करती है। अगर आप उस व्यक्ति के उसके ग्राहकों से संवाद को लिख सकें, तो वह आपको बिलकुल टाम गाउ की तरह बोलता सुनाई देगा क्योंकि वह जिन शब्दों का उपयोग कर रहा है वह सब टॉम गाउ के ही हैं। हम राज़ी करने की क्षमता -राज़ी करवाने वाले के तर्क और दलीलों की सत्यता- को जिन मानक तरीक़ों से मापते हैं, उसके अनुसार लोगों को इस स्क्रिप्ट बुक को हर अंश में टॉम गाउ की राज़ी करवाने वाली दलीलों के तौर पर उपयोग करना चाहिए। लेकिन क्या ये वास्तव में सत्य हैं? गाउ की सबसे दिलचस्प बात उनकी राज़ी करवाने की सीमा है जिसकी विषयवस्तु उनकी बातों काफ़ी अलग प्रतीत होती है। उनमें यह ऐसी अवर्णनीय विशेषता है, जो इतनी शक्तिशाली, संक्रामक और उनकी कही बातों के पार है। यही वो चीज़ है जो उनसे मिलने वालों को उनकी बातों पर राज़ी करवाती है। उनकी ऊर्जा। उनका उत्साह। उनका आकर्षण। उनकी मिलनसारिता। यह सब होने के बावजूद और भी कुछ है। एक बिंदु पर मैंने उनसे पूछा कि वह खुश हैं या नहीं, और वह कुछ हद तक कुर्सी से उछल पड़े।

“जी हां, मैं शायद आपसे मिलने वाला अब तक का सबसे आशावादी पुरुष होऊंगा। आप अपने परिचित सबसे आशावादी पुरुष को लीजिए और उसे सौ गुना कर दीजिए, मैं वैसा हूं। क्योंकि आपको पता है कि सकारात्मक सोच की शक्ति बहुत-सी चीज़ों को क़ाबू कर लेती है। ऐसे बहुत सारे लोग हैं जो नकारात्मक हैं। कोई कहेगा, आप यह नहीं कर सकते। और मैं कहूंगा, कि मैं नहीं कर सकता से आपका क्या मतलब है? अभी कोई पांच साल पहले हम एशलैंड, ऑरेगन शिफ़्ट हुए हैं। हमें एक घर मिला जो हमें बहुत पसंद आया। यह काफ़ी समय से बाज़ार में था और थोड़ा महंगा था। तो मैंने अपनी पत्नी से कहा, पता है मैं क्या करने वाला हूं, मैं इसकी बेहद कम हास्यास्पद क़ीमत लगाऊंगा। और मेरी पत्नी ने जवाब दिया, वे इसे कभी नहीं मानेंगे। तो मैंने कहा, मान भी सकते हैं। इसमें हमारा क्या जाएगा? बुरा से बुरा यही तो होगा कि वे मना कर देंगे। मैं उनका अपमान नहीं करने वाला।

मैं उन्हें बस अपनी बात बताना चाहता हूं। मैं अपने सुझाव को स्पष्ट करना चाहता हूं। और तुम देखना, वो इसे मान लेंगे।" जब गाउ मुझे यह कहानी बता रहे थे, तब मुझे बिना किसी कठिनाई के एशलैंड में वह सब घटता दिख रहा था, जहां वे विक्रेता को उसका ख़ूबसूरत मकान हास्यास्पद क़ीमत पर बेचने के लिए मना रहे थे। गाउ ने कहा, "ईश्वर की कृपा से हो गया। अगर आप प्रयास नहीं करेंगे, तो सफल भी नहीं होंगे।"

10.

आख़िर वो क्या है जो किसी व्यक्ति -या चीज़- को राज़ी करने वाला बनाता है का सवाल उससे कम सीधा है जितना दिखाई देता है। इसे देखने पर हम इसे जान जाते हैं। लेकिन वो वास्तव में है क्या यह हमेशा स्पष्ट नहीं होता। नीचे दिए दो उदाहरण देखिए। इन दोनों को मनोवैज्ञानिक साहित्य से लिया गया है। पहला उदाहरण सन् 1984 में रोनाल्ड रीगन और वॉल्टर मॉन्डेल के बीच राष्ट्रपति चुनाव अभियान के बीच किया गया प्रयोग है। चुनावों से आठ दिन पहले, सेराक्यूस विश्वविद्यालय के ब्रायन मोइन के नेतृत्व में मनोवैज्ञानिकों के एक ग्रुप ने तीन राष्ट्रीय रात्रि समाचार कार्यक्रमों को वीडियोटेप किया। इनके एंकर तब भी अभी की तरह ए.बी.सी. के पीटर जेनिंग्स, एन.बी.सी. के टॉम ब्रोकाओ, सी.बी.एस. के डान रैदर थे। मोइन ने इन टेप्स की जांच की और उम्मीदवार से संबंधित सभी संदर्भों को निकाल लिया। आख़िर में इसके 37 अलग सेगमेंट रह गए। जिनमें से प्रत्येक लगभग दो या ढाई सेकेंड लंबा था। इसके बाद इन सेगमेंट को, आवाज़ बंद करके, यत्र-तत्र चुने लोगों के समूह को दिखाया गया। उनसे कहा गया कि वे हर सेगमेंट में ख़बर पढ़ने वाले के चेहरे के भाव देखकर उसे श्रेणी दें। प्रयोग-पात्रों को नहीं पता था कि उन्हें किस तरह के प्रयोग में शामिल किया जा रहा है, या यह समाचार वाचक किस विषय पर बात कर रहे हैं। उन्हें बस इन तीन पुरुषों के भावों की भावात्मक सामग्री के आधार पर 21-बिंदु पैमाने पर अंक देने थे। इसमें न्यूनतम "बेहद नकारात्मक" और पैमाने का शीर्षस्थ बिंदु "अत्यधिक सकारात्मक" था।

परिणाम दिलचस्प रहे। डान रैदर को मॉन्डेल के बारे में बात करते हुए 10.46 अंक और रीगन के बारे में बात करते हुए 10.37 अंक मिले

जिन्हें उन्हें लगभग आदर्श निष्पक्ष भावों वाला प्रमाणित किया। वे रिपब्लिकन के बारे में बात करते समय भी वैसे ही लग रहे थे जैसे डेमोक्रैट पर बात करते हुए लग रहे थे। ब्रोकाओ के साथ भी ऐसा ही था, जिन्हें मॉन्डेल के लिए 11.21 और रीगन के लिए 11.50 अंक मिले। लेकिन ए.बी.सी. के पीटर जेनिंग्स सबसे अलग थे। मॉन्डेल के लिए उन्होंने 13.38 अंक प्राप्त किए। लेकिन रीगन के बारे में बात करते हुए उनका चेहरा इतना जगमगा गया कि उन्हें 17.44 अंक हासिल हुए। मोइन और उनके सहयोगियों ने यह निर्दोष स्पष्टीकरण निकालने का अपना तरीक़ा निकाला। क्या यह इसका भी उदाहरण हो सकता है कि जेनिंग्स बस अपने सहकर्मियों से कुछ ज़्यादा ही मुखर थे? इसका जवाब शायद नहीं में मिलेगा। प्रयोग-पात्रों को इन तीन समाचार वाचकों के नियंत्रित सेगमेंट भी दिखाए गए, जिसमें वो इतने ही आनंदपूर्ण या विषादपूर्ण विषय (जैसे इंदिरा गांधी की अंत्येष्टि, किसी जन्मजात रोग के उपचार में बड़ी खोज) के बारे में बात कर रहे थे। लेकिन जेनिंग्स अपने समकक्षों के मुक़ाबले खुशनुमा विषयों में अधिकतम या दुखद विषयों में न्यूनतम अंक नहीं पा सके। बल्कि, उनके चेहरे पर बाक़ी तीनों से कम भाव आते थे। ऐसा भी नहीं कि जेनिंग्स उन लोगों में से हों जिनके चेहरे पर हमेशा खुशी का भाव बना रहता है। पुनः, यहां भी विपरीत बात सत्य प्रतीत होती है। तुलना के लिए जब "खुशी" के सेगमेंट भी शामिल किए गए तो उनका स्कोर 14.13 रहा, जो वस्तुतः रैदर और ब्रोकाओ दोनों से कम था। अध्ययन के अनुसार, एकमात्र संभावित निष्कर्ष यह था कि जेनिंग्स ने रीगन के प्रति "अभिप्रायपूर्ण व सुस्पष्ट पक्षपातपूर्ण चेहरे के भाव" दर्शाए थे।

अब यहीं से यह अध्ययन दिलचस्प होता है। मोइन और उनके सहकर्मियों ने देशभर के शहरों से ऐसे बहुत-से लोगों को बुलाया जो नियमित रूप से शाम की ख़बरें देखा करते थे और उनसे पूछा गया कि वो किसको वोट करेंगे। हर मामले में, ए.बी.सी. देखने वालों ने उन लोगों से ज़्यादा बड़ी संख्या में रीगन को वोट देने की बात कही जो सी.बी.एस. या एन.बी.सी. देखा करते थे। उदाहरण के लिए, क्लीवलैंड में सी.बी.एस. या एन.बी.सी. दर्शकों के 61.9 फ़ीसदी के मुक़ाबले ए.बी.सी. देखने वाले 75 फ़ीसदी ने रिपब्लिकन्स को वोट दिए। विलियम्सटाउन, मेसाचुसेट्स में अन्य दो नेटवर्कों के 50 फ़ीसदी के मुकाबले ए.बी.सी. के 71.4 फ़ीसदी दर्शकों ने रीगन को वोट किया। एरी, पेन्सिलवेनिया में यह

अंतर 50 फ़ीसदी और 73.7 फ़ीसदी रहा। ऐसा प्रतीत होता है कि जेनिंग्स के चेहरे के सूक्ष्म रीगन-समर्थक पक्षपात ने ए.बी.सी. दर्शकों के मतदान व्यवहार को प्रभावित कर लिया था।

जैसा कि आप कल्पना कर सकते हैं, ए.बी.सी. न्यूज़ ने इसका ज़ोरदार प्रतिवाद किया। (मोइन कहते हैं, मेरे ख़याल से यह मेरी समझ है कि मैं अकेला सामाजिक वैज्ञानिक हूं जिसे पीटर जेनिंग्स द्वारा "अहमक" कहे जाने की असंदिग्ध विशिष्टता हासिल है।) हालांकि इस पर आसानी से विश्वास नहीं होता। मुझे लगता है, हम में से अधिकांश लोग शायद सहज ही मान बैठे हैं कि कार्य-कारण विपरीत दिशा में चलते हैं, कि रीगन के समर्थक ए.बी.सी. की तरफ़ जेनिंग्स के पक्षपात के कारण आकर्षित हुए, ना कि इसका उलटा हुआ था। लेकिन मोइन काफ़ी दृढ़तापूर्वक तर्क देते हैं कि यह प्रशंसनीय नहीं है। उदाहरण के लिए, एक अन्य, अधिक स्पष्ट पैमाने पर, जैसे, कहानी चुनने में - ए.बी.सी. रीगन के प्रतिकूल दिखाई देता है, इसलिए यह आसानी से कल्पना की जा सकती है कि कट्टर रिपब्लिकन ए.बी.सी. न्यूज़ के विरोधी नेटवर्क के लिए काम करता समझकर छोड़ देंगे। और इस बात का जवाब कि यह परिणाम केवल संयोग मात्र थे, चार साल बाद, माइकल डुकाकिस - जॉर्ज बुश चुनाव अभियान में, मोइन ने अपने प्रयोग को पुनः दोहराया, जिससे उन्हें फिर से ठीक वही परिणाम हासिल हुए। मोइन कहते हैं, "जेनिंग्स डेमोक्रेट से ज़्यादा रिपब्लिकन उम्मीदवार का नाम लेते हुए मुस्कराते थे। और पुनः एक फ़ोन सर्वे में, ए.बी.सी. देखने वाले दर्शकों के बुश को वोट देने की ज़्यादा संभावना रही।"

अनुनय की बारीकियों का एक और उदाहरण देते हैं। एक कंपनी ने बड़ी संख्या में छात्रों को नौकरी पर रखा और उनसे बताया गया कि उन्हें कंपनी के हाई-टेक हेडफ़ोन का मार्केट रिसर्च अध्ययन करना है। उन सबको एक हेड सेट दिया गया और उन्हें बताया गया कि कंपनी यह जांच करना चाहती है कि यदि श्रोता चल रहा हो - ऊपर-नीचे नृत्य कर रहा हो, या अपना सिर हिला रहा हो, तो वो कितने सही ढंग से काम करते हैं। उन सब छात्रों को लिंडा रॉनस्टैड और ईगल्स के गीत सुनने थे, और इसके बाद एक रेडियो संपादकीय का तर्क सुनना था कि उनके विश्वविद्यालय में ट्यूशन फ़ीस को मौजूदा 587 डॉलर से बढ़ाकर 750 डॉलर कर देना चाहिए। उनमें से एक तिहाई से कहा गया कि उन्हें टेप किया गया रेडियो संपादकीय सुनते

हुए अपना सिर तेज़ी से ऊपर नीचे हिलाना है। शेष एक तिहाई समूह को अपना सिर दाएं-बाएं हिलाने को कहा। अंतिम तिहाई नियंत्रक समूह था। उनसे उनका सिर स्थिर रखने को कहा गया। इसके समाप्त होने के बाद, उन सभी छात्रों को छोटी-सी प्रश्नावली दी गई, जिसमें उनसे गानों की गुणवत्ता और सिर हिलाने के प्रभाव के बारे में पूछा गया था। सबसे आख़िर में वह सवाल था जिसका प्रयोगकर्ता वास्तव में जवाब खोज रहा था : आपके हिसाब से प्रतिवर्ष स्नातक पूर्व ट्यूशन फ़ीस कितनी धनराशि होनी चाहिए?"

इस सवाल के जवाब पर विश्वास करना भी उतना ही मुश्किल था जितना समाचार वाचकों संबंधी सवाल के जवाब थे। जिन छात्रों ने अपना सिर नहीं हिलाया था उन पर संपादकीय का कोई असर नहीं हुआ था। उनके अनुसार ट्यूशन राशि 582 डॉलर या वो जितनी पहले थी वही उचित है। जिन्होंने संपादकीय को सुनते हुए अपना सिर दाएं और बाएं हिलाया था -जो यही मानकर चल रहे थे कि वे बस हेडसेट की गुणवत्ता परख रहे हैं- इस प्रस्तावित वृद्धि की दृढ़ता से ख़िलाफ़त की। वे चाहते थे कि ट्यूशन फ़ीस को घटाकर औसतन प्रतिवर्ष 467 डॉलर कर दिया जाए। इस बीच, जिनसे उनका सिर ऊपर-नीचे हिलाने के लिए कहा गया था, उन्हें यह संपादकीय काफ़ी प्रभावपूर्ण लगा। वे चाहते थे कि ट्यूशन फ़ीस को बढ़ाकर औसतन 646 डॉलर कर दिया जाए। स्पष्ट रूप से, किसी अन्य कारण से अपने सिर को ऊपर-नीचे हिलाने की सहज क्रिया इसके लिए पर्याप्त थी कि उनसे एक ऐसी पॉलिसी पर हामी भरवा ली जाए जो उनकी जेब से पैसे निकालती हो। आख़िर में, सहमति में सिर हिलाना, किसी तरह वैसा ही अहम रहा जैसी 1984 के चुनाव में पीटर जेनिंग्स की मुस्कान रही थी।

मुझे लगता है कि इन दोनों अध्ययनों में हमें वो अहम सूत्र मिल जाएंगे जो इस विषय में टॉम गाउ जैसे व्यक्ति को, या हमारे जीवन के किसी भी सेल्समैन को - इतना प्रभावशाली बना देता है। सबसे पहली बात तो कि यह छोटी चीज़ें स्पष्ट रूप से ऐसे बदलाव ला सकती हैं जैसे बड़ी चीज़ें लाती हैं। हेडफ़ोन अध्ययन में, संपादकीय का उन छात्रों पर कोई असर नहीं हुआ जिसके सिर स्थिर रहे। वो विशेष रूप से सहमत करने वाला नहीं था। लेकिन जैसे ही श्रोता सिर को ऊपर नीचे हिलाना शुरू करता है, अचानक ही यह सहमत करने वाला हो जाता है। मोइन कहते हैं, जेनिंग्स के मामले में यही होता था कि किसी व्यक्ति के एक या किसी दूसरे राजनीतिज्ञ के पक्ष में

सूक्ष्म संकेतों का कोई महत्त्व नहीं होता। लेकिन ख़ासतौर पर उस असुरक्षित तरीक़े से जिससे लोग ख़बरें देखते हैं, थोड़ा-सा पक्षपात भी बड़ा काम कर सकता है। मोइन बताते हैं, "लोग ख़बरें देखते हुए बोधपूर्वक पक्षपात को अलग नहीं कर सकते या उन्हें महसूस भी नहीं होता होगा कि उन्हें समाचार वाचक के भावों के विरोधी तर्क देने होंगे। यह ऐसा नहीं है कि कोई कहे : यह एक अच्छा उम्मीदवार है जिसे आपका वोट मिलना चाहिए। जाहिर तौर पर मौखिक रूप से यह नहीं कहा जाता जिसका हम स्वतः विरोध करें। यह अधिक सूक्ष्म, और इसी कारण से कहीं अधिक कपटपूर्ण होता है, और इसी कारण अपने आपको इससे बचाना आसान नहीं होता।"

इन अध्ययनों का दूसरा निहितार्थ यह भी है कि अशाब्दिक संकेतों मौखिक संकेतों के जितने या उनसे अधिक महत्त्वपूर्ण हैं। हमने जो कहा है उससे ज़्यादा महत्त्वपूर्ण हमारा बात कहने के लहज़े के आसपास का सूक्ष्म वातावरण होता है। आख़िर, जेनिंग्स, अपनी ख़बरों में हर क़िस्म की रीगन-समर्थक टिप्पणी शामिल नहीं करते थे। बल्कि, जैसा कि मैंने उल्लेख किया, ए.बी.सी. को स्वतंत्र रूप से रीगन का सबसे बड़े विरोधी के तौर पर देखा जाता था। हेडफ़ोन अध्ययन के लेखकों में से - अल्बेर्टा विश्वविद्यालय के गैरी वेल्स और मिसौरी विश्वविद्यालय के रिचर्ड पैटी का एक निष्कर्ष यह था कि "टेलीविज़न विज्ञापन तब ज़्यादा प्रभावी होते हैं जब दिखाया जा रहा दृश्य टेलीविज़न दर्शक के दिमाग़ में बार-बार ऊपर से नीचे जाए (उदाहरण के लिए उछलती गेंद)।" सहज भौतिक गतिविधियां और अवलोकन का हम जैसा महसूस करते और सोचते हैं उस पर गहन प्रभाव डाल सकते हैं।

इन अध्ययनों का तीसरा, और शायद सबसे महत्त्वपूर्ण निहितार्थ यह है कि राज़ी करवाना अक्सर उस तरह काम करता है जिसे हम समझ नहीं पाते। ऐसा नहीं है कि मुस्कराना और सम्मति में सिर हिलाना अचेतन संदेश होते हों। ये सीधे और स्पष्ट होते हैं। बस इतना है कि ये अविश्वसनीय ढंग से सूक्ष्म होते हैं। यदि आप सिर हिलाने वालों से पूछें कि वे ट्यूशन फ़ीस में इतनी वृद्धि क्यों चाहते हैं, जो खुद उनकी जेब से निकलने वाली है, तो उनमें से कोई भी यह नहीं कहेगा, क्योंकि मैं संपादकीय सुनने के दौरान अपना सिर हिला रहा था। बल्कि शायद वे कहेंगे कि उन्हें वो संपादकीय विशेष रूप से बोधपूर्ण और बुद्धिमत्तापूर्ण लगा। वे अपने दृष्टिकोण को किसी अधिक स्पष्ट और तार्किक कारण की विशेषता बताएंगे। इसी तरह रीगन के लिए वोट करने

वाले ए.बी.सी. दर्शक, हज़ार साल में भी यह नहीं बता सकते कि उन्होंने यह वोट इस कारण दिया क्योंकि पीटर जेनिंग्स राष्ट्रपति का नाम लेते हुए हर बार मुस्कराता था। वे कहेंगे कि उन्होंने ऐसा इसलिए किया क्योंकि उन्हें रीगन की नीतियां पसंद हैं, या उन्हें लगता है कि वे अच्छा काम कर रहे हैं। वे कभी नहीं जान पाएंगे कि उन्हें इस निष्कर्ष पर राज़ी करने के लिए समाचार वाचक की मुस्कान या सिर हिलाने जैसी एकपक्षीय और महत्त्वहीन प्रतीत होती चीज़ों का उपयोग किया गया है। दूसरे शब्दों में, अगर हम समझना चाहते हैं कि टॉम गाउ जैसे व्यक्ति को राज़ी करवाने में इतना माहिर कौन-सी चीज़ बनाती है, तो हमें उनकी प्रत्यक्ष वाकपटुता के आगे भी तलाशना होगा। हमें अधिक सूक्ष्म, अप्रकट और अकथित की भी तलाश करनी होगी।

11.

दो लोगों के बातचीत करते समय क्या होता है? यह एक बुनियादी सवाल है, क्योंकि यही वो बुनियादी संदर्भ है जिसमें हर क़िस्म का राज़ी करने का काम होता है। हम जानते हैं कि लोग आगे पीछे बात करते हैं। सुनते हैं। टोकते हैं। अपने हाथ हिलाते हैं। टॉम गाउ के साथ मेरी मीटिंग के दौरान हम एक साधारण-आकार के ऑफ़िस में बैठे थे। मेरी कुर्सी उनके डेस्क के ठीक सामने थी। मेरे पैर क्रास अवस्था में थे और मेरी गोद में पैड व पैन रखे थे। मैंने नीली कमीज़ और काली पतलून तथा काली जैकेट पहन रखी थी। उन्होंने नीला सूट और उसके नीचे अच्छी तरह प्रेस की हुई सफ़ेद कमीज़ तथा लाल टाई पहनी थी। कई बार वे थोड़ा आगे होते और अपनी कोहनियां अपने सामने टिका लेते। बाक़ी समय वे कुर्सी पर पीठ टिकाए बैठे रहते और हवा में हाथ हिलाते हुए बातें करते। हमारे बीच में एक काले रंग का डेस्क था जिस पर मैंने अपना टेपरिकॉर्डर रखा हुआ था। अगर मैं आपको अपनी उस मीटिंग की वीडियो टेप दिखाऊं, तो आपको यही दिखाई देगा। लेकिन अगर आप उस वीडियो टेप को इस हद तक धीरे कर दें कि हमारी बातचीत को हर सेकेंड के समय अंतराल में देख सकें, तो आपको कुछ ऐसा दिखाई देगा काफ़ी भिन्न होगा। आपको हम दोनों जो करते दिखाई देंगे उसे केवल विस्तृत और विशुद्ध रूप से नृत्य के तौर पर ही परिभाषित किया जा सकता है।

इस तरह के विश्लेषण-जिसे सांस्कृतिक माइक्रोरिद्म का अध्ययन कहते हैं - में अग्रणी व्यक्ति का नाम है विलियम कॉन्डोन। 1960 के दशक के अपने एक अति प्रसिद्ध शोध प्रोजेक्ट में उन्होंने एक फ़िल्म के साढ़े चार सेकेंड के हिस्से को डी-कोड करने का प्रयास किया जिसमें एक महिला रात के भोजन के दौरान एक पुरुष और एक बच्चे से कह रही थी, "आप सबको रोज़ रात आना चाहिए। हमें डिनर का ऐसा समय बिताए महीनों हो गए हैं।" कॉन्डोन ने फ़िल्म को अलग-अलग फ्रेम्स में बांटा, जिनमें से प्रत्येक 1/45 सेकेंड का था। इसके बाद उन्होंने इसे देखा - और देखते रहे। तत्पश्चात उन्होंने इसका इस तरह वर्णन किया :

> इसके गठन और क्रम का पूरी सावधानी के साथ अध्ययन करने की प्रक्रिया स्वाभाविक और चरित्र-गठन विद्या संबंधी होनी चाहिए। आप इसे बैठकर हज़ारों घंटों तक बस देखते रहें, देखते रहें, तब तक जब तक इस सामग्री का क्रम स्पष्ट नहीं होने लगे। यह मूर्ति गढ़ने के जैसा है... सतत अध्ययन और अनुक्रम का खुलासा करेगा। इस फ़िल्म को बार-बार देखते हुए मैं इस ब्रह्मांड के बारे में ग़लत सोचता था कि यहां दो लोगों के बीच संवाद होता है। शायद इसका यही मॉडल है। आप संदेश भेजते हैं, कोई दूसरा वापस संदेश भेजता है। वह संदेश यहां व वहां तथा हर कहीं चला जाता है। लेकिन इसमें कुछ तो हास्यास्पद है।

कॉन्डोन ने इस फ़िल्म के छोटे-से अंश पर डेढ़ साल लगाया, अंत में, अपने गौण विज़न में, उन्होंने वह देख लिए जिसके वहां होने को उन्होंने हमेशा महसूस किया था : "पत्नी अपने सिर को ठीक उसी वक़्त घुमाती है जब पति का हाथ ऊपर आता है।" यहीं से उन्होंने अन्य माइक्रो-मूवमेंट (सूक्ष्म गतिविधियों) व अन्य पैटर्न प्राप्त किए जो बार-बार घटते हैं। तब तक जब तक उन्हें यह समझ नहीं आया कि बात करने और सुनने के अलावा वहां टेबल के आसपास बैठे तीन लोग एक और चीज़ में शामिल थे जिसे उन्होंने "अंतर्राष्ट्रीय वर्णनात्मकता" करार दिया है। उनके संवाद का लयबद्ध भौतिक आयाम भी था। हर व्यक्ति, उस 1/45 सेकेंड के फ्रेम में, एक या दो या तीन बार अपना कंधा या गाल या भौंह या हाथ हिलाता, उस गति को बनाए रखता, रुकता, दिशा बदलता, और फिर शुरू कर देता। और

इससे बढ़कर, ये गतियां हर व्यक्ति के अपने शब्दों के सर्वथा समस्यानुरूप होतीं - जो स्पष्ट उच्चारण ग्रंथियों की संधि प्रक्रिया को अधिक प्रबल व विस्तृत बनाते हुए ज़ोर देतीं - जिससे वक्ता इसके प्रभाव में अपने ही बोलने पर नृत्य करता प्रतीत होता। इसी दौरान टेबल के इर्दगिर्द बैठे अन्य लोग भी उसके साथ नृत्य कर रहे होते। वे भी अपने चेहरे और कंधे और हाथ और शरीर उसी ताल पर हिला रहे होते। ऐसा नहीं है कि सब एक जैसी गतियां कर रहे हैं, फिर भी ये उतनी ही होती हैं जितना एक ही गीत पर नाचने वाले सभी लोग एक ही तरह से नाचते हैं। इसमें बस होता यह है कि हर व्यक्ति के माइक्रो-मूवमेंट के आरंभ व अंत का समय, उनके शरीर व चेहरे के हर बदलाव का आपस में पूर्ण तालमेल होता है।

इसके बाद होने वाले अनुसंधानों ने खुलासा किया कि यह तालमेल केवल हाव-भाव में ही नहीं बल्कि संवादी लय में भी होता है। जब दो लोग बात करते हैं तो उनकी मात्रा और पिच संतुलित होती है। जिसे भाषाविद् बोलने की गति दर कहते हैं, यह प्रति सेकेंड बोली गई शब्द संख्या बराबर होती है। यही उसके साथ भी होता है जिसे विलंब के तौर पर जाना जाता है, वह समय अवधि जो एक वक्ता के बोलना बंद करते और दूसरे के बोलना आरंभ करने के तौर पर जाना जाता है। दो लोगों का संवाद बेहद अलग संवाद पैटर्न पर हो सकता है। लेकिन लगभग तुरंत ही वे समान स्तर पर पहुंच जाते हैं। हम सब हमेशा ऐसा ही करते हैं। एक से दो दिन का शिशु भी अपने सिर, कोहनी, कंधे, कूल्हे और पैर की गतिविधियों द्वारा वयस्कों के बोलने के पैटर्न से तालमेल बना लेता है। मनुष्य और बंदरों के बीच संवाद में भी इस तरह का तालमेल मिल जाता है। यह उसका हिस्सा है जिस तरह हम बने हैं।

जब टॉम गाउ और मैं एक-दूसरे के सामने उनके ऑफ़िस में बैठे थे। तब हम में लगभग तुरंत ही भौतिक और संवादात्मक तालमेल बन गया था। हम नृत्य कर रहे थे। उससे भी पहले जब उन्होंने मुझे अपने शब्दों द्वारा राज़ी करना का प्रयास भी नहीं किया था। उन्होंने अपनी गतिविधियों और अपनी बातों द्वारा मेरे साथ एक बंधन बांध लिया। तो मेरा उनसे मिलने में ख़ास क्या था, यह उन संवादों से ज़्यादा सम्मोहक कैसे है जो मैं रोज़ाना करता हूं? ऐसा नहीं है कि गाउ जान-बूझकर मेरे और अपने बीच तालमेल बनाना चाहते थे। विक्रय कला से जुड़ी कुछ पुस्तकें यही सलाह देती हैं कि

विक्रेता वही करे जैसा ग्राहक कर रहा है या उससे उसी की शैली में बात करे जिससे उनके बीच घनिष्ठता बन सके। लेकिन यह काम करता नहीं दिखता। यह लोगों को कम नहीं बल्कि और ज़्यादा असहज कर देता है। साथ ही यह स्पष्ट रूप से अधिक पाखंडपूर्ण भी है।

हम जिसकी बात कर रहे हैं वो एक तरह का अति-प्रतिवर्ती क्रिया है, एक बुनियादी शारीरिक क्षमता जिसके बारे में हमें शायद ही कुछ पता होता है। और किसी भी अन्य मानवीय विशेषता की तरह, इस प्रतिवर्ती क्रिया में कुछ लोगों को बाक़ी सबके मुक़ाबले अधिक महारत हासिल होती है। जिसके एक अंश का अर्थ है शक्तिशाली या राज़ी करवाने वाला व्यक्तित्व, तब आप दूसरों को अपने इशारों पर नचा सकते हैं और संवाद की शर्तें तय कर सकते हैं। कुछ अध्ययनों में, जिन छात्रों का अपने शिक्षकों के साथ तालमेल का स्तर ज़्यादा था वो अधिक प्रसन्न, अधिक जिज्ञासु, रुचि रखने वाले, और मस्त थे। गाउ के साथ मुझे ऐसा महसूस हुआ जैसे मुझे फुसलाया जा रहा है, ज़ाहिर है कामुक अर्थों में नहीं, बल्कि वैश्विक अर्थों में, कि हमारा संवाद, मेरी नहीं बल्कि उनकी शर्तों पर हो रहा था। मुझे महसूस हुआ जैसे मैं उनके अनुकूल हो गया हूं। पेन्सिल्वेनिया विश्वविद्यालय के एनेनबर्ग स्कूल ऑफ़ कॉम्युनिकेशन्स में पढ़ाने वाले जोसफ़ कैपेला कहते हैं, "कुशल संगीतकार, और अच्छे वक्ता, यह जानते हैं। उन्हें पता चल जाता है कि श्रोताओं की भीड़ कब उनके साथ है, यानी उनसे अनुकूलित है, जब वो उन क्षणों में जब वो सिर हिला रहे हों या ध्यान के क्षणों में स्थिर हों।" इसे स्वीकार करना अजीब होगा, क्योंकि मैं आकर्षित होना नहीं चाहता था। मैंने अपने को इसके ख़िलाफ़ सुरक्षित कर रखा था। लेकिन सेल्समैन का सार यही है कि एक स्तर के बाद उनसे बचा नहीं जा सकता। मोइन गाउ के बारे में कहते हैं, "टॉम पांच या दस मिनट में दूसरे के साथ ऐसा संबंध स्थापित कर सकते हैं जैसा अधिकांश लोग आधे घंटे में भी नहीं कर सकेंगे।"

इसका एक और, अधिक विशिष्ट आयाम भी है। जब दो लोग बातें करते हैं तो उनमें केवल भौतिक या श्रव्य तालमेल ही नहीं होता। वे एक और चीज़ से जुड़े होते हैं जिसे मोटर मिमिक्री कहा जाता है। अगर आप लोगों को मुस्कराते चेहरों या त्यौरियां चढ़ाए चेहरों की तसवीरें दिखाएंगे, तो वे भी जवाब में मुस्कराएंगे या त्यौरियां चढ़ाएंगे। हालांकि ये मांसपेशीय बदलाव इतने क्षणिक होंगे कि इन्हें केवल इलेक्ट्रॉनिक सेंसर द्वारा ही पकड़ा जा सकता है।

अगर मैं अपने अंगूठे पर हथौड़ा मारूं, तो इसे देखकर बहुत-से लोगों के चेहरे पर पीड़ा की लहर दौड़ जाएगी : वे मेरी भावात्मक स्थिति की नक़ल करेंगे। इसे तकनीकी मायनों में संवेदना कहते हैं। हम समर्थन और परवाह दर्शाने के लिए एक-दूसरे की भावनाओं की नक़ल करते हैं, तथा अधिक बुनियादी रूप से, यह एक-दूसरे के साथ संवाद का तरीक़ा है।

अपनी 1994 में प्रकाशित शानदार पुस्तक *इमोशनल कॉन्टेजियन* में मनोवैज्ञानिक एलेन हैटफ़ील्ड और जॉन काचोपो और इतिहासकार रिचर्ड रैपसन एक क़दम और आगे बढ़ते हैं। वे तर्क देते हैं कि, मिमिक्री (नक़ल) भी एक ऐसा ही साधन है जिसके द्वारा हम दूसरों को अपनी भावनाओं से संक्रमित करते हैं। दूसरे शब्दों में, अगर मैं मुस्करा रहा हूं और आप भी मुझे देखकर प्रतिक्रिया में मुस्करा दें -फिर चाहे यह छोटी-सी मुस्कान ही क्यों नहीं हों जिसमें कुछ मिलीसेकेंड से ज़्यादा नहीं लगते- तो इसका यह मतलब नहीं हुआ कि आप मेरी नक़ल या मुझसे समानुभूति ज़ाहिर कर रहे हैं। यह ऐसा भी तरीक़ा हो सकता है जिससे मैं अपनी प्रसन्नता को आप तक भेज रहा हूं। भावनाएं संक्रामक होती हैं। एक मायने में ये पूरी तरह अंतर्बोधात्मक हैं। हम सभी अपने आसपास के किसी ऐसे व्यक्ति द्वारा उत्साह प्राप्त करते हैं जो अच्छे मूड में हो। अगर आप इस पर गंभीरता से विचार करें, हालांकि यह काफ़ी तात्विक भावना है। हम आमतौर पर मानते हैं कि हमारे चेहरे का भाव हमारी आंतरिक स्थिति का प्रतिबिंब है। मैं प्रसन्न महसूस कर रहा हूं, इसलिए मुस्करा रहा हूं। मैं दुःखी महसूस कर रहा हूं, इसलिए त्यौरियां चढ़ाए हुए हूं। भावनाएं अंदर से बाहर की ओर आती हैं। हालांकि, भावात्मक संक्रामकता के अनुसार इसकी उलट बात भी सत्य है। अगर मैं आपको हंसा सकूं तो मैं आपको ख़ुश कर सकता हूं। अगर मैं आपकी त्यौरियां चढ़वा दूं तो मैं आपको दुःखी कर सकता हूं। ऐसे मायनों में भावनाएं, बाहर से भीतर की ओर आती हैं।

अगर हम भावनाओं के बारे में -अंदर से बाहर की जगह बाहर से अंदर के रूप में विचार करेंगे- तो यह समझना आसान है कि किस तरह कुछ लोगों का दूसरों के ऊपर इतना अधिक प्रभाव रहता है। आख़िरकार, हम में से कुछ लोग, अपनी भावनाओं और अहसासों को अभिव्यक्ति करने में बहुत अच्छे होते हैं। जिसका मतलब हुआ कि हम बाकियों के मुक़ाबले कहीं अधिक भावात्मक संक्रामक हैं। मनोवैज्ञानिक ऐसे लोगों को “सैंडर्स” (प्रेषक)

कहते हैं। प्रेषकों का व्यक्तित्व ख़ास होता है। साथ ही वे शारीरिक दृष्टि से भी भिन्न होते हैं। उदाहरण के लिए, चेहरों का अध्ययन करने वाले वैज्ञानिक बताते हैं कि लोगों में चेहरे की मांसपेशियों की स्थिति, और स्वरूप तथा इनके प्रसार में भी आश्चर्यजनक रूप से बड़ा भारी अंतर होता है। काचोपो कहते हैं, "यह स्थिति चिकित्सा विज्ञान से काफ़ी अलग है। इसमें कैरियर (वाहक) होते हैं, लोग जो बहुत भाव-बोधक हों, और ऐसे भी लोग होते हैं जो विशेष रूप से ग्रहणशील हैं। ऐसा नहीं है कि भावात्मक संक्रामकता कोई बीमारी है। लेकिन इसकी क्रियाविधि वैसी ही होती है।"

रिवरसाइड स्थित कैलिफ़ोर्निया विश्वविद्यालय के मनोवैज्ञानिक हावर्ड फ़्रीडमैन ने भावनाएं प्रेषित करने और संक्रामकता की क्षमता मापने के जिस पैमाने को विकसित किया है उसे वे इफ़ेक्टिव कॉम्युनिकेशन टेस्ट (प्रभावशाली संवाद परीक्षा) कहते हैं। यह परीक्षा एक आत्म-प्रबंधित सर्वे है। इसमें तेरह सवाल हैं जो ऐसी चीज़ों से संबंधित हैं जैसे अगर आप अच्छा डांस म्यूज़िक सुनने पर खुद को थिरकने से रोक सकते हैं, आप कितनी ज़ोर से हंस सकते हैं, क्या आप दोस्तों से बात करते हुए उन्हें स्पर्श करते हैं, मोहक झलक दिखाने में आप कितने अच्छे हैं। क्या आप आकर्षण का केंद्र बिंदु बनना चाहेंगे। इस परीक्षा में सर्वोच्च संभावित स्कोर 117 अंक हैं, जबकि फ़्रीडमैन के अनुसार औसत स्कोर लगभग 71 के आसपास है।

उच्च स्कोर करने का क्या अर्थ है? इसका जवाब देने के लिए, फ़्रीडमैन ने एक दिलचस्प प्रयोग किया। उन्होंने ऐसे कुछ दर्जन लोग चुने जिन्होंने इस परीक्षा में बहुत अच्छा स्कोर किया है, 90 से अधिक - और कुछ कई दर्जन ऐसे लोग चुने जिन्होंने काफ़ी कम स्कोर किया है, 60 से कम। और उन्होंने उन सबसे एक प्रश्नावली भरने को कहा, यह मापने के लिए कि "इस समय" वे कैसा महसूस कर रहे हैं। इसके बाद उन्होंने सभी उच्च-स्कोर वालों को अलग कमरे में रख दिया, और उनमें से हर एक के साथ दो निम्न-स्कोर वालों को रखा। उनसे एक ही कमरे में दो मिनट तक बैठने को कहा। वे एक-दूसरे को देख तो सकते थे, लेकिन बात नहीं कर सकते थे। सत्र समाप्त होने पर, उनसे पुनः एक विस्तृत प्रश्नावली भरने को कहा गया कि अब वे कैसा महसूस कर रहे हैं। फ़्रीडमैन ने पाया कि, बस दो ही मिनट में, बिना बातचीत किए, कम-स्कोर वालों का मूड भी अधिक स्कोर वालों जैसा हो गया। अगर एक आकर्षक व्यक्ति उदासी से शुरुआत

करे, और भावशून्य व्यक्ति प्रसन्नता से आरंभ करे तो दो मिनट समाप्त होने पर भावशून्य व्यक्ति भी उदास हो जाएगा। लेकिन ऐसा उलट स्वरूप में नहीं होगा। केवल आकर्षक व्यक्ति ही कक्ष में मौजूद दूसरे व्यक्ति को अपनी भावनाओं द्वारा प्रभावित कर पाएगा।

क्या टॉम गाउ ने मेरे साथ यही किया था? उनके साथ मुलाक़ात में मुझे जो चीज़ सबसे ज़्यादा महसूस हुई वो थी उनकी आवाज़। यह किसी ओपेरा गायक जितनी ऊंची थी। कई बार तो वह काफ़ी कर्कश भी सुनाई पड़ते थे (इस अवस्था में उनकी पसंदीदा अभिव्यक्ति थी : "एक्सक्यूज़ मी?") कई बार वे, धीमे, आलस्य के साथ और सहज बोलते थे। जबकि बाक़ी समय, वह स्मित हास्य के साथ बोलते, जिससे उनके शब्द हंसी से खनखनाने लगते। ऐसे प्रत्येक अवसर पर उनके चेहरे पर चमक आ जाती, और वह इसके अनुसार बेहद आसानी और चतुराई से एक स्थिति से दूसरे में बदल लेते। उनके प्रदर्शन में कोई दुविधा नहीं थी। सब उनके चेहरे पर लिखा था। ज़ाहिर है, मुझे अपना चेहरा नहीं दिखाई दे रहा था, लेकिन मेरा अनुमान है कि यह उनके ही जैसा हो गया होगा। यह बेहद दिलचस्प है कि इस पर पुनः सिर हिलाने और हेडफ़ोन वाले प्रयोग के संदर्भ में विचार किया जाए। यह एक ऐसा उदाहरण है जहां किसी को बाहर से भीतर, बाहरी हाव-भाव द्वारा आंतरिक फ़ैसले को प्रभावित किया गया हो। क्या टॉम गाउ के सिर ऊपर नीचे करने पर मैं भी उसी तरह सिर हिला रहा था? बाद में, मैंने गाउ को फ़ोन किया और उनसे हावर्ड फ़्रीडमैन की आकर्षण परीक्षा लेने के लिए कहा। सूची में शामिल सवालों पर एक के बाद एक पूछने पर, वह मुंह दबाकर हंसने लगे। जबकि 11वें सवाल - "मैं मूकाभिनय में उतना ही बेकार हूं जितना शब्द पहेली जैसे खेल में।" पर, वह खुलकर हंस पड़े। "मैं इसमें शानदार हूं! शब्द पहेलियों में मैं हमेशा जीतता रहा हूं।" संभावित 117 अंकों में से उन्हें 116 अंक मिले।

12.

19 अप्रैल, 1775 की अलसुबह, लेक्सिंग्टन, मेसाचुसेट्स के पुरुष शहर के आम इलाक़े में एकत्रित होना शुरू हो गए। वे सोलह से साठ तक की उम्र के थे और उनके हाथों में बंदूकों, तलवारों और पिस्तौलों का पंचमेल था।

सुबह अलार्म बजने पर, आसपास के शहरों के नगर-रक्षकों के आ जाने से उनकी संख्या और बढ़ गई। डेढम ने चार कंपनियां भेजीं। लिन में, लोग खुद ही लेक्सिंग्टन की ओर चल दिए। सुदूर पश्चिम में स्थित शहरों में यह ख़बर सुबह पहुंची। किसान लेक्सिंग्टन में होने वाली जंग के लिए इतने उतावले थे कि वे अपने हल खेतों में ही छोड़ गए। बहुत-से शहरों में, लगभग सारी पुरुष आबादी लड़ाई के लिए एकत्रित हो गई थी। इन पुरुषों ने कोई वर्दी नहीं पहनी थी, वे सब आम पोशाकें पहने थे : कोट जिससे सुबह की ठंड से बच सकें और बड़े किनारे वाले हैट।

जहां औपनिवेशिक नागरिक लेक्सिंग्टन की ओर बढ़ रहे थे, वहीं ब्रिटिश रेगुलर्स (जिस नाम से उन्हें जाना जाता था) भी सुव्यवस्थित रूप में शहर की तरफ़ क़दमताल कर रहे थे। सूर्य निकलने तक, आगे बढ़ते सैनिकों को धुंधले प्रकाश में, आसपास के खेतों से हथियार लिए पुरुष उनकी तरफ़ दौड़ते दिखाई दिए, जिन्होंने लेक्सिंग्टन पहुंचने की जल्दबाज़ी में ब्रिटिशों को पीछे छोड़ दिया। जैसे ही रेगुलर्स शहर के बीचों-बीच पहुंचे, उन्हें कुछ ही दूरी पर नगाड़े पीटे जाने की आवाज़ सुनाई दी। आख़िरकार ब्रिटिश लेक्सिंग्टन के आम नागरिकों तक पहुंचे और उनका आमना-सामना हो ही गया। कई सौ ब्रिटिश सैनिक सौ से भी कम नागरिक-रक्षकों के संघर्ष कर रहे थे। उस पहली लड़ाई में, ब्रिटिशों ने सर्वोत्तम औपनिवेशिक नागरिकों को मार डाला। आम नागरिकों पर संक्षिप्त-सी गोलाबारी में उन्होंने सात नागरिक-रक्षकों को गोली मार दी। लेकिन यह उस दिन होने वाली लड़ाइयों में से अभी पहली ही थी।

जब ब्रिटिश व्यवस्थित ढंग से बंदूकों और गोलाबारूद को तलाशने के लिए कॉन्कार्ड की तरफ़ मुड़े, जहां इनके होने की ख़बर थी, उनका पुनः नागरिक-रक्षकों से सामना हो गया, और इस बार उनकी बुरी तरह हार हुई। यह अमेरिकी क्रांति की शुरुआत थी। एक युद्ध जो समाप्त होने से पहले बहुत-से जीवन लील गया और इसने पूरे अमेरिकी उपनिवेश में आग लगा दी।

आगामी वर्षों में जब अमेरिकी उपनिवेशिकों ने स्वतंत्रता की घोषणा की, तो इसे एक पूरे राष्ट्र की जीत कहा गया। लेकिन इसकी शुरुआत ऐसे नहीं हुई थी। इसकी शुरुआत बसंत की ठंडी सुबह, ज़बानी प्रचार महामारी

से हुई थी, जो एक छोटे अस्तबल में काम करने वाले लड़के से समूचे न्यू इंग्लैंड तक फैली, जो बहुत कम संख्या वाले कुछ बेहद ख़ास लोगों पर निर्भर थी : कुछ सेल्समैन और एक व्यक्ति जिसमें मेवन और कनेक्टर दोनों की ही विशिष्ट प्रतिभा मौजूद थी।

3

स्थिरता का घटक :

सीसमी स्ट्रीट, ब्लूज़ क्लूज़ और शिक्षा का वायरस

जोआन गैंटॉज़ कूनी नामक टीवी प्रोड्यूसर ने 1960 के दशक के अंत में एक महामारी की शुरुआत की। उन्होंने तीन, चार, या पांच साल वालों को अपना निशाना बनाया। उनका संक्रमण स्रोत टेलीविज़न था और वे जिस "वायरस" को फैलाना चाहती थीं वह था शिक्षा। शो एक घंटे का था और हफ़्ते में पांच दिन आना था। आशा यह थी कि अगर यह एक घंटा पर्याप्त रूप से संक्रामक रहा तो शिक्षा में एक टिपिंग पॉइंट हो सकता था : जिससे ग़रीब घरों के बच्चे प्राथमिक विद्यालय शिक्षा आरंभ करने से पहले एक क़दम आगे हो सकें, दर्शकों और ग़ैर-दर्शकों को बीच शिक्षा-पूर्व मूल्य फैलें और बच्चों व उनके माता-पिता को संक्रमित करें, जिससे वे लंबे समय तक तब भी इसके प्रभाव में रहें, जब बच्चे यह शो देखना बंद कर चुके हों। कूनी ने शायद इस विचार का उपयोग नहीं किया हो या अपने लक्ष्यों को ठीक इसी तरह वर्णित नहीं किया हो। लेकिन सार रूप में, वह जो करना चाहती थीं, उसने ऐसी शैक्षणिक महामारी की रचना की जिसने ग़रीबी और अशिक्षा की प्रचलित महामारियों का विरोध किया। उन्होंने इस विचार को *सीसमी स्ट्रीट* का नाम दिया।

यह हर पैमाने पर एक प्रशंसनीय विचार है। टेलीविज़न बड़ी संख्या में लोगों तक पहुंचने का एक शानदार तरीक़ा है जो बेहद सस्ता व आसान भी है। यह मनोरंजन और चमत्कृत करता है। लेकिन यह विशेष रूप से शैक्षणिक माध्यम नहीं है। हार्वर्ड विश्वविद्यालय के मनोवैज्ञानिक जेरल्ड लैसर, जिन्होंने सीसमी स्ट्रीट की स्थापना में कूनी का साथ दिया, कहते हैं कि 1960 के दशक के अंत में जब उनसे पहली बार इस प्रोजेक्ट से जुड़ने के लिए पूछा गया, तो वह संशय में थे। वह कहते हैं, "मैं हमेशा से यही मानता आया था कि आप बच्चे के बारे में जो जानते हैं उसे वैसे ही पढ़ाते हैं। आप बच्चे की शक्ति को जानने का प्रयास करते हैं, जिससे उसके साथ खेल सकें। आप बच्चे की कमज़ोरियों को समझने का प्रयास करते हैं, जिससे उनसे बच सकें। तब आप उस बच्चे को ठीक से पढ़ा सकते हैं... टेलीविज़न में यह संभावना नहीं, उसमें ऐसा करने की ताक़त नहीं है।" अच्छा शिक्षण परस्पर संवादात्मक होता है। इसमें बच्चा निजी तौर पर शामिल रहता है। लेकिन टेलीविज़न बस एक बोलता बक्सा है। प्रयोग के दौरान, अगर बच्चों को कोई अवतरण पढ़ने के लिए दें और फिर उनकी परीक्षा लें तो परिणाम उससे बेहतर होंगे जो बच्चे को उसी विषय से संबंधित सामग्री का वीडियो देखने के लिए पूछा जाए। शिक्षा विशेषज्ञ टेलीविज़न को "निचली भागीदारी" बताते थे। टेलीविज़न ठंड लगने की विकृति जैसा था बिजली की तरह लोगों में फैल जाता है। बस कुछ छींकें, और यह दिनभर में फैल जाएगा।

लेकिन कूनी और लैसर और तीसरे भागीदार, न्यू यॉर्क की मार्केल फ़ाउंडेशन के लॉयड मॉरिसेट, ने इन सबके बावजूद प्रयास करने का फ़ैसला किया। उन्होंने उस समय के शीर्ष रचनात्मक दिमाग़ों की सूची बनाई। उन्होंने टेलीविज़न विज्ञापनों से बच्चों को अंकों के बारे में सिखाने की तकनीक हासिल की। उन्होंने वर्णाक्षर सीखने के सबक़ सिखाने के लिए शनिवार सुबह के कार्टूनों के लाइव एनिमेशन का उपयोग किया। वह गीत गाने या नृत्य करने के लिए मशहूर हस्तियों को बुलाते मज़ाक़िया रेखाचित्रों में सितारों के माध्यम से बच्चों को सहयोग के सद्‌गुणों या उनकी अपनी भावनाओं के बारे में सिखाते। *सीसमी स्ट्रीट* ने लक्ष्य ऊंचा रखा और बच्चों के किसी भी अन्य शो से ज़्यादा मेहनत की, और इसमें सबसे असाधारण बात यह रही कि यह काम कर गया। वास्तव में, जितना बार भी शो की शैक्षणिक मूल्य की परीक्षा की गई –और *सीसमी स्ट्रीट* की इतिहास के किसी भी दूसरे टेलीविज़न शो

से ज़्यादा बार अकादमिक परख़ की गई है- इसने हर बार अपने दर्शकों के पढ़ने और सीखने में वृद्धि को साबित किया है। ऐसे बहुत कम शिक्षाविद् और बाल मनोवैज्ञानिक थे जो इस पर सहमत नहीं हों कि शो अपने संक्रमण संदेश को उन घरों के पार भी पहुंचाने में सक्षम रहा है जो इस शो को नियमित रूप से देखते हैं। *सीसमी स्ट्रीट* के निर्माताओं ने कुछ असाधारण हासिल कर लिया था। और उन्होंने यह कैसे किया इसकी कहानी टिपिंग पॉइंट के दूसरे नियम, स्थिरता के घटक का शानदार उदाहरण है। उन्होंने ऐसा छोटे लेकिन महत्त्वपूर्ण समायोजनों द्वारा इस तरह किया जिससे शिशु विद्यालय के छात्रों के सामने इन विचारों को इस तरह पेश किया जाए जिससे वे टेलीविज़न को शिक्षण साधन नहीं होने की कमज़ोरी से उबर सकें और वे जो कहना चाहते हैं उसे भी स्मरणीय बना सकें। *सीसमी स्ट्रीट* सफल रहा क्योंकि उसने सीख लिया कि टेलीविज़न को देखने लायक़ कैसे बनाना है।

1.

अल्प का सिद्धांत, जिस पर मैंने पिछले अध्याय में बात की थी, कहता है कि महामारी का एक महत्त्वपूर्ण घटक संदेशवाहक की प्रकृति भी होती है। जूतों की जोड़ी या चेतावनी या संक्रमण या नई फ़िल्म अत्यधिक संक्रामक हो सकते हैं और बस किसी ख़ास क़िस्म के व्यक्ति के साथ जुड़ना इन्हें चरम पर पहुंचा सकता है। लेकिन इन सभी उदाहरणों में, मैं इसे ऐसे लेता हूं कि यह संदेश स्वयं अपने आप में ऐसा था जिसे आगे बढ़ाया जाए। पॉल रिवीयर ने ज़बानी प्रचार महामारी को शुरुआत इस वाक्य से की, "ब्रिटिश आ रहे हैं।" इसकी जगह अगर वे आधी रात की यात्रा के दौरान लोगों को यह बताते चलते कि उन्होंने अपनी सुनार की दुकान में जस्ते के प्यालों की सेल लगाई है, तब भी, वे अपने संपूर्ण व्यक्तिगत उपहारों की बदौलत, मेसाचुसेट्स के ग्रामीण इलाक़ों को प्रेरित नहीं कर पाते।

इसी तरह, रॉजर हॉर्श्यो ने अपने सभी दोस्तों को उस रेस्टोरेंट के बारे में बताया जहां उनकी बेटी उन्हें ले गई थी, जो ज़बानी प्रचार महामारी के पहले क़दम का निर्माण करना है। लेकिन ज़ाहिर है, इस महामारी को परवान चढ़ने के लिए, रेस्टोरेंट को खुद भी अच्छा रेस्टोरेंट होना होगा। इसे उस तरह का रेस्टोरेंट बनना ही होगा जो वहां खाना खाने वाले लोगों पर

प्रभाव छोड़ सके। महामारी में, संदेशवाहक मायने रखता है : संदेशवाहक वो हैं जो किसी चीज़ को फैलाते हैं। लेकिन संदेश की विषयवस्तु भी उतनी ही महत्त्वपूर्ण है। और संदेश को सफल होने के लिए जिस विशिष्ट गुण की आवश्यकता है वो "स्थिरता" का गुण है। यह संदेश, या भोजन, या फ़िल्म या उत्पाद याद रखने योग्य है? क्या यह याद रखने के लिए इतना व्यवहारपूर्ण है कि यह बदलाव ला सके, कि यह किसी को कार्य करने के लिए मजबूर कर सके?

स्थिरता से ऐसा प्रतीत होता है कि इसे सीधा-स्पष्ट होना चाहिए। जब हम में से अधिकांश लोग यह सुनिश्चित करना चाहते हैं कि हम जो कुछ भी कहें उसे याद रखा जाए, और पूरा महत्त्व देकर बोला जाए। तो हमें इसे ज़ोर से बोलना चाहिए, और हमें इसे बार-बार दोहराना चाहिए। बाज़ार भी यही महसूस करता है। विज्ञापन जगत में एक कहावत है कि किसी विज्ञापन को याद रहने के लिए पहले कम से कम छह बार देखा जाना चाहिए। यह कोका-कोला और नाइकी के लिए उपयोगी सबक़ है, जो मार्केटिंग पर सैकड़ों और लाखों डॉलर ख़र्च करते हैं और अपने संदेश को मीडिया के हर रूप में फैला सकते हैं। लेकिन यह उन लोगों के लिए कतई उपयोगी नहीं था जो छोटे-से बजट और सार्वजनिक टेलीविज़न पर एक घंटे के प्रोग्राम द्वारा शिक्षा महामारी की चिंगारी भड़काने का प्रयास कर रहे हों। क्या लोगों को स्थिर रखने का कोई छोटा, सूक्ष्म और आसान तरीक़ा भी है?

डायरेक्ट मार्केटिंग के क्षेत्र में विचार करें। एक कंपनी किसी पत्रिका में विज्ञापन ख़रीदती है या कूपन साथ जोड़कर उन्हें सीधे मेल करती है कि पाठक उस उत्पाद की जांच करें और उन्हें इस संबंध में बताएं। डायरेक्ट मार्केटिंग में संदेश सहित उपभोक्ता तक पहुंचना कोई मुश्किल नहीं है। मुश्किल है उपभोक्ताओं को रोककर, उन्हें अपना विज्ञापन पढ़वाना। यह याद रखते हुए इसी के अनुसार कार्रवाई कीजिए। कौन-से विज्ञापन सबसे ज़्यादा कामयाब रहते हैं, यह जानने के लिए डायरेक्ट मार्केटिंग के लोग गहन जांच करते हैं। वे एक ही विज्ञापन के बहुत-से संस्करण बनाकर उन्हें एकसाथ कई दर्जन विभिन्न शहरों में चलाते हैं और उनमें से हर एक पर प्रतिक्रिया दर की जांच करते हैं। पारंपरिक विज्ञापनकर्मियों को पहले से पता होता है कि विज्ञापन कैसे चलेगा : हास्य, दर्शनीय ग्राफ़िक्स, सेलिब्रिटी प्रचारक। डायरेक्ट मार्केटिंग वालों के पास इसके विपरीत, बहुत कम पूर्व-कल्पनाएं होती

हैं, क्योंकि वापस लौटने वाले कूपनों की संख्या या टेलीविज़न विज्ञापन की प्रतिक्रिया में 800 नंबर पर फ़ोन करने वालों की संख्या से उन्हें प्रभावकारिता का सुरक्षित लक्ष्य पैमाना मिल जाता है। विज्ञापन जगत में, डायरेक्ट मार्केटिंग वाले स्थिरता के वास्तविक छात्र हैं, और उपभोक्ताओं तक कैसे पहुंचा जाए जैसे दिलचस्प निष्कर्ष इनके काम से ही हासिल होते हैं।

उदाहरण के लिए, 1970 के दशक में, दिग्गज डायरेक्ट मार्केटियर लेस्टर वुंडरमैन का मैडिसन एवेन्यू की फ़र्म मैक्कैन एरिक्सन के साथ कोलंबिया रिकॉर्ड क्लब के काम को लेकर टकराव हो गया। कोलंबिया तब भी वैसा ही था जैसा कि आज है - जिसके दुनिया में सबसे ज़्यादा मेल-ऑर्डर सबस्क्राइबर थे। वुंडरमैन इस कंपनी के विज्ञापन का काम तब से देख रहे थे जब 1950 के दशक में यह स्थापित हुई थी। फिर भी, कोलंबिया ने डायरेक्ट मार्केटिंग के लिए वुंडरमैन के बनाए जा रहे प्रिंट-विज्ञापनों की सहायता के लिए अपने टेलीविज़न विज्ञापनों की श्रंखला बनाने का काम मैक्कैन कंपनी को सौंपा। यह देर-रात आने वाले 800 नंबर के टॉल-फ़्री विज्ञापनों जैसे नहीं थे। वे सर्वत्र प्रचलित टेलीविज़न विज्ञापन थे जिन्हें मात्र जागरुकता के लिए डिज़ाइन किया जा रहा था। ज़ाहिर है, वुंडरमैन इससे परेशान थे। वह पिछले बीस सालों से कोलंबिया के लिए काम कर रहे थे और वह नहीं चाहते थे कि इस काम का छोटा-सा अंश भी उनके प्रतिस्पर्धी के पास चला जाए। ना ही उन्हें इस पर यक़ीन था कि मैक्कैन के विज्ञापन से कंपनी का सचमुच कुछ भला होने वाला है। इस मामले को निपटाने के लिए उन्होंने एक परीक्षा का प्रस्ताव रखा। उन्होंने कहा कि कोलंबिया उनकी फ़र्म द्वारा बनाए गए बिलकुल मुफ़्त विज्ञापन को अमेरिका के आसपास वाले छब्बीस मीडिया बाज़ारों के स्थानीय संस्करण *टीवीगाइड* और *परेड* पत्रिका में चलाएगा। इसमें से तेरह बाज़ारों में मैक्कैन अपने "जागरुकता" वाले टेलीविज़न विज्ञापन चला सकता है। बाक़ी के तेरह में वुंडरमैन अपने बनाए विज्ञापन चलाएंगे जिसके भी विज्ञापन से स्थानीय *टीवी गाइड* और *परेड* विज्ञापन से प्रतिक्रिया में ज़्यादा बढ़ोतरी होगी, पूरा काम उसे ही मिलेगा। कोलंबिया मान गया, और एक महीने बाद उन्होंने परिणामों को सूचीबद्ध किया। मैक्कैन के 19.5 फ़ीसदी की तुलना में वुंडरमैन के विज्ञापनों पर प्रतिक्रिया 80 फ़ीसदी अधिक थी। वुंडरमैन विजेता रहे।

वुंडरमैन की सफलता की कुंजी उसमें है जिसे वे "ख़ज़ाने की खोज" कहते हैं। उन्होंने अपने प्रत्येक *टीवी गाइड* और *परेड* विज्ञापन में अपने कला निर्देशक से ऑर्डर कूपन के कोने में छोटा-सा सुनहरा बक्सा बनवाया था। तब उनकी फ़र्म ने सिलसिलेवार टीवी विज्ञापन लिखे जो "सुनहरे बक्से के रहस्य" की बात करते थे। दर्शकों को बताया गया कि अगर उन्हें *परेड* या *टीवी गाइड* में संस्करणों में स्वर्ण बक्सा मिला, तो उन्हें कोलंबिया की सूची में से उनका मनचाहा रिकॉर्ड बिलकुल मुफ़्त मिलेगा। वुंडरमैन का बनाया स्वर्ण बक्से का सिद्धांत काम कर गया। इसने दर्शकों को *टीवी गाइड* और *परेड* में विज्ञापन को तलाशने का कारण दिया। इसने कोलंबिया संदेश के टेलीविज़न दर्शकों और उनके पत्रिका में पढ़े संदेश के बीच संपर्क बना दिया। वुंडरमैन लिखते हैं, स्वर्ण बक्से ने पाठकों/दर्शकों को परस्पर संवादात्मक विज्ञापन व्यवस्था का अंश बना लिया। अब दर्शक केवल श्रोता नहीं बल्कि भागीदार बन गए थे। यह एक खेल खेलने जैसा था... इस अभियान की प्रभावकारिता चौंकाने वाली रही। सन् 1977 में, कोलंबिया के लिए कोई भी पत्रिका विज्ञापन फ़ायदेमंद नहीं रहा था। सन् 1978 में, स्वर्ण बक्से की टेलीविज़न सहायता से हर पत्रिका के विज्ञापन से फ़ायदा हो रहा था, यह एक अभूतपूर्व मोड़ था।"

इस कहानी में सबसे दिलचस्प यह है कि इस परीक्षा में सभी को मैक्कैन के जीतने की उम्मीद थी। स्वर्ण बक्से का विचार वस्तुतः घटिया लग रहा था। कोलंबिया इसे लेकर इतना संदेहपूर्ण था कि वुंडरमैन को उन्हें मनाने में सालों लग गए कि उन्हें भी प्रयास करने दिया जाए। वहीं दूसरी ओर मेडिसन एवेन्यू की चहेती फ़र्म मैक्कैन थी, जिसे उसकी रचनात्मकता और विशेषज्ञता के लिए जाना जाता था। इसके अलावा, मैक्कैन ने मीडिया टाइम पर वुंडरमैन के मुक़ाबले चार गुना अधिक ख़र्च किया था। उन्होंने अपने लिए प्राइम-टाइम स्लॉट्स लिए थे। वुंडरमैन के विज्ञापन सुबह बहुत जल्दी आया करते थे। पिछले अध्याय में, मैंने बताया था कि महामारी किस तरह, टुकड़ों में, एक ऐसी क्रिया है कि कितनी संख्या में लोगों तक संदेश पहुंचा है, और इस पैमाने से मैक्कैन बहुत आगे थे। मैक्कैन ने सभी बड़ी चीज़ें सही की थीं। लेकिन वे उसे अंतिम रूप नहीं दे सके, वह स्वर्ण बक्सा, जिससे उनका संदेश स्थिर हो जाता।

यदि आप महामारी वाले विचारों और संदेशों को ग़ौर से देखेंगे, तो उन्हें स्थिर बनाने वाले अक्सर ऐसे तत्व मिलेंगे जो वुंडरमैन के स्वर्ण बक्से

जैसे छोटे और मामूली प्रतीत होंगे। उदाहरण के लिए, 1960 के दशक में सामाजिक मनोवैज्ञानिक हावर्ड लेवेंथल के भय प्रयोग पर विचार करें। लेवेंथल देखना चाहते थे कि क्या वह येल विश्वविद्यालय के सीनियर कॉलेज छात्रों के समूह को टिटनेस का इंजेक्शन लगवाने पर राज़ी कर सकते हैं। उन्होंने उनके कुछ समूहों में बांट दिया, और उन सबको सात-पृष्ठ की एक बुकलेट में टिटनेस के ख़तरों तथा टीका लगवाने के महत्त्व के बारे में बताया गया था, साथ ही उन्हें यह भी बताया गया कि विश्वविद्यालय ने सभी इच्छुक छात्रों के लिए कैम्पस हेल्थ सेंटर में मुफ़्त टिटनेस टीके लगाने का इंतज़ाम किया है। इस बुकलेट के कई संस्करण थे। कुछ छात्रों को "उच्चतम भय" वाला संस्करण दिया गया था, जो टिटनेस की नाटकीय अंदाज़ में व्याख्या करता था और इसके साथ ही एक बच्चे का चित्र भी था जिस पर टिटनेस का आक्रमण हुआ था, तथा टिटनेस के अन्य शिकार, जो यूरिनरी कैथेटर्स, ट्रेकिओटमी घाव, और नाक में ट्यूब युक्त थे। "कम भय" वाले संस्करण की भाषा टिटनेस के जोखिम को कम करके बताया गया, और सभी फ़ोटोग्राफ़ हटा लिए गए। लेवेंथल यह जानना चाहते थे कि इन भिन्न बुकलेटों का टिटनेस के प्रति छात्रों के दृष्टिकोण पर क्या प्रभाव पड़ता है और वे टीका लगवाते हैं या नहीं।

परिणाम अंशतः उम्मीद के अनुसार ही रहे। जब उन्होंने बाद में प्रश्नावली सौंपी, तो सभी छात्रों को टिटनेस के ख़तरों की काफ़ी जानकारी हो चुकी थी। लेकिन जिन्हें उच्चतम भय वाली बुकलेट दी गई थी वे टिटनेस के ख़तरों को लेकर अधिक आश्वस्त थे। वे इंजेक्शन के महत्त्व के प्रति भी ज़्यादा विश्वासी थे, और उन्हें यह कहने का काफ़ी यक़ीन था कि वे इंजेक्शन लगवाना चाहते हैं। हालांकि, जब लेवेंथल ने यह देखा कि उनमें से कितने छात्र वास्तव में इंजेक्शन लगाने पहुंचे हैं, तो सारे अंतर दूर हो गए। प्रयोग के एक महीने बाद, उन प्रयोग-पात्रों में से मात्र 3 फ़ीसदी को छोड़कर शायद ही कोई सचमुच इंजेक्शन लगवाने पहुंचा हो। किसी कारण, छात्र वो सब भूल चुके थे जो उन्होंने टिटनेस के बारे में सीखा था। उन्हें सिखाए गए सबक कार्य में तबदील नहीं हो सके। यह प्रयोग स्थिर नहीं हुआ। भला क्यों?

अगर हम स्थिरता के घटक के बारे में कुछ नहीं जानते होते, तो शायद हम यही निष्कर्ष निकालते कि बुकलेट को पढ़ने वाले छात्रों को टिटनेस के बारे में समझने में कुछ कमी रही होगी। हम सोचने लगेंगे कि उन्हें भयभीत

करने का तरीक़ा सही भी था या नहीं। क्या टिटनेस पर समाज में लगा कलंक छात्रों को यह स्वीकार करने से रोक रहा है कि उन्हें भी इसका जोखिम है, या वह चिकित्सकीय देखभाल ख़ुद ही छात्रों को भयभीत करने वाली लगी। कुछ भी हो, मात्र 3 फ़ीसदी छात्रों का इसके लिए हामी भरना बताता है कि लक्ष्य अभी बहुत दूर है। लेकिन स्थिरता का घटक इससे बिलकुल अलग बात बताता है। यह बताता है कि समस्या शायद संदेश के संपूर्ण विचार से नहीं है, और शायद इस पूरे अभियान को बस स्वर्ण बॉक्स की ज़रूरत है। निश्चित ही, जब लेवेंथल ने यह प्रयोग दोहराया, तो एक छोटा-सा बदलाव ही टीकाकरण की दर को 28 फ़ीसदी पर पहुंचाने के लिए काफ़ी था। इसमें बस कैम्पस का एक नक़्शा जोड़ना पड़ा, जिसमें विश्वविद्यालय की हैल्थ बिल्डिंग को गोल दायरे में किया गया, और टीकाकरण के समय को स्पष्ट रूप से दर्शाया गया।

इस अध्ययन से दो दिलचस्प परिणाम मिले। पहला, कि जिन 28 लोगों को टीका लगाया गया, उनमें उच्चतम-भय और कम-भय समूहों में से लोग समान संख्या शामिल थे। उच्चतम-भय वाली बुकलेट में राज़ी करने के लिए जो भी अतिरिक्त प्रयास किए गए वो स्पष्ट रूप से अप्रासंगिक थे। छात्र रक्तरंजित तसवीरों को देखे बिना भी जानते थे कि टिटनेस के क्या ख़तरे हैं, और इसके लिए उन्हें क्या करना चाहिए। इसमें दूसरी दिलचस्प बात यह थी, सीनियर होने के कारण निश्चित ही उन्हें पहले से पता होगा कि हेल्थ सेंटर कहां था, और निस्संदेह वे वहां पहले भी कई बार जा चुके होंगे। इसमें शंका है कि उनमें से किसी ने भी नक़्शे का वास्तव में उपयोग किया होगा। दूसरे शब्दों में, टिटनेस का उपचार को चरम पर पहुंचाने के लिए किसी नई या अतिरिक्त जानकारी का ढेर लगाने की आवश्यकता नहीं थी। बस प्रस्तुतिकरण में एक सूक्ष्म लेकिन महत्त्वपूर्ण बदलाव चाहिए था। छात्रों को जानना था कि वे टिटनेस के टीके को अपने जीवन में कैसे शामिल करें : नक़्शे और टीका लगाए जाने के समय को जोड़ने ने बुकलेट को चिकित्सकीय जोख़िम के उस अमूर्त सबक़ से अलग कर दिया जो उन अनगिनत अन्य अकादमिक सबक़ों जैसा ही था जिसे वे अपनी पढ़ाई के दौरान प्राप्त कर रहे थे - और उसे एक चिकित्सकीय सलाह का व्यवहारिक और व्यक्तिगत अंश बना दिया। और एक बार जब सलाह व्यवहारिक और व्यक्तिगत हो गई, तो यह स्मरणीय भी हो गई।

लेवेंथल के भय प्रयोग तथा वुंडरमैन के कोलंबिया रिकॉर्ड्स के लिए किए काम में सामाजिक महामारी के आरंभ और चरम पर पहुंचाने के सवाल के कई निहितार्थ हैं। अपने समाज में हम हमारा ध्यान आकर्षित करने की पुकार लगाने वालों से अभिभूत हैं। अभी पिछले ही दशक में, नेटवर्क टेलीविज़न में विज्ञापनों के लिए निश्चित आदर्श समय छह मिनट से नौ मिनट हो गया है, और यह हर वर्ष बढ़ता जा रहा है। न्यू यॉर्क स्थित फ़र्म मीडिया डायनेमिक्स का अनुमान है कि आज एक आम अमेरिकी दिनभर में 254 विभिन्न व्यापारिक संदेश प्राप्त करता है। जो 1970 के दशक के मध्य से लगभग 25 फ़ीसदी अधिक है। आज इंटरनेट पर लाखों वेबसाइटें हैं, केबल प्रणाली नियमित रूप से 50 प्रोग्रामिंग चैनल दिखा रही है, और किसी भी बुकस्टोर के मैगज़ीन सेक्शन पर नज़र डालें तो आपको पता चलेगा कि हर सप्ताह और माह हज़ारों पत्रिकाएं निकल रही हैं, जो विज्ञापनों और सूचनाओं से पूरी तरह भरी हुई हैं। विज्ञापन व्यवसाय में, इन अत्यधिक सूचनाओं को "क्लटर" समस्या कहा जाता है, और इस क्लटर (कोलाहल) ने किसी भी संदेश का टिकाऊ होना और ज़्यादा मुश्किल कर दिया है। कोका-कोला ने 1992 ओलिंपिक को प्रायोजित करने के अधिकार 33 मिलियन डॉलर में ख़रीदे। लेकिन बहुत अधिक विज्ञापन देने के बाद भी केवल 12 फ़ीसदी टीवी दर्शक समझ सके कि वह ओलिंपिक का आधिकारिक सॉफ़्ट ड्रिंक है, और शेष 5 फ़ीसदी पेप्सी को इसका वास्तविक प्रायोजक मानते थे। एक विज्ञापन अनुसंधान फ़र्म के किए अध्ययन के अनुसार, जब भी ढाई मिनट के विज्ञापन समय में 15 सेकेंड के चार भिन्न विज्ञापन दिखाए जाते हैं, तो इनमें से प्रत्येक 15 सेकेंड के विज्ञापन की प्रभावकारिता शून्य हो जाती है। हमें जितना अधिक पढ़ने या देखने को कहा जाएगा, हम उतना ही ज़्यादा भूलते जाएंगे। सूचनाओं के युग ने स्थिरता के लिए समस्या खड़ी कर दी है। लेकिन लेवेंथल और वुंडरमैन के उदाहरण बताते हैं कि संदेश में स्थिरता को बढ़ाने व स्थिरता को युक्तिपूर्वक व्यवस्थित करने के कुछ आसान तरीक़े भी हैं। यह स्पष्ट रूप से विक्रेताओं, शिक्षकों और प्रबंधकों के लिए एक महत्त्वपूर्ण तथ्य है। फिर भी, स्थिरता युक्ति को दर्शाने के लिए किसी ने भी शायद इससे ज़्यादा नहीं किया होगा जैसा बच्चों के शैक्षणिक टेलीविज़न, और उसमें भी विशेष रूप से *सीसमी स्ट्रीट* के निर्माताओं ने किया और बाद में *ब्लूज़ क्लूज़* ने भी इससे प्रेरणा ली।

2.

सीसमी स्ट्रीट को जिम हैनसन और जो रैपोसो और फ़्रैंक ऑज़ जैसी रचनात्मक प्रतिभाओं को आकर्षित करने लिए भी जाना जाता है, जिन्होंने बोधपूर्वक उसे पहचाना जिससे बच्चों तक पहुंचा जा सकता है। यह बीट्रिक्स पॉटर या ली. फ़्रैंक बॉम या डॉ. सिअस तो टेलीविज़न का जवाब था। लेकिन यह मानना ग़लत होगा कि *सीसमी स्ट्रीट* ऐसी परियोजना थी जो सहज बोध द्वारा क्षणभर में हासिल हो गई। बल्कि, इस शो को असाधारण यही बात बनाती है कि यह उसके ठीक उलट होता था जिस उत्पाद को सोच-समझकर और श्रमपूर्वक युक्तिपूर्ण बनाया गया हो। *सीसमी स्ट्रीट* एक एकल, महत्त्वपूर्ण खोज से बना था कि : अगर आप बच्चों का ध्यान केंद्रित रख सके, तो उन्हें शिक्षित भी कर सकेंगे।

यह स्पष्ट प्रतीत होता है, लेकिन है नहीं। आज भी, टेलीविज़न के अनेक आलोचक यही तर्क देते हैं कि टीवी की सबसे ख़तरनाक बात इसका लत बन जाना है, और तब बच्चे और यहां तक कि वयस्क भी ज़िंदा लाशों की तरह इसे देखते रहते हैं। इस दृष्टिकोण से देखें तो, टेलीविज़न के लिए- हिंसा, जगमगाती रोशनियां, तेज़ और मज़ाक़िया आवाज़ें, त्वरित संपादकीय कट, कैमरे का निकट और दूर जाना, अतिशयोक्तिपूर्ण कार्य, और वे सभी चीज़ें जिन्हें हम व्यावसायिक टीवी से जोड़कर देखते हैं - वो आम बातें हैं जो हमारा ध्यान केंद्रित रखती हैं। दूसरे शब्दों में, हम जो देख रहे हैं उसे देखते रहने के लिए हमें उसे समझने या आत्मसात कर लेने की कोई आवश्यकता नहीं होती। इन्हीं अर्थों में लोग टेलीविज़न को निष्क्रिय बताते हैं। हम इसे तब देखते हैं जब माध्यम द्वारा दी गई उत्तेजना सर्वोत्तम हो। और हम चैनल को तभी देखते या आरंभ करते हैं जब हम ऊब रहे हों।

1960 और 1970 के दशक के अग्रणी टेलीविज़न अनुसंधानकर्ताओं, विशेष रूप से, मेसाचुसेट्स विश्वविद्यालय के डैनियल एंडरसन को महसूस होने लगा कि, फिर भी, प्रिस्कूलर्स इस तरह टीवी कतई नहीं देखते। एमहर्स्ट कॉलेज में मनोवैज्ञानिक एलिज़ाबेथ लार्च कहती हैं, "विचार यह था कि बच्चे बैठकर टीवी स्क्रीन को ताकते रहते हैं, लेकिन उन्हें कुछ समझ नहीं आता। लेकिन जब हमने ध्यानपूर्वक यह देखने लगे कि बच्चे क्या कर रहे हैं, तो अपने पाया कि आमतौर पर वे थोड़ी ही देर के लिए देखते हैं। इसमें बहुत

विविधता थी। बच्चे सिर्फ़ बैठे ताकते नहीं रहते। उनका ध्यान बहुत-सी अन्य भिन्न गतिविधियों की ओर भी होता है तथा वे इसे यदा-कदा देख लेते हैं। ऐसे प्रभावों की पूर्वकल्पना की जा सकती है जो उन्हें बारंबार स्क्रीन को देखने के लिए मजबूर करे, और यह कोई छोटी बात नहीं है, केवल दिखाओ और जाओ नहीं है।" जैसे कि, लार्च ने एक बार *सीसमी स्ट्रीट* के एक एपिसोड को फिर से संपादित किया जिससे कुछ किरदारों के कुछ प्रमुख दृश्य क्रमहीन हो जाएं। यदि बच्चे केवल दिखाओ और जाओ में ही दिलचस्पी रखते होंगे, तो इससे उन्हें कोई फ़र्क़ नहीं पड़ेगा। इसके बाद भी, शो में गाने और मपेट्स तथा चमकीले रंग और सक्रियता और वो सभी चीज़ें थीं जिन्होंने *सीसमी स्ट्रीट* को इतना शानदार बनाया था। लेकिन इससे फ़र्क़ पड़ा। बच्चों ने इसे नहीं देखा। वे जो देख रहे हैं अगर उसमें उन्हें कोई मायने दिखाई नहीं देता, तो वे उसकी तरफ़ देखते भी नहीं हैं।

एक अन्य प्रयोग में लार्च और डान एंडरसन ने पांच साल की उम्र वाले बच्चों के दो समूहों को *सीसमी स्ट्रीट* का एक एपिसोड दिखाया। दूसरे समूह के बच्चों को दूसरे कमरे में रखा गया था जहां फ़र्श पर बहुत सारे आकर्षक खिलौने मौजूद थे। जैसी कि उम्मीद थी, जिस कमरे में खिलौने नहीं थे, वहां के बच्चों ने 87 फ़ीसदी समय शो देखा, जबकि जिन बच्चों के कमरे में खिलौने थे उन्होंने शो को केवल 47 मिनट देखा। खिलौनों ने बच्चों का ध्यान भंग कर दिया। लेकिन जब उन्होंने यह परीक्षा की कि दोनों समूहों के बच्चों को शो कितना समझ आया और कितना याद है, तो उनका स्कोर समान ही रहा। इस परिणाम ने दोनों अनुसंधानकर्ताओं को हैरान कर दिया। उन्हें अहसास हुआ कि बच्चे देखने के मामले में उससे ज़्यादा विवेकपूर्ण होते हैं जिसकी कल्पना की जाती है। वे लिखते हैं, "हम इस निष्कर्ष पर पहुंचे हैं कि खिलौने वाले समूह के पांच-वर्षीय बच्चे काफ़ी रणनीतिक रूप से ध्यान दे रहे थे। उन्होंने अपना ध्यान खिलौनों से खेलने और देखने के बीच ऐसे बांटा था जिससे उन्होंने कार्यक्रम का सबसे ज़्यादा जानकारी देने वाला हिस्सा ही देखा। यह रणनीति इतनी प्रभावकारी रही कि बच्चों को उतना ही फ़ायदा मिला जितना ज़्यादा ध्यान देने से मिलता।"

अगर आप इन दोनों अध्ययनों - खिलौनों वाला अध्ययन और संपादकीय अध्ययन को साथ देखें, तो आप बच्चों और टेलीविज़न से संबंधित एक तात्त्विक निष्कर्ष पर पहुंच जाएंगे। बच्चे तब टीवी नहीं देखते जब वे

उत्तेजित हों और जब बोर हो जाते हैं तब भी नहीं देखते। वे तभी देखते हैं जब उन्हें समझ आए और यदि भ्रमित होने लगें तो नहीं देखते। यदि आप शैक्षणिक टेलीविज़न के कारोबार में हों, तब यह अंतर महत्त्वपूर्ण है। इसका मतलब हुआ कि अगर आप यह जानना चाहते हों कि बच्चे टीवी शो से क्या और कुछ सीख रहे हैं, तो आपको बस यही करना है कि इस पर ध्यान दें कि वो क्या देख रहे हैं। और अगर आपको यह जानना हो कि बच्चे क्या नहीं सीख रहे, तो आपको बस इस पर ध्यान देना है कि वो क्या नहीं देख रहे हैं। प्रिस्कूलर्स अपने देखने के व्यवहार में इतने विवेकपूर्ण होते हैं कि आप बच्चों के कार्यक्रम को देखने भर से उनकी स्थिरता को पहचान सकते हैं।

सीसमी स्ट्रीट के शुरुआती वर्षों में अनुसंधान प्रमुख ओरेगन के मनोवैज्ञानिक, एड पामर थे, जिनकी विशेषता टेलीविज़न को शिक्षण साधन के रूप में उपयोग करना था। जब चिल्ड्रन्स टेलीविज़न वर्कशॉप की 1960 के दशक के अंत में स्थापना हुई, तो पामर स्वाभाविक रूप से एक सदस्य बने। वह हंसते हुए कहते हैं, "मैं वहां बच्चों के टीवी पर शोध करने वाला अकेला छात्र था।" पामर को यह देखने का कार्य सौंपा गया कि क्या *सीसमी स्ट्रीट* के लिए अकादमिक-सलाहकारों का तैयार किया विस्तृत शैक्षणिक पाठ्यक्रम शो के दर्शकों तक पहुंच भी रहा है या नहीं। यह एक महत्त्वपूर्ण कार्य था। बल्कि, *सीसमी स्ट्रीट* के साथ ऐसे भी लोग जुड़े हैं जिनका कहना है कि बिना एड पामर के शो एक सीज़न भी पार नहीं कर पाता।

पामर का नवोन्मेष कुछ ऐसा है जिसे वह डिस्ट्रैक्टर कहते थे। उन्होंने टेलीविज़न मॉनिटर पर *सीसमी स्ट्रीट* का एक एपिसोड चलाया, और उसके साथ ही लगे स्क्रीन पर स्लाइड शो चलाया, जिसमें प्रत्येक साढ़े सात सेकेंड में नई स्लाइड दिखाई देती। पामर कहते हैं, "हमारे पास बहुत-सी अलग तरह की स्लाइडें थीं जिनकी कल्पना की जा सकती है। इसमें बांहें पसारे सड़क पर सवारी करता व्यक्ति, एक विशाल बिल्डिंग की तसवीर, पानी की लहरों पर तैरती पत्ती, इंद्रधनुष, माइक्रोस्कोप में से ली तसवीर, एशर का चित्र। हर चीज़ जो अद्वितीय हो, यही विचार था।" तब प्रिस्कूलर्स को कमरे में लाया गया, एक बार में दो को, और उनसे वह टेलीविज़न शो देखने को कहा गया। पामर और उनके सहयोगी, हाथ में पेन्सिल और कागज़ लिए थोड़ा अलग हटकर बैठ गए, और चुपचाप नोट्स बनाने लगे कि कब बच्चे *सीसमी स्ट्रीट* देखते और कब उसमें उनकी दिलचस्पी समाप्त हो जाती और

वो इसकी जगह स्लाइड शो देखने लगते। हर बार स्लाइड बदलने पर पामर और उनके सहयोगी नोट्स लेते। इस तरह, शो समाप्त होने तक उनके पास लगभग हर सेकेंड की रिपोर्ट थी कि जांचे गए एपिसोड के किन हिस्सों पर दर्शकों का ध्यान गया और किन पर नहीं। डिस्ट्रैक्टर एक स्थिरता मशीन था।

पामर कहते हैं, "हमने एक दो और तीन फ़ीट का बड़े आकार का काग़ज़ लिया, और ऐसी कुछ शीट्स को एक साथ जोड़ दिया। याद रखें, हमारे पास हर साढ़े सात सेकेंड के डाटा बिंदु थे, जो एक पूरे कार्यक्रम में चार सौ डाटा बिंदुओं के निकट होते थे। हम इस सब बिंदुओं को लाल रेखा से जोड़ते जिससे यह वॉल स्ट्रीट की स्टॉक मार्केट रिपोर्ट जैसी दिखने लगी। यह कभी अचानक गिरती तो कभी धीरे-धीरे नीचे आती। और हम कहते अरे, यहां क्या हो रहा था। किसी समय यह चार्ट में शीर्ष पर पहुंच जाती और हम कहते वाह, इस सेगमेंट ने सचमुच बच्चों का ध्यान अपनी तरफ़ खींचा। हमने इन डिस्ट्रैक्टर अंकों की प्रतिशत में गणना की। हम कई बार 100 फ़ीसदी तक पहुंच गए। अधिकांश शो का औसत ध्यानबिंदु लगभग 85 से 90 फ़ीसदी रहा। यह हासिल होना भी निर्माताओं को प्रसन्नता की बात भी यदि यह पचास के आसपास रहता, तो वे पुनः ड्रॉइंग बोर्ड पर पहुंच जाते।"

पामर ने बच्चों के अन्य कार्यक्रम, जैसे *टॉम ऐंड जेरी* कार्टून, या *कैप्टन कंगारू* की भी पड़ताल की, और उन कार्यक्रमों के सफल सेक्शन की *सीसमी स्ट्रीट* के सफल सेक्शन के साथ तुलना की। पामर को जो कुछ भी ज्ञात हुआ, उन्होंने वो शो के निर्माताओं और लेखकों तक पहुंचा दिया, जिससे वे इसके मुताबिक़ सामग्री में बदलाव कर सकें। उदाहरण के लिए, बच्चों के कार्यक्रम को लेकर हमेशा से एक मिथक मान्य रहा है कि बच्चों को जानवर देखना पसंद है। पामर कहते हैं, "निर्माता एक बिल्ली या चींटीखोर या ऊदबिलाव लाकर दिखाते और उन्हें वहां कूद-फांद करने देते। उन्हें लगता कि यह बहुत दिलचस्प है। लेकिन हमारे डिस्ट्रैक्टर ने दर्शाया कि हर बार यह बम साबित होता है।" *सीसमी स्ट्रीट* के एक किरदार मैन फ्रॉम अल्फ़ाबेट पर ख़ूब काम किया गया, जिसकी विशेषता द्विअर्थी शब्द बोलना था। पामर ने दिखाया कि बच्चों को वो पसंद नहीं। उसे हटा दिया गया। डिस्ट्रैक्टर ने दर्शाया कि *सीसमी स्ट्रीट* प्रारूप में एक भी सेगमेंट चार मिनट से अधिक का नहीं होना चाहिए। बल्कि शायद तीन मिनट पर्याप्त हैं। उन्होंने निर्माता पर दबाव डाला कि वह डायलॉग आसान रखें और वयस्क टेलीविज़न से ली

गई तरकीबों से दूर रहें। वह याद करते हैं, "हम यह जानकार हैरान रह गए कि हमारे प्रिस्कूलर्स दर्शकों को वयस्क किरदारों का बहस करना पसंद नहीं आता। उन्हें यह अच्छा नहीं लगता जब दो या तीन किरदार एक साथ बोलने लगते। यह निर्माताओं के भ्रम का निर्माण कर दृश्य को चरम पर पहुंचाने की सहज वृत्ति होती है। इसका अर्थ आपको यह बताना होता है कि यह रोमांचक है। जबकि तथ्य है कि हमारे बच्चे इस तरह की स्थितियों से दूर भागते थे। वे कुछ रोमांचक होने वाला है का संकेत लेने की जगह इस संकेत से यह समझते कि कुछ भ्रमपूर्ण होने वाला है। और इससे उनकी दिलचस्पी समाप्त हो जाती।"

"तीसरे या चौथे सीज़न के बाद, मैं कहता हूं कि शायद ही कोई सेगमेंट होगा जो पचासी फ़ीसदी से कम रहा हो। हम लगभग कभी भी पचास या साठ फ़ीसदी की रेंज में नहीं गए। और यदि गए भी, तो उसे सुधार लिया। आप डार्विन के सर्वोत्तम के बचने वाले सिद्धांत के बारे में तो जानते ही होंगे? हमारे पास वो तंत्र था जिससे हम सर्वोत्तम को पहचान सकते थे और फ़ैसला कर सकते थे कि क्या रखना चाहिए।"

पामर को डिस्ट्रैक्टर में एक चीज़ जो सबसे महत्त्वपूर्ण लगी वो यह कि, जो बहुत शुरुआत में ही ज्ञात हो गई थी, तब तक *सीसमी स्ट्रीट* का प्रसारण भी आरंभ नहीं हुआ था। लैसर याद करते हैं, "यह 1969 की गर्मियां थीं और प्रसारण शुरू होने में डेढ़ महीना ही बचा था। हमने फ़ैसला किया कि चलो सब दांव पर लगा देते हैं। प्रसारण होने और यह कैसा जाता है जानने से पहले एक घंटे के पांच पूरे शो बना लेते हैं।" कार्यक्रमों की परीक्षा के लिए पामर उन्हें फ़िलाडेल्फ़िया ले गए और जुलाई के तीसरे हफ़्ते में उन्हें शहर भर के साठ घरों में शिशु विद्यालय के छात्रों को दिखाया। यह बहुत कठिन समय था। फ़िलाडेल्फ़िया में गरमी की लहर चल रही थी, जिसने बच्चों को, जिन्हें शो देखना था बेचैन और अधीर कर दिया। उसी हफ़्ते में अपोलो 11 भी चांद पर उतरा, और कुछ बच्चे ज़ाहिर तौर पर उस ऐतिहासिक क्षण को *सीसमी स्ट्रीट* पर देखना चाहते थे। इसमें पामर के डिस्ट्रैक्टर का निष्कर्ष सबसे ख़राब रहा। लैसर कहते हैं, "हमें जो मिला उससे मैं लगभग टूट गया।"

समस्या यह थी कि शो की मूल संकल्पना की गई थी, तब फ़ैसला किया गया था कि शो के सभी फ़ंतासी तत्वों को वास्तविक तत्वों से अलग

रखा जाएगा। ऐसा बहुत-से बाल मनोवैज्ञानिकों के आग्रह के बाद किया गया था। उन्हें लगता था कि फ़ंतासी और वास्तविकता को मिलाना बच्चों के लिए बहकाने वाला होगा। तब मपेट केवल दूसरे मपेट के साथ ही दिखाई देते थे, और खुद *सीसमी स्ट्रीट* पर फ़िल्माए दृश्यों में केवल असली वयस्क और बच्चे ही हुआ करते थे। हालांकि फ़िलाडेल्फ़िया में पामर को ज्ञात हुआ कि, जैसे ही सड़क का दृश्य आता है, बच्चों की दिलचस्पी समाप्त हो जाती है। लैसर कहते हैं, "इस सड़क को आकर्षक होना चाहिए था। हम हमेशा सड़क पर वापस आते थे। यही शो को जोड़ती थी। लेकिन वहां बस वयस्क आपस में बातें कर रहे होते थे जिसमें बच्चों की कोई रुचि नहीं थी। बच्चे शो से अलग हो जाते। और यह स्तर तभी सुधरता जब मपेट वापस आते, लेकिन हम बच्चों को ऐसे बार-बार अलग नहीं होने दे सकते थे।" लैसर पामर के परिणामों को "*सीसमी स्ट्रीट* का ऐतिहासिक मोड़" बताते हैं। हम जान गए थे कि अगर हम सड़क को इसी तरह रखते हैं, तो शो जल्द ही बंद हो जाएगा। सब बहुत तेज़ी से हो रहा था। हमें गर्मियों में इसका टेस्ट और शरद ऋतु में इसका प्रसारण करना था। हम अभी सोच ही रहे थे कि क्या करना चाहिए।"

लैसर ने अपने वैज्ञानिक सलाहकार की राय की उपेक्षा करने का फ़ैसला किया। "हमने फ़ैसला किया कि इसे विकसित करने वाले बाक़ी सभी मनोवैज्ञानिकों को पत्र लिखते हैं, और कहा, हम जानते हैं कि आप लोग फ़ंतासी और वास्तविकता को मिलाने के बारे में क्या सोचते हैं। लेकिन हमें यह करना ही होगा। यदि हम ऐसा नहीं करेंगे, तो शो जल्द बंद हो जाएगा।" इसलिए निर्माताओं ने सड़क के सभी दृश्यों को फिर से फ़िल्माया। हैनसन और उनके सहकर्मियों ने ऐसे पपेट (पुतले) बनाए जो शो में वयस्कों के साथ चल और बोल सकें और उनके साथ सड़क पर लाइव हो सकें। पामर कहते हैं, "तभी बिग बर्ड और ऑस्कर द ग्रौच तथा स्नफ़्लऑपेग्स का जन्म हुआ।" हम आज जिसे *सीसमी स्ट्रीट* का तत्त्व मानते हैं -रोएंदार विशालकाय पशु और उत्साही वयस्क- वे स्थायित्व की निराशाजनक इच्छा से उत्पन्न हुए थे।

फिर भी, डिस्ट्रैक्टर, अपनी पूरी शक्ति के साथ पूरी तरह से अपरिष्कृत साधन था। यह आपको बताता है कि बच्चा समझ रहा है कि स्क्रीन पर क्या हो रहा है और इसी के कारण वो ध्यान दे रहा है। लेकिन यह आपको

ठीक-ठीक नहीं बता सकता कि बच्चा क्या समझ रहा है, यह आपको यह नहीं बताता कि क्या बच्चा उसी चीज़ पर ध्यान दे रहा है जहां उसे ध्यान देना चाहिए।

सीसमी स्ट्रीट के दो सेगमेंट पर विचार करें, इन दोनों को ही दृश्य-सम्मिश्रण प्रयोग कहते हैं। यह सेगमेंट बच्चों को सिखाता है कि पढ़ने में दो अलग तरह की ध्वनियों को मिश्रित किया जाता है। एक "हग," में एक मादा मपेट स्क्रीन के मध्य लिखे *'हग'* शब्द के पास आती है। वो *'एच',* के पीछे खड़ी होती है, और इसे सही तरह से बोलती है, फिर वो *'यू'* की तरफ़ बढ़ती है, और इसके बाद *'जी'* की तरफ़ जाती है। वो एक बार फिर बाएं से दाएं जाते हुए ऐसा करते हुए, हर अक्षर का अलग-अलग उच्चारण करती है, और अंत में उन सबको एक साथ मिलाकर "हग" बोलती है। उसे ऐसा करने के दौरान, मपेट हैरी मॉन्स्टर आता है और वो भी इस शब्द को दोहराता है। सेगमेंट के अंत में हैरी मॉन्स्टर छोटी-सी प्रसन्न लड़की मपेग को गले से लगा लेता है।

एक अन्य, "ऑस्कर्स ब्लैंडिंग" नामक सेगमेंट में, ऑस्कर द ग्रौच और मपेट क्रॅमी एक गेम खेल रहे हैं जिसका नाम है, "ब्रेकेबल वर्ड्स," इसमें अक्षरों को पहले जोड़ा जाता है और फिर अलग किया जाता है। ऑस्कर 'सी' बोलकर शुरुआत करता है, जो स्क्रीन की निचली बाईं ओर से उभरता है। ऑस्कर, क्रॅमी को बताता है कि अक्षर 'सी' को "क्ह" बोला जाता है। इसके बाद अक्षर "एट" निचले बाएं-हाथ के कोने से उभरता है और क्रॅमी- "एट" बोलता है। दोनों आगे-पीछे होने लगते हैं - ऑस्कर "क्ह" बोलता है, तो क्रॅमी "एट" बोलता है। धीरे-धीरे वे इसे जल्दी-जल्दी बोलने लगता है, जब तक दोनों ध्वनियां मिश्रित होकर "कैट" नहीं बन जातीं। दोनों मपेट कई बार "कैट" शब्द दोहराते हैं और यह फिर यह शब्द नज़रों से ओझल हो जाता है, और इसके साथ ही टूटने की आवाज़ आती है। इसके बाद यही प्रक्रिया "बैट" शब्द के साथ फिर शुरू हो जाती है।

यह दोनों ही सेगमेंट मनोरंजक हैं। ये बच्चों का ध्यान आकर्षित करते हैं। डिस्ट्रैक्टर ने इन्हें शानदार स्कोर दिया। लेकिन क्या यह वास्तव में पढ़ने की मूल बात सिखाते हैं? यह ज़्यादा मुश्किल सवाल है। इसका जबाव देने के लिए *सीसमी स्ट्रीट* के निर्माता ने 1907 के दशक के मध्य में हार्वर्ड विश्वविद्यालय में अनुसंधानकर्ताओं के समूह को बुलाया जिसका नेतृत्व

बारबरा फ़्लैग नामक मनोवैज्ञानिक कर रही थीं जो आंख की गतिविधियों की विशेषज्ञ थीं। आंख की गतिविधि अनुसंधान इस विचार पर आधारित था कि मानव आंख एक समय में केवल बहुत छोटे क्षेत्र पर ही केंद्रित हो सकती है - जिसे पर्सेप्चुअल स्पैन (बोधात्मक सीमा) कहते हैं। कुछ भी पढ़ते समय, हम एक समय में केवल एक मुख्य शब्द और चार अक्षर बाईं तरफ़ के और पंद्रह अक्षर बाईं तरफ़ का ध्यान रख पाते हैं। हम इनमें से एक हिस्से से दूसरे पर जाते हैं, और उन पर इतनी देर रुकते या स्थिर होते हैं कि उनमें से प्रत्येक अक्षर के मायने समझ सकें। हमारे केवल इतने ही पाठ पर केंद्रित रहने का कारण होता है कि हमारी आंखों के अधिकांश सेंसर्स-रिसेप्टर्स जो हमारी चीज़ों को संसाधित करते हैं - रेटीना के ठीक मध्य के उस छोटे-से क्षेत्र में एकत्रित रहते हैं जिसे फ़ोविया (गर्तिका) कहते हैं। यही कारण है कि पढ़ते समय हम अपनी आंखें हिलाते हैं : हम आकार, या रंग या अक्षरों की संरचना के बारे में जानकारी तब तक नहीं पा सकते, जब तक हम अपने फ़ोविया को सीधे उन पर केंद्रित नहीं कर देते। उदाहरण के लिए, इस अनुच्छेद को बिलकुल सीधे पृष्ठ के बीचों-बीच देखते हुए पढ़ने का प्रयास करें। यह असंभव है।

यदि आप यह जांच सकें कि किसी का फ़ोविया कहां गति कर रहा है यह किस पर टिका हुआ है, दूसरे शब्दों में, आप असाधारण सटीकता के साथ बता सकते हैं कि वे वास्तव में किसे देख रहे हैं और वे वस्तुतः किस तरह की जानकारियों को हासिल कर रहे हैं। इसलिए कोई हैरानी की बात नहीं कि टेलीविज़न कमर्शियल बनाने वाले लोगों में आंखों पर नज़र रखने को लेकर जुनून होता है। यदि आप किसी बीयर के विज्ञापन में ख़ूबसूरत मॉडल को लेते हैं, तो यह जानना सचमुच महत्त्वपूर्ण होगा कि आपका लक्षित दर्शक औसतन बाईस साल का युवक केवल मॉडल पर ही केंद्रित रहता है या अंत में आपके बीयर के कैन की तरफ़ भी देखता है। *सीसमी स्ट्रीट* इसी कारण से सन् 1975 में हार्वर्ड पहुंची। जब बच्चे "ऑस्कर्स ब्लैंडिंग" और "हग" देख रहे थे तो वे देखते हुए शब्द के बारे में सीख रहे थे या वे केवल मपेट्स को ही देख रहे थे?

यह प्रयोग चार से पांच साल के इक्कीस बच्चों पर किया गया, जिन्हें उनके माता-पिता हफ़्ते भर के लिए हार्वर्ड स्कूल ऑफ एजुकेशन लाए थे। वे एक-एक करके गुदगुदे हैंडल वाली एक पुरानी नाई की कुर्सी पर बैठते

जिससे तीन फ़ीट दूर एक 17-इंच का रंगीन टेलीविज़न मॉनिटर था। एक गल्फ़ ऐंड वेस्टर्न इन्फ़्रारेड आई व्यू मॉनिटर बस थोड़ा ही बाईं ओर लगाया गया था, जिसे हर प्रयोग-पात्र के फ़ोविया गति पर नज़र रखने के लिए पूरी सावधानी से तैयार किया गया था। उन्हें ज्ञात हुआ कि "हग" शानदार रूप से सफल रहा। सब में से छिहत्तर फ़ीसदी की आंखें इन्हीं अक्षरों पर टिकी थीं। तथा इससे बेहतर, सभी प्रिस्कूलर्स में से 83 फ़ीसदी का ध्यान बाएं से दाएं क्रम पर केंद्रित था। दूसरे शब्दों में, वे पढ़ने की वास्तविक प्रक्रिया की नक़ल कर रहे थे। वहीं दूसरी ओर, "ऑस्कर्स ब्लैंडिंग" बेकार रहा। कुछ निगाहों में से केवल 35 फ़ीसदी ही अक्षरों पर टिकी रहीं। और ठीक शून्य फ़ीसदी शिशु विद्यालय छात्रों ने अक्षरों को बाएं से दाएं पढ़ा। क्या समस्या थी? पहली, जैसा कि सभी की आंखों की गतिविधियों से ज्ञात हुआ कि अक्षर स्क्रीन के निचले भाग में नहीं होने चाहिए थे। टेलीविज़न देखने वाले स्क्रीन के मध्य पर केंद्रित रहते हैं। फिर भी, यह मामला इस तथ्य के सामने गौण था कि बच्चे अक्षरों को इसलिए नहीं देख रहे थे क्योंकि वे ऑस्कर को देख रहे थे। वे मॉडल को देख रहे थे कि बीयर के कैन को। फ़्लैग कहती हैं, "मुझे याद है, 'ऑस्कर्स ब्लैंडिंग' में ऑस्कर बेहद सक्रिय था। वो पीछे हंगामा कर रहा था, और अक्षर उसके निकट बिलकुल नहीं थे। वो अपना मुंह बहुत हिला रहा था, अपने हाथ हिला रहा था। उसने हाथ में चीज़ें पकड़ रखी थीं। वहां ध्यान भटकाने वाला बहुत कुछ था। बच्चों का ध्यान अक्षरों पर बिलकुल नहीं था क्योंकि ऑस्कर बहुत दिलचस्प था।" ऑस्कर आकर्षक था। वो सबक़ नहीं था।

3.

यही *सीसमी स्ट्रीट* की विरासत है : यदि आप अपनी सामग्री की संरचना और प्रारूप पर ध्यान देते हैं, तो आप स्थिरता को प्रभावशाली ढंग से बढ़ा सकते हैं। लेकिन क्या *सीस्मी स्ट्रीट* से भी ज़्यादा स्थिरता वाला कार्यक्रम बनाना संभव होगा? 1990 के दशक के मध्य में मैनहट्टन स्थित निकलोडियन नेटवर्क के तीन युवा निर्माताओं ने अपने आपसे यही सवाल पूछा। यह सवाल उचित था। आख़िर *सीसमी स्ट्रीट* 1960 के दशक का उत्पाद था, और इन बीच के तीन दशकों में बच्चों का दिमाग़ कैसे काम करता है इसे समझने में

काफ़ी प्रगति हुई थी। निकलोडियन के एक निर्माता टॉड कैस्लर ने वास्तव में *सीसमी स्ट्रीट* पर काम किया था और असंतुष्ट होकर शो छोड़ दिया। उन्हें शो का तेज़-गति वाला "मैगज़ीन" प्रारूप पसंद नहीं आया। वह कहते हैं, "मुझे *सीसमी स्ट्रीट* पसंद था। लेकिन मुझे हमेशा से यही लगता था कि बच्चों को ध्यान देने का समय इतना कम नहीं होता है। वे आधे घंटे आसानी से बैठ सकते हैं।" उन्हें बच्चों का पारंपरिक टेलीविज़न काफ़ी गतिहीन लगता है। वह आगे कहते हैं, "क्योंकि दर्शक बोल नहीं सकते या शब्द नहीं पहचानते इसलिए यह ज़रूरी है कि कहानी को दृश्यों द्वारा सुनाया जाए। यह दृश्य माध्यम है, और इसमें डूबने के लिए, इसके शक्तिशाली बनाने के लिए, आपको इसका इस्तेमाल करना ही होगा। बच्चों के ऐसे बहुत सारे कार्यक्रम हैं जो बोलते हैं। दर्शकों के लिए उन्हें समझना मुश्किल होता है।" कैस्लर की सहकर्मी, ट्रेसी सैंटोमेरो, *सीसमी स्ट्रीट* देखकर बड़ी हुई हैं और उन्हें भी यही आशंका है। सैंटोमेरो कहती हैं, "हम *सीसमी स्ट्रीट* से सबक़ लेते हुए इसे एक क़दम आगे ले जाना चाहते हैं। टीवी शिक्षा का शानदार माध्यम है। लेकिन लोग अब तक इसकी संभावनाओं का उपयोग नहीं कर सके हैं। वे इसे दोहराए जा रहे हैं। मेरा मानना है कि हम इसे बदल सकते हैं।"

उन्होंने *ब्लूज़ क्लूज़* नामक कार्यक्रम बनाया है। यह एक नहीं बल्कि आधे घंटे का शो है। इसमें बहुत कलाकार नहीं हैं। केवल एक लाइव अभिनेता, स्टीव है। यह तरो-ताज़ा चेहरे वाला बीस की उम्र का युवक है जो खाकी पतलून और रग्बी कमीज़ पहनता है, और शो होस्ट का काम करता है। पारंपरिक पत्रिका की जगह, इसके हर एपिसोड में, ब्लू नामक एनिमेटिड कुत्ते के कारनामे की एक कहानी होती है। इसमें सपाट, द्विआयामी अनुभूति है, जो टेलीविज़न शो होने से ज़्यादा किसी तसवीरों वाली किताब का वीडियो संस्करण लगता है। इसकी गति सोची-समझी है। स्क्रिप्ट में विराम-चिह्न व काफ़ी लंबे ठहराव हैं। इसमें कोई मज़ाक़ या शब्दों का खेल या चतुराई नहीं है जो *सीसमी स्ट्रीट* की विशेषता थी। शो में एक एनिमेटिड किरदार, डाक का डिब्बा भी है, जिसे मेलबॉक्स कहते हैं। दो अन्य नियमित किरदारों में एक कुदाल और बाल्टी भी हैं, और इन्हें शोवेल और पेल कहते हैं। इसके अलावा ब्लू है, शो का नायक। इसका नाम ब्लू इसलिए है, क्योंकि यह नीले रंग का है। वयस्कों को *ब्लूज़ क्लूज़* देखकर हैरानी हो सकती है कि इस शो को *सीसमी स्ट्रीट* के सुधार के रूप में पेश क्यों किया जा रहा है। और यह

है भी। सन् 1996 में शुरू होने के कुछ ही महीनों में *ब्लूज़ क्लूज़* ने रेटिंग के मामले में *सीसमी स्ट्रीट* को काफ़ी पीछे छोड़ दिया। डिस्ट्रैक्टर परीक्षा में, इसने बच्चों का ध्यान आकर्षित करने में अपने प्रतिस्पर्धी से ज़्यादा अंक प्राप्त किए। अलबामा विश्वविद्यालय के शैक्षणिक अनुसंधानकर्ता जेनिंग्स ब्रायंट ने 120 बच्चों का अध्ययन आयोजित किया, जिसमें नियमित रूप से *ब्लूज़ क्लूज़* देखने वालों और अन्य शैक्षणिक शो के दर्शकों के प्रदर्शन के सिलसिलेवार संज्ञानात्मक परीक्षण किए गए।

ब्रायंट कहते हैं, "छह महीने बाद हमें काफ़ी बड़ा फ़र्क़ दिखाई देने लगा। हमारे विचारों में लचीलापन और समस्या निवारण के लगभग सभी पैमानों पर, आंकड़ों के रूप में महत्त्वपूर्ण फ़र्क़ मिलने लगे। अगर हम साठ चीज़ों की जांच करते हैं, तो आप देखेंगे कि *ब्लूज़ क्लूज़* के दर्शक उनमें से पचास को बिलकुल ठीक पहचान लेंगे। जबकि दूसरा समूह पैंतीस को पहचान पाता है।" *ब्लूज़ क्लूज़* शायद अब तक का बनाया सबसे स्थिर टेलीविज़न शो है।

ऐसा कैसे हुआ कि ऐसा अनाकर्षक शो *सीसमी स्ट्रीट* से भी ज़्यादा स्थिर साबित हुआ। इसका जवाब है क्योंकि *सीसमी स्ट्रीट* में बहुत-सी सूक्ष्म लेकिन महत्त्वपूर्ण सीमाएं थीं। उदाहरण के लिए, शो में निरंतर चतुर बनने की हठ पर विचार करें। शुरुआत से ही *सीसमी स्ट्रीट* को बच्चों और बड़ों दोनों के लिए बनाया गया था। इसके पीछे विचार यह था कि बच्चे के, ख़ासतौर पर कम-आय वाले परिवारों के बच्चों के सामने सबसे बड़ी बाधा होती है कि उनके माता-पिता उन्हें प्रोत्साहित नहीं करते या उनकी शिक्षा में भागीदारी नहीं करते। *सीसमी स्ट्रीट* के निर्माता चाहते थे कि यह शो बच्चों के साथ उनकी माताएं भी देखें। इसी कारण शो में बहुत-सी वयस्क सामग्री मौजूद थी। दोहरे अर्थ और पॉप संस्कृति और मॉनस्टरपीस थियेटर या सैमुअल बेकेट की पैरोडी, "वेटिंग फ़ॉर एल्मो" से संदर्भ शामिल थे। (शो के मुख्य लेखक, लोउ बर्जर, कहते हैं कि उनके *सीसमी स्ट्रीट* में नौकरी के लिए आवेदन करने का कारण केर्मिट का किरदार था जिसे उन्होंने सन् 1979 में अपने पुत्र के साथ शो में देखा था।) "यह पागलपन से लबरेज़ परियों की कहानियों जैसा था। वे संकटग्रस्त राजकुमारी को तलाश रहे हैं, केर्मिट दौड़कर इस मादा मपेट राजकुमारी के पास जाता है और कहता है -और इसके बाद बर्जर बिलकुल केर्मिट के लहज़े में बोलते हैं- 'माफ़ कीजिए, क्या

आप ही संकटग्रस्त राजकुमारी हैं?' और वो कहती है, 'तुम्हें यह क्या दिख रहा है, पेंट से बना सूट?' और मैंने सोचा कि यह तो शानदार है, मुझे यहां काम करना चाहिए।")

समस्या यह है कि प्रिस्कूलर्स इस तरह के चुटकुले समझ नहीं पाते, और यहां मज़ाक़ की उपस्थिति - जैसे "संकट" का दोहरा अर्थ होना - ध्यान भटकाने का काम करता है। इसका एक अच्छा उदाहरण *सीसमी स्ट्रीट* के "रॉय" नामक एक एपिसोड में मिलता है जो सन् 1997 को क्रिसमस की पूर्वसंध्या पर आया था। एपिसोड की शुरुआत में बिग बर्ड की मुलाक़ात डाकिए से होती है, जो इससे पहले सीस्मी स्ट्रीट पर कभी नहीं आया। डाकिया बिग बर्ड को एक पैकेट देता है, तो बिग बर्ड हैरान हो जाता है : वो पूछता है, "अगर तुम यहां पहली बार आए हो, तो तुम्हें कैसे पता कि मैं ही बिग बर्ड हूं?"

डाकिया : तुम्हें यह मानना ही होगा, यह पहचानना आसान है! (बिग बर्ड की ओर मोटापे का इशारा करता है)

बिग बर्ड : क्या ऐसा है? (अपने को देखकर) ओह, समझा। यह पैकेट बिग बर्ड के लिए हैं, और मैं बिग बर्ड हूं। मैं कभी-कभी भूल जाता हूं कि मैं अपने नाम जैसा ही हूं। बिग बर्ड दरअसल एक मोटा पक्षी है।

बिग बर्ड दुःखी हो जाता है। उसे अहसास होता है कि बाक़ी सबका अपना नाम है -जैसे ऑस्कर, या स्नफ़ी- लेकिन उसका सिर्फ़ रूप वर्णन है। फिर वो डाकिया महिला से पूछा है कि उसका क्या नाम है। वो बताती है कि उसका नाम इमोजेन है।

बि.ब.: वाह, यह अच्छा नाम है। (कैमरे की ओर देखते हुए उत्साह से) काश! मेरा भी ऐसा ही कोई असली नाम होता। ना कि सिर्फ़ वह जो बताता हो कि मैं कौन हूं। ऐसा लगता है जैसे मैं एक सेब, या कुर्सी या ऐसी ही कोई चीज़ हूं।"

यहां से बिग बर्ड अपने लिए नए नाम की तलाश शुरू करता है। स्नफ़ी की मदद से, वो सीस्मी स्ट्रीट पर सबसे सुझाव लेता है - ज़ैकलडैकल, बुच, बिल, ओमार, लैरी, सैमी, ऐबीनीज़र, जिम, नेपोलियन, लांसलाट, रॉकी -

और आख़िर में उसे रॉय पसंद आता है। लेकिन जब एक बार सभी उसे उसके नए नाम से पुकारने लगते हैं तब बिग बर्ड को अहसास होता है कि उसे यह नाम पसंद नहीं। वो कहता है, "यह कुछ ठीक नहीं लगता, मुझे लगता है मैंने बड़ी ग़लती कर दी है।" वो फिर सोचता है, "बिग बर्ड चाहे आम नाम नहीं हो," और वो निष्कर्ष निकालता है, "यह मेरा नाम है, और मेरे दोस्त जिस तरह इसे पुकारते हैं वो मुझे अच्छा लगता है।"

यह, कम से कम सतह पर तो एक शानदार एपिसोड था। इसका आधार चुनौतीपूर्ण और विषय आधारित होने के साथ ही दिलचस्प भी था। यह बिना लाग-लपेट के भावनाओं पर आधारित था। बच्चों के बाक़ी कार्यक्रमों के विपरीत, बच्चों को बताता था कि ज़रूरी नहीं कि हर समय खुश रहा जाए। अधिकांश समय यह काफ़ी मज़ाक़िया था।

सुनने में लगता है कि यह विजेता रहा होगा, ठीक?

ग़लत। जब *सीसमी स्ट्रीट* के अनुसंधान कर्मचारियों ने रॉय शो की परीक्षा की तो आंकड़े निराशाजनक आए। पहला सेगमेंट जिसमें स्नफ़ी और बिग बर्ड थे वो तो अच्छा रहा। जैसी उम्मीद की जा रही थी, दर्शक उत्सुक थे और इसके बाद चीज़ें बिखरने लगीं। स्ट्रीट के दूसरे दृश्य तक ध्यान 80 फ़ीसदी रह गया। तीसरे हिस्से तक यह 78 फ़ीसदी रह गया। और चौथे तक 40 फ़ीसदी, फिर 50 और उसके बाद 20। शो देखने के बाद बच्चे भ्रमित थे कि उन्होंने क्या देखा है। "हमने चिह्नित सवाल किए थे और साफ़ जवाबों को तलाश रहे थे।" *सीसमी स्ट्रीट* की अनुसंधान अध्यक्ष रोज़मैरी ट्रगलियो कहती हैं, "शो किस बारे में था? साठ फ़ीसदी जानते थे। बिग बर्ड क्या करना चाहता था? तिरेपन फ़ीसदी को पता था। बिग बर्ड का नया नाम क्या था? बीस फ़ीसदी को पता था। आख़िर में बिग बर्ड को कैसा महसूस हुआ? पचास फ़ीसदी जानते थे।" जब *सीसमी स्ट्रीट* ने उसी समय दिखाए अन्य शो की परीक्षा कर उससे तुलना की तो उसमें शो के बाद सवालों के 90 फ़ीसदी सही जवाब मिले। शो अपना प्रभाव नहीं बना सका था। यह स्थिर नहीं था।

शो क्यों विफल रहा? इसकी बुनियादी समस्या, शो के आधार में थी - यह महत्त्वपूर्ण चुटकुला कि बिग बर्ड नहीं चाहता था कि उसे बिग बर्ड नाम से पुकारा जाए। यह शब्दों का ऐसा खेल था जिसे शिशु विद्यालय के छात्र नहीं समझ सकते। प्रिस्कूलर्स भाषा सीखते समय शब्दों और उसके

अर्थों के कई मतलब निकल लेते हैं, जिनमें से सबसे महत्त्वपूर्ण को एलेन मार्कमैन पारस्परिक विशिष्टता का सिद्धांत कहते हैं। आसान भाषा में कहें तो इसका मतलब हुआ कि छोटे बच्चों के लिए यह मानना मुश्किल होता है कि किसी एक चीज़ के दो नाम हो सकते हैं। मार्कमैन तर्क देते हैं, कि बच्चों की स्वाभाविक धारणा यह होती है कि यदि किसी वस्तु या व्यक्ति को दूसरा नाम दिया जाए, तो उसका इस वस्तु के दूसरे लक्षण या गुण से संदर्भित होना आवश्यक है। आप देख सकते हैं कि यह अनुमान एक ऐसे बच्चे के लिए जो दुनिया में हर चीज़ को शब्द देने के असाधारण कार्य को कर रहा हो, कितना उपयोगी है। बच्चा, जिसने *हाथी* शब्द सीख लिया है, वो पक्के तौर पर जानता है, कि यह कुत्ते से अलग होता है। हर नया शब्द बच्चे के ज्ञान को या दुनिया को और सटीक बनाता है। पारस्परिक विशिष्टता नहीं हो, और इसके विपरीत अगर बच्चा यह मानने लगे कि हाथी कुत्ते का ही एक और नाम है, तब हर नया शब्द उसकी दुनिया को और जटिल बना देगा। पारस्परिक विशिष्टता बच्चे को साफ़ सोचने में मदद भी करती है। मार्कमैन लिखती हैं, "मान लीजिए, एक बच्चा जो 'सेब' और 'लाल' शब्दों से पहले ही परिचित है उसने किसी को सेब को 'गोल' कहते सुना। तो पारस्परिक विशिष्टता द्वारा, बच्चा उस वस्तु (सेब) और रंग (लाल) को अलग रखते हुए 'गोला' को उस वस्तु के किसी अन्य लक्षण को नाम देने के लिए विश्लेषण का प्रयास करने लगेगा।"

इसका क्या मतलब हुआ, क्या बच्चों को उन वस्तुओं से परेशानी होती है जिनके दो नाम हों, या जिन वस्तुओं के नाम बदल दिए जाएं। जैसे, बच्चे के लिए यह विचार कठिन है कि ओक दरअसल ओक भी है और वृक्ष भी है। वो बच्चा या बच्ची यह भी मान सकता है कि "वृक्ष" शब्द का मतलब ओक का संग्रह भी है।

तब यह विचार, कि बिग बर्ड अपने को बिग बर्ड नहीं बल्कि इसकी जगह रॉय कहलवाना चाहता है, निश्चित रूप से प्रिस्कूलर्स को लगभग चकरा देने वाला था। जिसका एक नाम हो वो दूसरा नाम कैसे रख सकता है? बिग बर्ड कहता है कि बिग बर्ड केवल यह विवरण है कि वो किस क़िस्म का जानवर है, जबकि वो एक विशिष्ट नाम चाहता था। वो वृक्ष नहीं बनना चाहता था। वो ओक बनना चाहता था। लेकिन तीन या चार साल के बच्चे यह नहीं समझ सकते कि एक वृक्ष ओक भी हो सकता है। जो कुछ भी हो

रहा था उसे वे जिस सीमा तक समझ सकते थे कि शायद बिग बर्ड अपने आपको किसी और चीज़ में बदलना चाहता है। कोई अन्य तरह का जानवर या अन्य तरह का जानवर समूह। और वो ऐसा कैसे करेगा?

एक और गहरी समस्या थी। *सीसमी स्ट्रीट* एक पत्रिका शो है। एक पारंपरिक शो में कम से कम चालीस भिन्न सेगमेंट होते हैं। इनमें से कोई भी तीन मिनट से ज़्यादा का नहीं होता - कलाकारों और मपेट्स के साथ सड़क के दृश्य, एनिमेशन, और स्टूडियो से बाहर की लघु फ़िल्में। "रॉय" जैसे शो में, 1990 के दशक के अंत में, शो के लेखकों ने पहली बार समान प्रसंग द्वारा इन सभी टुकड़ों को जोड़ने का प्रयास किया। हालांकि, उनके शो के अधिकांश इतिहास में हर सेगमेंट पूरी तरह से स्वायत्त होता था; बल्कि नए सीसमी शो का अधिकांश हिस्सा इसी तरह बनाया जा रहा था जिसमें नए सड़क के दृश्यों को एनिमेटिड टुकड़ों और शो के लिए फ़िल्माए गए पुराने दृश्यों के साथ जोड़ा जा रहा था।

शो के निर्माताओं का *सीसमी स्ट्रीट* को इस तरह बनाने की इच्छा रखने के पीछे एक कारण था। उन्होंने सोचा कि प्रिस्कूलर्स के ध्यान देने का समय इतना नहीं होता कि वे बहुत छोटे, और पूरी तरह केंद्रित सेगमेंट के अलावा किसी और को संभाल सकें। शो के संस्थापकों में से एक लॉयड मॉरिसेट कहते हैं, "हमने छोटे बच्चों के देखने के पैटर्न की पड़ताल की और पाया कि वे *लाफ़-इन* देख रहे हैं। शुरुआती *सीसमी स्ट्रीट* पर मूर्खतापूर्ण त्वरित एकल-वाक्य की तुलना में इसका ज़्यादा प्रभाव रहा। बच्चों को यह अच्छा लग रहा था।" *सीसमी स्ट्रीट* के रचनाकार टेलीविज़न विज्ञापनों की शक्ति से भी बहुत अधिक प्रभावित थे। साठ का दशक मेडिसन एवेन्यू के लिए सुनहरा दौर था। उस समय यह उचित भी प्रतीत होता था कि यदि 60 सेकेंड का टेलीविज़न विज्ञापन चार साल के एक बच्चे को सुबह का नाश्ता बेच सकता था, तो यह बच्चे को वर्णमाला भी सिखा सकता था। बल्कि, कुछ अंशों में जिम हैनसन और शो के रचनाकारों के मपेट्स की अपील का कारण यह भी था क्योंकि 1960 के दशक में हैनसन अत्यधिक सफल विज्ञापन कंपनी भी चलाते थे। बहुत-से मशहूर मपेट विज्ञापन अभियानों के लिए बनाए गए थे : बिग बर्ड वास्तव में हैनसन द्वारा ला चोय के विज्ञापनों के लिए बनाए सात-फुट के ड्रेगन का रूपांतर था; कुकी मॉन्स्टर फ़्रिटो-ले के लिए फेरी लगाता था; ग्रोवर का उपयोग आई.बी.एम. की प्रचार फ़िल्मों में

होता था। (हैनसन के '50 और '60 के दशक के विज्ञापन अजीब तरह से मज़ेदार थे, लेकिन इनमें अस्पष्ट और उत्तेजक गुण थे जो ज़ाहिरा तौर पर उनके *सीसमी स्ट्रीट* के काम से नदारत थे)।

सीसमी स्ट्रीट के सबसे पुराने निर्माताओं में से एक सैम गिब्बन कहते हैं, "मेरे विचार से एक विज्ञापन का सबसे महत्त्वपूर्ण प्रारूप घटक यह होता है कि यह केवल एक चीज़ पर केंद्रित होता है। यह विचार बेचने पर केंद्रित होता है। *सीसमी स्ट्रीट* के प्रोडक्शन को पर्याप्त रूप से छोटे यूनिट्स में तोड़ने का विचार बना जिससे यह किसी एक शैक्षणिक लक्ष्य को इस तरह से संबोधित करे जैसे एक अकेला पत्र विज्ञापनों की बहुत-सी तकनीकों को करता है।"

लेकिन क्या सीखने का यह व्यावसायिक सिद्धांत सत्य है? डैनिएल एंडरसन कहते हैं कि एक नए अध्ययन से ज्ञात हुआ है कि वास्तव में बच्चों को विज्ञापन उतने अच्छे नहीं लगते जितना हम सोचते हैं कि उन्हें पसंद हैं, क्योंकि विज्ञापन, "कहानियां नहीं सुनाते, और कहानियां बच्चों के लिए विशेष रूप से बोधगम्य और महत्त्वपूर्ण हैं।" मूल *सीसमी स्ट्रीट* ग़ैर-वर्णनात्मक था : इसका डिज़ाइन, असंबद्ध रेखाचित्रों के संकलन जैसा था। एंडरसन कहते हैं, "शुरुआत में *सीसमी स्ट्रीट* पर केवल विज्ञापनों का ही असर नहीं था। उस समय एक सैद्धांतिक दृष्टिकोण भी था, जो आंशिक रूप से (प्रसिद्ध बाल मनोवैज्ञानिक) पियाज़े पर आधारित था कि, प्रिस्कूलर्स विस्तृत वर्णन को नहीं समझ सकते।" फिर भी, 1960 के अंत से ही यह विचार उनके मन में था। तीन, या चार या पांच साल के बच्चे जटिल प्लॉट या सब-प्लॉट को नहीं समझ सकते। लेकिन अब मनोवैज्ञानिक मानते हैं कि वर्णनात्मक प्रारूप उनका केंद्र हमेशा होता है। न्यू यॉर्क विश्वविद्यालय के मनोचिकित्सक जेरोम ब्रूनर कहते हैं, "वे उन सिद्धांतों को नहीं समझ सकते जो चीज़ों को कारण, प्रभाव और रिश्तों के मायने में व्यवस्थित करती हो। इसलिए वे चीज़ों को कहानी में बदल लेते हैं, और जब वे अपने जीवन को समझने का प्रयास कर रहे होते हैं, तब वे अपने अनुभव के कहानीनुमा संस्करण को भावी मीमांसाओं का आधार बना लेते हैं। अगर वे किसी चीज़ को वर्णनात्मक संरचना तक नहीं समझ पाते, तो उसे ठीक से याद भी नहीं रख पाते, और फिर इनका आगामी विचारों में कोई उपयोग नहीं रहता।"

ब्रूनर, 1980 के शुरुआती दशक में, एक दिलचस्प प्रोजेक्ट से जुड़े रहे हैं जिसका नाम - "नैरेटिव्स फ़्रॉम द क्रिब" था - यह बहुत-से बाल विशेषज्ञों के दृष्टिकोण को बदलने में महत्त्वपूर्ण साबित हुआ। यह प्रोजेक्ट दो-वर्षीय लड़की एमिली पर केंद्रित था जो अपने माता-पिता के साथ न्यू हेवन में रहती थी - वे दोनों विश्वविद्यालय में प्रोफ़ेसर थे। बच्ची के माता-पिता ने ध्यान दिया कि उनकी बेटी रात को सोने से पहले अपने आप से बातें करती थी। उन्होंने जिज्ञासा में उसके क्रिब (पालने) में छोटा-सा माइक्रो-कैसेट रिकॉर्डर लगा दिया। वे कई हफ़्तों तक हर रात एमिली को बिस्तर पर लिटाने के बाद उसके सोने से पहले अपने साथ व उसकी खुद के साथ की गई बातचीत को रिकॉर्ड करते रहे। इन कुल 122 रिकॉर्डिंग का भाषाविद् और मनोवैज्ञानिकों के समूह ने विश्लेषण किया जिसका नेतृत्व हार्वर्ड विश्वविद्यालय की कैथरीन नेल्सन कर रही थीं। उन्होंने पाया कि एमिली की खुद से की गई बातचीत अपने माता-पिता से की गई बातचीत से ज़्यादा विकसित थी। बल्कि, वो उल्लेखनीय ढंग से विकसित थी। एमिली के टेप्स पर चर्चा करने के लिए आई एक सदस्य कैरोल फ़्लेशर फ़ेल्डमैन ने बाद में लिखा :

> आमतौर पर, उसकी अपने आप से बातचीत ज़्यादा गंभीर और अधिक जटिल होती (वयस्कों के साथ बातचीत के मुक़ाबले) इसने हम सबको, बतौर भाषा विकास छात्र, हैरान कर दिया कि क्या आज तक साहित्य में प्रस्तावित भाषा प्राप्ति की तसवीर ने बच्चों के भाषाई ज्ञान के वास्तविक पैटर्न को कम आंककर तो नहीं दिखाया। बत्ती बंद होने और माता-पिता के कमरे से बाहर जाने के बाद, एमिली शानदार भाषा महारत का प्रदर्शन करती जिसकी हमने उसकी (रोज़मर्रा की) बोलचाल से उम्मीद नहीं की थी।

फ़ेल्डमैन यहां शब्दावली और व्याकरण - तथा सबसे महत्त्वपूर्ण-एमिली के एकालाप की संरचना का संदर्भ दे रही थीं। वो कहानियां, वर्णन बनाती थीं, जो ऐसी चीज़ों को स्पष्ट और व्यवस्थित करता है जो उसके साथ घटती हैं। कई बार उसकी कहानियां ऐसी होतीं जिन्हें भाषाविद् लौकिक आख्यान कहते हैं। वो एक कहानी बनाकर उसे घटनाएं, क्रियाओं और अहसासों का एक ढांचा बनाने का प्रयास करती थी। एक प्रक्रिया जो बच्चे के मानसिक विकास के लिए महत्त्वपूर्ण हिस्सा है। यह एक कहानी है जो एमिली ने अपने

आपको 32 महीने की उम्र में सुनाई थी। मैं यहां उसका संपूर्ण वर्णन कर रहा हूं, यह दर्शाने के लिए कि अपने आप से बातें करते हुए बच्चे की बोली कितनी परिष्कृत होती है :

> कल जब हम सोकर उठेंगे तो, मैं, डैडी, मम्मी, तुम नाश्ता करेंगे जैसे हम रोज़ करते हैं। और इसके बाद हम खेलेंगे और जब डैडी वापस लौट आएंगे, कार्ल भी आ जाएगा, और तब हम थोड़ी देर खेलेंगे। और तब कार्ल और एमिली किसी के साथ कार में जाएंगे, और हम नर्सरी स्कूल जाएंगे (फुसफुसाती है), और जब हम वहां पहुंच जाएंगे, हम सब कार में से बाहर निकलेंगे, नर्सरी स्कूल में जाएंगे, और डैडी हम सबको किस करेंगे, और चले जाएंगे, और तब हम कहेंगे, और तब हम कहेंगे गुडबाय, और तब वो काम पर चले जाएंगे और हम नर्सरी स्कूल में खेलने चले जाएंगे। क्या यह मज़ेदार नहीं? मुझे इसलिए नर्सरी स्कूल जाना पड़ता है, क्योंकि वो नर्सरी स्कूल जाने का दिन है। कई बार मुझे पूरा हफ़्ते टान्टा के साथ रुकना होता है। और कई बार हम मम्मी और डैडी का खेल खेलते हैं। लेकिन आज सुबह मुझे नर्सरी स्कूल जाना है। सुबह डैडी हमेशा की तरह हम नाश्ता करेंगे, और इसके बाद हम जाएंगे... और इसके बाद हम जाएंगे... खेलने। और तब, जब दरवाज़े की घंटी बजेगी, और कार्ल आ जाएगा, और फिर कार्ल, और फिर हम खेलने लगेंगे, और फिर...

यहां एमिली अपनी शुक्रवार की दिनचर्या का वर्णन कर रही है। लेकिन यह कोई ख़ास शुक्रवार नहीं है। वह इसे आदर्श शुक्रवार समझती है, एक काल्पनिक शुक्रवार, जिसमें वो जो चाहती है वो सब होता है। यह कुछ वैसा ही है जैसा ब्रूनर और जोआन लूकैरिएलो ने सेगमेंट की टिप्पणी में लिखा है,

> शब्द निर्माण की शानदार क्रिया... वो लहज़े के बलाघात, मुख्य शब्दों को लंबा खींचने का उपयोग करती है, और एक तरह का "दोहराव" जो हम-वहां-थे सिनेमा विविधता की याद दिलाती है (जहां वो अपने दोस्त कार्ल के दरवाज़े के भीतर आने का वास्तव में वर्णन करती है)। इस पर ज़ोर देने के लिए वो हर चीज़ को "नगण्य" बना देती है, वो इस एकालाप को लयबद्ध, लगभग गीत

> के रूप में बोलती है। और इस स्वगत भाषण में, वो उन घटनाओं पर भी हास्यप्रद टिप्पणियां (क्या यह मज़ेदार नहीं?) करने से नहीं चूकती।

क्या वर्णनात्मकता के महत्त्व के इस प्रमाण से *सीसमी स्ट्रीट* की सफलता पर हैरानी होती है। यह शो उससे परहेज़ कर रहा था जो युवा बच्चों तक पहुंच बनाने का सबसे महत्त्वपूर्ण तरीक़ा साबित हुआ। इससे प्रिस्कूलर्स तक पहुंचने के लिए केवल वयस्कों के लिए लक्षित चुटकुलों की अपील भी समाप्त हो गई। फिर भी यह सफल रहा। यही *सीसमी स्ट्रीट* की विशिष्टता है, कि यह अपने लेखों की प्रतिभा और मपेट्स की गर्मजोशी और आकर्षण की बदौलत उससे बाहर निकल सका जो अन्यथा बड़ी बाधा साबित होती। लेकिन इससे यह समझना आसान हो गया कि आप बच्चों के लिए *सीसमी स्ट्रीट* से भी ज़्यादा स्थिर शो कैसे बना सकते हैं। आप इसे पूरी तरह मूलार्थक बना सकते हैं, बिना एक भी शब्द से खेले या ऐसा हास्य उत्पन्न किए जो प्रिस्कूलर्स को भ्रमित कर दे। और आप बच्चों को बिलकुल उसी तरह सोचना सिखा सकते हैं जैसे वे खुद को सोचना सिखाते हैं - एक कहानी के रूप में। दूसरे शब्दों में, आप *ब्लूज़ क्लूज़* बनाते हैं।

4.

ब्लूज़ क्लूज़ का हर एपिसोड एक ही तरह से बनाया जाता है। शो का होस्ट स्टीव दर्शकों के सामने एनिमेटिड कुत्ते ब्लू से संबंधित एक पहेली रखता है। एक शो में चुनौती थी कि ब्लू की पसंदीदा कहानी का पता लगाएं। एक अन्य में, ब्लू का पसंदीदा खाना बताना था। दर्शकों को पहले सुलझाने में मदद के लिए, ब्लू कुछ संकेत छोड़ जाता था। यह सामग्री उसके एक पंजे की छाप में टैटू होती थी। संकेत तलाशे जाने के बीच स्टीव दर्शकों के साथ कुछ गेम खेलता था। ऐसी लघु पहेलियां जो संपूर्ण पहेली की विषयवस्तु से संबंधित होती थीं। उदाहरण के लिए, ब्लू की पसंदीदा कहानी वाले शो में, एक लघु-पहेली में स्टीव और ब्लू तीन भालुओं के साथ बैठे थे, जिनके दलिये के कटोरे आपस में बदल गए थे। अब उन्होंने इसे सुलझाने में दर्शकों की सहायता मांगी कि वे मम्मी, पापा, और बेबी बीयर के छोटे, मध्यम आकार के और बड़े कटोरे के मिलाने में मदद करें। शो के आगे बढ़ने पर, स्टीव

और ब्लू एक एनिमेटिड सेट से दूसरे पर चले जाते हैं। कमरे से बग़ीचा और वहां से विलक्षण स्थानों पर, जादुई दरवाज़ों से गुज़रते हुए, दर्शकों को अपनी इस खोज यात्रा पर साथ रखते हैं, कहानी समाप्त होने तक, इसके बाद स्टीव अपने कमरे में वापस लौट आता है। प्रत्येक शो के अंत में वो अपनी आराम कुर्सी पर बैठा सोच रहा होता है। ज़ाहिर है, इसी कुर्सी को, *ब्लूज़ क्लूज़* की शाब्दिक दुनिया में थिंकिंग चेयर कहते हैं। वो ब्लू के तीन क्लू (संकेत) पकड़कर पहेली सुलझाने का प्रयास करता है।

निश्चित ही, यह *सीसमी स्ट्रीट* में आमूल परिवर्तन है। लेकिन *सीसमी स्ट्रीट* की इस विरासत से विमुख होने पर भी *ब्लूज़ क्लूज़* के रचनाकार वापस लौटे और *सीसमी स्ट्रीट* के उन हिस्सों को उधार लिया जो उन्हें लगता था कि कामयाब रहेंगे। बल्कि, उन्होंने इसे उधार ही नहीं लिया, उन्होंने इन स्थिरता के तत्वों को लिया और इन्हें और अधिक स्थिर बनाने का प्रयास किया। पहला विचार यह था कि बच्चे किसी चीज़ को -बौद्धिक और भौतिक- रूप से जितना अधिक देखते हैं, उनके लिए वह उतना ही स्मरणीय और सार्थक हो जाता है। निकलोडियन के लिए *ब्लूज़ क्लूज़* को डिजाइन करने वाले डैनियल एंडरसन कहते हैं, "मैंने देखा कि *सीसमी स्ट्रीट* के कुछ सेगमेंट में ज़रूरत होने पर बच्चों के साथ ख़ूब संवाद करते हैं। एक चीज़ जो मेरे दिमाग़ पर छप गई वह थी जब केर्मिट अपनी अंगुली से स्क्रीन पर एनिमेटिड अक्षर बनाता है। आप देखेंगे कि बच्चे भी उसके साथ-साथ अपनी अंगुली उठाकर अक्षर बना रहे होते हैं। या कभी-कभी, जब *सीसमी स्ट्रीट* का कोई किरदार कोई सवाल पूछता है, तो आप बच्चों को ज़ोर से जवाब देते सुनते हैं। लेकिन किसी कारण *सीसमी स्ट्रीट* को यह विचार नहीं आया और उन्होंने इसे जारी नहीं रखा। वे जानते थे कि बच्चे कभी-कभी ऐसा करते हैं, लेकिन उन्होंने कभी भी इस विचार के इर्द-गिर्द शो का निर्माण करने का प्रयास नहीं किया। निकलोडियन ने *ब्लूज़ क्लूज़* के पहले कुछ प्रायोगिक शो किए जिसमें बच्चों को विशेष रूप से भागीदारी के लिए कहा। और यह लो! इसके बहुत-से प्रमाण मिले कि उन्होंने ऐसा ही किया। इसलिए, बच्चों के टीवी देखते समय बौद्धिक रूप से सक्रिय रहने में दिलचस्पी को देखते हुए, तथा उन्हें वह अवसर देना जिसमें वे व्यवहारिक रूप से सक्रिय रह सकें, को साथ जोड़ने से *ब्लूज़ क्लूज़* के दर्शन की रचना हुई।"

इसके फलस्वरूप, स्टीव का ज़्यादातर समय स्क्रीन पर ही बीतता जहां वो कैमरे से सीधे संवाद करते। दर्शकों से मदद मांगते हुए वे वास्तव में दर्शकों से मदद मांग रहे होते। कई बार उनके चेहरे का क्लोज़-अप लिया जाता, जिससे ऐसा लगे कि वो दर्शकों के साथ उनके कमरे में ही हैं। वे हर बार सवाल पूछने पर रुक जाते। लेकिन यह सामान्य रुकना नहीं था, यह प्रिस्कूलर्स के लिए रुकना था, जो उससे कुछ लंबा होता जितना किसी वयस्क से जवाब लेने के लिए रुका जाए। आख़िरकार अप्रत्यक्ष स्टूडियो दर्शक चिल्ला कर जवाब देते। लेकिन घर पर बच्चे को यह अवसर मिल जाता कि वो चिल्लाकर जवाब दे सके। कई बार स्टीव मूर्ख जैसा अभिनय करते। वे उस किसी ख़ास संकेत को नहीं ढूंढ़ पाते जो घर बैठे दर्शकों को साफ़ दिख रहे होते और वो प्रार्थना करते हुए कैमरे की तरफ़ देखते। इसके पीछे भी वही विचार था : कि बच्चे इसे देखते हुए शाब्दिक भागीदारी करें, जिससे वे सक्रिय रूप से जुड़ सकें। अगर आप बच्चों के समूह के साथ *ब्लूज़ क्लूज़* देखें, जो इस रणनीतिक की सफलता को समझ जाएंगे। वे ऐसे लगते हैं जैसे किसी खेल में अपनी टीम के कट्टर दीवाने हों।

वह दूसरी चीज़ जो *ब्लूज़ क्लूज़* ने *सीसमी स्ट्रीट* से ली वो दोहराने का विचार था। यह कुछ ऐसा था जिसने सी.टी.डब्ल्यू. के संचालकों को आकर्षित किया। पामर और लैसर ने सन् 1969 में फ़िलाडेल्फ़िया में जो पांच प्रारंभिक शो आयोजित किए, उसमें एक मिनट का अंश वांडा द विच का भी था जो 'व' ध्वनि को बार-बार उच्चारित करती थी। वांडा द विच वॉशिंगटन की विंटर (सर्दियों) में विग पहनती थी, आदि, आदि। लैसर कहते हैं, "हमें नहीं पता कि हम कितनी चीज़ों को दोहरा सकते हैं। हम इसे सोमवार को तीन बार, मंगलवार को तीन बार, बुधवार को तीन बार करते हैं, गुरुवार को नहीं करते, और शुक्रवार को अंतिम शो के दिन ऐसा करते हैं। कुछ बच्चे बुधवार को दिन समाप्त होने पर कहते हैं, वांडा द विच और नहीं आएगी। और जब शुक्रवार को फिर से आती है, तो वे कूद-कूदकर तालियां बजाने लगते हैं। बच्चे तृप्ति के बिंदु तक पहुंच जाते हैं। लेकिन फिर से उनकी इच्छा जागने लगती है।"

इसके कुछ ही समय बाद (और दुर्घटनावश), *सीसमी स्ट्रीट* के लेखकों ने पता लगाया कि बच्चों को दोहराना इतना क्यों पसंद है। इस बार उस सेगमेंट से सवाल था जिसमें अदाकार जेम्स अर्ल जोन्स ने वर्णमाला सुनाई

थी। मूल रिकॉर्डिंग में, जोन्स ने अक्षरों के बीच लंबे विराम लिए थे, क्योंकि इस बार विचार था कि इन अक्षरों के बीच अन्य तत्व डाले जाएं। लेकिन जैसा कि आप कल्पना कर सकते हैं कि जोन्स इतने सम्मोहक ढंग से रुके कि *सीसमी स्ट्रीट* के निर्माताओं ने शो को ऐसे ही चलाया और कई वर्षों तक इसे बार-बार चलाते रहे : अक्षर 'ए' या 'बी' आदि स्क्रीन पर आते, एक लंबा विराम होता, और तब अचानक जोन्स उसका नाम बोलते और वह अक्षर ग़ायब हो जाता। सैम गिब्बन कहते हैं, "हमने नोटिस किया कि यह पहली बार है कि जैसे ही जोन्स अक्षर का नाम लेते हैं बच्चे भी चिल्ला कर उसे दोहराते हैं। कुछ बार दोहराने के बाद, वे अक्षर के सामने आने से पहले ही उसे जान जाते थे। वे हर पीस के क्रम के साथ खुद को जोड़ रहे थे; सबसे पहले उन्होंने अक्षर का नाम सीखा, इसके बाद उन्होंने अक्षर के नाम को उसकी बनावट के साथ जोड़ा, इसके बाद उन्होंने अक्षरों के क्रम को सीखा।" एक वयस्क के लिए निरंतर दोहराव ऊबाऊ हो सकता है, क्योंकि यह एक जैसे अनुभव को बार-बार फिर से जीने जैसा है। लेकिन प्रिस्कूलर्स के लिए दोहराव ऊबाऊ नहीं होता। क्योंकि हर बार जब वे कुछ देखते हैं तो वे उससे पूरी तरह से अलग अनुभव लेते हैं। सी.टी.डब्ल्यू. में, दोहराव द्वारा सीखने के विचार को जेम्स अर्ल जोन्स प्रभाव कहते हैं।

ब्लूज़ क्लूज़ अनिवार्य रूप से जेम्स अर्ल जोन्स प्रभाव के इर्दगिर्द निर्मित शो था। एक दिन छोड़कर दूसरे दिन नया एपिसोड दिखाने - अन्य टेलीविज़न कार्यक्रमों की तरह इसे बाद के सीज़न में फिर से बतौर री-रन दिखाने की जगह, निकलोडियन उसी *ब्लूज़ क्लूज़* को लगातार पांच दिन तक दिखाता रहता। सोमवार से शुक्रवार तक, इसके बाद नया एपिसोड आता। जैसा कि आप सोच ही सकते हैं कि यह विचार निकलोडियन को आसानी से नहीं आया। सैंटोमेरो और एंडरसन को उन्हें इसके लिए मनाना पड़ा था। (इससे इस तरह भी मदद मिली क्योंकि निकलोडियन के पास पूरे सीज़न का *ब्लूज़ क्लूज़* बनाने लायक़ पैसे नहीं थे)। एंडरसन कहते हैं, "मैंने प्रायोगिक शो अपने घर पर किया, उस वक़्त मेरी बेटी साढ़े तीन साल की थी और वो इसे बार-बार देखती रही। मैं उस पर नज़र रखे था। उसने एक पल भी उत्साह खोए बिना इसे चौदह बार देखा।" जब प्रायोगिक एपिसोड को जांच के लिए बाहर लाया गया, तब भी यही हुआ। उन्होंने प्रिस्कूलर्स के बड़े समूह को यह लगातार पांच दिन दिखाया, और सप्ताह बीतने के साथ ही

इसके प्रति ध्यान और समझ में बढ़ोतरी हुई। इसमें केवल, पांच साल की उम्र वाले बच्चे अपवाद रहे, जिनका ध्यान आख़िर में जाकर भंग हो जाता। जिस तरह बच्चे जेम्स अर्ल जोन्स को देखते थे, बच्चों ने हर दोहराए गए शो के प्रति अलग तरह से प्रतिक्रिया दी, वे और अधिक सजीव होकर और स्टीव के सवालों के जल्दी से जल्दी जवाब देने लगे। एंडरसन कहते हैं, "अगर आप प्रिस्कूलर्स की दुनिया पर विचार करें, तो यह ऐसी चीज़ों से घिरी रहती है जिसके बारे में वे कुछ नहीं जानते - चीज़ें जो अनोखी हैं। इसलिए प्रिस्कूलर्स के लिए प्रेरित करने वाली ताक़त अनोखेपन की तलाश नहीं है। जैसी कि उनसे बड़े बच्चों में होती है, उनकी तलाश बोधगम्यता और पूर्वानुमान होता है। कम उम्र के बच्चों के लिए दोहराव का बहुत महत्त्व है। शो को बार-बार देखते हुए वे यही मांग करते हैं। इससे वे ना केवल इसे ज़्यादा अच्छी तरह समझ पाते हैं, जो एक तरह की ताक़त है, बल्कि क्या होने वाला है इसका पहले से अनुमान लगा लेते हैं। मेरे विचार से उन्हें वास्तव में निश्चयपूर्वक कथन और स्वाभिमान की अनुभूति होती होगी। और *ब्लूज़ क्लूज़* इस अहसास को दोगुना कर देता था क्योंकि इससे उन्हें यह भी महसूस होता था कि वे किसी चीज़ में भागीदारी कर रहे हैं। उन्हें लगता था कि वे स्टीव की मदद कर रहे हैं।"

निस्संदेह, बच्चों को दोहराव हमेशा पसंद नहीं आता। वे जो कुछ भी देख रहे हैं, वो इतना जटिल अवश्य होना चाहिए, जिससे इसे बार-बार देखने से इसके बोध का गहन से गहनतम स्तर हासिल हो सके। इसी के साथ, इसे इतना जटिल भी होना चाहिए कि पहली बार में यह बच्चों को चकरा दे और वे ऊब जाएं। इस संतुलन को बनाए रखने के लिए *ब्लूज़ क्लूज़* ने कुछ उसी तरह का अनुसंधान किया जैसे *सीसमी स्ट्रीट* ने किया था। बस यह उससे कुछ ज़्यादा गहरा था। जहां *सीसमी स्ट्रीट* एक शो की केवल एक बार जांच करता था, वहीं *ब्लूज़ क्लूज़* इसके पूरा होने के बाद शो के प्रदर्शन से पूर्व इसकी तीन बार जांच करता था। और जहां *सीसमी स्ट्रीट* पारंपरिक रूप से अपने केवल हर तीन में से एक एपिसोड की जांच करता था, *ब्लूज़ क्लूज़* अपने सभी एपिसोड जांचता था।

मेरी *ब्लूज़ क्लूज़* की अनुसंधान टीम से मुलाक़ात एक बार उनके प्रिस्कूलर्स से साप्ताहिक बातचीत के दौरान हुई। इसका नेतृत्व शो की अनुसंधान डायरेक्टर एलिस वाइल्डर करतीं थीं। वे काले-बालों वाली ज़िंदादिल

महिला थीं जिन्होंने अभी हाल ही में कोलंबिया विश्वविद्यालय से अपनी शिक्षा में डॉक्टरेट पूरी की थी। उनके साथ दो और लोग होते थे। वे दोनों भी महिलाएं थीं और उनकी उम्र बीस के दशक के शुरुआत में थी - एलिसन ऑयलमैन और एलिसन शर्मन। जिस सुबह मैं उनके साथ था तब वे एक प्रस्तावित स्क्रिप्ट की जांच के लिए ग्रीनविच विलेज के प्रिस्कूल में थीं।

जिस स्क्रिप्ट की जांच होने थी वो पशुओं के व्यवहार से संबंधित थी। यह निश्चित रूप से पहला ड्राफ़्ट था। इसे तसवीरों वाली किताब के रूप में मोटे तौर पर इस तरह बनाया गया था जैसे यह एपिसोड वास्तव में दृश्य दर दृश्य टेलीविज़न पर दिखाया जाना था। *ब्लूज़ क्लूज़* की जांचकर्ता स्टीव की भूमिका निभा रही थीं। और बच्चों को स्क्रिप्ट के अनुसार चला रही थीं, और उन सभी सवालों के नोट्स ले रही थीं जिनके वे सही जवाब दे रहे थे या जो उन्हें चकरा देते थे। उदाहरण के लिए, एक बिंदु पर, शर्मन सुनहरे बालों वाले पांच-वर्षीय वॉकर और साढ़े चार वर्षीय अन्ना के साथ बैठी थीं। उन्होंने बैंगनी और सफ़ेद चारख़ाने वाली स्कर्ट पहनी हुई थी। उन्होंने स्क्रिप्ट में से पढ़ना आरंभ किया। ब्लू का एक पसंदीदा जानवर है। क्या वे हमें इसे खोजने में मदद करेंगी कि वो कौन है? बच्चे उन्हें बहुत ध्यान से देख रहे थे। तत्पश्चात उन्होंने एक-एक करके इसी से जुड़ी कुछ अन्य पहेलियां पूछीं। उन्होंने बच्चों को एक चींटीख़ोर की तसवीर दिखाई।

उन्होंने पूछा, "चींटीख़ोर क्या खाता है?"

वॉकर ने कहा, "चींटियां।"

शर्मन ने पृष्ठ पलटा और एक हाथी की तसवीर दिखाई। उन्होंने उसकी सूंड की तरफ़ इशारा करते हुए पूछा।

"यह क्या है?"

वॉकर ने सावधानी से देखा और कहा, "सूंड।"

इसके बाद उन्होंने हाथी के दांतों को दिखाकर पूछा। "तुम्हें पता है यह सफ़ेद चीज़ क्या है?"

वॉकर ने फिर से देखा और कहा, "नथुने।"

इसके बाद उन्होंने उसे भालू की तसवीर दिखाई और यहीं पहली बार ब्लूज़ क्लू आया, ब्लू के पंजे की छाप के साथ काले और सफ़ेद रंग का छोटा-सा धब्बा।

"यह काला और सफ़ेद है," अन्ना ने कहा।

शर्मन ने उन दोनों की तरफ़ देखा। "ब्लू आपको किसी जानवर के बारे में सिखाना चाहता है?" वे रुक गईं। अन्ना और वॉकर भ्रमित दिखे। आख़िर में वॉकर ने चुप्पी तोड़ी :

"अच्छा है कि हम अगला संकेत खोजें।"

पहेली का दूसरा भाग थोड़ा कठिन था। वहां एक पक्षी की तसवीर थी। बच्चों से पूछा गया कि वो पक्षी क्या कर रहा है -उन्होंने जवाब दिया कि गाना गा रहा है- और फिर वो ऐसा क्यों कर रहा है। उन्होंने ऊदबिलाव और कीड़ों पर बात की और इसके बाद दूसरा ब्लूज़ क्लू आया - एक हिमखंड। अन्ना और वॉकर चकराए हुए थे। इसके बाद वे तीसरे राउंड की तरफ़ बढ़े जिसमें मछली पर लंबी चर्चा थी। शर्मन ने उन्हें एक छोटी-सी मछली की तसवीर दिखाई जो छलावरण में पानी की सतह पर थी, और एक बड़ी मछली को देख रही थी।

शर्मन ने पूछा, "यह मछली छुप क्यों रही है?"

वॉकर, "उस बड़ी मछली के कारण।"

अन्ना, "क्योंकि वह इसे खा जाएगी।"

अब यहां पर तीसरा ब्लूज़ क्लू आया। यह ब्लू के पंजे की छाप का कार्डबोर्ड कटआउट था। शर्मन ने पंजे की छाप को टेढ़ा-मेढ़ा चलाते हुए वॉकर और अन्ना की तरफ़ बढ़ा दिया।

उन्होंने पूछा, "यह क्या कर रहा है?"

वॉकर ने ध्यान देते हुए अपने चेहरे को संकुचित किया। उसने कहा, "यह इंसानों की तरह चल रहा है।"

शर्मन ने पूछा, "क्या यह इंसानों की तरह टेढ़ा-मेढ़ा चल रहा है।"

अन्ना ने कहा, "यह बतख की तरह चल रहा है।"

शर्मन ने संकेतों को क्रम से दिखाया : काला और सफ़ेद, बर्फ़, बतख की तरह चलना।

इसके बाद चुप्पी छा जाती है। अचानक वॉकर के चेहरे पर चमक आती है। "यह पेंगुइन है!" वो खोज के जोश में चिल्लाता है। "पेंगुइन काली और सफ़ेद होती है। बर्फ़ में रहती है और बतख की तरह चलती है!"

ब्लूज़ क्लूज़ बतौर खोज कहानी तभी सफल होते अगर ये संकेत उचित क्रम में हों। शो की शुरुआत आसान होनी चाहिए - जिससे दर्शकों को विश्वास बन सके - और फिर इसे क्रमशः मुश्किल से मुश्किल होते जाना चाहिए, जो प्रिस्कूलर्स के लिए ज़्यादा से ज़्यादा चुनौतीपूर्ण हो, और उन्हें कहानी की तरफ़ आकर्षित करे। चींटीख़ोर और हाथी की पहेलियों का पहला सेट ऊदबिलाव और कीड़ों की पहेलियों से आसान होना था, और इन्हें मछली से संबंधित अंतिम सेट से आसान होना था। शो की लेयरिंग ऐसी होनी चाहिए जिससे बच्चे के लिए शो चार या पांच बार देखना संभव हो सके। हर बार वो पहले से ज़्यादा माहिर होता जाएगा, कार्यक्रम के बारे में गहराई से सही अनुमान लगा सकेगा, और अंत आने तक, वे हर जवाब का अनुमान लगा सकेंगे।

परीक्षण की अगली सुबह, *ब्लूज़ क्लूज़* की टीम बैठी और उन्होंने एक-एक कर पहेलियों के परिणामों की जांच की। 26 में से तेरह बच्चों ने सही अनुमान लगाया था कि चींटीख़ोर चींटियां खाता है, जो पहले संकेत के लिहाज से अच्छी प्रतिक्रिया नहीं थी। वाइल्डर कहती हैं, "हमें ठोस शुरुआत चाहिए होगी।" वे काग़ज़ देखते हुए बड़बड़ाती रहीं। ऊदबिलाव की पहेली के परिणाम पर वाइल्डर के तेवर बदल गए। ऊदबिलाव के बांध की तसवीर दिखाए जाने पर, बच्चे पहले सवाल का ठीक जवाब नहीं दे पाए कि -ऊदबिलाव क्या कर रहे हैं?- लेकिन दूसरे सवाल, वे ऐसा क्यों कर रहे हैं? में उनका प्रदर्शन अच्छा रहा (26 में से 19)। वाइल्डर कहती है, "लेयर्स पलट गई हैं।" वे आसान सवाल पहले चाहती थीं। मछली के सवाल पर : छोटी मछली बड़ी मछली से क्यों छिप रही है? शर्मन ने अपने नोट्स देखे। "इसका मुझे शानदार जवाब मिला था। 'छोटी मछली बड़ी मछली को डराना नहीं चाहती।' इसीलिए वो छिपी हुई है।" और सब हंसने लगे।

अंत में सबसे अहम सवाल आया, क्या ब्लूज़ के संकेतों का क्रम सही है? वाइल्डर और ऑयलमैन ने संकेतों को स्क्रिप्ट के अनुसार ही क्रम में रखा था : बर्फ़, बतख जैसी चाल, और तब काला और सफ़ेद। 17 बच्चों में से चार ने पहले ही संकेत के बाद पहचान लिया कि वे पेंगुइन की बात कर रहे हैं। छह अन्य ने दूसरे संकेत के बाद, और चार ने सभी तीनों संकेतों के बाद पहचान लिया। तब वाइल्डर शर्मन की तरफ़ मुड़ीं, जिन्होंने संकेतों को अलग क्रम दिया था : काला और सफ़ेद, बर्फ़ और बतख जैसी चाल।

उन्होंने रिपोर्ट दी, "पहले संकेत के बाद मुझे नौ में से किसी भी बच्चे ने जवाब नहीं दिया। बर्फ़ के बाद, नौ में से एक ने और बतख जैसी चाल के बाद नौ में से छह ने सही जवाब दिया।"

वाइल्डर ने प्रतिक्रिया दी, "आपका अंतिम संकेत बतख जैसी चाल था? लगता है यह सफल रहा। लेकिन क्या इस बीच उन्होंने कुछ और होने का भी अनुमान लगाया?"

शर्मन ने कहा, "हां, पहले संकेत के बाद, उन्होंने इसके कुत्ता, गाय, पांडा भालू, और बाघ होने का अनुमान लगाया। बर्फ़ के बाद, उन्होंने ध्रुवीय भालू और तेंदुए का अनुमान लगाया।"

वाइल्डर ने हामी भरी। शर्मन के संकेत क्रम से बच्चों को शो की शुरुआत में ही जितना हो सका उतनी दूर तक सोचने का मौक़ा दिया। लेकिन इसके बावजूद पेंगुइन का असमंजस अंत तक बना रहा। उनके पास जो संकेत क्रम था -और उनके स्क्रिप्ट लिखते हुए जो सबसे अच्छा संकेत क्रम लगा था- उसका जवाब भी जल्दी ही मिल गया। शर्मन के संकेत क्रम में असमंजस था। मूल क्रम में नहीं था। उन्होंने एक सुबह बच्चों के साथ गुज़ारी और उन्हें वो मिल गया जो वह चाहती थीं। बस इसमें थोड़ा-सा बदलाव था। लेकिन अक्सर बस यही छोटा बदलाव चाहिए होता है।

स्थिरता की परिभाषा में एक ऐसी विरोधाभासी चीज़ है जो इसके सभी उदाहरणों में उभर कर आती है। वुंडरमैन अपने विज्ञापनों को लेकर प्राइम-टाइम स्लॉट से दूर रहते थे, और इससे बाहरी समय ख़रीदते थे, जो विज्ञापन के प्रत्येक सिद्धांत के ख़िलाफ़ है। उन्होंने मिठबोला "रचनात्मक" संदेश की जगह घटिया से "स्वर्ण बक्से" की खोज को चुना। लेवेंथाल ने पाया कि हार्ड सेल -जिसमें छात्रों को डरा कर टिटनेस इंजेक्शन लगवाने का प्रयास किया जा रहा था- कामयाब नहीं रहा, और वास्तव में उससे काम हुआ जब उन्हें वह नक़्शा दिया गया जिसकी उन्हें क्लिनिक तक पहुंचने के लिए इसलिए ज़रूरत नहीं थी, क्योंकि उन्हें उसके होने का पता था। *ब्लूज़ क्लूज़* ने उस चतुराई और मौलिकता को दरकिनार किया जिसने *सीसमी स्ट्रीट* को उसकी पीढ़ी का सबसे ज़्यादा पसंद किया जाने वाला टेलीविज़न प्रोग्राम बनाया था, उन्होंने परिश्रम किया, शाब्दिक शो बनाया, और उसके हर एपिसोड को लगातार पांच दिन दिखाया।

हम सब यही मानते हैं कि किसी पर प्रभाव बनाने की कुंजी उस विचार में अंतर्निहित है जिसे हम पेश कर रहे हैं। लेकिन इनमें से किसी भी मामले में किसी ने भी वस्तुतः उस विषयवस्तु में काट-छांट नहीं की जो वो कह रहा था। इसकी जगह, उन्होंने संदेश में, *एच-यू-जी* अक्षरों के पीछे मपेट खड़े करना, बिग बर्ड को वयस्कों के साथ मिलाना, एपिसोड को दोहराते हुए इसे एक से ज़्यादा बार दिखाना, स्टीव का सवाल पूछने के बाद सामान्य से बस एक सेकेंड ज़्यादा रुकना, विज्ञापन के कोने में छोटा-सा सुनहरा बक्सा लगाना, जैसे फेरबदल कर इसे चरम पर पहुंचा दिया। दूसरे शब्दों में विरोध और स्वीकार्यता के बीच की रेखा, उस महामारी के बीच की रेखा जो चरम पर पहुंचती है या नहीं पहुंच पाती, कई बार जितनी दिखाई देती है उससे भी ज़्यादा बारीक होती है। *सीसमी स्ट्रीट* ने फ़िलाडेल्फ़िया विपत्ति के बाद अपने पूरे शो को घूरे पर नहीं डाल दिया। उन्होंने बस बिग बर्ड को जोड़ दिया, और इसी ने उनकी पूरी दुनिया बदल दी। हावर्ड लेवेंथल ने टिटनेस का इंजेक्शन लगवाने के लिए अपने छात्रों के भय को दोगुना करने का प्रयास नहीं किया। उन्होंने एक नक़्शा लगाया और मिलने का तय समय दर्शा दिया। अल्प का सिद्धांत कहता है कि बाहर ऐसे असाधारण लोग मौजूद हैं जिनमें महामारी आरंभ करने की क्षमता है। आपको बस उन्हें तलाशना है। स्थिरता का सबक़ भी यही है। सूचनाएं देने का ऐसा आसान तरीक़ा भी होता है जिससे, यदि हालात सही हों, तो इनकार करना मुश्किल हो जाता है। आपको बस उसे तलाश करना है।

4

प्रसंग की शक्ति (भाग एक)

बर्नी गट्ज़ और न्यू यॉर्क शहर में अपराध बढ़ना व कम होना

क्रिसमस से पहले, 22 दिसंबर, 1984 शनिवार को, बर्नी गट्ज़ मैनहट्टन के ग्रीनविच विलेज में अपने अपार्टमेंट से बाहर निकले और पैदल ही फ़ोर्टीन्थ स्ट्रीट और सेवंथ एवेन्यू स्थित आई.आर.टी. सब-वे स्टेशन की तरफ़ चल दिए। वह 30 वर्ष से अधिक उम्र वाले दुबले-पतले व्यक्ति थे। उनके भूरे-सुनहरे बाल थे और वह चश्मा पहनते थे। उस दिन उन्होंने जीन्स और विंडब्रेकर पहना था। स्टेशन पर, वह नंबर टू डाउनटाउन एक्सप्रेस ट्रेन में चढ़े और चार अश्वेत युवाओं के पास बैठ गए। उस वक़्त डिब्बे में क़रीब बीस लोग थे, लेकिन ज़्यादातर दूसरे किनारे बैठे थे, इन चार किशोरों से बचते हुए, क्योंकि वे लोग, जैसा कि चश्मदीद ने बाद में बताया वहां, "बेकार घूम" रहे थे, "हुल्लड़बाज़ी" कर रहे थे।" गट्ज़ उनसे बेख़बर थे। "कैसे हो?" उन चारों में से एक, टॉय कैंटी ने गट्ज़ से उनके अंदर आते ही पूछा। कैंटी सब-वे के बैंच पर लगभग औंधा झुका हुआ था। कैंटी और एक और किशोर, बैरी एलन, गट्ज़ के पास पहुंचे और उनसे पांच डॉलर मांगे। एक तीसरे युवक, जेम्स रैमसर ने अपनी जेब की ओर इशारा किया जो थोड़ा फूली हुई थी, जैसे वहां पिस्तौल रखी हो।

गट्ज़ ने पूछा, "तुम क्या चाहते हो?"

कैंटी ने दोहराया, "मुझे पांच डॉलर दो।"

गट्ज़ ने ऊपर देखा और, जैसा कि उसने बाद में बताया, उसने देखा कि कैंटी की, "आंखें चमक रही थीं, उसे इसमें मज़ा आ रहा है... उसके चेहरे पर बड़ी मुस्कान थी।" और उस मुस्कान और आंखों ने मुझे प्रेरित किया। गट्ज़ ने अपनी जेब में हाथ डाला और क्रोम-प्लेटिड फ़ाइव-शॉट स्मिथ एंड विल्सन .38 पिस्तौल निकाल ली, और एक के बाद एक उनमें से चार युवाओं पर गोली चला दी। ग्रुप का चौथा सदस्य, डैरेल कैबी, ज़मीन पर पड़ा चिल्ला रहा था। गट्ज़ उसके पास पहुंचे और कहा, "तुम्हें कुछ नहीं हुआ है। यह एक और लो," इसके बाद उसने पांचवीं गोली कैबी की रीढ़ की हड्डी में मारी जिसने उसे जीवन भर के लिए लक़्वाग्रस्त कर दिया।

इस कोलाहल के बीच किसी ने आपातकालीन ब्रेक खींच दिए। बाक़ी यात्री दौड़कर दूसरे डिब्बे में चले गए, सिवाय दो महिलाओं के जो घबराहट में जड़ हो गई थीं। गट्ज़ ने पहली महिला से नरमी से पूछा, "आप ठीक हैं?" उसने हां कहा। दूसरी महिला ज़मीन पर पड़ी थी। वो चाहती थी कि गट्ज़ उसे मरा हुआ समझें। गट्ज़ ने उससे दो बार पूछा, "आप ठीक हैं?" उसने सिर हिलाकर हामी भरी। तभी, मौक़ा-ए-वारदात पर पहुंचे कंडक्टर ने उससे पूछा कि क्या वह पुलिस अफ़सर हैं।

गट्ज़ ने कहा, "नहीं, मुझे नहीं पता कि मैंने ऐसा क्यों किया।" विराम। "वे मुझे लूटने का प्रयास कर रहे थे।"

कंडक्टर ने गट्ज़ से उसकी पिस्तौल मांगी। गट्ज़ ने मना कर दिया। वो डिब्बे के सामने वाले दरवाज़े से बाहर निकला, सेफ़्टी चेन को हटाया, और पटरियों पर कूदा और अंधेरी सुरंग में ग़ायब हो गया।

आगामी दिनों में आई.आर.टी. का गोलीकांड राष्ट्रीय सनसनी बन गया। उन चारों युवाओं का आपराधिक रिकॉर्ड था। पहले भी कैबी को सशस्त्र लूट के लिए और कैंटी को चोरी के लिए गिरफ़्तार किया गया था। उनमें से तीन की जेब में पेचकस थे। वे युवा ठगों के अवतार जैसे थे जिनसे लगभग सभी शहरी-निवासी डरते थे। उन्हें गोली मारने वाला रहस्यमय बंदूकबाज़ दंड देने वाला देवदूत लग रहा था। पत्रिकाओं ने गट्ज़ को "सब-वे विजिलैंटे" और "डेथ विश शूटर" बताया। रेडियो के कॉल-इन प्रोग्रामों और सड़कों

पर, उसे हीरो माना जा रहा था, एक आदमी जिसने न्यू यॉर्क के हर उस बाशिंदे के छिपे ख़्वाब को पूरा कर दिया जिसे सब-वे में लूटा, या धमकाया या पीटा गया था। गोलीकांड के एक सप्ताह बाद, नए साल की पूर्व संध्या पर, गट्ज़ ने न्यू हैंपशायर के पुलिस स्टेशन में आत्मसमर्पण कर दिया। उसे न्यू यॉर्क भेजे जाते समय, *न्यू यॉर्क* पोस्ट ने पहले पृष्ठ पर उसकी दो तसवीरें छापीं : पहली, में गट्ज़ हथकड़ी पहने और सिर झुकाए थे, और उन्हें हिरासत में ले जाया जा रहा था, और दूसरी, टॉय कैंटी की -अश्वेत, विद्रोही, आंखें ढंके, बांहें मोड़े हुए- अस्पताल से बाहर आता हुआ। और शीर्षक था, "पीड़ित हथकड़ी में, और घायल लुटेरा मुक्त।" मुकदमा शुरू होने पर गट्ज़ को सहज ही हमले और हत्या के प्रयास से बरी कर दिया गया। फ़ैसले की शाम, गट्ज़ के अपार्टमेंट के बाहर, स्वतः स्फूर्त स्ट्रीट पार्टी का माहौल था।

1.

गट्ज़ का मामला न्यू यॉर्क शहर के इतिहास में एक ख़ास, स्याह पल की नज़ीर बना, वह पल जब शहर की अपराध समस्या महामारी के अनुपात तक पहुंच गई थी। 1980 के दशक में, न्यू यॉर्क सिटी में औसतन प्रति वर्ष 2,000 से कुछ अधिक हत्याएं और 600,000 गंभीर अपराध हुए। भूमिगत, सब-वे के हालात को केवल अराजक ही कहा जा सकता था। उस दिन बर्नी गट्ज़ के नंबर दो ट्रेन में सवार होने से पहले तक, उन्हें धुंधले प्रकाश वाले, हर तरफ़ अंधेरे से घिरे, नम, ग्राफ़िटी - ढंकी दीवारों वाले प्लेटफ़ॉर्म पर इंतज़ार करना होता था। संभव था कि उसकी ट्रेन लेट हो जाती, क्योंकि 1984 में न्यू यॉर्क की व्यवस्था में रोज़ाना कहीं न कहीं आग लग जाती थी और हर हफ़्ते ट्रेन पटरी से उतरती थी। पुलिस द्वारा जुटाए गए अपराध स्थल की तसवीरें दर्शाती हैं कि गट्ज़ जिस डिब्बे में था वो बहुत गंदा था, उसके फ़र्श पर कचरा पड़ा था और दीवारें व छत ग्राफ़िटी से मोटी हो गई थीं। लेकिन यह असामान्य नहीं था क्योंकि सन् 1984 में मिडटाउन शटल को छोड़कर ट्रांज़िट अथॉरिटी फ़्लीट के सभी 6,000 डिब्बे, ऊपर से नीचे, अंदर से बाहर तक, ग्राफ़िटी से भरे पड़े थे। गर्मियों के दिनों में, सभी डिब्बे दम घोंटने लायक गर्म हो जाते थे, क्योंकि किसी में भी एयरकंडीशनर नहीं था। आज, नंबर टू ट्रेन चैम्बर्स स्ट्रीट स्टॉप की तरफ़ गड़गड़ाकर जाते हुए 40 मील प्रति

घंटा से भी अधिक की तेज़ी से चलती है। लेकिन हमें संदेह है कि गट्ज़ की ट्रेन भी इतनी ही तेज़ गति से चलती होगी। सन् 1984 में, व्यवस्था में 500 "लालफ़ीताशाही" क्षेत्र थे - ऐसे स्थान जहां पटरी ख़राब थी और वहां से ट्रेन का 15 मील प्रति घंटे से अधिक गति से गुज़रना असुरक्षित हो सकता था। किराए की मार इतनी आम बात थी कि इससे ट्रांज़िट अथॉरिटी को प्रतिवर्ष 150 डॉलर मिलियन का रेवेन्यू नुक़सान होता था - सिस्टम में हर वर्ष 15,000 घोर अपराध होते थे और यह संख्या दशक समाप्त होने तक 20,000 प्रति वर्ष तक पहुंच गई। यात्रियों की भिखारियों और छोटे अपराधियों द्वारा परेशानी इतनी आम थी यात्रा करने वालों की संख्या सब-वे प्रणाली के इतिहास में सबसे न्यूनतम पर थी। विलियम ब्रैटन, जो बाद में न्यू यॉर्क के हिंसक अपराधों के खिलाफ़ सफल संघर्ष के मुख्य व्यक्ति बने, वह 1980 के दशक में कई वर्षों तक बोस्टन में रहने के बाद न्यू यॉर्क सब-वे में यात्रा से संबंधित अपनी आत्मकथा में लिखते हैं कि वह क्या देखकर दंग रह गए :

> टोकन ख़रीदने के लिए लगी लगभग अनंत कतार में प्रतीक्षा करने के बाद, जब मैंने दरवाज़ा पार करने के लिए उसमें सिक्का डालने का प्रयास किया तो मुझे पता चला कि उसे उद्देश्यपूर्वक जाम किया गया है। किराया देकर व्यवस्था का हिस्सा बनने में असफल रहने पर, हमें एक घूमने वाले दरवाज़े से होकर गुज़रना पड़ता था जिसे एक गंदा-दिखने वाला व्यक्ति हाथ से खोलता था; चूंकि प्रवेश द्वार जाम किया हुआ था, इसलिए वहां से गुज़रते हुए वो यात्रियों से उनके टोकन उसे देने के लिए कहता था। इसी बीच, उसके एक साथी ने टोकन स्लॉट पर अपना मुंह लगाया और सारे फंसे हुए सिक्के निकाले तथा लार टपकाता चला गया। अधिकतर लोग इन्हें देखकर इतने भयभीत थे कि वे सोचते : भाड़ में जाए, यह लो टोकन, मैं क्यों परवाह करूं? बाक़ी नागरिक तो सीढ़ियों के ऊपर, नीचे, पास से व उसके बीच से मुफ़्त में गुज़र रहे हैं। यह तो दांते के *इन्फ़र्नो* यात्रा संस्करण जैसा है।

यह 1980 के दशक का न्यू यॉर्क शहर था। एक शहर जो अपने इतिहास की सबसे बुरी महामारी की जकड़ में था। लेकिन तभी, अचानक और बिना किसी चेतावनी के, यह महामारी चरम पर पहुंच गई। 1990 के दशक के

शीर्ष से अपराध दर में तेज़ गिरावट आई। हत्याएं दो-तिहाई कम हुईं। बड़े अपराध आधे हो गए। इसी अवधि में अन्य शहरों में भी अपराधों में कमी दिखाई दी। लेकिन कहीं पर भी हिंसा का स्तर इतनी मात्रा और तेज़ी से नहीं गिरा था। दशक समाप्त होने तक, सब-वे में होने वाले बड़े अपराधों में दशक की शुरुआत के मुक़ाबले 75 फ़ीसदी की कमी आई। सन् 1996 में, जब गट्ज़ को दूसरी बार, डैरेल कैबी द्वारा दाख़िल किए नागरिक वाद में बतौर प्रतिवादी मुकदमे के लिए आए, तो इस मुकदमे को मीडिया ने पूरी तरह से नज़रंदाज़ किया, और गट्ज़ ख़ुद भी काल-निरूपण में भ्रमित प्रतीत हुए। उस समय, जब न्यू यॉर्क देश का सबसे सुरक्षित बड़ा शहर बन गया हो, तब यह ठीक से याद करना मुश्किल होता है कि आख़िर वो क्या था जिसका प्रतीक गट्ज़ को माना गया था। यह समझना बहुत मुश्किल था कि सब-वे में कोई व्यक्ति किसी दूसरे पर पिस्तौल तान दे और ऐसा करने के लिए उसे हीरो बताया जाए।

2.

अपराध को महामारी मानने के विचार के साथ ही इसे अजीब भी कहना होगा। हमने "हिंसा की महामारी" या अपराध की लहर पर बात की, लेकिन यह साफ़ नहीं है कि हमें सचमुच इस पर यक़ीन है कि अपराध भी हश पपीज़ और पॉल रिवीयर की यात्रा जैसे महामारी नियमों का पालन करता है। उन महामारियों का संबंध तुलनात्मक रूप से स्पष्ट और सरल चीज़ों से था - एक उत्पाद था तो दूसरा संदेश। वहीं दूसरी ओर, अपराध, कोई अलग शब्द नहीं है। बल्कि एक ऐसा शब्द है जो लगभग असंभाव्य विविधता और जटिल व्यवहार को परिभाषित करने में उपयोग होता है। आपराधिक कृत्यों के गंभीर परिणाम होते हैं। उसके लिए अपराधी को कुछ ऐसा करना होता है जो खुद उसे भी अत्यधिक व्यक्तिगत जोख़िम में डाल देता है। किसी को अपराधी कहने का मतलब है कि वह दुष्ट या हिंसक या ख़तरनाक या बेईमान या अस्थिर या उपरोक्त में से किन्हीं भी दो चीज़ों का मिश्रण होता है। इनमें से कोई भी ऐसी मनोवैज्ञानिक स्थिति नहीं है जो संयोगवश किसी एक व्यक्ति से दूसरे को प्रेषित हो सकती हो। दूसरे शब्दों में, अपराधी इस तरह के व्यक्ति प्रतीत नहीं होते जो महामारी की संक्रामक हवाओं में बह

जाएं। फिर भी किसी तरह, न्यू यॉर्क शहर में, बिलकुल यही हुआ। 1990 के दशक की शुरुआत और अंत के बीच, न्यू यॉर्क शहर की आबादी में कोई बदलाव नहीं हुआ। किसी ने भी सड़क पर उतरकर प्रत्येक संभावित अपराधी को सही और ग़लत के बीच का फ़र्क़ सफलतापूर्वक नहीं समझाया। उस वक़्त भी शहर में मनोवैज्ञानिक रूप से बिगड़े एवं आपराधिक वृत्ति वाले उतने ही लोग रहते थे जितने गटर की अपराध लहर में शीर्ष पर थे। लेकिन किसी अज्ञात कारण से ऐसे दसियों हज़ार लोगों ने अचानक ही अपराध करना बंद कर दिया। सन् 1984 में, एक क्रोधित सब-वे यात्री और चार अश्वेत युवाओं के बीच मुठभेड़ में रक्तपात हुआ। आज न्यू यॉर्क के सब-वे में ऐसी मुठभेड़ अब हिंसा का रूप नहीं ले सकती। यह कैसे हुआ?

इसका जवाब महामारी प्रेषण के तीसरे सिद्धांत, प्रसंग की शक्ति में मिलेगा। अल्प का सिद्धांत उन लोगों की तलाश में रहता है जो सूचनाओं को फैलाने में महत्त्वपूर्ण हों। *सीसमी स्ट्रीट* और *ब्लूज़ क्लूज़* के अध्याय स्थिरता के सवाल को तलाशते थे, सुझाव देते थे कि महामारी की चिंगारी भड़काने की क्षमता पाने के लिए, विचार स्मरणीय होने चाहिए जो हमें कार्य करने के लिए आगे बढ़ा सकें। हमें उन लोगों को तलाशना चाहिए जो विचारों को फैला सकते हैं, और हमें उन किरदारों को भी तलाशना होगा जिनके पास सफल विचार हों। लेकिन इस अध्याय का उद्देश्य -प्रसंग की शक्ति- पहले दोनों से कम महत्त्वपूर्ण नहीं है। महामारी जहां फैल रही है वहां अपने समय और स्थान के परिस्थितियों तथा अवस्थाओं को लेकर संवेदनशील होती है। बाल्टीमोर में सिफ़लिस सर्दियों के मुक़ाबले गर्मियों में अधिक फैलता है। हश पपीज़ इसलिए फिर बिकने लगे, क्योंकि इसे ईस्ट विलेज के कुछ अत्याधुनिक प्रवृत्ति के किशोर पहन रहे थे - एक वातावरण जिससे दूसरों को इन जूतों को नई रोशनी में देखने में मदद मिली। यह तर्क दिया जा सकता है कि पॉल रिवीयर की यात्रा -एक मायने में- इस तथ्य की क़र्ज़दार है कि यह रात में की गई। रात में, लोग अपने घरों में सो रहे होते हैं, जिस कारण उन तक पहुंचना ज़्यादा आसान है, बजाय इसके कि वे संदेश पाने से दूर हों या खेतों में काम कर रहे होते। और अगर कोई हमें कोई कुछ बताने के लिए उठाता है, तो हम स्वतः ही समझ जाते हैं कि ख़बर महत्त्वपूर्ण होगी। व्यक्ति केवल कल्पना ही कर सकता है कि इसकी तुलना में “पॉल रिवीयर की दोपहर यात्रा” कैसी होती।

मुझे लगता है कि इतना तो तुलनात्मक रूप से स्पष्ट ही है। लेकिन प्रसंग की शक्ति का सबक़ यह है कि हम केवल प्रसंग द्वारा बदले जाने से कहीं बढ़कर हैं। और जिस तरह के प्रसंगवश परिवर्तन ने महामारी को चरम पर ले जाने में सक्षम होता है वो उससे बहुत अलग है जैसा हम आमतौर पर समझते हैं।

3.

1990 के दशक में, अमेरिका-भर में हिंसक अपराधों की कमी आई जिसके कई काफ़ी स्पष्ट कारण थे। कोकीन के अवैध व्यापार पर रोक लगने से, गिरोहों और नशीली दवा विक्रेताओं के बीच होने वाली अत्यधिक हिंसा कम होनी शुरू हो गई। अर्थव्यवस्था की नाटकीय ढंग से हालात सुधरने का मतलब संभावित अपराधियों का इसकी जगह वैध नौकरियों में जाना रहा, तथा आबादी में वृद्धों की अधिक संख्या का मतलब पुरुषों में अठारह से चौबीस साल की उम्र के लोगों की संख्या कम होना था जो मुख्य रूप से हर तरह की हिंसा के लिए ज़िम्मेदार होते थे। फिर भी, न्यू यॉर्क में अपराध क्यों कम हुए का सवाल थोड़ा और पेचीदा है। जिस अवधि में न्यू यॉर्क की महामारी चरम से नीचे आने लगी तब भी शहर की अर्थव्यवस्था में कोई सुधार नहीं हुआ था। वो अभी भी स्थिर थी। बल्कि, शहर के सबसे ग़रीब इलाक़े 1990 के दशक की शुरुआत में कल्याणकारी कटौती से बुरी तरह प्रभावित थे। न्यू यॉर्क में कोकीन व्यापार में कमी की महामारी साफ़ तौर पर एक घटक था, लेकिन पुनः अपराध में गिरावट होने के पूर्ण इसमें स्थिर गिरावट होना आवश्यक था। जहां तक आबादी में वृद्धों की संख्या बढ़ने की बात है, 1980 के दशक में न्यू यॉर्क से होने वाले भारी आप्रवासन की बदौलत 1990 के दशक तक शहर फिर से जवान हो रहा था, ना कि बूढ़ा। कुछ भी हो, ये सभी रुख़ दीर्घावधिक बदलाव हैं जिनका प्रभाव क्रमिक होता है। न्यू यॉर्क की यह गिरावट क्रमिक नहीं थी। साफ़ है कि कोई और चीज़ है जिसने न्यू यॉर्क की अपराध महामारी को उलटने में अहम भूमिका निभाई है।

इस "कोई और चीज़" का सबसे दिलचस्प उम्मीदवार ब्रोकन विंडोज़ सिद्धांत है। ब्रोकन विंडोज़ अपराधविज्ञानी जेम्स क्यू. विल्सन और जॉर्ज कीलिंग के दिमाग़ की उपज था। विल्सन और कीलिंग का तर्क था कि अपराध

कुव्यवस्था का अनिवार्य परिणाम है। यदि एक खिड़की टूट जाए, और उसकी मरम्मत नहीं हो, तो वहां से गुज़रने वाले लोग यह निष्कर्ष निकालेंगे कि या तो किसी को इसकी परवाह नहीं या यह किसी की ज़िम्मेदारी नहीं है। जल्दी ही, और भी खिड़कियां टूट जाएंगी, और अराजकता की यह भावना बिल्डिंग से सड़क तक फैल जाएगी जिस पर लिखा होगा कि यहां कुछ भी किया जा सकता है। वह लिखते हैं, एक शहर में ग्राफ़िटी, सार्वजनिक अव्यवस्था, और आक्रामक रूप से सड़कों पर भीख मांगने जैसी तुलनात्मक रूप से छोटी समस्याएं उन्हीं टूटी खिड़कियों के जैसी हैं, जो और अधिक गंभीर अपराध को आमंत्रण देती हैं :

> गुंडे और लुटेरे, फिर चाहे वे अवसरवादी हों या पेशेवर, मानते हैं कि उनके पकड़े जाने या पहचाने जाने की संभावना तब कम है जब वे उन सड़कों पर कार्रवाई करें जहां संभावित शिकार पहले से ही इस तरह के हालात से भयभीत हैं। यदि आस-पड़ोस के लोग किसी परेशान राहगीर को सड़क पर भीख मांगने वालों से नहीं बचाते, तो चोर के पास यह कारण होता है कि उनके एक संभावित गुंडे को पहचानने या वास्तव में गुंडागर्दी हो रही हो तो उसमें दख़ल देने के लिए पुलिस को फ़ोन करने की संभावना बहुत कम होती है।

यह अपराध महामारी का सिद्धांत है। इसके अनुसार अपराध संक्रामक है - बिलकुल उसी तरह जैसे फ़ैशन ट्रेंड संक्रामक हैं। यह एक टूटी खिड़की से आरंभ होकर पूरे समुदाय में फैल जाता है। हालांकि इस महामारी का टिपिंग पॉइंट - लुइस वाइसबर्ग जैसा कनेक्टर या मार्क अल्पर्ट जैसा मेवन जैसा कोई ख़ास व्यक्ति नहीं होता। यह ग्राफ़िटी जैसा भौतिक होता है। एक ख़ास तरह का व्यवहार करने का संवेग जो किसी ख़ास तरह से व्यक्ति से नहीं मिलता बल्कि वातावरण की विशेषता होता है।

1980 के दशक के मध्य में, कीलिंग को न्यू यॉर्क ट्रांज़िट अथॉरिटी ने बतौर सलाहकार काम पर रखा और उनसे ब्रोकन विंडोज़ सिद्धांत का उपयोग करने को कहा। उन्होंने सब-वे व्यवस्था के मल्टी-बिलियन डॉलर से पुनर्निर्माण की निगरानी के लिए डेविड गन नामक व्यक्ति को नया सब-वे डायरेक्टर बनाया। उस समय, बहुत-से सब-वे समर्थकों ने गन से कहा कि

वे ग्राफ़िटी की चिंता नहीं करें, बल्कि अपराध और सब-वे विश्वसनीयता जैसे बड़े सवालों पर केंद्रित रहें। ऐसे समय जब पूरी व्यवस्था ध्वस्त होने की कगार पर हो तब ग्राफ़िटी की चिंता करना वैसा ही निरर्थक है जैसे हिमखंड की तरफ़ बढ़ते टाइटैनिक के डेक की साफ़-सफ़ाई करना। लेकिन गन ने ज़ोर देकर कहा, "यह ग्राफ़िटी व्यवस्था के ध्वस्त होने का प्रतीक है।" उन्होंने कहा, "आप जब भी किसी संस्थान या मनोबल के पुनर्निर्माण की प्रक्रिया तलाश रहे हों, तब आपको ग्राफ़िटी के ख़िलाफ़ लड़ाई जीतनी ही होगी। इस लड़ाई को जीते बिना, कोई प्रबंधकीय सुधार और भौतिक बदलाव नहीं हो सकेगा। हम अपनी नई ट्रेनें उतारने जा रहे हैं जिनमें प्रत्येक की क़ीमत लगभग दस मिलियन डॉलर है, अगर हमने इनकी सुरक्षा के लिए कुछ नहीं किया, तो हमें पता है कि क्या होगा। वे बस एक दिन चल पाएंगी, और फिर उनमें भी उपद्रव होने लगेंगे।"

गन ने एक नए प्रबंधकीय ढांचा तैयार किया और उसके लिए निश्चित लक्ष्य और टाइम-टेबल तय किए, जिनका उद्देश्य एक-एक कर, ट्रेन-प्रति ट्रेन व्यवस्था को साफ़ करना था। उन्होंने सात नंबर ट्रेन से शुरुआत की, जो क्वीन्स को मिडटाउन मैनहट्टन से जोड़ती थी, और उन्होंने पेंट साफ करने की नई तकनीक को आज़माना शुरू किया। स्टेनलेस-स्टील के डिब्बों पर सॉल्वैंट्स का उपयोग किया गया। पेंट हुए डिब्बों में, बस ग्राफ़िटी के ऊपर ही पेंट कर दिया गया। गन ने नियम बना दिया कि ऐसा फिर से नहीं होने दिया जाएगा। एक बार डिब्बे को "सुधार" दिया गया तो उसे फिर ख़राब नहीं होने देंगे। गन ने कहा, "हम इसे लेकर निष्ठावान थे।" नंबर वन लाइन के अंत पर ब्रोंक्स में, जहां वापस मैनहट्टन की तरफ़ लौटने से पहले ट्रेन रुकती है गन ने क्लीनिंग स्टेशन स्थापित किया। यदि किसी डिब्बे पर ग्राफ़िटी बनी होती, तो ट्रेन के वापस लौटने के दौरान या तो ग्राफ़िटी हटा दी जाती या उस डिब्बे का उपयोग नहीं किया जाता। "गंदे" डिब्बे, जिन पर से अभी ग्राफ़िटी नहीं हटी थी, उन्हें "साफ" डिब्बों के साथ कभी नहीं मिलाया जाता। इसके पीछे विचार उपद्रवियों तक सीधा संदेश पहुंचाना था।

गन ने कहा, "हमने हार्लेम में वन हंड्रेड थर्टी फ़िफ़्थ स्ट्रीट पर ट्रेनों के रातभर रुकने के लिए यार्ड बनाया। पहली रात बच्चे आए और ट्रेन की एक तरफ़ का हिस्सा सफ़ेद कर गए। फिर वे अगली रात इसके सूखने के बाद आए और रेखाओं से चित्र बना दिया। इसके बाद वे तीसरी रात आए

और इसमें रंग भर दिया। यह तीन दिन का काम था। हमें पता था कि बच्चे इस गंदे डिब्बे पर काम कर रहे हैं, और हम तब तक प्रतीक्षा करना चाहते थे जब तक वे अपनी चित्रकारी पूरी नहीं कर देते। इसके बाद हम रोलर लेकर जाते और इसे वापस पेंट कर देते। बच्चे रोने लगते, लेकिन हम बार-बार यही करते रहते। यह उनके लिए संदेश था। अगर आप ट्रेन को ख़राब करने में अपनी तीन रात लगा सकते हैं, तो ठीक है। लेकिन यह कभी दिन की रोशनी नहीं देख पाएगा।"

गन का ग्राफ़िटी साफ करने का काम सन् 1984 से 1990 तक चलता रहा। उस दौरान, ट्रांज़िट अथॉरिटी ने ट्रांज़िट पुलिस का नेतृत्व करने के लिए विलियम ब्रैटन को काम पर रखा, और इसी के साथ सब-वे व्यवस्था के सुधार का दूसरा चरण आरंभ हो गया। ब्रैटन भी गन की ही तरह ब्रोकन विंडोज़ के अनुयायी थे। बल्कि वह तो कैलिंग को अपना बौद्धिक गुरु बताते थे। अतः बतौर पुलिस प्रमुख उनका पहला क़दम गन जैसा ही विलक्षण था। उस वक़्त सब-वे व्यवस्था में गंभीर व घोर अपराध अपने शीर्ष पर थे। ब्रैटन ने किराया मारने पर लगाम लगाने का फ़ैसला किया। क्यों? क्योंकि उनका मानना था कि ग्राफ़िटी की तरह किराया मारना भी संकेत है, अव्यवस्था की ऐसी छोटी-सी अभिव्यक्ति जो और अधिक गंभीर अपराधों को आमंत्रित करती है।

रोज़ाना तक़रीबन 170,000 लोग, बिना किराया दिए किसी भी रास्ते से सिस्टम में प्रवेश कर जाते। इनमें से कुछ बच्चे थे जो घूमने वाले दरवाज़े के ऊपर से कूदकर निकल जाते। अन्य लोग घूमने वाले दरवाज़े को उलटा घुमाते हुए जबरन अपने लिए रास्ता बना लेते। और जब एक या दो या तीन लोग व्यवस्था को धता बताना शुरू करते, तो वे लोग जो अन्यथा क़ानून हाथ में लेने का सोचते भी नहीं, उनके साथ शामिल हो जाते हैं। इस कारण से कि जब बाक़ी लोग भुगतान नहीं कर रहे हैं तो वे क्यों करे, और इससे समस्या तेज़ी से गंभीर होती गई। इस तथ्य ने समस्या को और बिगाड़ दिया कि किराया-मारने से लड़ाई करना आसान नहीं था। क्योंकि इसमें केवल 1.25 डॉलर दांव पर लगे थे, ट्रांज़िट पुलिस को नहीं लगता था इसे सुधारने में उन्हें अपना समय ख़राब करना चाहिए, ख़ासतौर पर तब जब प्लेटफ़ॉर्म और ट्रेन के भीतर उससे भी कहीं गंभीर अपराध घट रहे हों।

ब्रैटन ज़िंदादिल, आकर्षक व्यक्ति हैं, जन्मजात अगुआ, और वे शीघ्रातिशीघ्र अपनी उपस्थिति महसूस करवाना चाहते थे। उनकी पत्नी बोस्टन में रहती थीं, इसलिए वह ज़्यादा देर तक काम कर सकते थे, वह रात के समय सब-वे में गश्त लगा सकते थे, यह जानने के लिए कि वास्तव में समस्या क्या है और इससे निपटने का सबसे अच्छा तरीक़ा क्या होगा। सबसे पहले, उन्होंने उन स्टेशनों को चुना जहां किराया-मारने की घटनाएं बड़ी समस्या थीं। उन्होंने घूमने वाले दरवाज़ों पर बिना वर्दी वाले कम से कम दस पुलिसकर्मी तैनात कर दिए। इस टीम ने किराया-मारने वालों को एक-एक कर पकड़ना शुरू कर दिया। वो उन्हें हथकड़ियां लगाते, और उन्हें प्लेटफ़ॉर्म पर डेज़ी चेन पहनाकर तब तक खड़ा रखते जब तक वे "पूरी रक़म" नहीं दे देते। इसके पीछे विचार था कि जनता को जितना संभव हो संदेश दे दिया जाए कि ट्रांज़िट पुलिस अब किराया-मारने वालों पर लगाम लगाने के लिए गंभीर है। इससे पहले, पुलिस अधिकारी किराया-मारने वालों पर अधिक चौकस नहीं रहते थे, क्योंकि उन्हें हिरासत में लेना, पुलिस स्टेशन ले जाना, आवश्यक फ़ॉर्म भरना, और उन फ़ॉर्म के प्रक्रियागत होने की प्रतीक्षा करने में पूरा दिन लग जाता - और वो भी ऐसे अपराध के लिए जिसमें आमतौर पर छोटा-सा जुर्माना होता।

ब्रैटन ने एक पुरानी सरकारी बस को रोलिंग स्टेशन हाउस में बदला, जिसमें उसकी अपनी फ़ैक्स मशीन, फ़ोन, पेन, और अंगुलियों के छाप लेने सुविधा थी। जल्दी ही हिरासत में लिए जाने के बाद का समय घटकर केवल एक घंटे रह गया। ब्रैटन ने इस पर भी ज़ोर दिया कि हिरासत में लिए सभी व्यक्तियों की जांच की जाए। पूरी संभावना थी कि हिरासत में लिए सात में से एक व्यक्ति के नाम किसी पिछले अपराध के लिए वॉरंट जारी हुआ हो, और बीस में से किसी एक व्यक्ति के पास किसी क़िस्म का हथियार हो। जल्दी ही पुलिस अधिकारियों को इस पर भरोसा होने लगा कि किराया-मारने वालों से निपटने के भी मायने हैं।

ब्रैटन लिखते हैं, "पुलिसवालों के लिए तो यह उपहार जैसा था। हर गिरफ़्तारी जैसे खिलौनों का डिब्बा खोल देती। अब मुझे इसमें से कौन-सा खिलौना मिलेगा? पिस्तौल, या चाकू? या वॉरंट? या कोई हत्यारा भी है?... थोड़े ही समय में बुरे लोग शरीफ़ हो गए, उन्होंने अपने हथियार घर पर छोड़ दिए और किराया चुकाने लगे।" ब्रैटन के मातहत, उनके पद संभालने के कुछ

शुरुआती माह में ही सब-वे स्टेशनों में से शराबियों और अनुचित व्यवहार वाले लोगों के बाहर निकलने की संख्या तीन गुना हो गई। सन् 1990 से 1994 के बीच पहले नज़रअंदाज़ हो जाने वाले दुराचारों और इस तरह के छोटे अपराधों में गिरफ़्तारियां पांच गुना बढ़ गईं। ब्रैटन ने ट्रांज़िट पुलिस को ऐसी संस्था में बदल दिया जो भूमिगत जीवन के छोटे-से नियम उल्लंघन पर ध्यान देती थी।

सन् 1994 के चुनावों में रुडोल्फ़ जिल्यानी के न्यू यॉर्क का मेयर चुने जाने के बाद ब्रैटन को न्यू यॉर्क पुलिस डिपार्टमेंट का प्रमुख नियुक्त कर दिया गया। और उन्होंने इसी रणनीति का शहर में बड़े पैमाने पर उपयोग किया। उन्होंने अपने अफ़सरों को नागरिकों की जीवन-गुणवत्ता के ख़िलाफ़ होने वाले अपराधों पर लगाम लगाने को कहा, उदाहरण के लिए, वे "स्किविज़ मैन्स" जो न्यू यॉर्क शहर के चौराहों पर ड्राइवरों से कार का शीशा साफ करने के एवज़ में पैसे मांगते थे, और ज़मीन पर काम करने वाले ऐसे ही वे सभी व्यक्ति जो घूमते दरवाज़े पर से फलांगते और ग्राफ़िटी बनाते थे। ब्रैटन कहते हैं, "पिछले पुलिस विभाग के बंदिशों ने हाथ बांध रखे थे। हमने यह बंधन खोल दिए। हमने खुले में शराबख़ोरी और खुले में शौच के ख़िलाफ़ क़ानूनों का पालन किया और बार-बार क़ानून तोड़ने वालों को हिरासत में लिया, इनमें सड़कों पर ख़ाली बोतलें फेंकने वाले या संपत्ति को ज़रा-सा भी नुक़सान पहुंचाने वाले शामिल थे... अगर सड़क पर मूत्र त्याग किया जो आपको जेल जाना होगा।" जिस तरह शहर में अपराध कम हो रहे थे, उतनी ही तेज़ी और प्रभावशाली ढंग से वे सब-वे में भी कम हो रहे थे - ब्रैटन और जिल्यानी एक ही लक्ष्य के लिए काम कर रहे थे। वह कहते हैं, छोटे, ग़ैर-ज़रूरी प्रतीत होते जीवन-गुणवत्ता पर होने वाले अपराध, हिंसक अपराधों के लिए टिपिंग पॉइंट थे।

ब्रोकन विंडोज़ का सिद्धांत और प्रसंग की शक्ति एक समान है। ये दोनों ही इस प्रस्तावना पर आधारित हैं कि मौजूदा वातावरण के छोटे विवरणों में फेरबदल करके किसी महामारी को उलटा जा सकता है और चरम पर भी पहुंचाया जा सकता है। अगर आप इस पर विचार करें तो यह एक विलक्षण विचार है। ज़रा सब-वे में बर्नी गट्ज़ और उन चार युवाओं : एलन, रैमसर, कैबी और कैंटी के बीच हुई मुठभेड़ पर फिर विचार करें। कुछ रिपोर्टों के अनुसार, उनमें से कम से कम दो ने घटना के समय नशा कर रखा था।

वे सब क्लेयरमॉन्ट विलेज हाउसिंग प्रोजेक्ट से आते थे जो दक्षिण ब्रोंक्स का सबसे ख़राब इलाक़ा था, जिस पर उस समय सशस्त्र लूट से कलंकित था। कैंटी को पहले भी चोरी की वस्तु रखने के आपराधिक कार्य में गिरफ़्तार किया गया था। एलन को पहले हमले के प्रयास में हिरासत में लिया गया था। एलन, कैंटी और रैमसर तथा सभी पर आपराधिक आचरण से छोटी चोरियों तक के आपराधिक मुकदमे हुए थे। गट्ज़ गोलीकांड के दो साल बाद, रैमसर को बलात्कार, लूट, लौंडेबाज़ी, यौन शोषण, हमले, आग्नेयास्त्र के आपराधिक उपयोग तथा चोरी की वस्तु रखने के लिए पच्चीस साल क़ैद की सज़ा सुनाई गई। यह बेहद हैरानी की बात है कि उसके जैसे लोग किसी हिंसक वारदात के दौरान डर जाएं।

वहीं दूसरी ओर गट्ज़ है। उसने कुछ ऐसा किया जो पूरी तरह से नियम-विरुद्ध था। नियमानुसार श्वेत पेशेवर, सब-वे में अश्वेत युवकों को गोली नहीं मारते। लेकिन अगर आप ध्यान से देखें कि वो कौन है, तो वो ऐसा रूढ़िवादी क़िस्म का इंसान दिखेगा जो हिंसक हालात में मारा जाता है। उसके पिता कठोर स्वभाव के सख़्त अनुशासनप्रिय थे, और गट्ज़ अक्सर अपने पिता के कोप का केंद्र-बिंदु होता। स्कूल में सहपाठी उसे चिढ़ाते, स्कूल के खेलों में उसे सबसे आख़िर में चुना जाता, एक एकाकी बच्चा जो स्कूल से अक्सर रोता हुआ निकलता था।

कॉलेज से स्नातक करने के बाद उसने वेस्टिंगहाउस में काम किया, जो परमाणु पनडुब्बियों को बनाने का कार्य करती थी। लेकिन यह ज़्यादा समय तक नहीं चल सका। उसका ग़लत काम होते या गुणवत्ता से समझौता होते देखने पर अक्सर अपने वरिष्ठ कर्मियों से बहस होती रहती थी। और कई बार वो ऐसे काम करके कंपनी और यूनियन के नियम तोड़ देता जो अनुबंध के अनुसार उसे नहीं करने थे। उसने मैनहट्टन में सिक्स्थ एवेन्यू के पास फ़ोर्टींन्थ स्ट्रीट पर अपार्टमेंट लिया था, जो सिटी ब्लॉक की सड़क पर ही था जहां बेघरों और नशीली दवाओं के विक्रेताओं की भरमार थी। बिल्डिंग के एक दरबान, जिससे गट्ज़ की नज़दीकी थी, को लुटेरों ने बुरी तरह मारा था।

गट्ज़ को अपना पड़ोस साफ करने का जुनून था। वो अपनी बिल्डिंग के निकट एक ख़ाली न्यूज़स्टैंड की निरंतर शिकायत करता था जिसे घुमक्कड़ कचरा पेटी और पेशाबघर की तरह इस्तेमाल करते थे। एक रात, उसमें रहस्यमय ढंग से आग लग गई। अगले दिन गट्ज़ सड़क पर उसकी राख़

बुहार रहा था। एक बार सामुदायिक केंद्र की मीटिंग के दौरान उसने यह कहकर कमरे में मौजूद हर व्यक्ति को चौंका दिया, “केवल एक ही तरीक़े से हम सड़कों को साफ़ कर सकते हैं कि हम स्पेनियों और अश्वेतों को हटा दें।” सन् 1981 में, गट्ज़ को तीन अश्वेत युवाओं ने तब लूट लिया जब वो एक दोपहर कैनाल स्ट्रीट स्टेशन में प्रवेश कर रहा था। वो स्टेशन से बाहर भागा तो वो तीनों उसका पीछा करने लगे। उन्होंने उसका वह इलेक्ट्रॉनिक उपकरण छीन लिया जो उसके पास था। उसे पीटा और उसे शीशे के दरवाज़े पर दे मारा जिससे उसकी छाती को स्थायी नुक़सान पहुंचा। छुट्टी के बाद जा रहे एक सफ़ाई कर्मचारी की मदद से, गट्ज़ ने उन तीनों में से एक हमलावर को पकड़ लिया। लेकिन इसका उसे बहुत कड़वा अनुभव हुआ। उसे छह घंटे तक पुलिस स्टेशन में पुलिस से बात करनी पड़ी, जबकि उसके हमलावर को दो घंटे बाद ही छोड़ दिया गया, और आख़िर में उस पर केवल ग़लत आचरण का आरोप लगाया। उसने शासन से पिस्तौल का परमिट मांगा जिसे मना कर दिया गया। सितंबर, 1984 को उसके पिता का निधन हो गया। तीन महीने बाद, वो चार अश्वेत युवाओं के साथ बैठा था और उसने गोलियां चला दीं।

संक्षेप में, वो ऐसा व्यक्ति था जिसे प्राधिकार संबंधी समस्या थी, और जो पूरी तरह मानता था कि व्यवस्था काम नहीं कर रही है, और यही उसके अपमान की हालिया वजह थी। गट्ज़ की जीवनी-लेखिका लिलियन रुबिन, लिखती हैं कि फ़ोर्टीन्थ स्ट्रीट पर रहने का उसका चयन शायद ही कोई दुर्घटना हो सकती है। वह लिखती हैं, “बर्नी के लिए, इसमें वहां के हालात में कुछ मोहक था। शायद अपने अभाव और असुविधा के कारण, उसके भीतर रहने वाले क्रोध को समझने योग्य लक्ष्य मिल गया। बाहरी दुनिया पर केंद्रित रहते हुए उसे अपने आंतरिक जगत का सामना नहीं करना पड़ता था। वो उस गंदगी, शोरगुल, शराबियों, अपराधों, नशीली दवाएं बेचने वालों, और नशेबाज़ों को भला-बुरा कहता।” रुबिन एक बेहतरीन कारण के साथ निष्कर्ष देती हैं, “गट्ज़ की गोलियों ने जिसे निशाना बनाया वो उसके वर्तमान से ज़्यादा उसका अतीत था।”

अगर आप नंबर टू ट्रेन में जो कुछ भी हुआ उसे इस तरह से देखेंगे तो, यह गोलीकांड अनिवार्य महसूस होने लगेगा। चार बदमाश एक ऐसे व्यक्ति से झगड़ा करते हैं जिसे स्पष्ट मनोवैज्ञानिक समस्याएं हैं। साथ ही

गोलीकांड का सब-वे में होना भी आकस्मिक प्रतीत होता है। गट्ज़ अगर बर्गर किंग में बैठा होता तो भी इन चारों लड़कों को गोली मार देता। हमने आपराधिक व्यवहार के अतीत में जितने भी औपचारिक स्पष्टीकरण देखे हैं उन सबमें यही तर्क काम करता है। मनोवैज्ञानिक अपराधियों को अविकसित मनोवैज्ञानिक विकास वाले व्यक्ति बताते हैं। लोग जिनके अपने माता-पिता के साथ तर्कहीन रिश्ते रहे थे, जिनके पास कोई रोल मॉडल नहीं है। ऐसा भी तुलनात्मक रूप से नया साहित्य है जो ऐसी आनुवंशिकता की बात करता है जिसमें अपराध की प्रवृत्ति हो भी सकती है और नहीं भी। लोकप्रिय पक्ष की बात करें, तो ऐसी अनगिनत किताबें है जिनमें परंपरावादी अपराध को समुदायों, स्कूलों और माता-पिता की नैतिक विफलता का परिणाम बताते हैं, जिन्होंने अपने बच्चों को परवरिश के दौरान सही और ग़लत नहीं सिखाया। उपरोक्त सभी सिद्धांत मूल रूप से यही कह रहे हैं कि अपराधी एक व्यक्तित्व प्रकार है, ऐसा व्यक्तित्व प्रकार जो सामान्य समाज के मानदंडों के प्रति असंवेदनशील होने के कारण विशिष्ट है। अविकसित मनोवैज्ञानिक विकास वाले लोग यह नहीं समझ पाते कि स्वस्थ रिश्ते किस तरह बनाए जाएं। जिन लोगों में हिंसा के प्रति आनुवंशिक झुकाव होता है वो उस समय हत्थे से उखड़ जाते हैं जब सामान्य लोग अपने को शांत रखते हैं। जिन लोगों को सही या ग़लत के बारे में नहीं सिखाया गया है वो निश्चित ही इससे बेख़बर रहते हैं कि कौन-सा व्यवहार सही है और कौन-सा नहीं। जिन लोगों की परवरिश ग़रीबी, पिता के बिना, और नस्लवाद से घिरे माहौल में हुई है उनमें सामाजिक मानदंडों के प्रति वैसी प्रतिबद्धता नहीं होती जैसी स्वस्थ मध्य-वर्गीय घरों में होती है। बर्नी गट्ज़ और सब-वे के वे चारों ठग, एक मायने में, खुद अपनी विकारपूर्ण दुनिया के क़ैदी थे।

लेकिन ब्रोकन विडोज़ और प्रसंग की शक्ति क्या बताती है? ठीक इसके विपरीत। वे कहते हैं कि अपराधी - किसी ऐसे व्यक्ति से बिलकुल अलग होता है जो बुनियादी, आंतरिक कारणों से कार्य करता है, और वह अपने ही जगत में रहता है। वास्तव में अपने वातावरण के प्रति इतना अधिक संवेदनशील होता है, जो हर तरह के संकेतों से सावधान रहता है, और जो अपने आसपास की दुनिया की अवधारणा के आधार पर अपराध करने के लिए प्रवृत्त होता है। यह एक बेहद तात्विक, और कुछ मायनों में अविश्वसनीय विचार भी है। इसका एक और भी ज़्यादा उग्र आयाम है।

प्रसंग की शक्ति वातावरण संबंधी दलील है। इसके अनुसार व्यवहार सामाजिक प्रसंगों का कृत्य है। लेकिन यह अत्यंत सीधे क़िस्म का वातावरणवाद है। 1960 के दशक में, उदारवादी इसी तरह का तर्क देते थे, लेकिन जब वे वातावरण के महत्त्व पर बात करते थे तो वे बुनियादी सामाजिक कारकों की बात कर रहे होते थे। वे जो कहते थे वह, आधारभूत आर्थिक असमानता, बेरोज़गारी, नस्लवाद, दशकों की संस्थागत और सामाजिक उपेक्षा से उत्पन्न सामाजिक अन्याय का परिणाम था। इसलिए अगर आप अपराध रोकना चाहते हैं तो आपको कुछ साहसिक क़दम उठाने ही होंगे। लेकिन प्रसंग की शक्ति कहती है वे बहुत छोटी चीज़ें हैं जो वास्तव में महत्त्वपूर्ण हैं। प्रसंग की शक्ति कहती है सब-वे में बर्नी गट्ज़ और उन चार युवाओं के बीच हुए कांड से इसका बहुत थोड़ा संबंध है। अंत में इसका कुछ अंश गट्ज़ के मनोवैज्ञानिक रोग-निदान की पेचीदगी से तो कुछ अंश उसे टोकने वाले उन चार युवकों की ग़रीबी की पृष्ठभूमि से था। और इसका दीवारों पर बनी ग्राफ़िटी द्वारा भेजे संदेश तथा घूमने वाले दरवाज़े के विकार से पूरा लेना-देना था। प्रसंग की शक्ति कहती है कि आपको अपराध के समाधान के लिए बड़ी समस्याओं का समाधान नहीं करना होगा। आप बस ग्राफ़िटी को साफ और किराया-मारने वालों को गिरफ़्तार करके अपराधों को रोक सकते हैं। अपराध महामारी के टिपिंग पॉइंट का हर कतरा उतना ही सरल व स्पष्ट है, जितना बाल्टीमोर का सिफ़लिस या हश पपीज़ जैसा फ़ैशन ट्रेंड। मैं जब प्रसंग की शक्ति को उग्र सिद्धांत कहता हूं, तो उसका यही मतलब है। जिल्यानी और ब्रैटन -रूढ़िवादियों से बहुत दूर हैं, जैसा उन्हें आमतौर पर पहचाना जाता है- वास्तव में अपराध के सवाल पर सबसे उच्चतम कल्पित उदार स्थिति का प्रतिनिधित्व करते हैं। ऐसी स्थिति जो इतनी उच्चतम है कि यह लगभग अस्वीकार योग्य है। बर्नी गट्ज़ के दिमाग़ में क्या चल रहा था यह निरर्थक कैसे हो सकता है? और अगर यह सच है कि इसका कोई अर्थ नहीं तो फिर इस तथ्य पर भरोसा कर लेना इतना मुश्किल क्यों है?

4.

अध्याय 2 में मैंने, जब इस पर चर्चा की थी कि आख़िर वो कौन-सी चीज़ है जो मार्क अल्पर्ट जैसे व्यक्ति को ज़बानी प्रचार की महामारी में इतना

महत्त्वपूर्ण बनाती है, तब मैंने राज़ी करवाने वाले दो विरोधाभासी लगते पहलुओं पर बात की थी। पहला एक अध्ययन जिसने दर्शाया था कि कैसे ए.बी.सी. पर पीटर जेनिंग्स को देखने वालों ने रिपब्लिकन पार्टी के लिए वोट किया था, बनिस्बत उन लोगों के जो टॉम ब्रोकाओ या डान रैदर को देखते थे, क्योंकि किसी अवचेतन तरीक़े से, जेनिंग्स रिपब्लिकन उम्मीदवार के प्रति अपने स्नेह का संकेत कर देता था। दूसरे अध्ययन ने दर्शाया कि जो लोग दिखने में आकर्षक होते हैं, वो बिना कुछ कहे या थोड़ी बात कहकर भी, दूसरों तक अपनी भावनाएं पहुंचा देते हैं। इन दोनों अध्ययनों के निहितार्थ अल्प के सिद्धांत का केंद्र बिंदु हैं, क्योंकि ये बताते हैं कि जिन, प्राथमिकताओं और भावनाओं को हम अपनी आंतरिक स्थिति समझते हैं, वो दरअसल किस अप्रासंगिक प्रतीत होते व्यक्ति के शक्तिशाली और अति सूक्ष्म प्रभाव का असर होता है। यह व्यक्ति कोई समाचार वाचक हो सकता है जिसे हमने कुछ ही मिनट देखा है या ऐसा व्यक्ति जो हमारे पास, चुपचाप, केवल दो ही मिनट बैठा हो। प्रसंग की शक्ति का सार यह है कि एक ही चीज़ ऐसे किसी भी ख़ास तरह के वातावरणों में सत्य हो सकती है - जो एक मायने में हमें अनिवार्य रूप से पसंद नहीं हों। हमारी आंतरिक स्थिति हमारे बाहरी वातावरण का परिणाम होती है। मनोविज्ञान का क्षेत्र इन तथ्यों को दर्शाने वाले अनुभवों से भरा पड़ा है। चलिए मैं आपको इसके कुछ उदाहरण बताता हूं,

1970 के दशक की शुरुआत में, स्टैनफ़ोर्ड विश्वविद्यालय के समाज वैज्ञानिकों के समूह ने, फ़िलिप ज़िम्बार्डो के नेतृत्व में, विश्वविद्यालय में मनोविज्ञान विभाग की इमारत के बेसमेंट में एक नक़ली क़ैदख़ाना बनाने का फ़ैसला किया। उन्होंने पैंतीस फुट का गलियारा चुना और वहां पूर्वनिर्मित दीवारों से जेल की कोठरियां बनाईं। तीन छोटे, छह-बाई-नौ फुट की कोठरियां प्रयोगशाला कक्षों में बनाई गईं, और उनमें स्टील की सलाख़ें और काले रंग के दरवाज़े लगाए। एक अलमारी को एकांत कारावास कक्ष में बदला गया। इसके बाद उस समूह ने स्थानीय अख़बारों में वालंटियरों के लिए विज्ञापन दिया, ऐसे लोग जो इस प्रयोग में भागीदारी करने के लिए तैयार हों। पचहत्तर लोगों ने आवेदन किया, और उनमें से ज़िम्बार्डो और उनके सहयोगियों ने उन 21 लोगों को चुना जो मनोवैज्ञानिक परीक्षण में सबसे सामान्य और स्वस्थ साबित हुए। बिना किसी क्रम के उनमें से आधे लोगों को बतौर गार्ड चुन लिया गया। उन्हें वर्दियां, काले चश्मे दिए गए और उनकी

ज़िम्मेदारी बताई गई कि उन्हें क़ैदख़ाने की व्यवस्था बनाए रखनी है। शेष आधे को बताया गया कि उन्हें क़ैदी बनना होगा। ज़िम्बार्डो ने पालो आल्टो पुलिस विभाग से इन क़ैदियों को उनके घर से "पकड़कर", हथकड़ी पहनाकर, पुलिस स्टेशन लाने के लिए कहा, जहां उन पर काल्पनिक अपराधों का अभियोग लगाए जाएं, उनकी अंगुलियों की छाप ली जाए, उनकी आंखों पर पट्टी बांधी जाए, और उन्हें मनोवैज्ञानिक विभाग की बेसमेंट में बने क़ैदख़ाने में ले जाया जाए। इसके बाद उन्हें जेल के कपड़े पहनाए जाएंगे, जिस पर आगे और पीछे नंबर लिखा होगा जो उनकी क़ैदख़ाने की पूरी अवधि के दौरान उनकी इकलौती पहचान होगी।

इस प्रयोग को करने का उद्देश्य यह जानने का प्रयास था कि आख़िर क़ैदख़ाने इतनी बुरी जगह क्यों होते हैं। क्या इसलिए कि क़ैदख़ाने बुरे लोगों से भरे रहते हैं, या क़ैदख़ानों का वातावरण इतना बुरा होता है कि वो लोगों को बुरा बना देता है? ज़ाहिर है इस सवाल के जवाब में उस सवाल का जवाब भी मिल जाएगा जिसे बर्नी गट्ज़ ने सब-वे सफ़ाई से खड़ा किया है कि मौजूदा वातावरण लोगों के व्यवहार को किस हद तक प्रभावित करता है? ज़िम्बार्डो को जो ज्ञात हुआ उसने उन्हें हैरान कर दिया। गार्ड, जिनमें से कुछ ने पहले अपने आपको अमनपसंद बताया था, जल्दी ही कठोर अनुशासकों की भूमिका में आ गए। पहली रात जब उन्होंने क़ैदियों को रात दो बजे जगाया और उन्हें दंड-बैठक लगाने को कहा, दीवार के पास कतार में खड़ा किया, और उनसे मनमाने काम करवाए। दूसरे दिन की सुबह, क़ैदियों ने विद्रोह कर दिया। उन्होंने अपने नंबर फाड़ डाले और अपने को अपनी कोठरियों में बंद कर लिया। बदले में गार्डों ने उनके कपड़े फाड़ डाले और उन पर अग्निशामक से स्प्रे किया, और विद्रोहियों के नेता को एकांत कोठरी में डाल दिया।

एक गार्ड याद करता है, "उस समय हम काफ़ी स्वेच्छाचारी हो गए थे, उनके मुंह पर उनसे चिल्ला कर बात करते थे। यह पूरे भय के माहौल का हिस्सा था।" जैसे-जैसे प्रयोग आगे बढ़ा गार्ड और बाक़ायदा अशिष्ट तथा अधिक परपीड़क होते गए। ज़िम्बार्डो कहते हैं, "हम बदलाव की उस तीव्रता और गति के लिए तैयार नहीं थे जिससे यह हो रहा था।" गार्ड क़ैदियों को एक दूसरे से कहने के लिए मजबूर कर रहे थे कि वे एक-दूसरे को प्यार करते हैं, और उन्हें हथकड़ियां बांधे, और सिरों पर काग़ज़ के लिफ़ाफ़े

पहनाए गलियारे से पैदल ले जाया जाता था। एक अन्य गार्ड याद करता है, "यह उससे बिलकुल अलग था जैसा मेरा आज का व्यवहार है। मुझे लगता है कि मैं मानसिक क्रूरता के पैमाने पर सकारात्मक रूप से रचनात्मक हूं।" 36 घंटे बीतने के बाद एक क़ैदी उन्मत्त हो गया, और उसे छोड़ना पड़ा। इसके बाद चार लोगों को "अत्यधिक भावात्मक अवसाद, रोने, रोष, और गंभीर चिंता" के कारण छोड़ना पड़ा। ज़िम्बार्डो ने इस प्रयोग को मूल रूप से दो सप्ताह चलाने के लिए बनाया था। उन्होंने इसे छह दिनों में समाप्त कर दिया। इस प्रयोग के समाप्त होने के बाद एक क़ैदी ने कहा, "अब मुझे अहसास हो गया है कि मैं दिमाग़ को चाहे जितना अपने क़ाबू में समझूं, क़ैदी के रूप में मेरा व्यवहार मेरे क़ाबू में उससे कम होता था जितना अक्सर मुझे लगता था।" एक अन्य ने कहा, "मुझे ऐसा महसूस होने लगा था जैसे मैं अपनी पहचान खो रहा हूं, और मैं जिस व्यक्ति को —— कहता हूं, वह व्यक्ति जिसने मुझे इस क़ैद तक पहुंचाया (क्योंकि यह मेरे लिए क़ैद ही थी, आज भी यह मेरे लिए क़ैदख़ाना ही है, मैं इसे प्रयोग या सिम्युलेशन कतई नहीं मानता...) वो मुझसे काफ़ी अलग और दूर था, कम से कम वो मैं तो नहीं था। मैं 416 था। मैं वास्तव में वह नंबर था और 416 वह था जो फ़ैसला करता था कि मुझे क्या करना है।"

ज़िम्बार्डो ने यह निष्कर्ष निकाला कि कुछ हालात इतने शक्तिशाली होते हैं कि वो हमारी अंतर्निहित पूर्ववृत्ति को अभिभूत कर लेते हैं। यहां मुख्य शब्द हालात हैं। ज़िम्बार्डो वातावरण की, या हमारे जीवन पर पड़ रहे मुख्य बाहरी प्रभावों की बात नहीं कर रहे। वह इस बात से इनकार नहीं कर रहे कि हम जो कुछ भी हैं उस पर हमारे माता-पिता द्वारा की गई परवरिश का प्रभाव होता है, साथ ही हम किस तरह के स्कूलों में पढ़े हैं, हमारे दोस्त किस तरह के रहे, या कैसा पड़ोस रहा, उससे भी हमारा व्यवहार प्रभावित होता है। निस्संदेह ये सभी चीज़ें महत्त्वपूर्ण हैं। ना तो वे हम जो हैं उसमें हमारी आनुवंशिकता की भूमिका से इनकार कर रहे हैं। अधिकांश मनोवैज्ञानिक मानते हैं कि प्रकृति या आनुवंशिकता ही वो आधा कारण है, जैसा व्यवहार करने की हमारी प्रकृति होती है। उनकी बात बहुत सीधी है कि ऐसे कुछ ख़ास समय और स्थान और हालात होते हैं जब इनमें से बहुत कुछ मिटाया जा सकता है। अर्थात् ऐसी भी घटनाएं हैं जहां आप अच्छे स्कूलों, ख़ुशनुमा परिवारों और अच्छी रिहाइश वाले सामान्य लोगों को लेते हैं और उनके

मौजूदा हालात को बदल देने भर से उनके व्यवहार को प्रभावशाली ढंग से प्रभावित कर देते हैं।

यह तर्क, शायद और ज़्यादा स्पष्ट रूप से 1920 के दशक में दो न्यू यॉर्क - स्थित अनुसंधानकर्ताओं हग हार्टशॉर्न और एम.ए. मे ने ऐतिहासिक प्रयोगों के सेट द्वारा साबित किया। हार्टशॉर्न और मे ने आठ से सोलह साल के ग्यारह हज़ार बच्चों को अपना प्रयोग-पात्र बनाया, और कुछ ही महीने के समय में, उन्होंने उन पर लगभग दर्जन भर परीक्षण कर लिए, जो सभी ईमानदारी को मापने के लिए डिजाइन किए गए थे। हार्टशॉर्न और मे ने जिस तरह के परीक्षणों का उपयोग किया वे उनके निष्कर्षों के काफ़ी निकट थे, इसलिए मैं उनमें से कुछ का विस्तृत वर्णन करूंगा।

उदाहरण के लिए, पहला सेट, सरल योग्यता परीक्षा थी जिसका विकास इंस्टिट्यूट ऑफ एजुकेशनल रिसर्च ने किया था। उस समूह का प्रणेता जिसने अब एस.ए.टी. विकसित किया है। वाक्य पूरा करने वाली परीक्षा में, बच्चों से वह शब्द भरने को कहा गया जिन्हें ख़ाली छोड़ा गया है। उदाहरण के लिए, ग़रीब —— के पास —— के लिए कुछ नहीं था। वो भूखा था।" गणित की परीक्षा में, बच्चों को गणित के ऐसे सवाल दिए गए कि, "जब चीनी का भाव 10 सैंट प्रति पौंड हो, तो पांच पौंड कितने की आएगी?" और उनसे उनके उत्तर मार्जिन पर लिखने को कहा। परीक्षा के लिए समय उतना ही दिया गया था जितने में उसे आमतौर पर पूरा किया जा सकता था। अतः अधिकांश बच्चे बहुत-से सवालों के जवाब नहीं दे पाए, और समय समाप्त होने पर उत्तर पत्रों को एकत्रित किया व ग्रेड दिए गए। अगले दिन, छात्रों की इसी तरह की परीक्षा फिर से ली गई, जिसमें सवाल अलग लेकिन इतने ही कठिन थे। इस बार, हालांकि, छात्रों को उत्तर बताने के साथ ही उन्हें न्यूनतम निगरानी में खुद ही अपने परीक्षा-पत्र को ग्रेड करने के लिए कहा गया। दूसरे शब्दों में हार्टशॉर्न और मे, ने एक स्टिंग ऑपरेशन रचा। जवाब हाथ में और बहुत-से अनुत्तरित सवाल होने पर, छात्रों के पास नक़ल का पर्याप्त अवसर था। और पास में पिछले दिन का परीक्षा-पत्र होने से वे पहले दिन के जवाबों की दूसरे से तुलना कर सकते थे, जिससे उन्हें पता लग जाता कि छात्र ने कितनी नक़ल की है।

परीक्षा के एक और सेट को स्पीड टेस्ट का नाम दिया गया था, जिसमें काफ़ी आसान क्षमताओं को मापा जाना था। छात्रों को 56 अंक युग्म दिए

गए थे जिन्हें उन्हें जोड़ना था। या उन्हें वर्णमाला के अक्रम व्यवस्थित कुछ सौ अक्षर दिखाए जाते और वे उन्हें पढ़ते हुए हर जगह 'ए' अक्षर को रेखांकित करते। छात्रों को इनमें से प्रत्येक टेस्ट पूरा करने के लिए एक मिनट दिया जाता। इसके बाद उन्हें इसी तरह का एक और टेस्ट दिया जाता, लेकिन इस बार समयसीमा लागू नहीं होती, जिससे छात्रों को यह छूट मिली कि वे जब तक चाहें इस पर काम करते रहें।

कुल मिलाकर, इन दोनों मनोवैज्ञानिकों ने अनगिनत विभिन्न परीक्षाएं और अनगिनत विभिन्न हालात में लीं, जैसे चिन-अप, या ब्रॉड जंप, और गोपनीय रूप से यह नज़र रखे रहे कि क्या वे अच्छे प्रदर्शन के लिए नक़ल करते हैं। उन्होंने छात्रों को यह परीक्षा घर से करके लाने के लिए दी, जहां उनके पास शब्दकोश के उपयोग का पूरा मौक़ा था या वे मदद ले सकते थे, और उन परिणामों की वैसे ही परीक्षाओं से तुलना की जो स्कूल में ली गई थीं, जहां नक़ल करना असंभव था। अंत में, उनके परिणाम तीन मोटे खंडों में आए, और इसी के साथ उन्होंने चरित्र से संबंधित बहुत-से पूर्वाग्रहों को चुनौती दी।

आश्चर्य की बात है, पहला निष्कर्ष था कि ख़ूब नक़ल हुई है। एक मामले में तो, जहां नक़ल की संभावना थी वहां परिणाम, "ईमानदारी" वाले अंकों के मुक़ाबले, औसतन 50 फ़ीसदी अधिक थे। जब हार्टशॉर्न और मे ने नक़ल के पैटर्न को तलाशना आरंभ किया, तो उनके कुछ परिणाम प्रत्यक्ष ही थे। होशियार बच्चों ने कम-होशियार बच्चों से कुछ कम नक़ल की थी। लड़कियों ने लड़कों के बराबर ही नक़ल की थी। बड़ी उम्र के बच्चों ने छोटे बच्चों से ज़्यादा नक़ल की थी, तथा स्थिर व प्रसन्न घरों के बच्चों ने अस्थिर और अप्रसन्न घरों के बच्चों के मुक़ाबले कम नक़ल की थी। अगर आप इस डाटा का विश्लेषण करें तो आपको टेस्ट प्रति टेस्ट व्यवहार का एक साधारण पैटर्न हासिल होगा।

लेकिन निरंतरता उतनी उच्च नहीं थी जितनी आपको उम्मीद थी। यहां नक़लचियों का संकीर्ण छोटा दायरा और ईमानदार छात्रों का अपना संकीर्ण छोटा दायरा नहीं थे। कुछ लोगों ने घर पर नक़ल की लेकिन स्कूल में नहीं; कुछ बच्चों ने स्कूल में नक़ल की लेकिन घर पर नहीं की। बच्चे ने नक़ल की हो या नहीं, जैसे, शब्द बनाने वाली परीक्षा में यह बताने का कोई ठोस

तरीक़ा नहीं था कि बच्चे ने नक़ल की है या नहीं और ऐसा ही स्पीड टेस्ट में 'ए' को रेखांकित करना था। जब उस समूह के बच्चों को वही टेस्ट, उन्हीं हालात में छह महीने बाद करने को दिया, तो हार्टशॉर्न और मे ने पाया कि दोनों ही मामलों में उन्हीं छात्रों ने उसी तरह से नक़ल की। लेकिन अगर आप इनमें से कोई भी चीज़ बदल दें - टेस्ट की सामग्री, या उसके प्रबंधन हालात, तो उनके नक़ल करने का तरीक़ा भी बदल जाएगा।

तब हारशॉर्न और मे ने निष्कर्ष निकाला कि ईमानदारी कोई मूल विशेषता या जैसा वे इसे कहते थे, "अविभाजित" विशेषता नहीं है। वे निष्कर्ष देते हैं, कि ईमानदारी जैसी विशेषता काफ़ी हद तक हालात से प्रभावित होती है। वे लिखते हैं कि अधिकांश बच्चे,

> कुछ हालात में धोखा देते हैं और कुछ में नहीं। इन अध्ययनों में परीक्षा में उपयोग किए पैमाने पर झूठ बोलना, नक़ल, और चोरी का आपस में काफ़ी लचीला संबंध है। बल्कि कक्षा में नक़ल करना भी अत्यधिक विशिष्ट था, जैसे एक बच्चा गणित की परीक्षा में तो नक़ल करता है लेकिन अक्षर बनाने की परीक्षा में नहीं आदि। भले ही बच्चे ने छल किया लेकिन अपनी बुद्धिमत्ता, उम्र, घरेलू पृष्ठभूमि, और इच्छा और आंशिक रूप से हालात तथा उनके साथ अपने ख़ास रिश्ते के आधार पर किया।

मुझे लगता है कि यह काफ़ी विरोधाभासी प्रतीत होता है। अगर मैं आपसे आपके सबसे पक्के दोस्त के व्यक्तित्व की व्याख्या करने को कहूं, तो आप ऐसा आसानी से कर देंगे। और आप कुछ ऐसा कहेंगे जैसे, "मेरा दोस्त हावर्ड बहुत उदार है, लेकिन केवल तभी जब मैं उससे कुछ मांगूं ना कि उसके परिवार का कोई व्यक्ति उससे चीज़ें मांगे या मेरी दोस्त ऐलिस बेहद ईमानदार है, अगर बात निजी जिंदगी की हो, लेकिन काम करने की जगह वो बहुत बहानेबाज़ है।" इसकी जगह आप यह भी कह सकते हैं कि आपका दोस्त हावर्ड बहुत उदार और आपकी दोस्त ऐलिस बहुत ईमानदार है। हम सभी, जब कभी व्यक्तित्व की बात आती है, तो स्वाभाविक रूप से पूर्णता पर विचार करते हैं : कि वह व्यक्ति ऐसा है या वह व्यक्ति ऐसा नहीं है। लेकिन ज़िम्बार्डो और हार्टशॉर्न और मे यह बता रहे हैं कि यह एक ग़लती है, कि हम जब केवल अंतर्निहित विशेषताओं पर बात करते हैं और हालात

की भूमिका को भूल जाते हैं, तो हम अपने आपको मानव व्यवहार के मूल कारण पर धोखा दे रहे हैं।

हम यह ग़लती क्यों करते हैं? यह शायद क्रम विकास ने हमारे दिमाग़ की जैसे संरचना की है, उसका परिणाम है। उदाहरण के लिए, वर्वट वानर का अध्ययन करने वाले मानव विज्ञानियों ने पाया कि बंदरों की यह प्रजाति चीज़ों के अभिप्राय समझने में बहुत बुरी है, जैसे हिरण का शव पेड़ से लटक रहा हो (जो वहां चीते के होने का विशुद्ध संकेत है) या अजगर के निकलने के निशान बने हों। वर्वट अजगर के चलने के ताज़ा निशानों को नज़रंदाज़ करके झाड़ियों में नाचते रहेंगे, और जैसे ही उनका वास्तव में असली सांप से सामना होगा, वे सन्न रह जाएंगे। इसका यह मतलब नहीं कि वर्वट मूर्ख होते हैं : दूसरे वर्वट के साथ क्या करना है, इस सवाल पर वे बहुत सुविज्ञ होते हैं। वे नर वर्वट की आवाज़ सुनकर जान जाते हैं कि यह उनके अपने समूह का है या पड़ोसी समूह का। अगर वर्वटों को किसी शिशु वर्वट का परेशानीभरा रोना सुनाई दे जाए, तो वे ना केवल शिशु वर्वट की दिशा में देखने लगेंगे बल्कि उसकी मां के बारे में यह भी जान जाएंगे कि यह किसका शिशु रो रहा है। दूसरे शब्दों में, एक वर्वट वर्वटों जैसी ख़ास तरह की जानकारियों में बहुत अच्छा होता है, लेकिन अन्य तरह की जानकारियों को समझने में ज़्यादा अच्छा नहीं होता।

मनुष्यों के साथ भी यही सत्य है।

निम्न दिमाग़ी कसरतों पर विचार कीजिए। मान लीजिए, मैं आपको चार कार्ड दूं जिन पर अक्षर 'ए' और 'डी' का लेबल लगा हो और 3 तथा 6 अंक लिखे हों। खेल का नियम यह है कि जिस कार्ड पर स्वर वर्ण लिखा है उसके पीछे हमेशा सम संख्या होगी। इस नियम को सत्य साबित करने के लिए आपको कौन-सा कार्ड पलटना होगा? इसका जवाब है दूसरा : कार्ड 'ए' और तीन कार्ड। जिन ज़्यादातर लोगों की यह परीक्षा ली गई, हालांकि, इसका सही जवाब नहीं दे सके। वे जवाब देते सिर्फ़ 'ए' कार्ड, या 'ए' और सिक्स कार्ड। यह मुश्किल सवाल है। लेकिन चलिए मैं एक और सवाल पूछता हूं। मान लीजिए चार लोग एक बार में शराब पी रहे हैं। उनमें से एक कोक पी रहा है। एक की उम्र सोलह साल है। एक बीयर पी रहा है, और एक की उम्र पच्चीस साल है। नियम के अनुसार इक्कीस साल से कम उम्र

का कोई भी व्यक्ति शराब नहीं पी सकता। अब हमें यह सुनिश्चित करने के लिए इनमें से किनकी आई.डी. देखनी होगी कि क़ानून का पालन किया जा रहा है? अब इसका जवाब आसान है। बल्कि, मुझे लगता है कि हर किसी को सही जवाब पता होगा : बीयर पीने वाले और सोलह साल वाले की। लेकिन जैसा मनोवैज्ञानिक लीडा कास्मिडेस (इस उदाहरण को बनाने वाली) संकेत करती हैं, यह बिलकुल 'ए','डी', 3, 6 जैसी ही पहेली है। बस फ़र्क़ इतना है कि इसे इस तरह रचा गया है कि इसमें अंकों की जगह लोगों का इस्तेमाल है, और हम मनुष्य होने के कारण अमूर्त जगत की जगह एक दूसरे के प्रति अधिक सुविज्ञ होते हैं।

हमारे चरित्र को संयुक्त और सर्वव्यापक मानना वैसी ही ग़लती है जैसी जानकारियों को संसाधित करने में व्यक्ति की कमज़ोरी। मनोवैज्ञानिक इस प्रवृत्ति को फ़ंडामेंटल एट्रिब्यूशन एरर (एफ़.ए.ई.), जो यह बात कहने का फ़ैंसी तरीक़ा है कि जब बात लोगों के व्यवहार की व्याख्या की आती है, तब मनुष्य अनिवार्य रूप से बुनियादी चारित्रिक विशेषताओं को वास्तविकता से अधिक समझने और हालात और प्रसंग के महत्त्व को वास्तविकता से अधिक समझने की ग़लती कर बैठते हैं। हम घटनाओं के लिए हमेशा "स्वभावपूर्ण" व्याख्या पर पहुंच जाते हैं, बजाय इसके कि प्रासंगिक व्याख्या करें। जैसे कि, एक प्रयोग में, एक समूह के लोगों को एक ही जैसी प्रतिभा वाले बास्केटबॉल खिलाड़ियों के दो सेट्स को देखने के लिए कहा गया। इनमें से एक अच्छी तरह प्रकाशित जिम में बास्केट शूट कर रहा था। जबकि दूसरा ख़राब रोशनी वाले जिम में बास्केट शूट कर रहा था (और ज़ाहिर है बहुत बार चूक रहा था)। तब उनसे यह फ़ैसला करने को कहा गया कि इन दोनों में से अधिक बेहतर खिलाड़ी कौन है। अच्छी-रोशनी वाले जिम वाले खिलाड़ी को बेहतर माना गया।

एक अन्य उदाहरण में, एक समूह में लोगों को प्रयोग के लिए लाया गया और उन्हें बताया गया कि उन्हें प्रश्नोत्तरी का खेल खेलना होगा। उनके जोड़े बनाए गए और उन्होंने कार्ड निकाले। एक व्यक्ति को कार्ड मिला जिस पर लिखा था कि वो "प्रतियोगी" होगा। दूसरे को कहा गया कि वह "प्रश्नकर्ता" होगा। तत्पश्चात प्रश्नकर्ता को किसी ख़ास दिलचस्पी या विशेषज्ञता के क्षेत्र से ऐसे दस प्रश्न तैयार करने के कहा जिनके जवाब देना "चुनौतीपूर्ण लेकिन संभव हो," अतः अगर कोई यूक्रेनियन लोक संगीत की

जानकारी रखता होगा तो वो यूक्रेनियन लोक संगीत संबंधी प्रश्नावली तैयार करेगा। ये सवाल प्रतियोगी से पूछे जाएंगे, और प्रश्नोत्तरी समाप्त होने पर, दोनों पक्षों को दूसरे के सामान्य ज्ञान के स्तर का अनुमान लगाने के लिए कहा जाएगा। निरपवाद रूप से प्रतियोगी प्रश्नकर्ताओं को रेट करेंगे कि वो खुद उनसे कितने ज़्यादा होशियार हैं।

आप इस तरह के प्रयोगों को हज़ार भिन्न तरीक़ों से कर सकते हैं और जवाब हमेशा लगभग एक जैसा ही आएगा। ऐसा ही तब भी होगा जब आप लोगों को उनके उस मौजूदा वातावरण के बारे में साफ स्पष्टीकरण देंगे जिसमें उनसे यह सवाल पूछा जा रहा है : पहले मामले में, जिम में रोशनी बहुत कम थी; प्रतियोगियों से सबसे असंभाव्य एकपक्षीय और धांधली-भरे सवालों का जवाब देने के लिए कहा गया। अंत में, इससे कोई ज़्यादा फ़र्क़ नहीं पड़ा। हम सब में ऐसा कुछ होता है जो अपने आसपास के जगत में लोगों के आवश्यक गुणों का बोधपूर्ण स्पष्टीकरण चाहता है : वह बेहतर बास्केटबॉल खिलाड़ी है, वो व्यक्ति मुझसे ज़्यादा होशियार है।

हम ऐसा करते हैं क्योंकि, वर्वटों की तरह हम भी प्रासंगिक संकेतों के मुक़ाबले व्यक्तिगत संकेतों के अधिक अभ्यस्त होते हैं। एफ.ए.ई. ने दुनिया को और ज़्यादा सरल और अधिक समझ में आने योग्य बनाया है। उदाहरण के लिए, हाल ही के वर्षों में, इस विचार में दिलचस्पी निरंतर बढ़ी है कि व्यक्तित्व का स्पष्टीकरण करने में सबसे मूलभूत कारक जन्म क्रम है : सबसे बड़ा बच्चा रोबदार और दकियानूसी होगा, छोटा भाई या बहन अधिक रचनात्मक और विद्रोही होगा। जब मनोवैज्ञानिकों ने इस दावे की पुष्टि करने का प्रयास किया तब, उन्हें वैसे ही जवाब मिले जैसे हार्टशॉर्न और मे के निष्कर्ष थे। हम पर जन्म क्रम का प्रभाव पड़ता है लेकिन, जैसा कि मनोवैज्ञानिक जुडिथ हैरिस ने *द नेचर एज़म्पशन* में संकेत किया है, लेकिन केवल अपने परिवार के भीतर। जब वह विभिन्न प्रसंगवश अपने परिवार से दूर होते हैं, तब ना तो बड़े भाई/बहन रोबदार होते हैं और ना ही छोटे भाई/बहन विद्रोही या ऐसा ही कुछ और रह पाते हैं।

जन्म क्रम मिथक एफ.ए.ई. के काम करने का उदाहरण है। लेकिन आप देख सकते हैं कि हमारा इसकी तरफ़ आकर्षण क्यों है। यह बहुत आसान होता है कि लोगों को उनके पारिवारिक व्यक्ति में परिभाषित किया जाए। यह एक तरह का संक्षेप लेख है। अगर हमें निरंतर अपने आसपास

के हर मूल्यांकन पर खरा उतरना पड़े, तो हम इस दुनिया को कैसे समझ पाएंगे? हम कितनी दृढ़ता से वे हज़ारों फ़ैसले ले सकेंगे जो हमें लेने पड़ते हैं फिर चाहे वो किसी को पसंद करने या प्रेम करने या किसी पर भरोसा करना या किसी को सलाह देना ही क्यों नहीं हो? मनोवैज्ञानिक वॉल्टर मिशेल तर्क देते हैं कि मानव मन एक तरह का "संकुचन वॉल्व" (रिडक्शन वॉल्व) है जो "जो वास्तविक व्यवहार में सतत संप्रेषित बदलाव होने पर भी निरंतरता की अवधारणा का सृजन और इसकी देखरेख करता है।" वे लिखते हैं :

> हमने एक महिला की जांच की जो कभी तो द्वेषपूर्ण और प्रखर स्वतंत्र तथा अन्य अवसरों पर दब्बू, आश्रित और स्त्रैण प्रतीत होती थी। हमारा संकुचन वॉल्व आमतौर पर हमें इस दो लक्षणों में से एक को चुनने देता है। यह हमारा फैसला होगा कि एक पैटर्न दूसरों की सेवा के लिए रहे या दोनों ही किसी तीसरे उद्देश्य की सेवा करें। निश्चित ही वह महिला पुरुषवत महिला होगी जिसने दब्बूपन का मुखौटा लगा रखा है। या शायद वो एक स्नेही व दब्बूपन सहित आश्रित महिला होगी जिसके लिए आक्रामकता ऊपरी सुरक्षा है। लेकिन शायद स्वभाव हमारी अवधारणाओं से बड़ा होता है और एक महिला एक साथ ही द्वेषपूर्ण, प्रखर स्वतंत्र, दब्बू, आश्रित, स्त्रैण, आक्रामक, स्नेही, पुरुषवत व्यक्ति हो सकती है। निस्संदेह, वो किसी ख़ास क्षण में कैसी होगी यह अचानक या मन-मुताबिक़ नहीं होगा - यह वह किसके साथ, कब, कैसे, और कितना और इससे भी बहुत ज़्यादा चीज़ों पर निर्भर होगा। लेकिन उसका इनमें से प्रत्येक पहलू बहुत सच्चा और उसके कुल अस्तित्व का वास्तविक पहलू होगा।

तो, चरित्र वह नहीं है जैसा हम उसे समझते हैं, बल्कि, वह है जैसा हम उसे बनाना चाहते हैं। यह स्थिर और आसानी से पहचानी जाने वाली निकट संबंधित विशेषताएं नहीं होतीं। यह ऐसी केवल हमारे दिमाग़ के प्रबंधन में जो त्रुटि है उसके कारण दिखाई देती है। चरित्र आदतों एवं प्रवृत्तियों तथा रुचियों के लचीले सह-संबंध एवं निर्भरता, तथा कुछ विशेष समय पर, हालात और प्रसंगों की गठरी जैसे होते हैं। हम में से अधिकांश लोगों का एक सतत चरित्र प्रतीत होने का कारण यह होता है कि हम में अधिकतर अपने

आसपास के वातावरण को नियंत्रित करने में सचमुच अच्छे होते हैं। मुझे डिनर पार्टियों में बहुत मज़ा आता है। इसका परिणाम है कि बहुत डिनर पार्टियां देता हूं और मेरे जो दोस्त मुझे वहां देखते हैं वो सोचते होंगे कि मैं बहुत मज़ेदार हूं। लेकिन अगर मैं बहुत-सी डिनर पार्टियों में नहीं दिखाई दूं, और मेरे दोस्त मुझे इसकी जगह ऐसे बहुत-से अन्य हालात में देखें जिन पर मेरा थोड़ा या बिलकुल नियंत्रण नहीं हो तो उन्हें मैं उस गंदे, टूटे-फूटे सब-वे के उन चार द्वेषपूर्ण युवकों जैसा ही लगूंगा। तब उन्हें मुझमें मज़ेदार व्यक्ति कहीं दिखाई नहीं देगा।

5.

कुछ साल पहले, प्रिंस्टन विश्वविद्यालय के दो मनोवैज्ञानिक जॉन डार्ले और डैनियल बैटसन ने बाइबिल की अच्छे नेक आदमी की कहानी से प्रेरित होकर एक अध्ययन करने का फ़ैसला किया। अगर आप न्यू टेस्टामेंट में गॉस्पल ऑफ ल्यूक में इस कहानी को देखें, तो यह एक यात्री के बारे में बताती है जिसे यरुशलम से यरीहो को जाने वाली सड़क पर पीटा और लूटा और सड़क किनारे मरने के लिए छोड़ दिया गया। एक याजक और एक लेवीय - जो दोनों ही सुयोग्य, पवित्र व्यक्ति थे वे उस व्यक्ति के पास से गुज़रे, लेकिन रुके नहीं और "दूसरी तरफ़ से निकल गए।" उसकी मदद केवल एक सामरी व्यक्ति ने की -जो तिरस्कृत अल्पसंख्यक सदस्य था- "जो उसके पास गया और उसके घावों पर मरहम लगाया" और उसे एक सराय में ले गया। डार्ले और बैटसन ने इस अध्ययन को प्रिंस्टन थियोलॉजिकल सेमिनरी में दोहराने का फ़ैसला किया। यह प्रयोग काफ़ी कुछ एफ़.ए.ई. की परंपरा जैसा था, और यह इसका एक महत्त्वपूर्ण प्रदर्शन था कि किस तरह प्रसंग की शक्ति केवल हिंसक अपराधों पर ही नहीं बल्कि सामाजिक महामारी के बारे में हम किस तरह विचार करते है उसे भी प्रभावित करती है।

डार्ले और बैटसन सामरियों के एक समूह से, निजी रूप से मिले और उनमें से प्रत्येक को उपरोक्त बाइबिल कथा के अनुसार एक छोटा, तात्कालिक व्याख्यान तैयार करके इसे नज़दीकी बिल्डिंगों में प्रस्तुत करने को कहा। प्रस्तुतिकरण के जाते समय प्रत्येक छात्र को गली में एक व्यक्ति सिर झुकाए, आंखें बंद किए, खांसता और कराहता हुआ दिखा। अब सवाल

यह था कि कौन रुककर उसकी मदद करता है? डार्ले और बैटसन ने इस प्रयोग के लिए तीन तत्व पेश किए, जिससे इसके परिणाम और सार्थक हो सकें। पहला, प्रयोग शुरू होने के पूर्व, उन्होंने छात्रों को एक प्रश्नावली दी कि आख़िर उन्होंने थियोलॉजी (अध्यात्म शास्त्र) पढ़ना क्यों चुना। क्या वे धर्म को व्यक्तिगत और आध्यात्मिक परिपूर्णता के साधन के रूप में देखते हैं? या वे दैनिक जीवन में अर्थ खोजने के व्यवहारिक साधन को तलाश रहे थे? इसके बाद उन्होंने छात्रों के चर्चा करने के लिए विभिन्न विषय पूछे। कुछ से धार्मिक वृत्ति में पेशेवर पादरियों के औचित्य पर बोलने को कहा गया। अन्य को अच्छे सामरी की नीति कथा दी गई। अंत में, प्रयोगकर्ताओं ने हर एक छात्र को जो निर्देश दिए थे वे भी अलग थे। कुछ मामलों में, छात्रों को उनके रास्ते भेजते समय, प्रयोगकर्ता ने अपनी घड़ी देखी और कहा, "ओह, तुम्हें देर हो गई। तुम्हें वहां कुछ मिनट पहले ही पहुंच जाना चाहिए था। अब हमें चलना चाहिए।" शेष मामलों में वे कहते, "तुम्हारे वहां पहुंचने में अभी कुछ मिनट हैं, लेकिन तुम जल्दी भी जा सकते हो।"

अगर आप लोगों से यह भविष्यवाणी करने को कहें कि इनमें से कौन से सामरी अच्छे सामरी का कार्य करेंगे (और आगामी अध्ययन इसी तरह किए गए) तो इसके उत्तर काफ़ी कुछ एक जैसे होंगे। वे लगभग सब यही कहेंगे कि वे छात्र जो लोगों की मदद के लिए पादरी पद पर पहुंचे और वे लोग जो नेक सामरी की नीति कथा को पढ़ने के बाद दया के महत्त्व को याद रखेंगे, उनके रुकने की सबसे अधिक संभावना है। हम में से शायद अधिकांश लोग इन निष्कर्षों से सहमत होंगे। बल्कि, इनमें से किसी कारक से कोई फ़र्क़ नहीं पड़ने वाला। "ऐसे प्रसंग पर विचार करना भी मुश्किल है, जहां परेशान हाल व्यक्तियों की मदद करने के विषय मानक उन लोगों में अधिक हों जो व्यक्ति नेक सामरी के बारे में सोचते हों, इसके बावजूद मदद के व्यवहार में कोई महत्त्वपूर्ण वृद्धि नहीं थी।" डार्ले और बैटसन ने निष्कर्ष निकाला। "निश्चित ही कुछ अवसरों पर, एक सामरी छात्र जो नेक सामरी की नीति कथा पर व्याख्यान देने जा रहा था, जाने की जल्दी में पीड़ित व्यक्ति के पास गया होगा।" इसमें बस एक चीज़ मायने रखी थी कि क्या छात्र जल्दी में था। एक ऐसे समूह से जिसमें 10 फ़ीसदी लोग मदद के लिए रुके। ऐसा समूह, जिसके पास देने के लिए कुछ मिनट थे, उनमें 63 फ़ीसदी लोग रुके।

अन्य शब्दों में, यह अध्ययन बताता है कि, आपको मौजूदा व्यवहार के प्रसंग में आपके कार्यों को निर्देशित करने में अंततः, आपकी दिली प्रतिबद्धता से आपके विचारों की वास्तविक विषयवस्तु कम महत्त्वपूर्ण होती है। ऐसी बातों, "अरे, आपको देर हो गई है," में वह प्रभाव होता है कि वे ऐसे व्यक्ति को जो आमतौर पर दयालु है किसी की पीड़ा के प्रति उदासीन बना सकता है। जो किसी को उस ख़ास क्षण में, एक भिन्न व्यक्ति बना देता है। महामारी इसकी जड़ में है, इसके रूपांतर की मूल प्रक्रिया में है। जब हम किसी विचार या दृष्टिकोण या उत्पाद को चरम पर पहुंचाना चाहते हैं, तब हम अपने दर्शकों को एक छोटे, लेकिन महत्त्वपूर्ण मायनों में बदलने का, उन्हें संक्रमित करने का, उन्हें अपनी महामारी में बहा देने का और द्वेषपूर्ण यह स्वीकार्य में परिवर्तित करने का प्रयास कर रहे होते हैं। यह विशेष तरह के, असाधारण व्यक्तिगत संपर्कों वाले लोगों के प्रभाव के माध्यम से किया जा सकता है। यही अल्प का सिद्धांत है। यह संचार की विषयवस्तु में परिवर्तन कर, एक संदेश को इतना स्मरणीय बनाकर कि वह व्यक्ति के मन में स्थिर हो जाए और उन्हें काम करने के लिए मजबूर करे, द्वारा किया जा सकता है। यह स्थिरता का घटक है। मुझे लगता है कि ये दोनों सिद्धांत बोधात्मक संज्ञान का निर्माण करते हैं। लेकिन हमें याद रखना होगा कि प्रसंग में होने वाले छोटे-से बदलाव भी महामारी को चरम पर पहुंचाने में उतने ही महत्त्वपूर्ण हो सकते हैं। भले ही ये तथ्य हमारी मानव स्वभाव से संबंधित कुछ गहनतम मान्यताओं का उल्लंघन करते क्यों नहीं लगते हों।

इसका यह मतलब नहीं कि हमारी आंतरिक मनोवैज्ञानिक स्थिति और व्यक्तिगत इतिहास हमारे व्यवहार के स्पष्टीकरण में महत्त्वपूर्ण नहीं होते। उदाहरण के लिए, हिंसात्मक गतिविधियों में शामिल लोग बड़ी संख्या में किसी क़िस्म के मानसिक विकार या अत्यधिक अशांत पृष्ठभूमि से आते हैं। लेकिन हिंसा के प्रति झुकाव होने और सचमुच हिंसात्मक कार्य करने में ज़मीन-आसमान का फ़र्क़ है। एक अपराध तुलनात्मक रूप से दुर्लभ और अनैतिक घटना है। अपराध करने के लिए, कुछ अधिक, कुछ अतिरिक्त घटना चाहिए जो परेशान व्यक्ति को हिंसा की तरफ़ ले जा सके। यहां प्रसंग की शक्ति यही कह रही है कि यह टिपिंग पॉइंट विकार के दैनिक संकेतों जैसे ग्राफ़िटी और किराया-मारने की तरह सरल और मामूली हो सकते हैं। इन विचारों के निहितार्थ विशाल होते हैं। पिछली उक्ति कि स्वभाव ही

सबकुछ है - अर्थात् हिंसात्मक व्यवहार का कारण हमेशा, "समाज संबंधी व्यक्तित्व" या "अधूरा महा-अहंकार" या संतुष्टि पाने में विलंब की अक्षमता या आनुवंशिकता में कुछ दुष्टता होती है, जो अंत में, अपराध के विचार के प्रति अत्यधिक कमज़ोर और प्रतिघातक होती है। यह कहती है कि एक बार जब आप किसी अपराधी को पकड़ लेते हैं, तब आप उसकी ज़्यादा बेहतर ढंग से मदद कर सकते हैं। उन्हें प्रोज़ैक दें (अवसाद प्रतिरोधी दवाई), उनका इलाज करवाएं, उनका पुनर्वास करें - लेकिन आपराधिक घटना को होने से रोकने के लिए आप शायद ही कुछ कर सकते हैं। अपराध महामारी को नियंत्रित करने की पुरानी समझ अनिवार्य रूप से अपराध के ख़िलाफ़ सुरक्षात्मक कार्यवाही की चिंता करना रही है। दरवाज़े पर एक और ताला लगाएं, जिससे चोर का काम धीमा हो जाए और शायद उसे अगला दरवाज़ा देखने की प्रेरणा मिले। अपराधियों को लंबे समय तक जेल में रखें, जिससे उनके हमें और नुक़सान पहुंचाने के अवसर कम हो जाएं। उपनगरों में निकल जाएं, जिससे आपके और बहुसंख्य अपराधियों के बीच जितनी संभव हो उतनी दूरी बनी रहे।

एक बार जब आप प्रसंग के मामले को समझ लेंगे, तब, परिवेश के ये विशिष्ट और तुलनात्मक रूप से छोटे तत्व टिपिंग पॉइंट के तौर पर काम कर सकेंगे, यह पराजयवाद चीज़ों को उलट देगा। परिवेश संबंधी टिपिंग पॉइंट ऐसी चीज़ें हैं जिन्हें हम बदल सकते हैं : हम ब्रोकन विंडोज़ को ठीक कर सकते हैं और ग्राफ़िटी साफ कर सकते हैं और उन संकेतों को बदल सकते हैं जो अपराध को आमंत्रित करते हों। तब अपराध को और ज़्यादा समझा जा सकता है। इसे रोका जा सकता है। इसके आयाम बहुत विस्तृत हैं। जुडिथ हैरिस ने दृढ़तापूर्वक तर्क दिया है कि बच्चे आगे जाकर कैसे निकलेंगे इसे तय करने में पारिवारिक प्रभाव से ज़्यादा महत्त्वपूर्ण साथियों का प्रभाव और सामुदायिक प्रभाव हैं। उदाहरण के लिए, किशोर अपराधों तथा हाई स्कूल ड्रॉप-आउट दर का अध्ययन दर्शाता है कि बच्चा तब बेहतर होता है जब वो अच्छे आस-पड़ोस और समस्याग्रस्त परिवार में हो, बजाय इसके कि समस्याग्रस्त आस-पड़ोस और अच्छे परिवार से हो। हम परिवार की शक्ति और महत्त्व की तूती बजाने में बहुत समय देते हैं, जो पहले अनुभव में प्रतीत हो जाता है कि सत्य नहीं हो सकता। लेकिन वास्तविकता में यह प्रसंग की शक्ति के स्पष्ट और व्यवहारिक विस्तार से ज़्यादा और कुछ नहीं है, क्योंकि

इसमें इतना ही कहा गया है कि बच्चों को उनका बाहरी वातावरण पूरी तरह से आकार देता है, जिसमें हमारी तात्कालिक सामाजिक और भौतिक दुनिया - सड़कें जिन पर हम चलते हैं, लोग जिनसे हम मिलते हैं - इसे आकार देने में बड़ी भूमिका निभाते हैं जैसे हम हैं या जैसा हम व्यवहार करते हैं। अंत में, यह केवल गंभीर आपराधिक व्यवहार ही नहीं है, यह वातावरण के संकेतों के प्रति संवेदनशीलता है, संपूर्ण व्यवहार है। यह जितना लग रहा है उतना ही अजीब है। अगर आप स्टैनफ़ोर्ड क़ैदख़ाना प्रयोग और न्यू यॉर्क सब-वे प्रयोग के अर्थों को जोड़कर देखते हैं, तो यह बताते हैं कि एक साफ सड़क या साफ सब-वे में बेहतर व्यक्ति बना जा सकता है बजाय उसके जो कचरे और ग्राफ़िटी से अटा पड़ा हो।

"ऐसे हालात में, आप संघर्ष की अवस्था में होते हैं," गट्ज़ ने अपनी पड़ोसी मायरा फ्रीडमैन को गोलीकांड के कुछ ही दिनों बाद के दुखपूर्ण टेलीफ़ोन कॉल में कहा था, "तुम सामान्य रूप से सोच नहीं रहीं। बल्कि तुम्हारी याददाश्त भी सामान्य रूप से काम नहीं कर रही। तुम प्रचार से अभिभूत हो। वास्तव में तुम्हारी दृष्टि बदल गई है। तुम्हारा दृष्टि क्षेत्र बदल गया है। तुम्हारी क्षमताएं बदल गई हैं जिन्हें तुम बदल सकती थीं।" गट्ज़ आगे कहता है, "क्रूरतापूर्वक और जंगली रूप में... यदि तुम एक चूहे को पकड़कर मार सकते हों, तो यह ठीक है? मैं जिस क्रूरता और जंगलीपन से प्रतिक्रिया दी, वो वैसी ही थी, जैसे एक चूहे के लिए होती है।"

निस्संदेह, उन्होंने किया। वो चूहे के बिल में घुस गए।

5

प्रसंग की शक्ति (भाग दो)

डेढ़ सौ का जादुई अंक

सन् 1996 में, बीते समय की अदाकारा और नाटककार रेबेका वेल्स की एक पुस्तक प्रकाशित हुई जिसका शीर्षक था *डिवाइन सीक्रेट्स ऑफ़ या-या सिस्टरहुड।* इसका किताबों की दुकान में आना कोई बड़ी साहित्यिक घटना नहीं थी। वेल्स ने इससे पहले भी एक किताब लिखी थी - *लिटिल अल्टर्स एवरीव्हेयर* - जो कुछ लोगों में और उनके अपने शहर सिएटल में हिट रही। लेकिन वह डैनियल स्टील या मैरी हिग्गिंस क्लार्क नहीं थीं। जब वेल्स ने ग्रीनविच, कनेक्टिकट से अपनी किताब के प्रकाशन के बाद जब इसका वाचन कार्यक्रम रखा, तो श्रोताओं में केवल सात लोग थे। उनकी अल्प मात्रा में यहां-वहां समीक्षाएं, ज़्यादातर सकारात्मक, होती रहीं, और अंत में उनकी किताब की हार्डकवर में 15,000 किताबों की सम्मानित बिक्री हुई।

एक साल बाद, *या-या सिस्टरहुड* पेपरबैक में निकली। कुछ शुरुआती महीनों में ही पहले संस्करण की 18,000 प्रतियां बिक गईं, जो उम्मीद से अधिक थीं। लेकिन गर्मियों की शुरुआत में, कुल पेपरबैक संख्या 30,000 तक पहुंच गई, और वेल्स और उनके संपादक दोनों को समझ में आने लगा कि कुछ अजीब शानदार घटने वाला था। वेल्स बाद में याद करती हैं, "मैं किताबों पर हस्ताक्षर कर रही थी और तभी वहां महिलाओं का एक समूह

आया जो सब साथ ही आईं थीं - वे छह या सात रही होंगी। और उन सबने मुझसे तीन या दस किताबों पर हस्ताक्षर करवाए।" वेल्स की संपादक, डाएन रेवरेंड, मार्केटिंग वालों के पास गईं और उनसे कहा कि अब विज्ञापन अभियान का समय आ गया है। उन्होंने *न्यू यॉर्कर* पत्रिका के अनुक्रम पृष्ठ के सामने वाली जगह पर एक ऐड ख़रीद लिया। एक ही महीने में बिक्री दोगुनी होकर 60,000 हो गई। वे देशभर में एक के बाद एक पढ़ने के कार्यक्रम में जाने लगीं। वेल्स को अपने श्रोताओं के संयोजन में बदलाव दिखाई देने लगा था। "मैंने मांओं और बेटियों को साथ आते देखा। बेटियों की उम्र तीन के अंत की, या शुरुआती चालीस की होती। मांएं उस पीढ़ी की थीं जो दूसरे विश्वयुद्ध के दौरान हाई स्कूल में होंगी। इसके बाद मैंने ध्यान दिया कि तीन पीढ़ियां साथ आ रही हैं, एक बीस के दशक की उम्र वाली भी होती। और मेरे आनंद की तब सीमा नहीं रही -और ऐसा अब तक नहीं हुआ था- वहां किशोरियां और पांचवीं कक्षा की लड़कियां भी आने लगीं।"

डिवाइन सीक्रेट्स ऑफ़ द या-या सिस्टरहुड अभी भी बेस्टसेलर की सूची में शामिल नहीं हुई थी। ऐसा अभी बीते फ़रवरी, 1998 में हुआ, जब यह सूची में शामिल हुई और 48 रीप्रिंट तथा 2.5 मिलियन प्रतियों के बाद वहीं बनी हुई है। राष्ट्रीय मीडिया का ध्यान -प्रसिद्ध महिलाओं की पत्रिकाओं में लेख और टेलीविज़न कार्यक्रमों में उपस्थिति जो वेल्स को सेलिब्रिटी बना सकती थी- उसकी भी अभी शुरुआत नहीं हुई थी। लेकिन ज़बानी प्रचार की शक्ति से, उनकी किताब चरम पर थी। वेल्स कहती हैं, "मेरे लिए शायद उत्तरी कैलिफ़ोर्निया की सर्दियों में पेपरबैक का आना मोड़ साबित हुआ। मैं अचानक ही ऐसे हालात में पहुंच गई जहां मेरे वाचन के दौरान सात सौ या आठ सौ लोग होते थे।"

या-या सिस्टरहुड महामारी में कैसे बदल गई? बीती बातों की जांच करें तो इसका जवाब सीधा-स्पष्ट प्रतीत होता है। किताब अपने आप में दिल को छूने वाली और ख़ूबसूरती से लिखी गई थी। यह मां-बेटी के रिश्ते और दोस्ती की मनमोहक कहानी थी। यह लोगों की बात करती थी। स्थिर थी। इसके अलावा एक तथ्य यह भी था कि वेल्स स्वयं भी अभिनेत्री थीं। देशभर में यात्रा करते समय वे अपने उपन्यास को केवल पढ़ती नहीं थीं जितना इसे अभिनीत करती थीं, जिसमें हर किरदार को इस ख़ूबी से निभातीं कि उनका पढ़ना प्रदर्शन में बदल जाता। वेल्स आदर्श सेल्समैन हैं। लेकिन यहां एक

तीसरा, स्पष्ट कारक भी है, जिसका संबंध महामारी के अंतिम सिद्धांत से है। *या-या* की सफलता प्रसंग की शक्ति का पुरस्कार है। विशेष रूप से, यह प्रसंग के एक विशिष्ट पहलू की शक्ति का प्रमाण है, जो ऐसी अहम भूमिका है जो समूह सामाजिक महामारी में दौरान निभाते हैं।

1.

एक मायने में यह निरीक्षण स्पष्ट भी है। जिस व्यक्ति का कभी भी फ़िल्मों से संबंध रहा है, वो जानता है कि थियेटर में दर्शकों की बड़ी संख्या यह दिखाने में बड़ा प्रभाव रखती है कि फ़िल्म कैसी है। पूरे तरह भरे थियेटरों में ना तो कॉमेडी और ज़्यादा मज़ेदार हो जाती और ना ही थ्रिलर और ज़्यादा रोमांचक हो जाता है। मनोवैज्ञानिक भी हमें यही बात बताते हैं : कि जब लोगों से समूह में प्रमाणों पर ध्यान देने और फ़ैसले लेने को कहा गया, तब वे उनसे बहुत अलग निष्कर्षों पर पहुंचे जो ये सवाल खुद उनसे पूछे जाने पर मिले थे। एक बार जब हम किसी समूह का हिस्सा बन जाते हैं, तब हम पर साथियों और सामाजिक मानकों के दबाव के साथ ही ऐसे बहुत तरह के दबाव आ जाते हैं जो हमारे किसी महामारी को शुरुआत में ही अपनाकर उपयोग करने में अहम भूमिका निभाते हैं।

उदाहरण के लिए, क्या आपने कभी ध्यान दिया कि धार्मिक आंदोलन कैसे आरंभ होते हैं? आमतौर पर हम इन्हें अपोस्टल पॉल या बिली ग्राहम या ब्रिघम यंग जैसे उच्च्च आकर्षक प्रचारकों का उत्पाद मानते हैं। लेकिन किसी भी ख़बर और संक्रामक विचारधारा के प्रसार में समूह की शक्ति का कुशलतापूर्वक उपयोग से भी गहरा संबंध है। उदाहरण के लिए, अठारहवीं शताब्दी के अंत और उन्नीसवीं शताब्दी की शुरुआत में, इंग्लैंड और उत्तरी अमेरिका में मेथोडिस्ट आंदोलन की महामारी चरम पर थी जिसके 1780 के दशक में पांच से छह वर्ष के भीतर अमेरिका में 20,000 से 90,000 अनुयायी हो गए थे। लेकिन मेथोडिज़्म के जनक जॉन वेस्ले, किसी भी तरह अपने युग के सबसे आकर्षक उपदेशक नहीं थे। यह सम्मान जॉर्ज व्हिट्फ़ील्ड को हासिल था, जो इतने शक्तिशाली और आकर्षक वक्ता थे, कि कहा जाता है, एक बार उन्होंने बेंज़ामिन फ़्रैंकलिन को आकर्षित करने के लिए उनसे भी पांच-पौंड का योगदान ले लिया था - जिन्हें, स्पष्ट रूप से धर्म से दूर रहने

वाला व्यक्ति माना जाता था। इसके साथ ही वेस्ले, जॉन कैल्विन या मार्टिन लूथर की परंपरा वाले बहुत महान धर्मशास्त्री भी नहीं थे। उनकी प्रतिभा संस्थागत थी। वेस्ले इंग्लैंड और उत्तरी अमेरिका में घूम-घूमकर खुले मैदान में हज़ारों लोगों को उपदेश दिया करते थे। लेकिन वह केवल उपदेश ही नहीं देते थे। वह हर शहर में इतने लंबे समय तक रुकते थे कि अपने मत में नवप्रवेशकों का सबसे उत्साही धार्मिक समाज का निर्माण कर सकें। जिसे वह बाद में तक़रीबन दर्जन भर लोगों की छोटी-छोटी कक्षाओं में बांट देते थे। नवप्रवेशकों को हर साप्ताहिक मीटिंग में शामिल होना होता था और सख़्त आचार संहिता का पालन करना पड़ता था। अगर वह मेथोडिस्ट मानकों का पालन करने में विफल रहते, तो उन्हें समूह से निकाल दिया जाता। दूसरे शब्दों में, यह किसी एक चीज़ के लिए एकजुट हुआ समूह था। जीवन भर में, वेस्ली इन समूहों की निरंतर यात्रा करते रहते, जिस दौरान उन्होंने घोड़े की सवारी करते हुए लगभग चार हज़ार मील की यात्रा की, और मेथोडिस्ट आस्था के सिद्धांतों को मजबूत बनाया। वह एक आदर्श कनेक्टर थे। वह सुपर पॉल रिवीयर थे। बस फ़र्क़ इतना है कि वह ऐसे वही नहीं थे जो बहुत-से अन्य लोगों से जुड़ा हो। वो ऐसे व्यक्ति थे जो बहुत सारे समूहों से जुड़ा था, जो छोटी लेकिन महत्त्वपूर्ण विशिष्टता है। वेस्ले को महसूस हुआ कि अगर आप लोगों की आस्था और व्यवहार में बुनियादी बदलाव लाना चाहते हैं, एक ऐसा बदलाव जो दूसरे लोगों के लिए भी जारी रहे और सेवा करे, तो आपको उनके आसपास एक समुदाय का निर्माण करना होगा, जहां इन नई आस्थाओं का अभ्यास, अभिव्यक्ति और विकास हो सके।

मेरे ख़याल से यही बात इसे समझने में भी मदद देती है कि *या-या सिस्टर्स* क्यों इतना बेहतर कर सकी। *या-या सिस्टर्स* सबसे पहले नार्दन कैलिफ़ोर्निया इंडिपेंडेंट बुकसेलर्स की बेस्टसेलर सूची में शामिल हुई। उत्तर कैलिफ़ोर्निया, जैसा कि वेल्स ने बताया, वह जगह है जहां सबसे पहले उनके वाचन के दौरान 700 से 800 लोगों ने आना शुरू किया। क्यों? क्योंकि, रेवरेंड के अनुसार, सैन फ़्रांसिस्को क्षेत्र देश के सबसे मजबूत पुस्तक-समूह संस्कृति का गढ़ है, और *या-या* को शुरुआत से ही इसके प्रकाशक "पुस्तक-समूह की पुस्तक" के तौर पर संदर्भित कर रहे थे। यह भावात्मक रूप से जटिल, किरदार-चालित, बहु-स्तरीय उपन्यास था जिसने मीमांसा और चर्चाओं को आमंत्रित किया, और पुस्तक समूह इसके लिए एकत्रित

होने लगे। वेल्स के वाचन के दौरान आने वाले महिला समूह इन्हीं रीडिंग ग्रुप्स के सदस्य थे, तथा वे और अधिक कॉपियां केवल अपने परिवार और मित्रों के लिए ही नहीं बल्कि ग्रुप के अन्य सदस्यों के लिए भी ख़रीद रहे थे। और क्योंकि *या-या* पर समूहों में चर्चा होती थी और इसे पढ़ा जाता था, इससे यह पुस्तक अपने आप में स्थिर हो गई। आख़िर, जब आप किसी चीज़ के बारे में अपने दोस्तों से दो घंटा बात करते हैं तो उसे याद करना और सराहना आसान हो जाता है। यह एक सामाजिक अनुभव, बातचीत की विषयवस्तु बन जाता है। *या-या* ने विस्तृत ज़बानी प्रचार महामारी से पुस्तक समूह संस्कृति में अपनी जड़ें जमा लीं।

वेल्स कहती हैं कि वाचन के अंत में, श्रोताओं में मौजूद महिलाओं ने उन्हें बताया कि, "हम एक पुस्तक समूह में दो सालों से हैं, और जब हमने आपकी पुस्तक पढ़ी तो अलग-सा घटित हुआ। हमारे बीच का रिश्ता साझा होने तक पहुंच गया जो दोस्ती से बढ़कर है। उन्होंने मुझे बताया कि वे सब अब साथ में बीच पर जाती हैं और एक दूसरे के घर पार्टी भी करती हैं।" महिलाओं ने स्वयं ही अपने या-या सिस्टरहुड ग्रुप बनाने शुरू कर दिए। बिलकुल उसी तरह जैसे इस पुस्तक में बताए गए थे, और वे अपने ग्रुप में लगाने के लिए वेल्स की तसवीर हस्ताक्षर करवाने लाती थीं। वेल्स का मेथोडिज़्म इंग्लैंड से अमेरिका तक जंगल की आग जैसा फैल गया, क्योंकि वेल्स अनेकानेक समूहों में बराबर आती-जाती रहती थीं, और हर एक समूह उनके संदेश को स्वीकारता और इसे और भी स्थिर बना देता। या-या भी इसी के साथ प्रसारित हो रहा था एक रीडिंग ग्रुप से दूसरे रीडिंग ग्रुप तक, एक या-या ग्रुप से दूसरे या-या ग्रुप तक, और वेल्स के एक वाचन से दूसरे वाचन तक, क्योंकि कुछ सालों तक वह बाक़ी सब काम रोककर केवल एक देश से दूसरे की बिना रुके यात्रा करती रहीं।

या-या और जॉन वेस्ले का सबक़ है कि छोटे और संगठित समूह में किसी भी संदेश या विचार की महामारी को विस्तार देने की शक्ति होती है। हालांकि, यह निष्कर्ष, अभी भी बहुत-से महत्त्वपूर्ण प्रश्नों को अनुत्तरित छोड़ देता है। जैसे, ग्रुप शब्द बास्केटबॉल टीम से लेकर टीमस्टर्स यूनियन से लेकर रिपब्लिकन पार्टी के दो जोड़ों की छुट्टियों तक सबको संदर्भित करने में उपयोग होता है। अगर हम किसी महामारी को आरंभ करने, उसे टिपिंग पॉइंट तक पहुंचाने में रुचि रखते हों, तो इसमें सबसे प्रभावी समूह कौन

से हो सकते हैं? क्या कोई ऐसा आसान नियम है जो किसी एक समूह को सामाजिक अधिकार के मामले में वास्तव में दूसरे समूह से अलग करता हो? पता लगा कि ऐसा नियम है। इसे 150 का नियम कहते हैं, और यह उन अजीब और अनपेक्षित तरीक़ों का अच्छा उदाहरण है जिनमें प्रसंग सामाजिक महामारी के मार्ग को प्रभावित करता है।

2.

संज्ञानात्मक मनोविज्ञान में एक विषय है जिसे चैनल कैपेसिटी कहते हैं, जो हमारे दिमाग़ में कुछ ख़ास तरह की जानकारियों के स्थान की सीमा को संदर्भित करता है। उदाहरण के लिए मान लीजिए, मैं आपको बिना किसी क्रम के भिन्न-भिन्न क़िस्म की संगीत ध्वनियां बजाकर सुनाऊं, और आपको इनमें से प्रत्येक को नंबर देते हुए पहचानने के लिए कहूं। अगर मैं बहुत धीमी ध्वनि बजाऊं तो आप इसे एक कहेंगे, अगर मैं मध्यम ध्वनि पर बजाऊं तो इसे आप दो कहेंगे, और मैं उच्च ध्वनि पर बजाऊं तो इसे आप तीन कहेंगे। इस परीक्षा का उद्देश्य यह तलाशना था कि आप इन सभी भिन्न ध्वनियों के बीच के अंतर को कितनी देर तक पहचानते रह सकते हैं। यह खेल हम में से ज़्यादातर लोगों के लिए कठिन है। अधिकांश लोग विभिन्न श्रेणियों की केवल लगभग छह ध्वनियों तक अंतर कर पाते हैं। इसके बाद वे ग़लतियां करने लगते हैं या एक ही श्रेणी की भिन्न ध्वनियों को मिलाने लगते हैं। यह एक अभूतपूर्व सतत खोज थी। उदाहरण के लिए अगर मैं आपके सामने उच्च आवृत्ति वाली पांच ध्वनियां बजाऊं, तो आप उनके बीच फ़र्क़ बता सकते हैं। और अगर मैं पांच कम आवृत्ति वाली ध्वनियां बजाऊं, तब भी आप फ़र्क़ बता सकेंगे। आप सोचते हैं, और तब अगर मैं इन उच्च और निम्न ध्वनियों को मिला दूं और उन सबको आपके सामने एकसाथ बजाऊं, तो आप दस श्रेणियों तक इन्हें अलग कर सकते होंगे। लेकिन ऐसा कर नहीं पाएंगे। यह भी संभव है कि आप छह श्रेणियों तक ही रुक जाएं।

यह स्वाभाविक सीमा सरल परीक्षणों में बार-बार सामने आई। अगर मैं आपको आइस-टी के बीस गिलास पिला दूं, जिसमें से प्रत्येक में चीनी की मात्रा अलग हो, और आपसे इन्हें मीठेपन के आधार पर श्रेणियों में बांटने के लिए कहूं, तो आप इन्हें ग़लतियां करने से पहले केवल छह या सात श्रेणियों

तक ही बांट पाएंगे। या अगर मैं आपके सामने स्क्रीन पर बहुत तेज़ी के साथ बिंदु दिखाऊं और आपसे पूछूं कि आपको कितने दिखे हैं, तो आप सात बिंदुओं तक की संख्या सही बता पाएंगे, और इसके बाद आपको अनुमान लगाना होगा। मनोवैज्ञानिक जॉर्ज मिलर अपने प्रसिद्ध लेख "द मैजिकल नंबर सेवन" में निष्कर्ष देते हैं, "ऐसा लगता है कि हमारे भीतर कोई सीमा निर्मित है जो हमारी सीखने या हमारी तंत्रिका प्रणाली किसी के भी कारण हो सकता है। एक ऐसी सीमा जो हमारी चैनल कैपेसिटी को इस साधारण सीमा में रखती है। प्रिंस्टन विश्वविद्यालय में स्मृति अनुसंधानकर्ता जोनाथन कोहेन कहते हैं, "यही कारण है कि टेलीफ़ोन नंबर सात संख्याओं में होते हैं। बेल चाहते थे कि नंबर ज़्यादा से ज़्यादा लंबा हो जिससे इसकी क्षमता जितनी संभव हो उतनी हो सके, लेकिन इतनी भी लंबा नहीं हो कि लोग इसे याद नहीं रख सकें।" आठ या नौ संख्याओं तक स्थानीय फ़ोन नंबर आम मानव क्षमता से अधिक होते हैं : इससे ग़लत नंबर मिलना बढ़ जाता है।

दूसरे शब्दों में, बतौर मनुष्य, हम एक बार में केवल इतनी ही जानकारी संभाल सकते हैं। एक बार निश्चित सीमा पार कर लेने के बाद, हम घबरा जाते हैं। मैं जहां जिसका वर्णन कर रहा हूं वो बौद्धिक क्षमता - हमारी कच्ची जानकारियों को संसाधित करने की क्षमता है। लेकिन अगर आप इस पर विचार करें, तो हमारे पास अनुभूति के लिए भी स्पष्ट चैनल कैपेसिटी है।

उदाहरण के लिए, एक मिनट लेकर उन सब लोगों के नाम की सूची तैयार करें जिनकी मृत्यु ने आपको वास्तव में स्तब्ध कर दिया। संभव है कि आप लगभग 12 नामों से ज़्यादा नहीं लिख सकें। यह अधिकांश लोगों द्वारा दिया औसत जवाब है। यही नाम उसकी रचना करते हैं जिसे मनोवैज्ञानिक हमारा संवेदना समूह कहते हैं। यह समूह अधिक बड़ा क्यों नहीं होता? अंशतः यह समय की बात है। अगर आप अपनी संवेदना सूची में शामिल नामों को देखेंगे, तो शायद ये वे लोग होंगे जिन पर आपने टेलीफ़ोन, या व्यक्तिगत या विचार या चिंता में सबसे ज़्यादा ध्यान दिया होगा। अगर आपकी सूची इससे दोगुनी लंबी हुई, अगर इसमें 30 नाम हुए, तो इसके परिणामस्वरूप आपने इनमें से प्रत्येक के साथ आधा समय बिताया होगा, क्या फिर भी आप इनके उतने ही क़रीब होंगे? शायद नहीं। किसी का पक्का दोस्त बनने के लिए समय देना न्यूनतम निवेश होता है। हालांकि, इससे

बढ़कर, इसमें भावात्मक ऊर्जा चाहिए होती है। किसी की दिल से परवाह करना थका देने वाला होता है। एक निश्चित बिंदु पर, 10 या 15 के बीच कहीं, हम ओवरलोड होने लगते हैं। बिलकुल उसी तरह जैसे बहुत सारी ध्वनियों के बीच अंतर करने में ओवरलोड होने लगे थे। मनुष्यों को इसी तरह काम करने के लिए बनाया गया है। जैसा कि विकासवादी जैव-वैज्ञानिक एस.एल. वॉशबर्न लिखते हैं :

> अधिकांश मानव विकास कृषि के आगमन से पहले तब हुआ जब मानव छोटे समूहों में, साथ मिलकर रहा करते थे। इसके परिणामस्वरूप मानव जीवविज्ञान अनुकूली तंत्र के तौर पर ऐसी परिस्थितियों में विकसित हुई जिसका अस्तित्व काफ़ी हद तक समाप्त हो गया था। मनुष्य का विकास ही ऐसे हुआ है कि वो कम लोगों, छोटी दूरियां, और तुलनात्मक रूप से समय के संक्षिप्त अंतरालों को महसूस कर सके, और इसके बाद भी जीवन के ये आयाम इसके लिए महत्त्वपूर्ण होते हैं।

हालांकि, सबसे दिलचस्प स्वाभाविक सीमा शायद वह है जिसे हमारी सोशल चैनल कैपेसिटी कहा जाता है। सोशल कैपेसिटी (सामाजिक क्षमता) का मामला, सबसे प्रेरक रूप से, ब्रिटिश मानव-विज्ञानी रॉबिन डनबार ने किया। डनबार ने शुरुआत सरल निरीक्षण से की। नर वानरों - बंदर, चिम्पांज़ी, बबून, मनुष्य - का सभी स्तनपायी में सबसे बड़ा दिमाग़ है। इससे भी महत्त्वपूर्ण, मनुष्य व अन्य नर वानरों के दिमाग़ का एक ख़ास हिस्सा - जो नियोकॉर्टेक्स कहलाता है, और जटिल विचारों एवं तर्क से संबंधित है, स्तनपायी मानकों से बड़ा है। वर्षों तक, वैज्ञानिक इस पर तर्क-वितर्क करते रहे कि ऐसा क्यों है। एक सिद्धांत के अनुसार हमारा दिमाग़ इसलिए विकसित हुआ क्योंकि हमारे पूर्वज नर-वानरों ने अधिक परिष्कृत आहार लेना शुरू कर दिया था : बजाय इसके कि केवल घास-पात खाते रहते, वे फल खाने लगे, जिससे उनकी सोचने की शक्ति बढ़ गई। उन्हें पत्तियों की जगह फलों को तलाशने ज़्यादा दूर तक जाना होता था, जिससे उनके दिमाग़ को नक़्शे बनाने की ज़रूरत पड़ी। इन्हें आहार के पके होने की चिंता करनी होती थी। फल खाने के लिए आपको उसका छिलका उतारना होता था, आदि। इस सिद्धांत के साथ समस्या यह है कि अगर आप नर-वानरों में खाने के पैटर्न

को दिमाग़ के आकार से मिलाने का प्रयास करेंगे, तो यह विफल रहेगा। ऐसे भी नर-वानर हैं जो पत्तियां खाते थे फिर भी उनके दिमाग़ बड़े थे और फल-खाने वालों के दिमाग़ छोटे थे, बिलकुल उसी तरह जैसे ऐसे नर-वानर भी थे जिनके कोर्टेक्स छोटे थे और वे अपने भोजन की तलाश में लंबी दूरी की यात्रा करते थे। वहीं बड़े दिमाग़ वाले भी थे जो घर पर रहकर ही भोजन करते थे, इसलिए भोजन का तर्क परवान नहीं चढ़ता। तो दिमाग़ के आकार का किससे संबंध है? इसके जवाब, समूह के आकार से डनबार सहमत हैं। अगर आप नर-वानरों की प्रजाति -हर तरह के बंदर और कपि- पर नज़र डालें तो इनका नियोकॉर्टेक्स भी औसतन उतना ही बड़ा होगा जितना उनके समूह के बाक़ी सबका।

डनबार का तर्क है कि क्रम-विकास के साथ ही यह ज़्यादा बड़ा होता गया, जिससे कि वो बड़े सामूहिक समूहों की जटिलताओं को संभाल सके। डनबार कहते हैं, अगर आप पांच लोगों के समूह में से हैं, तो आपको दस अलग रिश्तों पर नज़र रखनी होगी : अपनी मंडली के चार अन्य सदस्यों के साथ रिश्ते और बाकियों के बीच छह अन्य दुतरफ़ा रिश्ते। अपनी मंडली में सबको जानने का यह मतलब होता है। आपको समूह की निजी गतिशीलता को समझना होगा, विभिन्न व्यक्तित्वों से बाज़ीगरी करनी होगी, लोगों को खुश रखना होगा, अपने समय और ध्यान की मांग को प्रबंधित करना होगा, आदि। अगर आप बीस लोगों के समूह में हैं, तो यहां नज़र रखने के लिए 190 दुतरफ़ा रिश्ते होंगे : इनमें 19 में आप खुद शामिल होंगे और 171 में समूह के बाक़ी लोग आएंगे। यह समूह के आकार में पांच गुना वृद्धि है, लेकिन समूह के अन्य सदस्यों के “जानने” योग्य जानकारी की मात्रा में बीस गुना वृद्धि है। दूसरे शब्दों में, समूह के आकार में तुलनात्मक रूप से छोटी-सी वृद्धि भी, महत्त्वपूर्ण अतिरिक्त सामाजिक और बौद्धिक भार निर्मित कर सकती है।

मनुष्य नर-वानरों के सबसे बड़े समूह में मिलता-जुलता है क्योंकि केवल हम ही ऐसे पशु हैं जिनका दिमाग़ इतना विशाल है जो इस सामाजिक व्यवस्था की जटिलताओं को संभाल सके। डनबार ने सचमुच एक समीकरण विकसित किया था, जो अधिकांश नर-वानरों पर काम करते हैं। इसमें वे जिसे किसी ख़ास प्रजाति के मिलने-जुलने का कानियोकॉर्टेक्स अनुपात बताते हैं, के नियोकॉर्टेक्स आकार की तुलना दिमाग़ के आकार से करते हैं - और यह समीकरण उन जीव का अपेक्षित अधिकतम समूह आकार बता देता है।

अगर आप होमोसेपियन्स के नियोकॉर्टेक्स रेशियो की तुलना करें तो आपको 147.8 - या मोटे तौर पर 150 का समूह अनुमान प्राप्त होगा। "150 का अंक उन व्यक्तियों की अधिकतम संख्या का प्रतिनिधित्व करता है जिनसे हम वास्तव में सामाजिक रिश्ते रख सकते हैं। ऐसा रिश्ता जिसमें हमें पता हो कि वो कौन है और हमसे किस तरह जुड़े हैं। इसे एक अन्य तरीक़े से कहें तो, यह वे लोग होते हैं जिनके साथ आप अचानक कहीं मुलाक़ात हो जाने पर बिना-बुलाए खा-पी सकते हैं।"

डनबार ने मानवशास्त्रीय साहित्य में खोज की और पाया कि 150 का अंक बार-बार उभर कर आ रहा है। उदाहरण के लिए, उन्होंने 21 विभिन्न शिकारी समाजों में तलाश किया जिनके हमारे पास ठोस ऐतिहासिक प्रमाण मौजूद थे। ऑस्ट्रेलिया के वॉलबिरी से न्यू गिनी के ताउदे से ग्रीनलैंड के अमासालिक से टियरा डेल फ़ुएगो के ओना तक और पाया कि उस गांव के लोगों का औसत 148.4 था। यही पैटर्न सैन्य संस्थानों में भी सत्य मिला। डनबार लिखते हैं। "बीते वर्षों में सैन्य योजनाकारों ने यह नियम स्थापित किया जिसमें सक्रिय युद्ध यूनिटों के लिए आदेश था कि उसमें 200 से ज़्यादा जवान नहीं हो सकते। इससे मुझे संदेह होता है कि यह केवल इससे संबंधित नहीं है कि प्रशिक्षण अभ्यास में जनरल किस तरह नियंत्रण और समन्वय करते हैं क्योंकि प्रथम विश्वयुद्ध के बाद से संचार प्रौद्योगिकी में हर तरह की प्रगति होने के बावजूद इनका आकार हठपूर्वक इसी तक सीमित है। बल्कि, योजनाकारों ने शताब्दियों के प्रयत्न-त्रुटि माध्यम के बाद पाया कि इससे अधिक संख्या में लोगों का, सक्रिय इकाई के तौर पर काम करने के लिए, पर्याप्त रूप से एक-दूसरे को जानना मुश्किल होता है। फिर भी, इसके बावजूद बड़े समूहों वाली सेनाओं को चलाना संभव है। लेकिन बड़े आकार में आपको पूरी निष्ठा और एकजुटता से कमान करने के लिए जटिल पदानुक्रम और नियम व क़ायदे तथा औपचारिक पैमाने लागू करने पड़ते हैं। डनबार तर्क देते हैं कि, लेकिन 150 से नीचे, इन लक्ष्यों को अनौपचारिक रूप से हासिल करना संभव है : "इस आकार में, आदेशों का पालन और अनियंत्रित व्यवहार को निजी निष्ठा और प्रत्यक्ष व्यक्ति से व्यक्ति के संपर्क के आधार पर नियंत्रित किया जा सकता है। बड़े समूहों में, यह असंभव हो जाता है।"

इसके अलावा हटेराइट्स नामक एक धार्मिक समूह का भी उदाहरण है, वे सैकड़ों सालों से यूरोप में आत्मनिर्भर कृषि बस्तियों में और बीसवीं

शताब्दी की शुरुआत से उत्तरी अमेरिका में रह रहे हैं। हटेराइट्स (जो आमिश और मेनेनाइट्स की ही परंपरा से आते हैं) में एक सख़्त नीति थी कि जब भी निवासियों की संख्या 150 हो जाती, वे दो भागों में बंटकर एक नई बस्ती बसा लेते। "चीज़ों को 150 से नीचे रखना लोगों के समूह के प्रबंधन का सबसे प्रभावशाली तरीक़ा है।" स्पोकेन के बाहर स्थित हटेराइट कॉलोनी के अगुआ बिल ग्रॉस ने मुझे बताया, "जब भी संख्या इससे अधिक हो जाती है, लोग एक दूसरे से अजनबी होने लगते हैं।" स्पष्ट है, हटेराइट्स ने यह विचार पारंपरिक क्रम विकास मनोविज्ञान से नहीं लिया होगा। वे इस 150 के नियम का सदियों से पालन करते आ रहे हैं। लेकिन उनका तर्क बिलकुल डनबार के सिद्धांत जैसा ही है। हटेराइट्स मानते हैं, 150 होने पर, कुछ हो जाता है - कुछ अवर्णनीय, लेकिन वास्तविक - जो समुदाय के स्वभाव को एक ही रात में बदल देता है। ग्रॉस कहते हैं, "छोटे समूहों में लोग एक दूसरे के ज़्यादा नज़दीक होते हैं। उनमें गहरा जुड़ाव होता है, जो यदि आप समुदायिक जीवन में प्रभावशाली और सफल होना चाहते हैं तो महत्त्वपूर्ण है। यदि लोगों की संख्या बहुत बढ़ जाए, तो आपके कामों में उतनी ही विविधताएं आ जाएंगी। आपमें समानताएं उतनी ही कम होती जाएंगी, और तब आप एक-दूसरे के लिए अजनबी होने लगेंगे और आपके बीच रिश्ते का मजबूत धागा कमज़ोर होता जाएगा।" ग्रॉस अपने अनुभव से बता रहे हैं। वह ऐसी हटेराइट्स कालोनियों में रहे हैं जहां वह इस जादुई संख्या के निकट हो गए और उन्होंने चीज़ों को अपने सामने बदलते देखा है। "इतने बड़े हो जाने पर होता यह है कि समूहों में अपने आप में ही पंथ बनने शुरू हो जाते हैं।" वह अपने हाथ से विभाजित होने का इशारा करते हैं। "एक बड़े समूह में दो या तीन छोटे समूह बन जाते हैं। कई बार आप ऐसे हालात से बचना चाहते हैं, और जब ऐसा होता है तो अच्छा यही है कि एक अलग शाखा बना दी जाए।"

3.

हमने इस पुस्तक में देखा कि किस तरह बाहरी परिवेश में होने वाले तुलनात्मक रूप से छोटे बदलावों का हमारा व्यवहार कैसा है और हम कौन हैं, पर प्रभावशाली असर पड़ता है। ग्राफ़िटी साफ की गईं और अचानक

ही आम स्थिति में जो लोग अपराध कर रहे होते, वे फ़ौरन रुक गए। किसी सामरी से जल्दी करने को कहिए और वो अचानक ही आसपास के विपत्ति में पड़े लोगों को स्पष्ट रूप से नज़रअंदाज़ करने लगता है। 150 का नियम बताता है कि समूह का आकार उन अन्य सूक्ष्म प्रासंगिक कारकों में से एक है जो बड़े बदलाव करते हैं। हटेराइट्स के मामले में, उन लोगों ने समूह से अलग होने की इच्छा जताई, जो 150 के स्तर से नीचे समुदायिक लोकाचार द्वारा आसानी से प्रभावित हो जाते थे, किसी तरह, अचानक ही समुदाय के आकार में थोड़ा-सा बदलाव होते ही, विभाजित और पराये हो गए। जब टिपिंग पॉइंट की रेखा पार हो जाती है, तब वे बहुत अलग तरह से व्यवहार करने लगते हैं।

यदि हम चाहते हैं कि समूह संक्रामक संदेशों के लिए वाहक की तरह काम करें, तो, हमें वही करना होगा जैसा *डिवाइन सीक्रेट्स ऑफ द या-या सिस्टरहुड* या शुरुआती मेथोडिस्ट चर्च के मामले में हुआ। हमें अपने समूहों को 150 के टिपिंग पॉइंट से नीचे रखना होगा। इस बिंदु से ऊपर, समूह की क्षमता में एक आवाज़ में सहमति या कार्रवाई करने में संरचनात्मक अवरोध आने लगते हैं। अगर हम, मान लीजिए, वंचित तबकों में ऐसे स्कूलों का विकास चाहते हैं जो उनके आस-पड़ोस के विषैले वातावरण का सफलतापूर्वक विरोध कर सके, तो यह बताता है कि हमें संभवतः ऐसे बहुत सारे छोटे तथा एक या दो बड़े स्कूल बनाने चाहिए। 150 का नियम कहता है कि एक तेज़ी से विस्तार लेते धार्मिक समूह, या सामाजिक क्लब के सदस्य, या किसी भी सामूहिक कार्रवाई में कोई भी व्यक्ति जो मात्र आदर्शों की महामारी फैला रहा हो उसे विशेष रूप से विशालता के दोषों की जानकारी ले लेनी चाहिए। 150 की रेखा पार करना वह छोटा बदलाव है जो बड़ा अंतर ला सकता है।

शायद गोर असोशिएट वह संस्थान है जो इन समस्या में सफल मार्गदर्शन का सबसे अच्छा उदाहरण है। जो नेवार्क, डेलावेयर स्थित निजी रूप से चालित, मल्टी-मिलेनियर-डॉलर हाई-टेक फ़र्म है। गोर कंपनी जल-प्रतिरोधी गोर-टेक्स फ़ैब्रिक्स के साथ ही ग्लाइड डेंटल फ़्लॉस, कंप्यूटर केबल्स के लिए विशेष इन्सुलेटिंग कोटिंग्स, तथा ऑटोमोबाइल, सेमिकंडक्टरों, फ़ार्मास्यूटिकल्स, और मेडिकल इंडस्ट्री के लिए विविध प्रकार के परिष्कृत विशेष कार्टरेज, फ़िल्टर बैग्स, और ट्यूब्स बनाती है। गोर में पदों के नाम नहीं हैं। अगर आप वहां काम कर रहे लोगों का कार्ड देखें, तो उस पर

केवल उनका नाम और उसके नीचे "असोशिएट" लिखा होता है, फिर भले ही उनका वेतन और दायित्व और वे इस कंपनी में कितने ही लंबे समय से क्यों नहीं हों। वहां लोगों के बॉस नहीं होते, स्पॉन्सर होते हैं - मेंटर - जो उनके हितों का ध्यान रखते हैं। वहां कोई संस्थागत चार्ट नहीं होते, ना कोई बजट, ना विस्तृत रणनीतिक-योजनाएं होती हैं। वेतन सामूहिक रूप से बंटता है। कंपनी का हेडक्वार्टर कम ऊंचाई वाली, सादा लाल ईंटों वाली इमारत है। "एक्ज़िक्यूटिव" ऑफ़िस छोटे, सादे फ़र्नीचर युक्त कक्ष हैं, इसके साथ ही बेहद पतला गलियारा है। गोर बिल्डिंग के कोने कॉन्फ्रेंस रूम या ख़ाली स्थान के रूप में उपयोग किए जाते हैं, जिससे कोई भी किसी दूसरे के ऑफ़िस को प्रतिष्ठित नहीं बता सके। जब मेरी मुलाक़ात गोर असोशिएट बॉब हैन से कंपनी के डेलावेयर संयंत्र में हुई, तो मैंने उनसे उनका पद जानने का भरपूर प्रयास किया, लेकिन असफल रहा। मुझे इस बात से संदेह हुआ, जब उसे मुझे यह कहकर अनुशंसित किया गया था कि वो शीर्ष एक्ज़िक्यूटिव में से एक है। जबकि उसका ऑफ़िस किसी दूसरे जितना ही बड़ा था। उसका कार्ड उसे केवल "असोशिएट" ही बताता था। लगता था कि उसकी कोई सेक्रेटरी भी नहीं है, कम से कम मुझे तो नहीं दिखी। उसके कपड़े भी दूसरों से अलग नहीं थे, और जब मैं बार-बार यही सवाल उससे पूछता रहा तो उसने बड़ी मुस्कान के साथ जवाब दिया था, "मैं बस दख़लंदाज़ी करने वाला हूं।"

संक्षेप में, गोर एक स्पष्ट व सुव्यक्त दर्शन वाली बेहद असाधारण कंपनी है। यह एक बड़ी स्थापित कंपनी है जो छोटे स्टार्ट-अप उपक्रम जैसे व्यवहार की कोशिश करती है। उनका यह प्रयास, हर तरह से पूर्णतः सफल रहा है। जब भी व्यापार विशेषज्ञ अमेरिका में काम करने के लिए सबसे बेहतरीन कंपनियों की सूची तैयार करते हैं या जब भी सलाहकार सबसे सुव्यवस्थित अमेरिकी कंपनियों पर व्याख्यान देते हैं, गोर उनकी सूची में होती है। इसकी कर्मचारी कारोबार दर औद्योगिक औसत की लगभग एक तिहाई है। यह पैंतीस सालों से लगातार मुनाफ़े में रही है और इसकी ग्रोथ रेट और नवीन उच्च-मुनाफ़े वाली उत्पाद श्रंखला, उद्योग की ईर्ष्या का कारण है। गोर ने छोटी-कंपनी के लोकाचार का निर्माण प्रबंधन इतना संक्रामक और स्थिर रखा है कि उसने कुछ हज़ार कर्मचारियों द्वारा ही तरक्की कर बिलियन-डॉलर कंपनी बन गई है। और उन्होंने यह कैसे किया? 150 के नियम का पालन करके (अन्य चीज़ों के अतिरिक्त)।

कंपनी के दिवंगत संस्थापक विल्बर्ट “बिल” गोर निश्चित ही रॉबिन डनबार और हटेराइट्स के विचारों से प्रभावित नहीं रहे होंगे। उनकी तरह, इन्होंने भी प्रयास और त्रुटि के सिद्धांत द्वारा ठोकर खाई होगी। उन्होंने कुछ साल पहले एक साक्षात्कारकर्ता से कहा था, “हमने बार-बार यही देखा कि एक सौ पचास के बाद चीज़ें भौंडी होने लगती हैं।” इसलिए प्रति प्लांट 150 कर्मचारी, कंपनी का लक्ष्य बन गया। कंपनी के इलेक्ट्रॉनिक्स विभाग में, इसका मतलब था कि कोई भी प्लांट 50,000 स्क्वायर फ़ीट से अधिक बड़ा नहीं बनेगा, क्योंकि ऐसा कोई तरीक़ा नहीं है कि इस आकार की बिल्डिंग में 150 से ज़्यादा लोगों को रखा जा सके। हैन कहते हैं, “लोग अक्सर मुझसे पूछते हैं, कि आप अपनी लंबे समय की योजनाएं कैसे बनाते हैं। तब मैं कहता हूं, यह आसान है, हमने अपने पार्किंग स्थल पर डेढ़ सौ गाड़ियों को खड़ा करने की जगह छोड़ी है, और जब लोग घास पर गाड़ियां खड़ी करने लगते हैं, तो हम समझ जाते हैं कि नया प्लांट बनाने का समय आ गया है।”

इस नए प्लांट का दूर होना ज़रूरी नहीं है। जैसे कि, गोर के गृह राज्य डेलावेयर में, कंपनी के तीन प्लांट एक दूसरे से दिखाई देते हैं। बल्कि, कंपनी के पंद्रह प्लांट डेलावेयर और मैरीलैंड के पच्चीस मील के दायरे में हैं। ये इमारतें एक दूसरे से केवल इतनी दूर हैं कि उनमें अपनी व्यक्तिगत संस्कृति हो। एक काफ़ी समय से असोशिएट, बर्ट चेज़ ने मुझे बताया, “हमने पाया कि इमारतों और पार्किंग लॉट के बीच काफ़ी अंतर है। आप उठते हैं, पार्किंग लॉट तक चलते हुए जाते हैं, इसमें काफ़ी मेहनत है। इसके लिए लगभग उतना ही प्रयास करना पड़ता है जितना कार को पांच मील ड्राइव करना। वहां इतनी जगह थी कि एक इमारत और खड़ी हो सकती है।” गोर के हाल ही में हुए विकास के साथ ही, कंपनी लगभग निरंतर डिवीज़न और रीडिवीज़न की प्रक्रिया में है। मुख्य प्लांट में अन्य कंपनियां जुड़ती जा रही हैं, या अपनी प्रोडक्शन लाइन को विस्तार दे रही हैं, या दो शिफ़्टों में काम कर रही हैं। गोर समूहों को छोटे से छोटे में विभाजित करने का प्रयास कर रहा है। उदाहरण के लिए, जब मैंने गोर का दौरा किया, तब वे केवल गोर-टेक्स परिधान व्यवसाय में विभाजित हुए थे, जिससे 150 की सीमा में रह सकें। जूतों और बैकपैक तथा हाइकिंग गीयर का फ़ैशन-आधारित ग्राहक व्यापार अपने आप चल रहा था, जिसने गोर-टेक्स के अग्निशामकों व सैनिकों के वस्त्र बनाने के संस्थागत व्यापार को पीछे छोड़ दिया था।

गोर की ऐसी संस्थागत संरचना और असाधारण, प्रारूप-विहीन प्रबंधन शैली के बीच संबंध देखना मुश्किल नहीं है। डनबार ने जिस तरह के बंधन का छोटे समूहों में वर्णन किया है वो अनिवार्य रूप से साथियों के दबाव जैसा है : यह लोगों को भली-भांति जानना है कि वे उसके बारे में क्या सोचते हैं जो आपके लिए मायने रखता है। वह कहते हैं, याद रखिए, कंपनी सैन्य संस्थान की बुनियादी यूनिट है, क्योंकि 150 से कम के समूह में, "निजी निष्ठाओं और व्यक्ति से व्यक्ति के प्रत्यक्ष संपर्क द्वारा आदेशों को लागू और अनियंत्रित व्यवहार नियंत्रित किया जा सकता है।" यही बात बिल ग्रॉस अपने हटेराइट समुदाय के बारे में कह रहे थे। उन्होंने हटेराइट कॉलोनियों में जिन दरारों को देखा था जो बहुत बड़ी हो गईं, और इन दरारों के परिणामस्वरूप आम सामुदायिक सदस्यों के बीच बंधन कमज़ोर होने लगे। गोर को अपने छोटे प्लांटों में औपचारिक प्रबंधन ढांचे की ज़रूरत नहीं थी - क्योंकि छोटे समूहों में अनौपचारिक व्यक्तिगत रिश्ते ज़्यादा प्रभावशाली होते हैं।

फ़र्म के साथ लंबे समय से जुड़े जिम बक्ले ने मुझे बताया, "दबाव तब पड़ता जब हम प्लांट में कुशलतापूर्वक काम नहीं कर रहे होते, अगर हम कंपनी के लिए अच्छी आय नहीं उत्पन्न कर रहे होते हैं, तब साथियों का दबाव अविश्वसनीय हो जाता है। जब आपकी टीमें छोटी हों तो ऐसा होता है, जहां सब एक दूसरे को जानते हैं। साथियों का दबाव बॉस की उपस्थिति से ज़्यादा होता है। कई, कई गुना होता है। लोग उन उम्मीदों पर खरा उतरना चाहते हैं जो उनसे की गई हैं।" बक्ले कहते हैं, एक बड़े पारंपरिक-आकार वाले मैन्युफ़क्चरिंग प्लांट में भी आप इसी तरह का दबाव महसूस करते हैं। लेकिन तब यह प्लांट के केवल कुछ ही हिस्सों में होता है। गोर प्लांट का यह लाभ है कि किसी उत्पाद की डिज़ाइनिंग से लेकर निर्माण और मार्केटिंग तक की प्रक्रिया एक ही समूह की जांच का विषय होता है।

बक्ले ने मुझे बताया, "मैं हाल ही में न्यूजर्सी के लुसेंट टेक्नोलॉजिस से लौटा हूं। इसी प्लांट में वह सेल्स बनते हैं जिनसे हम अपना सेल्युलर फ़ोन ऑपरेट करते हैं - पॉड, ऊपर के बक्से और नीचे का I-95 जो सिगनल पकड़ता है। मैंने उनके प्लांट में एक दिन बिताया। वहां साढ़े छह सौ लोग काम करते थे। वहां सबसे बेहतर यही था कि मैन्युफ़ैक्चरिंग के लोग डिज़ाइन के कुछ लोगों को जानते थे। बस इतना ही। वे सेल्स के लोगों में से किसी को

नहीं जानते थे। वे सेल्स-सपोर्ट लोगों में से भी किसी को नहीं जानते थे। वे आर.ऐंड.डी. के लोगों को नहीं जानते थे। वे इनमें से किसी को नहीं जानते थे, ना ही उन्हें यह बता था कि व्यापार के इन अन्य पहलुओं में क्या हो रहा है। मैं जिस दबाव की बात कर रहा हूं वो आप पर तब होता है जब सेल्स के लोग उसी दुनिया से हों जिसमें मैन्युफ़ैक्चरिंग के लोग हैं। और सेल्स का वह व्यक्ति जो ग्राहक से ऑर्डर चाहता है वो सीधे मैन्युफ़ैक्चरिंग टीम के व्यक्ति के पास जाकर उससे बात करता है और कहता है, मुझे यह ऑर्डर चाहिए। यहां दो लोग हैं। एक उत्पाद बनाने का प्रयास कर रहा है, दूसरा इस उत्पाद को बाहर निकालने के प्रयास में है। वे आमने-सामने इस बारे में बात करते हैं। यही सहकर्मी का दबाव है। आपको लूसेंट में यह नहीं दिखाई देगा। उन्हें हटा दिया जाएगा। मैन्युफ़ैक्चरिंग के क्षेत्र में, उनके यहां डेढ़ सौ लोग काम करते हैं, और वे बहुत साथ मिलकर काम करते हैं और उन पर सहकर्मियों का दबाव होता है कि कैसे सबसे बेहतर बनें और कैसे सबसे अभिनव हों। लेकिन यह समूह से बाहर नहीं जाता। वे एक दूसरे को नहीं जानते। आप कैफ़ेटेरिया में जाइए, और वहां लोगों के छोटे समूह बने हैं। यह बिलकुल अलग तरह का अनुभव है।"

यहां बक्ले एकता के लाभ का संदर्भ दे रहे हैं। जहां उद्यम-समूह में मौजूद हर व्यक्ति एक आम रिश्ते को साझा करता है। मनोविज्ञान में एक उपयोगी विचार है, जो मेरे विचार से उस बात को और ज़्यादा साफ कर देगा जिसके बारे में वह बात कर रहे हैं। इसे वर्जिनिया विश्वविद्यालय के मनोवैज्ञानिक डैनियल वेग्नर "ट्रांसेक्टिव मेमोरी" कहते हैं। जब हम स्मृति की बात करते हैं, तो यहां हम केवल विचारों और प्रभावों तथा अपने दिमाग़ों में एकत्रित तथ्यों की ही बात नहीं कर रहे। जब जो कुछ भी याद रखते हैं उसका बहुत ज़्यादा हिस्सा वास्तव में हमारे दिमाग़ के बाहर स्टोर रहता है। हम में से अधिकांश लोग जानबूझकर उन फ़ोन नंबरों को याद नहीं करते जिनकी हमें आवश्यकता होती है। लेकिन हम यह याद रखते हैं कि उन्हें तलाशा कैसे जाए - फ़ोन बुक में, या निजी रोलोडॉक्स में। या हम 411 नंबर याद रखते हैं जिससे डायरेक्ट्री असिस्टेंस को फ़ोन कर सकें। ना ही हम में से अधिकांश लोग जानते हैं कि, जैसे, पराग्वे या किसी अन्य अल्पज्ञात देश की राजधानी क्या है। क्यों परवाह करना? इससे ज़्यादा यह आसान है कि एक एटलस ख़रीद लिया जाए और सारी जानकारी इसी में भर लें।

फिर भी, शायद सबसे महत्त्वपूर्ण, हम दूसरों लोगों के साथ जानकारियां स्टोर करते हैं। दंपति ऐसा स्वतः ही करने लगते हैं। उदाहरण के लिए, कुछ साल पहले, वेग्नर ने 59 जोड़ों के साथ एक स्मृति परीक्षण किया। ये सभी पिछले तीन माह से साथ में थे। इनमें से आधे जोड़ों को साथ रहने को कहा गया और बाक़ी आधे को अलग होने के लिए, और उन्हें एक नए पार्टनर के साथ कर दिया गया जिसे वे नहीं जानते थे। इसके बाद वेग्नर ने उस सभी जोड़ों से 64 कथन पढ़ने को कहा। इन सभी में एक रेखांकित शब्द भी था। जैसे, "मिडोरी जापानी ख़रबूज़े की शराब है।" पांच मिनट इन सभी कथनों को देखने के बाद, जोड़ों से उन सबको लिखने के लिए कहा गया जो उन्हें याद हों। ज़ाहिर है, कि जो जोड़े एक दूसरे को जानते थे उन्होंने तुलनात्मक रूप से उनसे ज़्यादा चीज़ें याद रखीं जो एक दूसरे को नहीं जानते थे। वेग्नर तर्क देते हैं कि जब लोग एक दूसरे को अच्छी तरह जानते हैं, तो वे एक अंतर्निहित संयुक्त स्मृति प्रणाली का निर्माण कर लेते हैं - एक पारवर्ती स्मृति प्रणाली- जो इस सहमति पर आधारित होती है कि दोनों में से कौन किस तरह की चीज़ों को याद रखने में अधिक बेहतर है।

वह लिखते हैं, "रिश्ते को विकसित होने को अक्सर पारस्परिक आत्म-प्रकटीकरण की प्रक्रिया समझा जाता है। हालांकि, यह शायद अधिक रोमांटिक होगा कि इस प्रक्रिया को एक पारस्परिक रहस्योद्घाटन और स्वीकार्यता का रूप दिया जाए, इसकी पारवर्ती स्मृति के अनिवार्य पूर्व लक्षणों के तौर पर भी सराहना की जा सकती है।" पारवर्ती स्मृति अंतरंगता साधन का हिस्सा है। वेग्नर तर्क देते हैं, इस संयुक्त स्मृति की कमी होना तलाक़ को इतना दुखदायी बना देती है। वह लिखते हैं, "जो तलाक़शुदा लोग अवसाद से पीड़ित हैं और जिन्हें संज्ञानात्मक रोग की शिकायत है, वे अपनी बाहरी स्मृति प्रणाली में भी कमी महसूस करते होंगे। एक बार वे अपने अनुभवों को साझा समझ तक पहुंचने हेतु चर्चा में सक्षम हो जाएं... एक बार वे अपने जीवनसाथी की विस्तारित स्मृति तक पहुंच बना सकें, तो यह समाप्त हो जाएगा... पारवर्ती स्मृति खोना व्यक्ति को अपने दिमाग़ का एक हिस्सा खो देने जैसा महसूस होता है।"

एक परिवार में, स्मृति साझा करने की यह प्रक्रिया और अधिक स्पष्ट होती है। एक समय पर, हम सभी को, अपने पारिवारिक जीवन के दैनिक विवरणों और इतिहास का हर पल याद होता है। लेकिन हम जानते हैं, यह

उलझन, कि अपने सवालों के जवाब तलाशने कहां जाएं कि - क्या यह याद रखना, मेरे जीवन साथी की ज़िम्मेदारी है कि चाबियां कहां रखी हैं, या कंप्यूटर चलाना आना मेरी तेरह-वर्षीय संतान की, और बचपन की बातें याद रखना मां की ज़िम्मेदारी है। इन सबसे महत्त्वपूर्ण शायद यह है कि जब नई जानकारियां उत्पन्न होती हैं, तो हम जानते हैं कि इन्हें याद रखना किसकी ज़िम्मेदारी है। इसी तरह, परिवार में, विशेषज्ञता उत्पन्न होती है। तेरह-वर्षीय संतान कंप्यूटर में विशेषज्ञ है, सिर्फ़ इसलिए नहीं कि वह इलेक्ट्रॉनिक उपकरणों के बारे में बेहद योग्य है या वो कंप्यूटर सबसे ज़्यादा उपयोग करता है, बल्कि इसलिए क्योंकि जब पारिवारिक कंप्यूटर से जुड़ा कोई नया काम होगा, तो उसे याद रखने का काम अपने आप, उसे ही सौंपा जाएगा। विशेषज्ञता से और विशेषज्ञता आती है। सॉफ़्टवेयर कैसे इंस्टॉल होगा यह याद रखने की क्या ज़रूरत है जब आपका अपना बेटा आपके लिए यह कर सकता है? मानसिक ऊर्जा सीमित है, हम उसी पर ध्यान केंद्रित कर सकते हैं जिसमें सबसे बेहतर हैं।

आज के आधुनिक, दोहरे-करियर परिवारों में भी महिलाओं को बच्चों की देखभाल करने में विशेषज्ञ माना जाता है, क्योंकि बच्चों के लालन-पान में उनकी शुरुआती शानदार भागीदारी के कारण पुरुषों में बच्चों की देखभाल संबंधी जानकारी को सहेजने में उन पर अधिक भरोसा होता है। और यह शुरुआती विशेषज्ञता बच्चों की देखभाल से और अधिक मामलों में निर्भरता की ओर ले जाती है, यहां तक कि अक्सर अनजाने में - बच्चे की बुद्धिमत्ता की ज़िम्मेदारी का भार भी महिला के कंधे पर आ जाता है। वेग्नर कहते हैं, "जब समूह में प्रत्येक व्यक्ति पर किसी ख़ास तरह के कार्य और तथ्यों की ज़िम्मेदारी होती है तो अधिक कुशलता होना अनिवार्य है। हर क्षेत्र को संभालने की योग्यता कुछ ख़ास लोगों में होती है, और उस क्षेत्र की ज़िम्मेदारी उन पर हमेशा रहनी चाहिए ना कि हालात के अनुसार कभी-कभी सौंपी जाए।"

जब जिम बक्ले, गोर में काम करने को "अलग तरह का अनुभव बताते हैं," तो दरअसल वे आंशिक रूप से, इस बारे में बात कर रहे हैं कि गोर की संस्थागत पारवर्ती स्मृति अत्यधिक प्रभावशाली है। उदाहरण के लिए, गोर का एक असोशिएट छोटे प्लांट में उभरने वाली "जानकारी" का वर्णन करता है : "यह सिर्फ़ आपके किसी को जानने भर की बात

नहीं है। यह आपको उसे इतनी अच्छी तरह जानने की बात है कि आप उनके कौशल और क्षमताओं तथा जुनून से वाक़िफ़ हों। यानी आपको क्या पसंद है, आप क्या करते हैं, आप क्या करना चाहते हैं, आप किस कार्य में सचमुच अच्छे हैं। ना कि सिर्फ़ आप अच्छे व्यक्ति हैं।" यह असोशिएट जिस बारे में बात कर रहा है वे पारवर्ती स्मृति के मनोवैज्ञानिक पूर्व-हालात हैं : यह किसी को इतनी अच्छी तरह जानना है कि वे क्या जानते हैं, और इतनी अच्छी तरह जानना है कि आप उन पर भरोसा कर सकें कि वे अपनी विशेषज्ञता विषय की चीज़ों के बारे में जानते हैं। यह पुनर्रचना है, व्यापक स्तर पर संस्थागत, एक तरह की अंतरंगता और विश्वास जो परिवारों में मौजूद होता है।

अब, ज़ाहिर है, अगर आपकी कंपनी पेपर टॉवल बनाती है अथवा नट और बोल्ट पर मुहर लगाती है, तो शायद आप परवाह नहीं भी करें। किसी भी कंपनी को इस स्तर की संबद्धता की आवश्यकता नहीं। लेकिन गोर जैसी उच्च-टेक्नोलॉजी कंपनी में, जो बाज़ार में अपने अग्रणी बने रहने के लिए मांग और परिष्कृत ग्राहकों हेतु नवोन्मेष और शीघ्र प्रतिक्रिया देने पर निर्भर हो, उसके लिए इस तरह की वैश्विक स्मृति प्रणाली महत्त्वपूर्ण है। यह कंपनी को अत्यधिक कुशल बनाती है। इसका मतलब हुआ कि सहयोग आसान है। इसका मतलब हुआ कि आप काम करने या कर्मचारियों की टीम के निर्माण में या किसी समस्या के समाधान तलाशने में अधिक तेज़ी से काम कर सकते हैं। इसका मतलब हुआ कि कंपनी में एक हिस्से के लोग कंपनी के दूसरे हिस्से में मौजूद पूरी तरह से भिन्न लोगों के प्रभाव और कुशलता तक पहुंच सकते हैं।

लूसेंट में, मैन्युफ़ैक्चरिंग के 150 लोगों का अपना स्मृति नेटवर्क होगा। लेकिन कंपनी की कार्यकुशलता तब कितनी बढ़ जाएगी जब उसमें, गोर की तरह, प्लांट में मौजूद हर व्यक्ति एक ही पारवर्ती व्यवस्था का हिस्सा हो - आर.ऐंड.डी. का डिज़ाइन से, डिज़ाइन का मैन्युफ़ैक्चरिंग से, और मैन्युफ़ैक्चरिंग का सेल्स से नाता हो? "जब हम लोगों के इस बारे में बात करते हैं तो उनकी पहली प्रतिक्रिया होती है, 'अरे भई, आपकी प्रणाली बड़ी गड़बड़ लगती है। आप बिना किसी अधिकार के ऐसा कुछ कैसे कर सकते हैं?' लेकिन यह गड़बड़ी नहीं है। यह समस्या नहीं है।" बर्ट चेस कहते हैं, "यह तब तक तारीफ़ के क़ाबिल नहीं लगती जब तक आप इसका उपयोग

नहीं करने लगते। यह लोगों की ताक़त पहचानने की सुविधा है। यह तो यह जानना है कि मुझे सबसे अच्छी सलाह कहां से मिल सकती है? और अगर आपके पास लोगों के बारे में कुछ जानकारी होगी, तो आप ऐसा कर सकते हैं।"

संक्षेप में, गोर ने जिसकी रचना की थी वह एक संस्थागत तंत्र था जो नए विचारों और जानकारियों को संस्थान के भीतर चरम पर पहुंचना आसान बनाता है। एक ही बार में एक व्यक्ति या समूह के एक हिस्से से पूरे समूह में। यही 150 के नियम के पालन का लाभ है। आप स्मृति संबंधों और सहकर्मियों के दबाव का फ़ायदा उठा सकते हैं। जहां गोर हर एक कर्मचारी तक पहुंचना चाहते हैं, उनका काम और भी कठिन हो जाता है। बिलकुल रेबेका वेल्स के काम की तरह जहां उनके लिए यह तब ज़्यादा मुश्किल हो जाता है कि जब उनके पाठक उनके वाचन के दौरान छह या सात लोगों के समूह की जगह अकेले आएं। और ना ही गोर का सबकुछ एक बड़े कक्ष में रख देना क़ामयाब हो पाता।

चीज़ों का साथ जोड़ने के लिए, कंपनी की विशिष्ट विचारधारा को इसके सभी कर्मचारियों में फैलाने के लिए - गोर को अपने आपको छोटे अर्ध-स्वायत्त हिस्सों में बांटना पड़ा। यह महामारी का विरोधाभास है : कि आंदोलन को संक्रामक बनाने के लिए, आपको कई छोटे आंदोलनों को उत्पन्न करना पड़ता है। रेबेका वेल्स कहती हैं कि जब उन्हें *या-या* महामारी के बढ़ने का अहसास हुआ तब तक यह वास्तव में उन तक या उनकी किताब तक नहीं रह गया था : यह एक चीज़ पर केंद्रित एक महामारी नहीं थी। ये हज़ारों भिन्न महामारियां थीं, जो उन सभी समूहों पर केंद्रित थीं जो *या-या* के इर्दगिर्द पनप गए थे। वह कहती हैं, "मुझे अहसास होने लगा कि उन महिलाओं ने खुद अपने *या-या* रिश्ते बना लिए हैं, यह किताब के साथ अधिक नहीं था, बल्कि एक दूसरे से थे।"

6

केस स्टडी

अफ़वाहें, जूतें, और अनुवाद की शक्ति

एयरवॉकिंग नाम स्केटबोर्ड की उस कूद को दिया गया है जिसमें स्केटर रैंप से छलांग लगाकर, अपने पांव तले से बोर्ड खींच निकालता है, और इसके बाद उतरने से पहले हवा में एक या दो लंबी, ऊंची छलांग लगाता है। यह एक पुराना करतब है, पारंपरिक स्केटबोर्डिंग की विशेषता, जिस कारण जब दो उद्यमियों ने 1980 के दशक के मध्य में हार्ड-कोर स्केटबोर्डर्स को लक्ष्य कर जब खिलाड़ियों के जूते निर्माण करने आरंभ किए, तो उन्होंने कंपनी को एयरवॉक नाम दिया। एयरवॉक सैन डिएगो से बाहर स्थित थी और इसकी जड़ें उस इलाक़े के किशोरों के बीच-एंड-स्केट संस्कृति में थीं। शुरुआत में, कंपनी ने जंगल जैसे रंगों और प्रिंट वाले कैनवस के जूते बनाए जो फ़ैशन का पर्याय बन गए। उन्होंने स्वेड में टेक्निकल स्केट जूते भी बनाए, जो कम से कम शुरुआत में तो, स्केटबोर्ड जितने ही सख़्त थे। लेकिन स्केटर इस उत्पाद के प्रति इतने समर्पित थे कि वे इन जूतों को बार-बार धोते और उन्हें तोड़ने के लिए उन पर कार चढ़ा देते। एयरवॉक शांत रही। उसने पेशेवर स्केटरबोर्डर्स को प्रायोजित करना आरंभ किया, और स्केट कार्यक्रमों में धर्म जैसे हो गए और कुछ ही सालों में आराम से 13 डॉलर मिलियन प्रतिवर्ष का व्यापार खड़ा कर लिया।

निम्न-स्तरीय संतुलन की स्थिति में कंपनी अपने थोड़े लेकिन निष्ठावान ग्राहकों की सेवा करते हुए अनंत काल तक इसी स्तर पर काम करती रह सकती थी। लेकिन एयरवॉक के मालिक कुछ और करना चाहते थे। वे खुद को अंतर्राष्ट्रीय ब्रांड के तौर पर स्थापित करना चाहते थे। और 1990 के दशक की शुरुआत में, उन्होंने अपना रास्ता बदल लिया। उन्हें अपने व्यापारिक संगठन को फिर से डिज़ाइन किया। उन्होंने अपना ध्यान केवल स्केटबोर्डिंग तक सीमित नहीं रखते हुए सर्फ़िंग, स्नोबोर्डिंग, माउंटेन बाइकिंग, और साइकिल रेस को शामिल कर विस्तार देते हुए इन सभी खेलों में राइडरों को प्रायोजित करने लगे, और एयरवॉक को सक्रिय, वैकल्पिक जीवनशैली का पर्याय बना लिया।

उन्होंने एक आक्रामक ज़मीनी स्तर का अभियान शुरू किया जिससे वे युवा-आधारित जूतों के स्टोर पर ख़रीदारों की मांग पूरी कर सकें। उन्हें प्रायोगिक आधार पर उन्हें फूट लॉकर को आज़माने के लिए कहा। वे विभिन्न रॉक बैंड के पास गए कि वे उनके जूते स्टेज पर पहन सकें और, सबसे महत्त्वपूर्ण, उन्होंने लैंबेसिस नामक छोटी विज्ञापन एजेंसी को काम सौंपने का फ़ैसला किया ताकि वे उनके मार्केटिंग अभियान पर पुनर्विचार कर सकें। लैंबेसिस के मार्गदर्शन में, एयरवॉक ने धमाका कर दिया। सन् 1993 में, यह 16 मिलियन डॉलर की कंपनी हो गई। सन् 1994 में, इसने 44 डॉलर मिलियन की बिक्री की। सन् 1995 में यह बढ़कर 150 डॉलर मिलियन हो गई। और इसके एक साल बाद वे 175 मिलियन डॉलर को छू गए। अपने शीर्ष पर, एयरवॉक को एक प्रमुख मार्केटिंग अनुसंधान कंपनी ने नाइकी और एडिडास के बाद दुनियाभर के किशोरों में तेरहवां सबसे "बेहतरीन" ब्रांड चुना। एक या दो सालों में 1990 के दशक के मध्य में एयरवॉक अपने संतुलन से बाहर दक्षिणी कैलिफ़ोर्निया के बीच पर पहुंच गईं। एयरवॉक चरम पर थी।

अब तक *टिपिंग पॉइंट* का ध्यान महामारी को परिभाषित करने और महामारी हस्तांतरण के सिद्धांतों पर था। पॉल रिवीयर और *सीसमी स्ट्रीट,* न्यू यॉर्क शहर में अपराध और गोर असोशिएट में से सभी ने टिपिंग पॉइंट के एक नियम को दर्शाता है। हालांकि, दैनिक जीवन में, हम जिन समस्याओं और हालात का सामना करते हैं उनमें महामारी के सिद्धांतों का इतनी सफ़ाई से समावेश हमेशा नहीं होता। पुस्तक के इस खंड में, मैं कुछ अप्रत्यक्ष समस्याओं पर नज़र डालूंगा कि मेवन, कनेक्टर्स, स्थिरता और प्रसंग

के विचार किस तरह अकेले या साथ मिलकर, इसका खुलासा करते हैं।

उदाहरण के लिए, एयरवॉक चरम पर क्यों पहुंचा? इसका छोटा-सा जवाब होगा लैंबेसिस ने एक प्रेरणादायी विज्ञापन अभियान चलाया। शुरुआत में इसका बजट कम ही था। लैंबेसिस के क्रिएटिव डायरेक्टर, चाड फ़ार्मर ने प्रभावशाली तसवीरों की श्रंखला तैयार की - एकल तसवीरें जिसमें एयरवॉक उपयोगकर्ता इन जूतों के साथ कुछ अजीब तरह से संबंध जोड़ रहे थे। एक तसवीर में, किसी युवक ने एयरवॉक का जूता अपने सिर पर पहन रखा था, इसके फीते चोटियों की तरह ऐसे लटक रहे थे, जैसे उसके फीतों को किसी नाई ने काटा हो। एक अन्य में, चमड़े के वस्त्र पहने एक लड़की ने चमकता हुआ विनाइल का एयरवॉक पकड़ा हुआ था, जैसे वो कोई शीशा हो और वो उसमें देखकर लिपस्टिक लगा रही थी। यह एड बिलबोर्ड्स पर लगाया गया, और इसे निर्माण-स्थलों की दीवारों पर और वैकल्पिक पत्रिकाओं में "जमकर" प्रकाशित किया गया।

एयरवॉक के बढ़ने के साथ ही, लैंबेसिस ने टीवी की ओर रुख़ किया। एयरवॉक के कुछ शुरुआती विज्ञापनों में, कैमरा बेडरूम की ज़मीन से आगे बढ़ना शुरू करता है जहां कपड़े फैले हुए हैं। इसके बाद यह बिस्तर के नीचे रुक जाता है, क्योंकि पूरा माहौल, घुरघुराने और तेज़ी से सांस लेने और बिस्तर के स्प्रिंगों के ऊपर-नीचे जाने की आवाज़ से भर गया है। आख़िरकार, कैमरा बिस्तर के नीचे से बाहर निकलता है, और हमें एक थोड़ा घबराया हुआ युवक दिखाई देता है, उसने अपने हाथ में एयरवॉक का जूता पकड़ा है, और वो अपने बिस्तर पर ऊपर नीचे कूदते हुए छत से चिपकी मकड़ी को मारने जैसा असफल प्रयास कर रहा है। विज्ञापन पूरी तरह दृश्य-आधारित था, जिसे दुनियाभर में युवाओं को आकर्षित करने के लिए बनाया गया था। इसका विवरण परिपूर्ण और देखने में आकर्षक था। इन सभी में उग्र, थोड़े ग्रीक दिखने वाले खलनायक थे। और वे काफ़ी मज़ाक़िया, एक मायने में विवेकी थे। यह शानदार विज्ञापन था : जब से एयरवॉक के विज्ञापन आने शुरू हुए हैं, अन्य कंपनियां अपने को बेहतर बनाने के लिए, इनके विज्ञापनों के दृश्य और अनुभूति की नक़ल करने का बार-बार प्रयास करती रही हैं। हालांकि, लैंबेसिस अभियान की शक्ति उनके बस दिखाई दे रहे काम से बढ़कर थी। एयरवॉक शीर्ष पर पहुंची, क्योंकि इसके विज्ञापन महामारी हस्तांतरण के सिद्धांतों पर बहुत स्पष्ट थे।

1.

लैंबेसिस ने जो किया, उसे सबसे अच्छी तरह समझने का शायद सबसे अच्छा तरीक़ा समाजशास्त्रियों की उसी बात पर पीछे लौटना है जिसे वे प्रसार मॉडल कहते हैं। यह जनता में किसी विचार या उत्पाद या नवोन्मेष गतिविधियों की संक्रामकता को तलाशने का अकादमिक तरीक़ा है। इसमें सबसे मशहूर प्रसारवादी अध्ययन ब्रूस रयान और नील ग्रॉस का 1930 के दशक में आयोवा के ग्रीनी काउंटी में हाइब्रिड मक्के के बीजों के प्रसार का विश्लेषण था। ये नए मक्के के बीज आयोवा में, सन् 1928 में पेश किए गए, और ये हर मामले में उस बीज से बेहतर थे जिसे किसान दशकों पहले से इस्तेमाल करते आ रहे थे। लेकिन किसी ने भी इसे तुरंत स्वीकार नहीं कर लिया। रयान और गॉस द्वारा अध्ययन किए गए 259 किसानों में से केवल मुट्ठीभर ने सन् 1932 और 1933 में नए बीजों के बारे में जाना था। सन् 1934 में, 16 ने रोपाई की। सन् 1935 में, 21 अन्य ने ऐसा किया। तत्पश्चात 36, और इसके एक साल बाद तो 61 और, फिर सन् 1941 तक, 46, 36, 14 और 3। सभी अध्ययन किए गए 259 किसानों में से केवल दो ने नए बीजों का उपयोग किया।

प्रसारवादी अनुसंधान की भाषा में, 1930 के दशक में जिन मुट्ठीभर किसानों ने शुरुआत में हाइब्रिड बीजों को आज़माना आरंभ किया वे नवप्रवर्तक, साहसिक व्यक्ति थे। इनसे संक्रमित होने वाला बड़ा समूह शुरुआती नवप्रवर्तक था। वे समुदाय में राय का नेतृत्व करने वाले थे, सम्मानित, विचारवान लोग, जिन्होंने यह देखा और विश्लेषण किया कि वे पागल नवप्रवर्तक क्या कर रहे हैं, और फिर उन्हीं के नक़्शेक़दम पर चले।

इसके बाद सन् 1936, 1937 और 1938 में किसानों की संख्या बढ़ गई, जिनमें शुरुआती प्रमुख और उत्तरवर्ती प्रमुख, सोच समझ वाले और संदेही लोग आते हैं, जिन्होंने तब तक कुछ नहीं आज़माया जब तक सबसे सम्मानित किसानों ने इसे पहले नहीं आज़मा लिया। उन्होंने बीज के वायरस को ग्रहण किया और आगे उन तक बढ़ाया जिन्हें बदलाव का कोई अतिआवश्यक कारण दिखाई नहीं देता था। अगर आप इस प्रगति को ग्राफ़ पर दर्शाएं, तो यह एक आदर्श महामारी वक्र बन जाएगा, जो धीरे-धीरे आरंभ होकर, वहां शीर्ष पर पहुंचता है जहां शुरुआती स्वीकारकर्ताओं ने इस

बीज का उपयोग आरंभ किया था, फिर यह तेज़ी से उठता है जब प्रमुख लोग इसे अपनाते हैं, और अंत में गिरने लगता है जब फिसड्डी लोग इसमें पिछड़ने लगे।

यहां संदेश है - नया बीज, बेहद संक्रामक और शक्तिशाली रूप से स्थिर है। आख़िरकार, एक किसान खुद अपनी आंखों से पौधे को बढ़ते और पूरी तरह फलते-फूलते देख सकता था कि यह नया बीज पुराने से कितना बेहतर था। यह कल्पना करना कठिन है कि यह ख़ास नवोन्मेष चरम पर नहीं पहुंच पाता। लेकिन बहुत-से मामलों में नए विचार का संक्रामक प्रसार वास्तव में काफ़ी मुश्किल था।

उदाहरण के लिए व्यापार सलाहकार जेफ़्री मूर ने हाई-टेक्नोलॉजी के उदाहरण का उपयोग कर तर्क दिया कि ट्रेंड और विचारों को मूल रूप से जन्म देने वालों और इसे अंततः आगे बढ़ाने वाले प्रमुखों में शामिल लोगों के बीच ठोस अंतर है। भले ही ज़बानी प्रचार की निरंतरता में ये दोनों एक दूसरे के बराबर हो सकते हैं। लेकिन वे एक दूसरे जैसे नहीं है। पहले दो समूह -नवप्रवर्तक और शुरुआती स्वीकारकर्ता- विज़नरी होते हैं। वे क्रांतिकारी बदलाव चाहते हैं, कुछ ऐसा जो गुणात्मक रूप से उन्हें उनके प्रतिस्पर्धी से अलग कर सके। ये ऐसे लोग हैं जो बिलकुल नई टेक्नोलॉजी को तब ख़रीदते हैं, जब ये पूर्ण या प्रमाणित नहीं हुई हो या इसके दाम कम नहीं हुए हों। उनकी छोटी-छोटी कंपनियां होती हैं। वे अभी शुरुआत ही कर रहे होते हैं। वे बड़े जोख़िम लेने को तैयार होते हैं। वहीं, इसके उलट शुरुआती प्रमुख, बड़ी कंपनियां होती हैं। उन्हें अपने सप्लायर और वितरक की जटिल प्रक्रिया से अलग किसी भी बदलाव की चिंता रहती है। मूर लिखते हैं, "यदि विज़नरियों का लक्ष्य आगे की तरफ़ बड़ी छलांग लगाना है, तो यथार्थवादियों का लक्ष्य कुछ फ़ीसदी, -वृध्दि, मापनीय, अनुमानित प्रगति - सुधार करना है। अगर वे कोई नया उत्पाद पेश कर रहे हैं, तो वे जानना चाहेंगे कि अन्य लोगों के लिए यह कैसा रहा। इनकी शब्दावली में जोख़िम नकारात्मक शब्द है। यह अवसर या उत्साह का अर्थ नहीं बताता बल्कि पैसा और समय गंवाने की बात करता है। जब ज़रूरत होती है जो ये जोख़िम भी लेते हैं, लेकिन इससे पहले से सुरक्षा जाल बिछा देते हैं और जोख़िमों का प्रबंधन बहुत ध्यान से करते हैं।"

मूर तर्क देते हैं कि शुरुआती स्वीकारकर्ताओं का दृष्टिकोण और शुरुआती प्रमुखों का दृष्टिकोण बुनियादी रूप से असंगत होते हैं। नवोन्मेष एक समूह से अगले में सहज ही नहीं चला जाता। यह इन दोनों के बीच की खाई है। हर तरह के हाई-टेक उत्पाद विफल होते हैं, जो शुरुआती स्वीकारकर्ताओं से आगे नहीं बढ़ पाते, क्योंकि इन्हें बनाने वाली कंपनियां वो रास्ता नहीं खोज पातीं जिससे शुरुआती स्वीकारकर्ता के लिए आदर्श मायने में रूपांतरित इस विचार को शुरुआती प्रमुख के सदस्यों के लिए आदर्श मायने बना सकें।

मूर की पुस्तक पूरी तरह हाई-टेक्नोलॉजी पर केंद्रित है। लेकिन इसका सवाल ही नहीं कि उनका तर्क अन्य प्रकार की सामाजिक महामारियों पर भी लागू हो सके। हश पपीज़ के मामले में, डाउनटाउन मैनहट्टन के बच्चे, जिन्होंने इस ब्रांड को फिर से खोजा, उन्होंने ये जूते इसलिए पहने थे, क्योंकि हश पपीज़ की पहचान, पुरानी भड़कीली पचास के दशक की छवि थी। वे इसे इसलिए पहन रहे थे, क्योंकि और कोई इसे नहीं पहनता था। वे फ़ैशन में क्रांतिकारी अभिव्यक्ति को तलाश रहे थे। अपने को सबसे अलग दिखाने के लिए वे जोख़िम उठाने को भी तैयार थे। लेकिन हम में से अधिकांश शुरुआती और विलंबित प्रमुख फ़ैशन में किसी तरह की क्रांतिकारी अभिव्यक्ति करना या जोख़िम लेना नहीं चाहते। हश पपीज़ ने एक समूह से अगले के बीच की दरार को कैसे पार किया? लैंबेसिस को ऐसा जूता दिया गया था जिसकी दक्षिणी कैलिफ़ोर्निया स्केटिंग उप संस्कृति में विशिष्ट पैठ थी। उनका काम इसे दुनियाभर के किशोरों के बीच मशहूर और आकर्षक बनाना था - उन किशोरों में भी जिन्होंने अपनी ज़िंदगी में कभी स्केटबोर्डिंग नहीं की हो, जिन्हें स्केटबोर्डिंग भाती नहीं हो, जिन्हें ऐसे चौड़े तले की कोई कार्यात्मक आवश्यकता नहीं हो जो बोर्ड को आसानी के जकड़ ले और गद्देदार ऊपरी हिस्सा जो हवा में करतब दिखाते हुए झटकों को सह सके। यह भी साफ़ तौर पर आसान काम नहीं था। उन्होंने यह कैसे किया? ऐसा क्यों हुआ कि वो अजीब, विशेष प्रकृति की चीज़ें जो यह सचमुच अलग क़िस्म के बच्चे कर रहे थे, आख़िरकार मुख्यधारा बन गईं?

मैं सोचता हूं, यहीं पर कनेक्टर, मेवन और सेल्समैन अपनी अहम भूमिका निभाते हैं। अल्प के सिद्धांत अध्याय में, मैंने चर्चा की थी कि किस तरह उनका विशेष सामाजिक उपहार महामारी को चरम पर पहुंचा देता है।

हालांकि, यहां उन्होंने क्या किया इस पर विशेष रूप से स्पष्ट होना संभव है। ये वही लोग थे जिन्होंने नवोन्मेष को आकर्षण की इस समस्या के बाहर निकला संभव बनाया। वे ट्रांसलेटर हैं : ये उच्चतम विशेषज्ञ जगत से विचार और जानकारियां लेते हैं और उन्हें उस भाषा में अनुवाद (ट्रांसलेट) करते हैं जिन्हें शेष हम सब समझते हैं। टेक्सास विश्वविद्यालय के प्रोफ़ेसर मार्क अल्पर्ट, जिन्हें मैंने बतौर अनुभवी - मेवन संदर्भित किया था, इस तरह के व्यक्ति हैं कि वे आपके घर आकर आपको सिखा सकते हैं कि सॉफ़्टवेयर के किसी बेहद जटिल हिस्से को किस तरह इंस्टॉल या ठीक या बदलाव करें। सर्वोत्कृष्ट सेल्समैन टॉम गाउ ने टैक्स क़ानूनों और रिटायरमेंट योजना का रहस्यमय क्षेत्र लिया और इसे अपने ग्राहकों के लिए संवेदनात्मक मायनों वाले शब्दों में रीपैकेज किया। लुइस वाइसबर्ग, कनेक्टर, राजनीति, नाटक, पर्यावरणवाद, संगीत, क़ानून, चिकित्सा आदि - जैसी बहुत-सी दुनियाओं में रही हैं। और इसमें उनका मुख्य कार्य इन विभिन्न सामाजिक दुनियाओं के बीच मध्यस्थ की भूमिका निभाना रहा। लैंबेसिस में प्रमुख व्यक्ति, फ़र्म की पूर्व मार्केटिंग रिसर्च प्रमुख डीडी गॉर्डन थीं और उनका कहना था कि यही प्रक्रिया फ़ैशन ट्रेंड में भी आती है जो युवा संस्कृति में समय-समय पर बदलता रहता है।

नवप्रवर्तक नई चीज़ें बनाते हैं। और तब किसी मेवन या कनेक्टर या सेल्समैन का समकक्ष किशोर इसे देखता है और अपना लेता है। "ये बच्चे मुख्यधारा के लोगों के लिए चीज़ें ज़्यादा मज़ेदार बना देते हैं। वे देखते हैं कि सचमुच अजीब बच्चे क्या कर रहे हैं और इसे सुधार देते हैं। वे इसे और अधिक उपयोग योग्य बना देते हैं। ऐसा भी बच्चा हो सकता है जो अपनी जींस को ऊपर मोड़कर उसके नीचे टेप लगे दे क्योंकि उसने स्कूल के बाइक मैसेंजर को ऐसा किए देखा है। ट्रांसलेटर उसका यह रूप देखेगा। लेकिन टेप का इस्तेमाल नहीं करेगा। वो वेल्क्रो के साथ कुछ ख़रीदेगा। या एक पूरी तरह बेबी-डॉल टीशर्ट जैसी चीज़ है। एक लड़की ने यह सिलवटों वाली टीशर्ट पहनने की शुरुआत की। वो टॉयस आर अस गई और बार्बी टीशर्ट ख़रीदी। और बाक़ी लोग कहते हैं, यह तो शानदार है। लेकिन उन्हें शायद यह इतनी छोटी नहीं मिले, और संभव है कि उस पर बार्बी भी ना बनी हो। वो इसे देखकर कहेंगे, यह थोड़ी दबी हुई है। लेकिन मैं इसे बदल कर ठीक-ठाक कर सकती हूं। और यहीं से यह चल निकलती है।"

ट्रांसलेशन की इस प्रक्रिया का सबसे परिष्कृत विश्लेषण संभवतः अफ़वाहों के अध्ययन से आता है, जो ज़ाहिर है - सभी तरह के सामाजिक संदेशों में सबसे संक्रामक हैं। अपनी पुस्तक *द साइकोलॉजी ऑफ़ र्‌यूमर* में समाजशास्त्री गॉर्डन ऑलपोर्ट एक चीनी शिक्षक से जुड़ी अफ़वाह के बारे में लिखते हैं जो सन् 1945 की गर्मियों में छुट्टियों पर मेन की यात्रा पर था। ठीक उससे पहले जब जापान में दूसरे विश्वयुद्ध के अंत में गठबंधन सेनाओं के समक्ष आत्मसमर्पण किया था। उस शिक्षक के पास गाइडबुक थी, जिसके अनुसार एक ख़ास स्थानीय पहाड़ की चोटी से आसपास के ग्रामीण इलाक़ों का शानदार नज़ारा दिखाई देता है। वो रास्ता पूछने के लिए एक छोटे-से कस्बे में रुका। एक मासूम-सा अनुरोध फ़ौरन फैलने वाली अफ़वाह बन गई कि : एक जापानी जासूस ने पहाड़ पर जाकर आसपास के इलाक़े की तसवीरें लीं। ऑलपोर्ट लिखते हैं, "इस अफ़वाह में 'सत्य के सार' सहित सहज, सरल तथ्य मौजूद होने ने इसे शुरुआत से ही तीन दिशाओं से विकृत कर दिया।"

सबसे पहले तो यह कहानी सपाट थी। इस घटना के वास्तविक अर्थों को समझने के लिए ज़रूरी सभी विवरण इसमें से ग़ायब थे। उनका कोई उल्लेख नहीं था। ऑल्पोर्ट इशारा करते हैं, "रास्ता बताने वाले स्थानीय व्यक्ति के प्रति यात्री का दृष्टिकोण विनम्र और कातर था। यह तथ्य कि यात्री की सटीक राष्ट्रीयता अज्ञात थी... यह तथ्य कि यात्री ने रास्ते भर में लोगों से अपनी पहचान छिपाने का कोई प्रयास नहीं किया।" इसके बाद कहानी में *धार* आती है। जो विवरण मौजूद थे उन्हें अधिक विशिष्ट बनाया गया। एक व्यक्ति को जासूस बना दिया गया। वह व्यक्ति जो एशियाई दिख रहा था जापानी बन गया। नज़ारे-निहारना जासूसी हो गया। उस शिक्षक के हाथ में पकड़ी गाइडबुक, कैमरा बन गई। अंत में, समावेश की प्रक्रिया आरंभ हुई : कहानी में वो बदलाव किए गए जिससे यह अफ़वाह फैलाने हेतु अधिक योग्य हो।

ऑलपोर्ट लिखते हैं, "छुट्टियों पर आया चीनी शिक्षक ऐसा विचार था जो अधिकांश किसानों के दिमाग़ में उठ ही नहीं सकता था। क्योंकि उन्हें पता ही नहीं था कि किसी अमेरिकी विश्वविद्यालय में चीनी विद्वानों को बतौर कर्मचारी रखा जाता है, और ये विद्वान अन्य शिक्षकों की तरह, गर्मियों की छुट्टियों के हक़दार होते हैं। एक नए तरह के हालात को जबरन उपलब्ध संदर्भों में समाविष्ट कर दिया गया।" और ये संदर्भ क्या थे? सन् 1945 में, ग्रामीण मेन में, एक समय था जब लगभग हर घर का बेटा या रिश्तेदार

युद्ध में शामिल था, इस तरह की कहानी को मायने देने का सिर्फ़ यही एक तरीक़ा था कि इसे युद्ध प्रसंग से जोड़ दिया जाए। इस तरह एशियन जापानी हो गया, गाइडबुक कैमरा बन गई, और नज़ारे-निहारना जासूसी करना बन गया।

मनोवैज्ञानिकों ने पाया कि विकृति की यह प्रक्रिया अफ़वाहें फैलाने के मामले में लगभग सार्वभौम है। स्मृति संबंधी प्रयोग किए गए हैं जिनमें प्रयोग-पात्रों को पढ़ने के लिए कहानी या देखने के लिए तसवीर दी जाती है और फिर इसे वापस ले लेते हैं। कुछ महीनों बाद उन्हें जो दिखाया गया था उसे पुनः पूछा गया। निरपवाद रूप से, यह महत्त्वपूर्ण स्तर पर था। लेकिन कुछ विवरण नहीं थे। लेकिन इसके साथ ही कुछ विवरण काफ़ी स्पष्ट थे। एक आदर्श उदाहरण में, प्रयोग पात्रों को तीन रेखाओं से कटे षट्भुज की तसवीर दिखाई गई जिसके ऊपर सात समान-आकार वाले वृत्त सुपर-इम्पोज़ थे। कुछ महीनों बाद आम प्रयोग-पात्र को केवल एक चतुर्भुज को काटती दो रेखाएं तथा इस रेखाचित्र के किनारों पर हर ओर 38 छोटे वृत्त बने याद रहेंगे। "किसी भी तसवीर या कहानी की यह सुस्पष्ट प्रवृत्ति होती है कि वह स्मृति के उस हिस्से में स्थिर हो जाती है जो प्रयोग-पात्र के अपने जीवन में, उसकी संस्कृति के अनुरूप हो अथवा सबसे बढ़कर, उन सबसे जिनका उसके लिए विशेष भावात्मक महत्त्व हो, से संबंध रखती हो। मायने हासिल करने के प्रयास के बाद, प्रयोग-पात्र इतने घनीभूत और स्थिर होते हैं जिससे वे एक बेहतर 'स्वभाव', एक बेहतर समापन हासिल करते हैं - जो सहज व अधिक महत्त्वपूर्ण प्रारूप होता है।"

ट्रांसलेशन का यह अर्थ है। मेवन, कनेक्टर और सेल्समैन किसी विचार को संक्रामक बनाने के लिए इसमें इस तरह काट-छांट करते हैं जिससे अप्रासंगिक विवरण व अन्य अतिशयोक्तियां निकाल दी जाती हैं जिससे संदेश को अपने आप में गहन अर्थ हासिल हो। यदि कोई भी महामारी की शुरुआत करना चाहता है, तो ये जूतों या व्यवहार या सॉफ़्टवेयर किसी के लिए भी हो, उसे इसमें कनेक्टर, मेवन और सेल्समैन चाहिए होगा। उसे ऐसा व्यक्ति या साधन तलाशना होगा जो नवप्रवर्तकों के संदेश को इस तरह ट्रांसलेट करे जिससे हम सब इसे समझ सकें।

2.

इस रणनीति के कार्य करने का एक शानदार उदाहरण, बाल्टीमोर में मिला। एक ऐसा शहर जो उन नशीली दवाओं और बीमारियों से त्रस्त था जिन पर मैं पुस्तक में पहले बात कर चुका हूं। बाल्टीमोर में, अन्य समुदायों की भांति बहुत सारे नशीली दवाओं के लती थे। नगर प्रशासन हज़ारों साफ इंजेक्शन से भरी वैन को अंदरूनी-शहर के आस-पड़ोस के इलाक़ों में कुछ ख़ास सड़कों के किनारे हफ़्ते में कुछ दिन भेजती थी। इसके पीछे विचार यह था कि, नशेबाज़ जितनी भी गंदी, इस्तेमाल की हुई सुइयां देंगे, उन्हें उसके बदले मुफ़्त में साफ सुइयां मिल जाएंगी। सिद्धांत रूप से, सुइयां बदलना एड्स से लड़ने का अच्छा तरीक़ा मालूम होता है, क्योंकि पुरानी एच.आई.वी. -संक्रमित सुइयों को फिर से इस्तेमाल करना वायरस के बड़े पैमाने पर फैलने के लिए ज़िम्मेदार था। लेकिन, कम से कम पहली नज़र में, इसकी कुछ स्पष्ट सीमाएं दिखाई देती हैं। पहली, नशेबाज़ सबसे व्यवस्थित और भरोसेमंद लोगों में से नहीं थे। तो इस बात की क्या गारंटी है कि वे नियमित रूप से सुई वाली वैन पर आएंगे? दूसरा, हीरोइन का नशा करने वाले अधिकांश नशेड़ी दिनभर में एक ही सुई से, ज़्यादा नहीं तो, कम से कम पांच या छह बार नशा लेते थे, तब तक जब तक सुई की नोक इतनी भोंथरी नहीं हो जाती कि बेकार हो जाए। सुइयों का हर समय उपयोग हो रहा था। तो आख़िर हफ़्ते में एक बार आने वाली वैन, नशेबाज़ों की ज़रूरत को कैसे पूरी करेगी जो इसे सारा दिन उपयोग करते हैं? क्या हो अगर वैन मंगलवार को आनी हो, और शनिवार की रात किसी नशेड़ी की सुइयां ख़त्म हो जाएं?

सुई कार्यक्रम कितना क़ामयाब रहा इसके विश्लेषण के लिए, जॉन्स हॉकिंस विश्वविद्यालय के अनुसंधानकर्ताओं ने 1990 के दशक के मध्य में, वैनों के साथ जाना शुरू किया ताकि सुइयां लेने वालों से बात कर सकें। उन्हें जो पता लगा, उसने उन्हें हैरान कर दिया। उन्होंने सोचा था कि नशेबाज़ बदलने के लिए अपनी गंदी सुइयां लाते होंगे। लेकिन नशेबाज़ों ने नई सुइयां उसी तरह ख़रीदीं जैसे मैं और आप दूध ख़रीदते हैं। स्टोर खुलने के बाद वहां जाते हैं और हफ़्ते भर के लिए ख़रीद लाते हैं। साथ ही उन्हें यह भी पता चला कि कुछ नशेबाज़ हर हफ़्ते 300 से 400 गंदी सुइयों से थैला भरकर लाते हैं, जो स्पष्ट रूप से उनके अपने इस्तेमाल से काफ़ी

अधिक थीं। इसके बाद वे लोग सड़क पर साफ़ सुइयां एक डॉलर में एक बेचने लगते हैं। दूसरे शब्दों में, वैन एक तरह की सीरिंज थोक व्यापारी थी। असली खुदरा विक्रेता यह मुट्ठीभर लोग - ये सुपर-एक्स्चेंजर ही थे - जो सड़कों और शूटिंग गैलरियों (शहर की वो ख़ाली इमारत जहां अवैध ड्रग्स बेची-ख़रीदी जाती हैं) में खोजते और गंदी सुइयां उठा लेते और बदले में मिली साफ सुइयों को बेचकर अच्छा पैसा कमाते।

पहले-पहल, प्रोग्राम कॉर्डिनेटरों को दूसरे ख़याल आए। क्या वे वाक़ई यही चाहते हैं करदाताओं के धन से ख़रीदी सुइयों से नशेबाज़ों की लत पूरी हो? लेकिन तब उन्हें अहसास हुआ कि वे अनजाने में ही सुई बदलने के कार्यक्रम की सीमाओं के समाधान नहीं समझ पाए। जॉन हॉकिंस स्कूल ऑफ़ पब्लिक हेल्थ में शिक्षक टॉम वालेंटे कहते हैं, “यह बहुत, बहुत बेहतर व्यवस्था है। शुक्रवार और शनिवार की रात बहुत-से लोग नशे के सुई लेते हैं, और वे अनिवार्य रूप से तर्कसंगत तरीक़े से विचार नहीं करते कि उन्हें इसे लेने से पहले साफ सुई चाहिए होगी। उस समय सुई बदलने का कार्यक्रम नहीं होता, और निश्चित ही शूटिंग गैलरियां भी नहीं होतीं। लेकिन ये (सुपर-एक्सचेंजर) वहां ऐसे समय पर होते हैं जब लोग ड्रग्स ले रहे हों और उन्हें साफ़ सुइयों की ज़रूरत पड़े। वे चौबीस घंटे सेवा देते हैं, जिसकी हमें कोई लागत नहीं पड़ती।”

सुईवाली वैन के साथ गए एक अनुसंधानकर्ता टॉम युंग महामारी विज्ञानी था। वो एक सुपर-एक्सचेंजर से मिले और उसका साक्षात्कार किया। उनका निष्कर्ष था कि वे एक बेहद अलग और ख़ास समूह को प्रतिनिधित्व करते हैं। युंग कहते हैं, “वे बहुत-से लोगों से जुड़े थे। वे बाल्टीमोर को अंदर-बाहर अच्छी तरह से जानते थे। वे जानते थे कि किसी भी तरह की ड्रग या किसी भी तरह की सुई के लिए कहां जाया जाए। वे हर गली को जानते थे। मैं कहूंगा कि वे असाधारण रूप से सामाजिक संपर्क में थे। उनके संपर्क बहुत लोगों से थे... मैं कहूंगा कि इसके पीछे वित्तीय और आर्थिक उद्देश्य थे। लेकिन इसमें निश्चित ही लोगों की मदद में दिलचस्पी भी थी।”

क्या यह जाना-पहचाना लगता है? यह सुपर-एक्सचेंजर बाल्टीमोर की ड्रग्स की दुनिया के कनेक्टर थे। जॉन हॉकिंस के लोग बस इन सुपर-एक्सचेंजरों द्वारा ड्रग्स-विरोधी महामारी आरंभ करवाना चाहते थे।

अगर वे कुछ सुपरिचित, सामाजिक रूप से जुड़े, परोपकारी लोगों को साथ मिलाकर, कंडोम बांटने, या उन्हें स्वास्थ्य संबंधी वो जानकारी प्रदान कर सकें जो नशेबाज़ों को अवश्य पता होनी चाहिए? ऐसा लगता है कि यह सुपर-एक्सचेंजर जैसे चिकित्सा समुदाय और बड़े पैमाने पर उन नशेबाज़ों के बीच की खाई पर पुल का कौशल रखते हैं, जो निराशाजनक ढंग से उस जानकारी और संस्थान से पृथक थे जो उनकी ज़िंदगी बचा सकता था। ऐसा लगता था कि उनमें स्वास्थ्य सुधार की भाषा और विचारों को उस रूप में बदलने की क्षमता है जिसे अन्य नशेबाज़ समझ सकें।

3.

लैंबेसिस भी एयरवॉक को ऐसी ही सेवा देना चाहते थे। ज़ाहिर है, वे एयरवॉक का नाम फैलाने के लिए सीधे तौर पर मेवन, कनेक्टरों और सेल्समैनों को नहीं पहचान सकते थे। वे एक छोटी-सी विज्ञापन एजेंसी थे जो अंतर्राष्ट्रीय अभियान चलाने का प्रयास कर रही थी। हालांकि, वे यह कर सकते थे कि एक महामारी की शुरुआत करें जिसमें उनके अपने विज्ञापन ट्रांसलेटर की भूमिका निभाएं, जो नवप्रवर्तकों और बाक़ी सबके बीच मध्यस्थ का काम करें। उन्हें अहसास हुआ, कि अगर उन्होंने अपना होमवर्क ठीक से किया, तो वे वह बन सकते हैं जो युवा संस्कृति के विचार को स्तर, धार तथा पहुंच देने में अग्रणी हों और अधिकांश लोग उसे स्वीकार करें। वे कनेक्टर, मेवन और सेल्समैन की भूमिका निभा सकते हैं।

लैंबेसिस ने सबसे पहले अपना आंतरिक बाज़ार अनुसंधान कार्यक्रम विकसित किया, जिसका लक्ष्य वह युवा बाज़ार था जिसे एयरवॉक हासिल करना चाहता था। अगर वे नवप्रवर्तकों के विचारों को मुख्यधारा तक पहुंचा चाहते हैं तो सबसे पहले उन्हें यह समझना होगा कि नवप्रवर्तक का विचार क्या है। अपने अनुसंधान विभाग को चलाए रखने के लिए, लैंबेसिस ने डी.डी.गॉर्डन को काम पर रखा, जो इससे पहले कॉन्वर्स एथलेटिक शू कंपनी के लिए काम करते थे। गॉर्डन ठंडे दिमाग़ वाली महिला हैं, जो हॉलीवुड हिल्स के, समकोणीय, खुरदरे, सफ़ेद - अस्तरकारी वाले आधुनिकतावादी मास्टरपीस में रहती हैं, जो मैडोना के पुराने घर और एल्डस हक्सले के पुराने घर के बीच स्थित था। उनका स्वभाव बेहद चयनशील था : जो हफ़्ते

के दिनों पर आधारित था, कि उन्हें अज्ञात हिप-हॉप बैंड पसंद आएगा, या पुरानी पीटर सैलर फ़िल्में, या एक नया जापानी इलेक्ट्रॉनिक गैजेट, या सफ़ेद रंग का कोई ख़ास शेड होगा जिसे वो अचानक रहस्यमय ढंग से, उत्तम होने का फ़ैसला कर लेंगी। कॉन्वर्स गें रहते हुए गॉर्डन ने ध्यान दिया कि लॉस एंजिलिस में श्वेत किशोरियां मैक्सिकन गैंगस्टर्स जैसे कपड़े पहन रही हैं जो देखने में "पत्नी प्रताड़क" कहे जाते हैं। कसा टैंक-टॉप जिसमें से ब्रा की पट्टियां दिखती हों - और लंबे शॉर्ट्स और ट्यूब मोज़े और शॉवर सैंडलें।

गॉर्डन याद करती हैं, "मैंने उन्हें बताया, यह हिट होने वाला है। इसे बहुत लोग पहन रहे हैं। हमें शॉवर सैंडल बनाने चाहिए।" तो उन्होंने कॉन्वर्स स्नीकर का पिछला हिस्सा काट दिया, और उस पर सैंडल का बाहरी-सोल लगा दिया, और कॉन्वर्स ने इसके आधा-मिलियन जोड़े बेच दिए। गॉर्डन को इसका सहज बोध है कि उनके आस-पड़ोस, बार या क्लबों में क्या चल रहा है। वे लंदन या टोक्यो या बर्लिन की भी यात्रा करती रहती हैं, यह देखने के लिए कि फिलहाल कौन-सा रंग-रूप या फ़ैशन चलन में है। कई बार वे न्यू यॉर्क आती हैं और सोहो या लास्ट विलेज के फुटपाथों पर घंटों बैठी देखती रहती हैं, और हर असाधारण चीज़ की तसवीरें उतारती हैं। गॉर्डन मेवन हैं। उन्होंने न्यू यॉर्क, लॉस एंजिलस, शिकागो, डलास, सिएटल तथा विश्व में टोक्यो और लंदन जैसे अन्य स्थानों पर युवा और कुशल पत्रकारों का नेटवर्क विकसित किया है। ये उस तरह के लोग हैं जो 1990 के दशक की शुरुआत में ईस्ट विलेज में हश पपीज़ पहन रहे थे। वे सब एक ख़ास व्यक्तित्व प्रकाश में आते हैं : वे सभी नवप्रवर्तक थे।

गॉर्डन कहती हैं, "ये बच्चे किसी न किसी मायने में अवांछित हैं। इससे फ़र्क़ नहीं पड़ता कि ये सच है या नहीं। उन्हें ऐसा ही लगता है। उन्हें हमेशा यही लगता है कि वे अलग हैं। अगर आप उन बच्चों से उनकी चिंताएं पूछेंगे, तो ये ट्रेंडसेटर बच्चे जीवाणु युद्ध या आतंकवाद को चुनेंगे। वे बड़ी तसवीर वाली चीज़ों को चुनेंगे। जबकि मुख्यधारा का बच्चा मोटापे या अपने दादा-दादी की मृत्यु के बारे में, या वह स्कूल में कितना बेहतर प्रदर्शन कर रहे हैं, इस पर विचार करेगा। आपको ट्रेंडसेटरों में अधिक सरगर्म सदस्य मिलेंगे। लोग जिनमें ज़्यादा जुनून हो। मैं ऐसे व्यक्ति को तलाशती हूं, जिसने अपने आपको बाक़ी सबसे अलग कर लिया हो, जो अपने साथियों जैसा नहीं दिखता हो।"

गॉर्डन में दुनिया के प्रति एक तरह की सतत जिज्ञासा है। वे कहती हैं, "मेरी एक ऐसे ट्रेंडसेटर से मुलाक़ात हुई जो बिलकुल जो रेगुलर गाय लगता था। मैंने जो रेगुलर गाय को एक क्लब में एक पूरे हार्डकोर बैंड को सुनते देखा। और मैंने अपने आपसे कहा, हे ईश्वर, यह व्यक्ति यहां क्या कर रहा है, और इससे मुझमें कौतुहल उत्पन्न हुआ। मैं उनके पास गई और कहा, क्या आपको यह बैंड इतना पसंद है। क्या हो रहा है? आप जानते ही होंगे मेरे कहने का क्या मतलब है? मैंने हर तरफ़ देखा। अगर मैं जो रेगुलर गाय को किसी कॉफ़ी शॉप में बैठे देखूं और उनके आसपास के सभी लोगों के बाल नीले हों, तो भी मुझे उनसे पूछने की उत्कंठा होगी क्योंकि, अरे, जो रेगुलर गाय इस कॉफ़ी शॉप में नीले बालों वाले लोगों के साथ क्या कर रहे हैं?"

अपने नवप्रवर्तक पत्रकारों को स्थापित करने के बाद, गॉर्डन उनसे मिलने हर साल दो या तीन या चार बार जाती हैं, और उनसे पूछती हैं कि वे किस तरह का संगीत सुनते हैं, वे कौन से टेलीविज़न शो देखते हैं, किस तरह के कपड़े ख़रीदते हैं, और उनके लक्ष्य व अभिलाषाएं क्या हैं। यह डाटा हर बार समझने में आसान नहीं होता। इसकी व्याख्या की आवश्यकता होती है। देश के विभिन्न भागों में भिन्न विचार उभर रहे हैं, जो कभी पूर्व से पश्चिम तक जाते हैं तो कभी पश्चिम से पूर्व की तरफ़। लेकिन बड़ी तसवीर को देखते हुए, ऑस्टिन से सीएटल और सीएटल से लॉस एंजिलिस और लॉस एंजिलिस से न्यू यॉर्क के डाटा की तुलना करके, इन्हें हर महीने बदलता देखकर, गॉर्डन देशभर में उदित व आंदोलित होने वाले नए ट्रेंड्स की तसवीर विकसित कर लेती हैं। और उनके नवप्रवर्तक जो कह रहे हैं तथा जो मुख्यधारा के बच्चे कह रहे हैं और अगले तीन माह या छह माह या साल बाद की तुलना करके, वह यह समझ जाती हैं कि प्रमुखों की उपसंस्कृति में किस तरह के नए विचार उभरने वाले हैं।

गॉर्डन कहती हैं, "पुरुषों के मेकअप करने की बात करें तो किन्नर कर्ट कोबेन को लें। आप जानते हैं कि वह मैजिक मार्कर द्वारा अपने नाख़ून कैसे पेंट करते हैं? हमने सबसे पहले इसे उत्तरपश्चिम में देखा, फिर यह धीरे-धीरे लॉस एंजिलिस और न्यू यॉर्क और ऑस्टिन आया क्योंकि वहां हिप संगीत चल रहा था। तत्पश्चात यह धीरे-धीरे देश के अन्य हिस्सों में पहुंच गया। मुख्यधारा में यह काफ़ी देर बाद आया।"

गॉर्डन की खोज एयरवॉक अभियान में आदर्श बनी। अगर उन्हें कोई नया ट्रेंड या विचार या संकल्पना हासिल होती जो देशभर के नवप्रवर्तकों में उभर रही हो, तो फ़र्म उन्हीं विचारों को उन एयरवॉक विज्ञापनों में उपयोग करती जिन्हें वे बना रहे थे। उदाहरण के लिए, एक बार, गॉर्डन ने देखा कि ट्रेंड-निर्धारकों में तिब्बत और दलाई-लामा के प्रति अचानक दिलचस्पी विकसित होती दिखाई दे रही है। प्रभावशाली रैप बैंड बीस्टी बॉयस सार्वजनिक रूप से फ़्री तिब्बत अभियान के लिए धन दे रहे थे, और प्रमाण के तौर पर अपने संगीत कार्यक्रमों के दौरान बौद्ध भिक्षुओं को स्टेज पर लाते। गॉर्डन याद करती हैं, "बीस्टी बॉयस ने इसे सहारा दिया और सफल बनाया।" इसे देखकर लैंबेसिस ने एक मज़ाक़िया एयरवॉक विज्ञापन बनाया जिसमें एयरवॉक का जूता पहने युवा भिक्षु अपनी कक्षा में बैठा परीक्षा दे रहा था। वो बार-बार अपने पैरों की तरफ़ देख रहा था क्योंकि उसने अपने जूतों के एक तरफ़ नक़ल के नोट्स लगा रखे थे। (जब इसका बिलबोर्ड संस्करण सैन फ़्रांसिस्को की सड़कों पर लगाया गया तो तिब्बती भिक्षुओं के भारी विरोध के कारण इसे हटाना पड़ा, क्योंकि उनका कहना था कि भिक्षु कभी अपने पैरों को हाथ नहीं लगाते, फिर चाहे वो परीक्षा में नक़ल के लिए ही क्यों ना हो)।

जब जेम्स बांड ट्रेंडसेटर्स के रडार पर उभरना आरंभ हुए, तब लैंबेसिस ने विज्ञापन श्रंखला बनाने के लिए जेम्स बांड फ़िल्मों के डायरेक्टर को काम सौंपा। इसमें सब किरदार अनदेखे खलनायक से बचने के अंधाधुंध प्रयास में एयरवॉक पहने होते थे। जब ट्रेंडसेटर्स ने कंट्री क्लब संस्कृति में अप्रत्याशित दिलचस्पी दिखाना आरंभ किया, और पुरानी फ़्रेड पैरी और आईज़ॉड गोल्फ़ शर्ट्स पहनना आरंभ कर दिया, तो एयरवॉक टेनिस बॉल के कपड़े से जूते बनाने लगा और लैंबेसिस ने इस जूते के लिए विज्ञापन बनाया जिसमें इसे गेंद की तरह हवा में उछालकर टेनिस रैकेट से मारा जाने वाला था। गॉर्डन कहती हैं, "एक समय हमने ध्यान दिया कि भविष्य की टेक्नोलॉजी की बात हिट रहती है। आप किसी बच्चे से पूछिए कि वो किसका आविष्कार करना चाहता है। वो जो चाहता होगा उसी का आविष्कार करना चाहेगा, और बात बस आसान जीवन की होती है। वैसे ही जैसे आपने अपना सिर एक बबल में रखा, बटन दबाया, और यह सहज ही हो गया। इसलिए हमने एयरवॉक के जूतों को ऐसा आसान और सहज बनाना

चाहा। हमने कपड़े मिलाना आरंभ कर दिया - मैश के साथ सांस लेने लायक़ सामग्री और विशेष तरह का गोर-टेक्स और उन्हें एक दूसरे पर रख दिया।" बल्कि, उस विवेचनात्मक दौर के एयरवॉक खज़ाने की पड़ताल की जाए, तो उस युग में युवा संस्कृति की तरंग और आसक्ति तथा दिलचस्पी की पूरी जानकारी मिल जाएगी। 30-सेकेंड की कूंग-फू फ़िल्मों की मज़ाक़िया नक़ल, बीट कविताओं के लिए टी.वी. स्पॉट, *एक्स-फ़ाइल्स*-शैली के विज्ञापन जिसमें एक युवक न्यू मैक्सिको के रोज़वेल में कार चला रहा है जिसके एयरवॉक जूते एलियंस छीनना चाहते हैं।

इसके दो स्पष्टीकरण हैं कि यह रणनीति इतनी सफल क्यों रही। पहला तो स्पष्ट है। लैंबेसिस विविध और अति संक्रामक ट्रेंड्स को चुन रहे थे, जबकि वे खुद शैशवावस्था में थे। जब तक उनका नया विज्ञापन और जूते साथ चलने के तैयार होते, तब तक वह ट्रेंड (भाग्यवश) मुख्यधारा में विख्यात हो चुका होता। दूसरे शब्दों में, लैंबेसिस सामाजिक महामारी की पीठ पर सवार होकर, एयरवॉक को अपने साथ युवा संस्कृति की रह लहर में बहा ले जाता। गॉर्डन कहती हैं, "यह बस वक़्त की बात है। आपको बस ट्रेंडसेटर्स के पीछे चलना होता है। आपको देखना होता है कि वे क्या कर रहे हैं। उन जूतों को बनाने में सालभर लग जाता है। साल समाप्त होने तक, अगर आपका ट्रेंड सही साबित हुआ, तो यह मुख्यधारा के लोगों को सही समय पर निशाना बनाएगा। तो अगर आपको कोई भावी टेक्नोलॉजी बतौर ट्रेंड दिखाई दे - अगर आपको पर्याप्त शहरों में पर्याप्त ट्रेंडसेटर्स नज़र आएं जो ऐसी चीज़ें ख़रीद रहे हैं जो एर्गोनोमिक डिज़ाइन की हों या जूते जो लुभा लें, या छोटे पॉम पायलट, और जब आप उनको कोई आविष्कार करने को पूछेंगे -तो वे सभी भविष्य की उड़ती कारों के बारे में बात करते हैं - जिससे आपको यह सूत्र मिल जाता है कि आने वाले छह महीने या साल में हर कोई और उनकी दादी तक यही सोचती होंगी।"

हालांकि, इस पूरी प्रक्रिया में लैंबेसिस केवल दर्शक भर नहीं रहता था। इस मामले में उनके विज्ञापनों ने उन विचारों को चरम पर पहुंचाने में भी मदद की जिसे वे नवप्रवर्तकों के बीच खोज रहे थे। उदाहरण के लिए, गॉर्डन कहती हैं कि जब कोई चीज़ ट्रेंडसेटर्स समुदाय से मुख्यधारा में पहुंचने में विफल रहती है, तो आमतौर पर इसका कारण होता है कि वह विचार संस्कृति में अधिक विस्तार से पैठ नहीं बना पाई है। "इसके पर्याप्त संकेत

नहीं मिलते। आपको यह संगीत या फ़िल्म या कला अथवा फ़ैशन में नहीं दिखता। आमतौर पर, जब कोई चीज़ चलन में आने वाली हो तो आपको यह हर जगह दिखने लगती है। वे टी.वी. पर जो देखना चाहते हैं, वे जो आविष्कार करना चाहते हैं, वे जो सुनना चाहते हैं, बल्कि वे जो पहनना चाहते हैं। यह हर जगह होता है। लेकिन यह कोई चीज़ मशहूर नहीं होनी, तो आपको यह उपरोक्त में से बस किसी एक क्षेत्र में ही दिखाई देगी।" लैंबेसिस कुछ विचारों को लेकर उन्हें हर तरफ़ रोप देते हैं। और इस रोपने के साथ ही वह इसका विवेचनात्मक अनुवाद भी प्रदान कर देते। गॉर्डन के अनुसंधान ने दिखा दिया कि नवप्रवर्तक बच्चे दलाई लामा तथा तिब्बत पर कब्ज़े को लेकर उठ रहे अति गंभीर मसलों पर काफ़ी ध्यान दे रहे हैं। अतः लैंबेसिस ने इसके लिए एक बेहद साधारण संदर्भ चुना - एक तिब्बती भिक्षु - और उसे कुछ मज़ाक़िया और थोड़ा धृष्टतापूर्ण हालात में दर्शाया। वह सफल रहे। नवप्रवर्तकों की कंट्री क्लब संस्कृति की तरफ़ अप्रत्याशित अति दिलचस्पी हुई। लैंबेसिस इसे समझ गए। उन्होंने टेनिस बॉल से जूता बनाया, और इसका संदर्भ कम बुरा और अधिक मज़ेदार के तौर पर दिया। नवप्रवर्तक का कूंग-फू फ़िल्मों की तरफ़ रुझान हुआ। तो लैंबेसिस ने कूंग-फू पर पैरोडी विज्ञापन बना दिया जिसमें एयरवॉक नायक मार्शल आर्ट करने वाले खलनायकों से अपने स्केटबोर्ड द्वारा जूझता है। लैंबेसिस ने कूंग-फू के मूल भाव को पकड़ा और इसे युवा संस्कृति के साथ जोड़ दिया। चीनी विद्वान की छुट्टियों वाले प्रकरण में, अल्पर्ट के अनुसार, उस शहर के लोग मौजूदा हालात के मायने नहीं समझ सके; तो उन्होंने इसकी ऐसी व्याख्या निकाल ली जो समझ में आती हो - वो विद्वान एक जासूस है - और अपनी नई व्याख्या के क़ामयाब रहने के लिए, "असंगत विवरण बनाए गए, चयनित मज़मून से सुसंगत बनाने के लिए घटनाओं को तराशा गया, और पूरे घटनाक्रम को जिन लोगों में यह अफ़वाह फैलानी थी उसके सदस्यों के अहसासों व विचार विशेषताओं के पहले से मौजूद ढांचे में समायोजित किया गया। लैंबेसिस ने भी बस यही किया। उन्होंने नवप्रवर्तकों से सांस्कृतिक संकेत लिए -यह संकेत लिया कि मुख्यधारा के बच्चों ने इसे देखा तो होगा लेकिन इसे समझ नहीं सके होंगे- और इसे अधिक सुसंगत प्रारूप देकर सतही, धारदार और समाविष्ट बनाया। उन्होंने इन संकेतों को ख़ास मायने दिए जो इनमें पहले नहीं थे और जो विशुद्ध रूप से जूतों की जोड़ी के रूप में नए

मायने लिए हुए थे। इसलिए 1995 और 1996 में एयरवॉक की अफ़वाह इतनी तेज़ी से फैलना कोई हैरानी की बात नहीं है।

4.

एयरवॉक महामारी ज़्यादा देर तक नहीं रही। सन् 1997 में, कंपनी की बिक्री लड़खड़ाने लगी। फ़र्म में उत्पादन समस्याएं आने लगीं जिससे वे अपने ऑर्डर पूरे नहीं कर पा रहे थे। एयरवॉक स्कूल खुलने के दिनों में महत्त्वपूर्ण स्थानों पर उत्पाद की पर्याप्त आपूर्ति में विफल रहा, और एक समय इसके निष्ठावान वितरक रहे लोग इसके ख़िलाफ़ होने लगे। इसी बीच, कंपनी अपनी अत्याधुनिक संवेदनशीलता खोने लगी जिसके बल पर उन्होंने इतने लंबे समय कारोबार किया। चाड फ़ार्मर कहते हैं, "एयरवॉक की शुरुआत के समय, उत्पाद दिशात्मक और आविष्कार कुशल था। जूता काफ़ी अग्रवर्ती था। हमने मार्केटिंग में ट्रेंडसेटरों पर ध्यान बनाए रखा। लेकिन उत्पाद फिसलने लगा। कंपनी सेल्स कर्मियों की बात पर ज़्यादा ध्यान देने लगी और उत्पाद मुख्यधारा जैसा एकरूप होने लगा। सब मार्केटिंग पर रीझे हुए थे। विचार बैठकों में अक्सर कमियों पर बात होती बजाय इसके कि इतने शानदार उत्पाद को क्या हो गया? लैंबेसिस की रणनीति नवप्रवर्तक जूतों की अधिकसंख्य लोगों तक पहुंचाने पर आधारित थी। लेकिन अचानक ही, एयरवॉक नवप्रवर्तक जूता नहीं रह गया। एयरवॉक के पूर्व अध्यक्ष ली स्मिथ कहते हैं, "हमने एक और बड़ी ग़लती कर दी। हमारी विशिष्ट रणनीतिक थी, जिसमें छोटे, स्वतंत्र मुख्य स्केट दुकानें आती थीं -इन देशभर में फैले तीन सौ बूटीक ने ही वस्तुतः हमें बनाया था - हमारे कुछ ख़ास उत्पाद सिर्फ़ उनके ही लिए थे। वे नहीं चाहते थे कि हम इन्हें मॉल में बेचें। तो हमने यह किया कि अपने उत्पाद को विभाजित कर दिया जाए। हमने मुख्य दुकानों से कहा कि आपको मॉल्स से प्रतिस्पर्धा करने की कोई आवश्यकता नहीं। यह काम कर गया।" बूटिक्स को टेक्निकल जूते दिए गए : भिन्न डिज़ाइन, बेहतर कपड़ा, अधिक गद्देदार, गुदगुदा बनाने के भिन्न प्रणालियां, भिन्न रबर मिश्रण, अधिक महंगे अपर।" स्केटबोर्डिंग के लिए हमारा एक विशेष जूता था, टोनी हॉक - जो भारी और बेहद मजबूत था। रिटेल में इसकी क़ीमत अस्सी डॉलर थी।" इस बीच, एयरवॉक किनी, या चैंप या फुट लॉकर में जो

जूते बेच रही थी, वो कम अलंकृत होते और रिटेल में इनका दाम 60 डॉलर होता। नवप्रवर्तकों को बाक़ी सबसे हमेशा भिन्न, अधिक विशिष्ट जूते पहनने को मिलते। मुख्यधारा के ग्राहकों को वही ब्रांड पहनने के संतोष मिलता जिसे वे बने-ठने बच्चे पहनते थे।

लेकिन तब, सफलता की शीर्ष पर, एयरवॉक ने अपनी रणनीति बदल दी। कंपनी ने विशेष दुकानों को उनके जूते देना बंद कर दिया। फ़ार्मर कहते हैं, "तभी से ट्रेंडसेटर्स में इस ब्रांड के लिए उपेक्षा का भाव आ गया। उन्होंने उन बूटिक में जाना शुरू कर दिया जहां उन्हें शानदार सामान मिलता, और तब उन्हें अहसास हुआ कि बाक़ी सबको भी जेसी पेनी से ऐसे ही जूते मिल सकते थे।" अब, अचानक ही, लैंबेसिस मुख्यधारा के लिए मुख्यधारा के ही उत्पादों का भाषा रूपांतर कर रही थी। महामारी ख़त्म हो चुकी थी।

स्मित कहते हैं, "मेरे कैटेगरी मैनेजर ने एक बार मुझसे पूछा कि यह क्या हुआ। और मैंने उनसे कहा, क्या तुमने *फ़ॉरेस्ट गंप* देखी है? मूर्ख वही करते हैं जो मूर्ख करे। और शानदार लोग वही करते हैं जो अन्य शानदार लोग करते हैं। शानदार ब्रांड लोगों के साथ अच्छा व्यवहार करते हैं, और हम नहीं करते। मैंने खुद निजी रूप से इनमें से कुछ छोटी दुकानों के वादा किया था कि हम उन्हें विशेष उत्पाद उपलब्ध करवाएंगे, लेकिन हमने अपना मन बदल लिया। यह शुरुआत थी। इस दुनिया में सब कुछ मुंहज़बानी होता है। तरक्की कर जाने पर हमें इन विवरणों का और ज़्यादा ध्यान रखते हुए, और अच्छे माहौल को बनाए रखना होता है इसलिए जब लोग कहते हैं कि तुम लोग बिक चुके हो, तुम मुख्यधारा के हो गए हो, तुमने हमें निराश किया, हम उनसे कहते, नहीं, हमने ऐसा नहीं किया। हमें ब्रांड का छोटा-सा हीरा मिला और हम इसे धीरे-धीरे मुख्यधारा में बेचते रहे, और एक बार जब हमने ये सारा बेच दिया -वे विराम लेते हैं- तो क्या हुआ? आप फिर भी हमारे जूते ख़रीदेंगे। आप किसी और से क्यों ख़रीदेंगे?"

7

केस स्टडी

आत्महत्या, धूम्रपान, और आदत-रहित सिगरेट की तलाश

अभी कुछ ही समय पूर्व, माइक्रोनेशिया के दक्षिण प्रशांत द्वीप में सिमा नामक सत्रह-साल के लड़के की अपने पिता से बहस हो गई, वो अपने परिवार के साथ अपने दादा के मकान में रहता था जब उसके - सख़्त और रौब जमाने वाले व्यक्ति - पिता ने उसे एक सुबह जल्दी उठाकर बांस से बने चाकू से कटहल काट लाने को कहा। सिमा ने गांव में कई घंटे निकाल दिए, लेकिन उसे बांस से बना चाकू नहीं मिला। और जब वो ख़ाली-हाथ वापस लौटा तो उसके पिता क्रोधित हो गए। उन्होंने अपने बेटे से कहा, अब पूरा परिवार भूखा रहेगा। उन्होंने गुस्से में बड़ा छुरा लहराते हुए कहा, "निकल यहां से और अपने रहने के लिए कोई और जगह ढूंढ़ ले।"

सिमा अपने दादा के घर से निकला और पैदल ही अपने गांव पहुंच गया। जाने से पहले उसने अपने चौदह-साल के भाई से पैन मांग लिया था। दो घंटे बाद सिमा का भाई उसे खोजने निकला। वो अपने ख़ाली पड़े पारिवारिक घर तक पहुंच गया, और खिड़की में से झांका। अंधेरे कमरे के बीचों-बीच, फांसी के फंदे पर सिमा झूल रहा था। वो मर चुका था। उसके सुसाइड नोट में लिखा था :

> इस बार, मेरी जिंदगी ख़त्म हो गई है। आज का दिन मेरे दुखों और पीड़ाओं का आख़िरी दिन था। लेकिन पिताजी के लिए यह उत्सव का दिन होगा। आज पिताजी ने मुझे निकाल दिया। मुझे इतना कम प्यार करने के लिए शुक्रिया। सिमा।
>
> मां को मेरी अंतिम विदा कहना। मां अब तुम्हें अपने बेटे के लिए कोई निराशा या परेशानी नहीं होगी। सिमा का ढेर सारा प्यार।

1960 के दशक की शुरुआत में, माइक्रोनेशिया द्वीप आत्महत्या से लगभग अपरिचित था। लेकिन किसी अज्ञात कारण से, तब से इसमें प्रति वर्ष द्रुत गति से तीव्र और प्रभावशाली इज़ाफ़ा होने लगा। 1980 के दशक के अंत तक माइक्रोनेशिया में दुनिया में कहीं से भी प्रति व्यक्ति अधिक आत्महत्याएं होने लगीं। पंद्रह से चौबीस साल के पुरुषों में, अमेरिका में आत्महत्या दर लगभग 22 प्रति 100,000 है। माइक्रोनेशिया द्वीप में यह दर लगभग 160 प्रति 100,0000 सात गुना अधिक से भी उच्चतम। इस स्तर पर, आत्महत्या आम हो चुकी थी, जो छोटी-छोटी घटनाओं पर कर ली जाती। सिमा ने अपने पिता के डांटने के कारण जान दे दी। माइक्रोनेशिया महामारी के बीच, यह कतई असामान्य नहीं था। इस द्वीप पर किशोर इसलिए आत्महत्याएं कर रहे थे कि उन्होंने अपनी प्रेमिका को किसी और के साथ देख लिया या उनके माता-पिता ने बीयर पीने के लिए अधिक धनराशि देने से इनकार कर दिया। उन्नीस साल के एक लड़के ने सिर्फ़ इसलिए आत्महत्या कर ली, क्योंकि उसे माता-पिता ने उसे ग्रैजुएशन गाउन नहीं दिलवाया। एक सत्रह साल के लड़के ने इसलिए फांसी लगा ली, क्योंकि उसके बड़े भाई ने उसे बहुत शोर मचाने के लिए डांटा था। जो चीज़ पश्चिमी संस्कृति में दुर्लभ, औचक और गहन रोगात्मक थी, वह माइक्रोनेशिया में, अपने खुद के ख़ास नियमों और प्रतीकों के कारण, किशोरावस्था का रिवाज़ बन गई थी। बल्कि, वास्तव में उस द्वीप की सभी आत्महत्याएं सिमा की कहानी के जैसी ही थीं। लगभग सभी पीड़ित पुरुष थे। वे सभी किशोरावस्था के अंत में, अविवाहित, और घर पर रहने वाले थे। इनका कारण निरपवाद रूप से, प्रेमिका या माता-पिता से विवाद जैसी घरेलू घटनाएं थीं। एक-तिहाई मामलों में पीड़ित ने इसके पूर्व कभी भी आत्महत्या का प्रयास या धमकी नहीं दी थी। सुसाइड नोट में अवसाद

नहीं बल्कि मान हानि और आत्मदया की अभिव्यक्ति होती। यह दुर्व्यवहार के खिलाफ़ विरोध था। यह क्रिया सामान्यतः सप्ताहांत की रात में, आमतौर पर दोस्तों के साथ शराब पीने के मुक़ाबले के बाद की जाती। कुछ मामलों में पीड़ितों ने बिलकुल ऐसा ही किया जैसे यह अपनी जान ख़ुद लेने के सही तरीक़े का कोई सख़्त और बिन लिखा करार हो। वे कोई दूर-दराज़ का स्थान या ख़ाली घर खोज लेते। एक रस्सी लेते। उसका फंदा बनाते। लेकिन वे ख़ुद को पश्चिमी शैली की तरह लटका भर नहीं देते। वे फंदे को पेड़ की निचली शाखा या खिड़की या दरवाज़े के हत्थे से बांध देते और आगे झुकने लगते, जिससे उनके शरीर के भार से फंदा उनके गले के इर्दगिर्द कसता जाए, जिससे दिमाग़ को ख़ून जाना बंद हो जाता। तत्पश्चात वे अचेत हो जाते। दिमाग़ में ख़ून की कमी से ऑक्सीजन के अभाव में उनकी मौत हो जाती।

मानव विज्ञानी डोनाल्ड रुबिन्सटाइन लिखते हैं, माइक्रोनेशिया में, यह रिवाज़ आम संस्कृति का हिस्सा बन गया। आत्महत्याओं की संख्या बढ़ने पर, यह विचार अपने आप में पुष्ट होने लगा, जो युवा लड़के-लड़कियों को संक्रमित करता, और इसे ऐसी क्रिया में रूपांतरित कर देता जिससे इस बारे में नहीं सोचने वाले भी सोचने लगते। माइक्रोनेशिया की महामारी का शानदार अनुसंधानों की श्रंखला में दस्तावेजीकरण करने वाले रुबिन्सटाइन के अनुसार,

> कुछ माइक्रोनिशियाई समुदायों के किशोरों में आत्महत्या का विचार तेज़ी से फैलता प्रतीत हो रहा है और यह स्थानीय स्तर पर रचे गए और माइक्रोनेशिया रेडियो स्टेशनों पर प्रसारित गीतों तथा टी-शर्टों व हाई स्कूल की दीवारों पर बनी ग्राफ़िटी में साफ तौर पर व्यक्त हो रहा है। आत्महत्या के प्रयास में विफल रहे किशोरों ने बताया कि उन्होंने पहली बार इसके बारे में तब देखा या सुना था जब वे 8 या 10 साल के थे। उनके आत्महत्या के प्रयास अनुकरणात्मक और प्रायोगिक खेल प्रतीत होते थे। जैसे कि, 11 साल के एक लड़के ने ख़ुद को अपने घर में ही लटका लिया और जब उसे पाया गया तब वो पहले ही अचेत था और उसकी ज़बान बाहर लटकने लगी थी। उसने बाद में बताया कि वो लटकने को "आज़मा" रहा था। उसने कहा कि वो मरना नहीं चाहता था,

> हालांकि वो जानता था कि इसमें मौत का ख़तरा है। ट्रुक से अभी हाल ही में ऐसे अनुकरणात्मक आत्महत्या प्रयास के मामले पांच और छह साल के कम उम्र बच्चों के भी आए हैं। माइक्रोनेशिया में युवा किशोरों के आत्महत्या से मौतों के कुछ मामले प्रत्यक्ष रूप से ऐसे ही प्रयोग के परिणाम लगते हैं। इन समुदायों में आत्महत्या आम होने ने इस विचार को स्वतः ही युवाओं को लुभाया नहीं तो परिचित अवश्य करवा दिया, जिसने इस क्रिया की घातकता को महत्त्वहीन बना दिया। विशेष रूप से कुछ छोटे लड़कों के लिए तो आत्महत्या की क्रिया प्रायोगिक तौर पर लगभग मनोरंजन का तत्व प्रतीत होने लगा।

इस अवतरण में एक बहुत डरावनी बात है। आत्महत्याओं का मनोरंजन बन जाना ठीक नहीं है। लेकिन इसमें सबसे ज़्यादा डराने वाली बात यह थी कि यह कितना सुपरिचित प्रतीत होता है। यह आत्महत्या की संक्रामक महामारी है जो युवाओं के प्रायोगिकता, अनुकरणात्मकता, और विद्रोह की भावना से जोड़ती थी। यह एक नासमझी-भरी क्रिया है, जो किसी तरह किशोरों के बीच, आत्म-अभिव्यक्ति का अहम तरीक़ा बन गई है। माइक्रोनेशिया में किशोरों की आत्महत्या की यह महामारी अजीब तरह से काफ़ी हद तक पश्चिम में किशोरों के धूम्रपान की महामारी जैसी लगती है।

1.

किशोरों का धूम्रपान करना आधुनिक जीवन की सबसे चकराने वाली परिघटना है। कोई नहीं जानता कि इससे कैसे लड़ा जाए, या बल्कि, वास्तव में यह है क्या। धूम्रपान-विरोधी आंदोलन की मुख्य धारणा यह है कि तंबाकू कंपनियां किशोरों से झूठ बोलकर उन्हें धूम्रपान के लिए फुसलाती हैं। वे धूम्रपान को वास्तविकता से अधिक और अधिक आकर्षक तथा बेहद कम हानिकर दिखाती हैं। तब इस समस्या के समाधान के लिए हमने सिगरेट के विज्ञापनों को प्रतिबंधित और नियमबद्ध किया, जिससे तंबाकू कंपनियों के लिए झूठ बोलना मुश्किल हो जाए। हमने सिगरेट के दाम बढ़ा दिए और नाबालिगों को तंबाकू बेचने के ख़िलाफ़ क़ानून लागू कर दिया जिससे किशोरों के लिए सिगरेट ख़रीदना मुश्किल हो जाए। हमने टेलीविज़न और रेडियो

तथा पत्रिकाओं में पर विस्तृत सार्वजनिक स्वास्थ्य अभियान चलाकर किशोरों को धूम्रपान के ख़तरों संबंधी शिक्षा देने का प्रयास किया।

फिर भी, यह स्पष्ट ही है कि यह तरीक़े अधिक कारगर नहीं रहे। जैसे, हम यह क्यों सोचते हैं कि धूम्रपान के लड़ने का मुख्य तरीक़ा लोगों को सिगरेट के जोखिमों के बारे में शिक्षित करना है? हार्वर्ड विश्वविद्यालय के अर्थशास्त्री डब्ल्यू. किप विस्कुसी ने हाल ही में धूम्रपान करने वाले एक समूह से पूछा कि इक्कीस साल की उम्र के बाद से धूम्रपान के कारण उन्होंने अब तक अपनी कितनी उम्र कम कर ली है। उन्होंने नौ साल का अनुमान लगाया। वास्तविक उत्तर है लगभग छह या सात साल। धूम्रपान करने वाला धूम्रपान इसलिए नहीं करता कि उसने धूम्रपान के जोख़िम को कम आंका है। वे धूम्रपान के जोख़िम को ज़्यादा आंकने के बावजूद धूम्रपान करते हैं। इसके साथ ही, ये भी साफ़ नहीं है कि वयस्कों का किशोरों का धूम्रपान नहीं करने को कहना कितना प्रभावशाली है। जैसा कि हर किशोर बच्चे के माता-पिता आपको बता सकते हैं कि वयस्क किशोरों को जितना अधिक इसके ख़तरों से आगाह करते है, इसके उलट उनमें इसे आज़माने की इच्छा उतनी ही बढ़ जाती है। निश्चित रूप से, अगर आप बीते लगभग एक दशक के धूम्रपान ट्रेंड पर नज़र डालें, तो यही हो रहा है। धूम्रपान के ख़िलाफ़ आंदोलन इतना तेज़ या मुखर पहने कभी नहीं था। फिर भी सभी संकेत यही बता रहे हैं कि युवाओं में धूम्रपान-विरोधी संदेश का उलटा असर हुआ है। सन् 1993 से 1997 के बीच, धूम्रपान करने वाले छात्रों की संख्या 22.3 फ़ीसदी से बढ़कर 28.5 फ़ीसदी हो गई। सन् 1991 से 1997 के बीच, धूम्रपान करने वाले हाई स्कूल छात्रों की संख्या में बढ़कर 32 फ़ीसदी हो गई। जबकि, सन् 1988 में, अमेरिका में किशोर धूम्रपान करने वालों की कुल संख्या 73 फ़ीसदी तक बढ़ गई। हाल ही के वर्षों में कुछ सार्वजनिक स्वास्थ्य कार्यक्रम धूम्रपान के ख़िलाफ़ युद्ध के मिशन में विफल रहे हैं।

यहां सबक़ यह नहीं है कि हमें सिगरेट के ख़िलाफ़ लड़ाई में हथियार डाल देने चाहिए। यहां बात बस इतनी सी है कि हम जिसे धूम्रपान का कारण समझ रहे हैं वो अधिक मायने नहीं रखता। यही कारण है कि माइक्रोनेशिया में आत्महत्या की महामारी धूम्रपान की समस्या के साथ इतने दिलचस्प ढंग से संभावित प्रासंगिक है। यह युवाओं के धूम्रपान को समझने का एक और आयाम बताती है। क्या हो अगर धूम्रपान, बाज़ार के तर्कसंगत सिद्धांतों पर

चलने की बजाय उसी तरह के रहस्यमय और जटिल सामाजिक नियमों और रस्मों पर चलती जिससे किशोर आत्महत्या शासित थी? अगर धूम्रपान वास्तव में माइक्रोनेशिया की आत्महत्या महामारी जैसा है, तो यह हमारे समस्या से लड़ने के तरीक़े को कैसे बदल सकता है?

2.

आत्महत्या का अध्ययन करने वालों का मुख्य विचार यही था कि किसी ख़ास स्थान और हालात में व्यक्ति के आत्महत्या करने की प्रक्रिया संक्रामक हो सकती है। आत्महत्या से और आत्महत्याएं होती हैं। सैन डिएगो स्थित कैलिफ़ोर्निया विश्वविद्यालय में इस क्षेत्र में माहिर समाजशास्त्री डेविड फ़िलिप्स, के आत्महत्याओं पर किए अध्ययनों में से हर एक अधिक दिलचस्प और पिछले वाले से ज़्यादा असंभव प्रतीत होता है। उन्होंने शुरुआत 1940 के दशक से 1960 के दशक के बीच के बीस सालों में उन सभी कहानियों की सूची बनाने से की जो देश के सबसे प्रमुख समाचार पत्रों में पहले पृष्ठ पर चली थीं। इसके बाद उन्होंने इनकी तुलना उसी अवधि के आत्महत्याओं के आंकड़ों से की। वे जानना चाहते थे कि क्या इन दोनों के बीच किसी तरह का संबंध है। निश्चित ही यही था। आत्महत्या की कहानियां छपने के फ़ौरन बाद, जहां वे अख़बार पहुंचते थे वहां आत्महत्याओं में इज़ाफ़ा हुआ। राष्ट्रीय कहानियों की बात करें, तो इनकी राष्ट्रीय दर में भी वृद्धि हुई। (मर्लिन मुनरो की मृत्यु के बाद राष्ट्रीय आत्महत्या दर में 12 फ़ीसदी का अस्थायी इज़ाफ़ा हुआ।) तत्पश्चात फ़िलिप्स ने अपने इस प्रयोग को पुनः सड़क दुर्घटनाओं पर दोहराया। उन्होंने *लॉस एंजिलिस टाइम्स* और *सैन फ़्रांसिस्को क्रॉनिकल्स* के प्रथम पृष्ठ की आत्महत्या की ख़बरों को लिया और इनका मिलान कैलिफ़ोर्निया राज्य में हुई ट्रैफ़िक दुर्घटनाओं से किया। उन्हें उसमें भी वही पैटर्न मिला। अत्यधिक प्रचारित आत्महत्याओं को एक दिन बाद, सड़क दुर्घटनाओं में मौतों की संख्या औसतन, उम्मीद से 5.9 फ़ीसदी अधिक थी। आत्महत्या की ख़बर के दो दिन बाद, ट्रैफ़िक से होने वाली मृत्यु 4.1 फ़ीसदी बढ़ गईं। इसके तीन दिन बाद, यह 3.1 फ़ीसदी और बढ़ गईं। और इसके चार दिन बाद, यह 8.1 फ़ीसदी तक बढ़ गईं। (दस दिनों के बाद ट्रैफ़िक दुर्घटना दर वापस सामान्य हो सकी)। फ़िलिप्स ने निष्कर्ष निकाला लोगों के आत्महत्या करने का एक तरीक़ा जानबूझकर कार को टकरा देना भी है,

और इन लोगों के भी उसी तरह के अति प्रचारित संक्रामक प्रभाव में होने का संदेह था जिसमें परंपरागत साधनों से अपनी जान लेने वाले लोग थे।

फ़िलिप जिस संक्रमण की बात कर रहे हैं वो तर्कसंगत या अनिवार्य रूप से विवेकपूर्ण नहीं था। यह प्रभावपूर्ण तर्क नहीं था ये उससे कहीं ज़्यादा सूक्ष्म चीज़ थी। वे कहते हैं, "मैं ट्रैफ़िक लाइट पर खड़ा हूं और वो लाल हो, तो कई बार मुझे लगता है कि इसे फांदकर निकल जाऊं। और तभी कोई दूसरा ऐसा कर देता है और फिर मैं भी कर लेता हूं। यह नक़ल जैसा है। मुझे ऐसा करने की अनुमति उसने दी जो खुद ग़लत काम कर रहा था। क्या यह चेतन निर्णय है? मैं नहीं कह सकता। शायद बाद में मैं इस अंतर पर विचार करूं। लेकिन उस समय मुझे नहीं पता कि हम में से कोई जानता होगा कि हमारे कितने फ़ैसले चेतन होते हैं और कितने फ़ैसले अचेतन होते हैं। मानवीय फ़ैसले सूक्ष्म और जटिल तथा अधिक सोचे-समझे नहीं होते।"

आत्महत्या के मामले में, फ़िलिप तर्क देते हैं कि विख्यात व्यक्ति का अपनी जान लेने के फ़ैसले का भी ऐसा ही असर होता है : इससे अन्य लोगों को, ख़ासतौर पर उन्हें जो अपरिपक्वता या मानसिक बीमारी के कारण इस पर यक़ीन करते हों, उन्हें भी इस पथभ्रष्ट क्रिया को करने की अनुमति मिल जाती है। फ़िलिप्स आगे कहते हैं, "आत्महत्या की कहानियां आपकी समस्याओं के प्रति ख़ास प्रतिक्रिया के स्वाभाविक विज्ञापन जैसी होती हैं। आपको ऐसे लोग मिल जाता हैं जो नाखुश हैं और जिन्हें अपने अवसाद के कारण फ़ैसला लेने में दिक्कत हो रही हो। वे इस कष्ट के साथ जी रहे होते हैं। इसकी प्रतिक्रिया का विज्ञापन करने वाली बहुत-सी कहानियां हैं। यह भी संभव है कि उस सप्ताहांत बिली ग्राहम धर्मयुद्ध के लिए निकला हो - यह एक धार्मिक दायित्व है। या यह भी संभव है कि कोई पलायनवादी फ़िल्म का विज्ञापन कर रहा हो - यह एक और प्रतिक्रिया है। आत्महत्या की कहानियां एक अन्य तरह का विकल्प सुझाती हैं। "फ़िलिप्स का अनुमति-देने की गतिविधि उस सेल्समैन के जैसी जिसके बारे में मैंने अध्याय 2 में बात की थी। जैसा टॉम गाउ, अपनी व्यक्तित्व की राज़ी करवाने की ताक़त के माध्यम से करते हैं, जो ज़बानी-प्रचार महामारी में टिपिंग पॉइंट का काम करती है। अति-प्रचारित आत्महत्याओं में मरे लोग, जिनकी मौत अन्य लोगों को मरने की "अनुमति" देती है, आत्महत्या महामारी में टिपिंग पॉइंट का काम करते हैं।

फिर भी इस अनुमति-देने में सबसे दिलचस्प चीज़ इसका विशेष रूप से असाधारण होना है। वाहन दुर्घटनाओं के अपने अध्ययन में फ़िलिप्स को साफ़ पैटर्न हासिल हुआ। आत्महत्या की कहानियों का परिणामस्वरूप एकल-कार दुर्घटनाओं में वृद्धि ही जिसमें ड्राइवर शिकार बना था। आत्महत्याओं और हत्याओं की कहानियों का परिणामस्वरूप बहु-कार दुर्घटनाओं में बढ़ोतरी हुई जिसके शिकार बनने वाले में ड्राइवर और यात्री दोनों ही होते थे। युवाओं के आत्महत्या करने की कहानियों की परिणामस्वरूप ऐसी और अधिक ट्रैफ़िक दुर्घटनाएं होने लगीं जिसमें युवा शामिल होते थे। बुज़ुर्गों के आत्महत्या करने की कहानियों के परिणामस्वरूप ऐसी ट्रैफ़िक दुर्घटनाएं बढ़ गईं जिनमें बुज़ुर्ग शामिल थे। यह पैटर्न बहुत-से अवसरों पर दिखाई दिया। जैसे कि, 1970 के दशक के अंत में इंग्लैंड में आत्म-दाह द्वारा आत्महत्या करने वालों की ख़बरों ने अगले वर्ष आत्म-दाह द्वारा आत्महत्या को 82 तक बढ़ा दिया।

दूसरे शब्दों में, आत्महत्या के बुनियादी कृत्य को मिली "अनुमति", आमतौर पर असुरक्षा का आम आमंत्रण नहीं है। वास्तव में यह अति विस्तृत निर्देशों का समूह है, जो किसी ख़ास तरह के हालात वाले ख़ास लोगों के लिए है जो एक ख़ास तरह से मरना चाहते हैं। यह कोई इशारा नहीं है। एक भाषण है। एक अन्य अध्ययन के दौरान, 1960 के दशक में, इंग्लैंड में अनुसंधानकर्ताओं के एक समूह ने 135 लोगों का मनोविश्लेषण किया जिन्हें आत्महत्या के विफल प्रयास के बाद केंद्रीय मनोचिकित्सा अस्पताल में दाख़िल करवाया गया था। उन्होंने पाया कि यह समूह सामाजिक तौर पर मज़बूती से जुड़ा है। उनमें से कई एक ही सोशल सर्किल से थे। इससे पता चला कि यह संयोग नहीं था। यह वस्तुतः आत्महत्या के मूल सार को बयान करता है, यह समान उपसंस्कृति के सदस्यों के बीच की निजी भाषा। यहां लेखक के निष्कर्ष का पूर्ण रूप से उद्धृत करना होगा :

> आत्महत्या का प्रयास करने वाले बहुत-से लोग समाज के उस वर्ग से आते हैं जिसमें आत्म-आघात को आमतौर पर किसी ख़ास तरह की जानकारी को व्यक्त करने का साधन माना जाता है। इस समूह में एक कृत्य को समझने योग्य माना जाता है जो शेष सांस्कृतिक पैटर्न के सुसंगत है... अगर यह सच है, तो इसका मतलब हुआ कि किसी ख़ास तरह के, अक्सर परेशानी के हालात में व्यक्ति,

> दूसरों को अपनी परेशानियों के बारे में जो जानकारी देना चाहता है, उसे नए सिरे से अन्य किसी तरह के संवादात्मक माध्यम के आविष्कार नहीं करना होता... "आत्महत्या प्रयास संस्कृति" में यह कृत्य को ऐसे कर सकता है जब यह कोई पहले से निर्मित संदेश लिए हो : उसे बस इसकी सहायता लेनी होती है। यह प्रक्रिया काफ़ी कुछ वैसी ही है जैसे कोई व्यक्ति किसी संवाद भाषा में शब्दों का उपयोग करता है।

माइक्रोनेशिया में यही हुआ, बस यह अधिक बड़े स्तर पर था। यदि पश्चिम में आत्महत्या अपरिष्कृत भाषा जैसी है, तो माइक्रोनेशिया में यह संवाद का अत्यधिक भावबोधक रूप बन गई जो अर्थ और बारीकी से भरपूर था, और जिसकी अभिव्यक्ति सबसे स्वीकार्य अनुमति प्रदाताओं ने की है। रुबिन्सटाइन ने एबाय के माइक्रोनेशियाई द्वीप पर लगभग 6,000 लोगों के समुदाय में आत्महत्या के इस अजीब पैटर्न के बारे में लिखा है। सन् 1955 से 1965 के बीच, पूरे द्वीप पर आत्महत्या का एक भी मामला नहीं था। मई 1966 में, एक अठारह साल के लड़के ने साइकिल चुराने के लिए गिरफ़्तार किए जाने के बाद जेल की कोठरी में फांसी लगा ली। लेकिन इस मामले से ज़्यादा फ़र्क़ नहीं पड़ा। तब नवंबर 1966 में द्वीप के सबसे रईस परिवारों में से एक के आकर्षक वंशज आर. की मौत हुई। आर. के दो महिलाओं से संबंध थे और उन दोनों से ही उसे एक माह के बच्चे थे। उन दोनों में से किसी एक को चुनने का फ़ैसला नहीं कर पाने के कारण उसने रूमानी निराशा में फांसी लगा ली। उसकी अंत्येष्टि के दौरान ही उसकी दोनों प्रेमिकाओं को दूसरी के होने का पहली बार पता चला, और वे वहीं उसकी कब्र पर ग़श खाकर गिर गईं।

आर. की मृत्यु के तीन दिन बाद, एक और आत्महत्या हुई, यह एक बाईस साल का पुरुष था जो वैवाहिक कठिनाइयों से जूझ रहा था। इससे हफ़्ते के भीतर ही आत्महत्याओं की संख्या बढ़कर दो हो गई, वो भी ऐसे समुदाय में जिसने पिछली आत्महत्या बारह साल पहले देखी थी। द्वीप के चिकित्सक ने लिखा, "आर. की मृत्यु के बाद बहुत-से लड़कों ने उसे सपनों में देखा और बताया कि वो उनसे अपने आपको मार डालने के लिए कह रहा था।" अगले बारह सालों में बारह और आत्महत्याएं हुईं। जो अधिकांशतः

कुछ ही हफ़्तों के दौरान तीन या चार के समूहों में हुईं। सन् 1975 में एक अतिथि मानवशास्त्री ने लिखा, "कुछ आत्महत्या करने वालों ने इसके पूर्व और कुछ हाल ही में आत्महत्या का प्रयास कर चुके लोगों ने बताया कि उन्हें एक दृश्य दिखता है जिसमें एक नाव में सवार सभी भूतपूर्व शिकार द्वीप का चक्कर लगाते हुए संभावित शिकारों को अपने साथ आने के लिए कहते हैं। "बार-बार लगातार, आर. द्वारा उल्लेखित विषयवस्तु पुनः प्रकट होती। यह हाईस्कूल के एक छात्र एम. का अंतिम पत्र है जिसकी एक प्रेमिका बोर्डिंग स्कूल में थी तो एक एबाय में थी, और जब पहली प्रेमिका स्कूल से वापस घर लौट आई तो दो प्रेमिकाओं का एक साथ होना जटिलताओं का कारण बना। एबाय की युवा संस्कृति में यह अपनी जान लेने का आधार था : "एम. और सी. (दोनों प्रेमिकाएं) को शुभकामनाएं। तुम दोनों का साथ बहुत अच्छा रहा।" उसे बस यही कहना था। क्योंकि इस कृत्य का संदर्भ आर. ने पहले से ही रच दिया था। एबाय महामारी में, आर. इसे चरम पर पहुंचाने वाला व्यक्ति था। वह सेल्समैन जिसके अनुभव ने उसका अनुकरण करने वाले सभी के अनुभवों को "अधिलेखित" कर दिया। उसके व्यक्तित्व की शक्ति और मृत्यु के हालात ने साथ मिलकर उसे मृत्यु के कई साल बाद भी उदाहरण बनाए रखा।

3.

क्या किशोरों के धूम्रपान पर भी यही तर्क लागू होता है? किशोरों के धूम्रपान करने का कारण खोजने के लिए, मैंने कुछ सौ लोगों को एक प्रश्नावली सौंपी, जिसमें उनसे सिगरेट के बारे में उनके शुरुआती अनुभव पूछे गए थे। यह कोई वैज्ञानिक अध्ययन नहीं था। यह सैंपल पूरे अमेरिका का प्रतिनिधित्व नहीं करता। इनमें से अधिकांश लोग बड़े शहरों में रहने वाले, बीस के अंत और तीस की शुरुआत की उम्र के थे। फिर भी, परिणाम चौंकाने वाले रहे, मुख्यतः अपने बीच की समानता को लेकर। ऐसा लगा जैसे धूम्रपान बालपन की एक ख़ास तरह की अवस्था को जाग्रत करता - जो सुस्पष्ट, सटीक और भावात्मक रूप से आवेशित होती है। एक व्यक्ति याद करता है कि कैसे उसे अपनी दादी का पर्स खोलने कितना अच्छा लगता था, जिसमें से "सस्ते विंस्टन्स और चमड़े से मिली दवा की दुकान वाली लिपस्टिक और

दालचीनी की च्यूइंगम की महक आती थी।" किसी दूसरे को याद आता कि "क्रिसलर सेडान की पिछली सीट पर बैठा, ड्राइवर की खिड़की से निकलकर अपनी नासिकाओं में प्रविष्ट होती सल्फ़र और तंबाकू के शानदार मिश्रण की गंध ले रहा है।" धूम्रपान को सभी ने काफ़ी हद तक केवल एक ही चीज़ से जोड़ा था : शिष्टता। यह उन लोगों का भी सत्य था जो आज धूम्रपान से नफ़रत करते हैं, जो आज इसे गंदी और ख़तरनाक आदत मानते हैं। धूम्रपान की भाषा, आत्महत्या की भाषा जैसी ही है, दोनों अविश्वसनीय रूप से एकसमान लगती हैं। यहां दो प्रतिक्रियाएं प्रस्तुत हैं, दोनों ही बचपन की स्मृतियों को व्यक्त करती हैं :

> मेरी मां धूम्रपान करती थीं, हालांकि मुझे यह पसंद नहीं था। मुझे इसकी महक से घृणा थी। उनकी अंगुलियां लंबी व नुकीली और थोड़े सिलवटों वाले भरे हुए होंठ थे, जिन पर हमेशा लिपस्टिक लगी रहती थी। धूम्रपान करते हुए वह इतनी शिष्ट लगती थीं कि ऐसा कोई कारण नहीं कि एक दिन मैं भी धूम्रपान नहीं करने लगूं। मां को लगता था कि धूम्रपान नहीं करने वाले एक क़िस्म के कायर हैं। उनका कहना कि इससे तुम घृणा योग्य हो जाते हो, आपको यह सोचने पर विवश कर देता है कि यह कितना बुरा लगता होगा।

> मेरी सबसे अच्छी दोस्त सूज़न आयरिश-इंग्लिश मूल की है। उसके माता-पिता मेरे माता-पिता के ठीक उलट थे। ज़िंदादिल, दयालु, स्वतंत्र। वह रात्रि भोज से पहले कॉकटेल लेते। श्रीमान ओ'सुलिवन की दाढ़ी थी और वह बंद गले की पोशाक पहनते थे। श्रीमती ओ' सुलिवन घिसी एड़ी की चप्पल में डगमगाते हुए चलतीं, वह दुबली-पतली थीं और अपने गहरे-काले बालों से मिलते काले रंग के कपड़े पहनतीं। वह आंखों पर अत्यधिक मेकअप करतीं और उनका रंग थोड़ा दबा हुआ था। और उनकी मैनीक्योर अंगुलियों में हमेशा, लगभग हमेशा ही लंबा सिगरेट होल्डर ख़तरनाक ढंग से झूलता रहता।

यह धूम्रपान की साझा भाषा है, और यह आत्महत्या की भाषा के समान ही समृद्ध और अभिव्यक्तिपूर्ण है। इस महामारी को भी चरम पर पहुंचाने वाले

लोग, सेल्समैन, अनुमति-प्रदाता थे। मेरे सर्वे में प्रतिक्रिया देने वाले बार-बार एक ऐसे ख़ास व्यक्ति के बारे में बताते जिसने उन्हें ठीक एक ही तरह से धूम्रपान की ओर प्रवृत्त किया।

> जब मैं नौ या दस साल का था तब मेरे माता-पिता ने एक अंग्रेज़ घरेलू सहायिका मैगी को रखा, जो गर्मियों में हमारे साथ रहने आ गई। वो शायद बीस साल की होगी, वो बहुत-सेक्सी थी और कैंपबेल पूल में बिकनी पहना करती थी। अपनी बिकनी पहने हाथों के बल पूल में कूदने की अदा के कारण वो बड़ी उम्र के पुरुषों में चर्चित थी। यह भी कहा जाता था कि कूदते समय उसकी बिकनी गिर जाती है - कारपेंटर महोदय उसके कूदते समय हमेशा मौजूद रहते। मैगी धूम्रपान करती थी। और मैं भी अक्सर उससे मुझे धूम्रपान करने देने की गुज़ारिश करता रहता था।
>
> मेरी पहचान में धूम्रपान करने वाला पहला लड़का बिली जी. था। हमारी पांचवीं कक्षा में तब दोस्ती हुई, जब हमारे एन.जे. कस्बे के आसपास बुराइयां सिर उठा रही थीं। बिली बेहद शानदार लड़का था। वो वह पहला लड़का था जिसने लड़कियों को डेट किया, सिगरेट और पॉट से धूम्रपान किया, शराब पी और ड्रगी म्यूज़िक सुना। मुझे आज भी उसकी बहन के ऊपर वाले कमरे में बैठना याद है। उसके माता-पिता का तलाक़ हो चुका था (एक और पहला), और उसकी मां कभी घर पर नहीं रहती थीं - ग्रेटफुल डेड एल्बम के कवर पर कुछ पॉट्स से बीज को निकालकर अलग करने में... मेरे लिए इसकी दुष्टता और वयस्कता, और इसका इस विचार को साबित करना कि एक बार में एक से अधिक तरह का हुआ जा सकता है, आकर्षण का कारण बना।
>
> मुझे धूम्रपान करने वाला जो पहला परिचित याद आता है वह पैम पी. नामक लड़की थी। मेरी उससे तब मुलाक़ात हुई जब हम दोनों 10वीं कक्षा में थे। हम एल.आई. ग्रेट नेक में स्कूल बस में साथ जाते थे, और मुझे याद है कि मुझे वो इसलिए शानदार लगती थी क्योंकि वो अपार्टमेंट में रहती थी (रेड नेक में बहुत अपार्टमेंट नहीं थे)। पैम अपनी 15 वर्ष की उम्र से काफ़ी बड़ी

> लगती थी। हम अक्सर बस की पिछली सीट पर बैठकर खिड़की से बाहर धुआं उड़ाते रहते थे। उसमें मुझे इसे अंदर खींचना सिखाया, किस तरह कमर पर कमीज़ को बांधकर शानदार दिखना है, यह सिखाया, और लिपस्टिक किस तरह लगाई जाती है। उसके पास एक चमड़े की जैकेट थी। उसके पिता शायद ही कभी घर पर रहते थे।

इस विचार को मानने वाले बहुत हैं कि बहुत अधिक धूम्रपान करने वालों का व्यक्तित्व एक जैसा होता है। प्रभावशाली ब्रिटिश मनोवैज्ञानिक हंस आइजिंक तर्क देते हैं कि एक बेहद सरल व्यक्तित्व प्रारूप द्वारा अत्यधिक धूम्रपान करने वालों और धूम्रपान नहीं करने वालों को अलग किया जा सकता है। आइजिंक के अनुसार ठेठ कट्टर धूम्रपान करने वाला, एक बहिर्मुखी होता है, ऐसा व्यक्ति जो

> सामाजिक हो, पार्टियों को पसंद करता है, बहुत-से दोस्त होते हैं, उसे बात करने के लिए लोग चाहिए... वो रोमांच को तलाशता है, जोख़िम उठाता है, क्षण भर में काम कर बैठता है और आमतौर पर आवेगशील व्यक्ति होता है... वो हमेशा कुछ न कुछ करते रहना चाहता है; आक्रामक प्रवृत्ति का होता है और बहुत शीघ्र आपा खो बैठता है, वह अपनी भावनाओं को नियंत्रित नहीं रख पाता और उस पर हमेशा विश्वास नहीं किया जा सकता।

आइज़िंक की इस नवीन खोज के बाद से इस पर अनगिनत अध्ययन हुए, जिससे धूम्रपान करने वालों के “प्रकार” की यह तसवीर साफ हो गई। धूम्रपान ना करने वालों के मुक़ाबले अत्यधिक धूम्रपान करने वालों में सेक्स लालसा अधिक होती है। वे समय से पहले ही काम-संबंध बनाने लगते हैं। उनका सेक्स आवेग अधिक होता है। वे सेक्स की अत्यंत “आवश्यकता” महसूस करते हैं, और विपरीत लिंग के प्रति उनमें प्रबल आकर्षण होता है। उदाहरण के लिए, उन्नीस साल की उम्र में, धूम्रपान नहीं करने वाली 15 फ़ीसदी श्वेत कॉलेज के छात्राएं काम-संबंध बना चुकी होती हैं। वहीं कॉलेज जाने वाली इतनी ही छात्राएं जो धूम्रपान करती हैं, उनमें यह 55 फ़ीसदी है। आइज़िंक के अनुसार पुरुषों के आंकड़े भी लगभग इतने ही हैं।

वे मनोवैज्ञानिकों के बताए "एंटी-सोशल" (समाज-विरोधी) सूचकांक में काफ़ी ऊपर होते हैं। उनमें दुराचार का स्तर बहुत ऊपर होता है, तथा वे अधिक बाग़ी और अड़ियल भी होते हैं। वे क्षणभर में फ़ैसला ले लेते हैं। वे अधिक जोख़िम उठाते हैं। एक औसत धूम्रपान करने वाला एक औसत धूम्रपान नहीं करने वाले व्यक्ति के मुक़ाबले कॉफ़ी पर 73 फ़ीसदी और बीयर पर दो से तीन गुना अधिक ख़र्च करता है।

दिलचस्प बात है कि, धूम्रपान करने वाले अपने बारे में धूम्रपान नहीं करने वालों के मुक़ाबले अधिक ईमानदार होते हैं। जैसा कि डेविड क्रॉघ ने अपनी पुस्तक *स्मोकिंग : द आर्टिफ़िशियल पैशन* में इसे परिभाषित किया है, मनोवैज्ञानिक एक तरह का "झूठ" पकड़ने का परीक्षण करते हैं, जिसमें वे अविवादित बयान देते हैं - "मैं हमेशा सच नहीं बोलता" या "कई बार मैं अपने जीवनसाथी से भी उदासीन रहता हूं" - और अगर परीक्षण-पात्र निरंतर इस बयान से इनकार करता है, तो इसे प्रमाण मान लिया जाता है कि वो आमतौर पर हमेशा सच नहीं बोलते। धूम्रपान करने वाले ऐसे परीक्षणों में अधिक खरे साबित हुए हैं। क्रॉघ लिखते हैं, "एक सिद्धांत होता है कि उनमें मतभेद नहीं होना और अवज्ञा का अतिरेक साथ मिलकर उन्हें तुलनात्मक रूप से इसके प्रति उदासीन बना देते हैं कि लोग उनके बारे में क्या सोचते हैं।"

निस्संदेह, यह पैमाना सभी धूम्रपान करने वालों पर लागू नहीं होता। लेकिन धूम्रपान करने वालों के व्यवहार की आम भविष्यवाणी में यह काफ़ी ठीक उतरता है। व्यक्ति जितना अधिक धूम्रपान करता है, उसके इस प्रारूप में फ़िट होने की संभावना उतनी ही बढ़ जाती है। क्रॉघ लिखते हैं, "मैं वैज्ञानिक भावना से पाठकों को निम्न प्रयोग द्वारा अपने को (धूम्रपान व्यक्तित्व के संबंध में) इसे प्रमाणित करने के लिए आमंत्रित करता हूं। एक बार अदाकारों, रॉक म्यूज़िशियनों, हेयरड्रेसर्स की बैठक में जाएं वहीं दूसरी ओर सिविल इंजीनियरों, इलेक्ट्रीशियनों, या कंप्यूटर प्रोग्रामरों की बैठक में जाएं, और वहां देखे कि कितनी सिगरेट पी जा रही है। अगर आपको भी मुझे जैसा ही अनुभव हो तो इसमें बड़ा अंतर दिखाई देगा।"

यहां मेरी प्रश्नावली पर एक और प्रतिक्रिया है। क्या बहिर्मुखी व्यक्तित्व अधिक साफ होता है?

> जब मैं बहुत छोटा था, तब मेरे आसपास के लोगों में केवल मेरे दादाजी ही धूम्रपान करते थे। वह रेनियोस्के जैसे थे, एक चालबाज़ हीरो, जो पोलैंड से उस समय आया जब वो बच्चा था जिसने अपनी ज़्यादातर ज़िंदगी में शीशा जड़ने वाले का काम किया है। मेरी मां बताती हैं कि उन्हें पहली बार उनके साथ डिनर के लिए ले जाया गया तो उन्हें लग रहा था कि वह जनता को हैरान करने के लिए अभी टेबल से कपड़ा खींच देंगे, और तब भी टेबल का सामान ज्यों का त्यों बना रहेगा।

मेरे ख़याल से, धूम्रपान करने वाले के व्यक्तित्व की यह ख़ासियत अतिरंजित नहीं हो सकती। यदि आप बहिर्मुखी व्यक्तित्व की इन सभी खूबियों - अड़ियल, उम्र से पहले सेक्स, ईमानदारी, आवेग, दूसरों की राय के प्रति उदासीनता, उत्तेजना की तलाश - को साथ ले आएं, तो आप उस व्यक्तित्व की लगभग आदर्श परिभाषा तैयार कर लेंगे जिसकी तरफ़ बहुत-से किशोर आकर्षित होते हैं। घरेलू सहायिका मैगी, और स्कूल बस वाली पैम पी. तथा बिली जी. अपने ग्रेटफुल डेड रिकॉर्ड के साथ सभी बेहद शानदार लोग थे। लेकिन वे धूम्रपान करते थे इसलिए शानदार नहीं थे। वे धूम्रपान इसलिए करते थे, क्योंकि शानदार थे। उनके किरदारों में एक तरह का विद्रोह और आवेग और जोख़िम लेने और दूसरों की राय के प्रति उदासीनता तथा अपनी उम्र से बड़ा दिखने जैसी विशेषताएं थीं जिसने उन्हें उनके किशोर साथियों के लिए इतना सम्मोहक बनाने के साथ ही उन्हें लगभग इतना अनिवार्य बना दिया कि वे भी किशोरावस्था के विद्रोह, जोख़िम-लेने, आवेग, दूसरों के प्रति उदासीनता की मौलिक अभिव्यक्ति तथा उम्र से बड़ा दिखने के साथ ही सिगरेट की तरफ़ खिंचे चले गए।

देखने में यह बिंदु बहुत आसान लगता है। लेकिन इसे समझना अत्यंत अनिवार्य है कि धूम्रपान के प्रति युद्ध इतनी बुरी तरह क्यों लड़खड़ा गया। बीते दशकों में, धूम्रपान-विरोधी आंदोलनों ने तंबाकू कंपनियों के धूम्रपान को शानदार दिखाने के ख़िलाफ़ आवाज़ उठाई जनता के धन में से कई मिलियन डॉलर किशोरों को यह मनवाने के प्रयास में ख़र्च किया कि धूम्रपान में कुछ शानदार नहीं है। लेकिन बात यह नहीं है। धूम्रपान कभी भी शानदार नहीं था। धूम्रपान करने वाले शानदार थे। धूम्रपान की महामारी की शुरुआत

बिलकुल उसी तरह से हुई जैसे माइक्रोनेशिया में आत्महत्या की महामारी शुरू हुई या ज़बानी महामारी शुरू हुई या एड्स महामारी की शुरुआत हुई, जिसका कारण पैम पी. और बिली जी. तथा मैगी और इन जैसे अन्य लोगों - आर. और टॉम गाउ तथा गेंटा ड्यूगा- के धूम्रपान संस्करण का असाधारण प्रभाव था। इस महामारी में, बाक़ी अन्यों की तरह, एक बहुत छोटा समूह - कुछ चुनिंदा लोग- महामारी को आगे बढ़ाने वाले साबित हुए।

4.

किशोरों में धूम्रपान महामारी केवल अल्प के नियम को ही नहीं दर्शाती, हालांकि, यह स्थिरता कारक का बहुत अच्छा उदाहरण है। आख़िरकार, यह तथ्य कि भारी संख्या में किशोर अन्य किशोरों के साथ अपने संबंधों के परिणामस्वरूप सिगरेट के साथ प्रयोग कर रहे हैं, यह अपने आप में डराने वाली बात है। समस्या -वह तथ्य जिसने धूम्रपान को जनता का सबसे बड़ा शत्रु बना दिया- यह थी कि उनमें से बहुत-से किशोरों ने अपना सिगरेट प्रयोग तब तक जारी रखा जब तक वे इसके आदी नहीं हो गए। धूम्रपान का यह अनुभव कुछ लोगों के लिए इतना यादगार और शक्तिशाली था कि वे धूम्रपान छोड़ नहीं सके। उनकी यह आदत बनी रही।

संक्रामकता और स्थिरता के दो विचारों को अलग रखना महत्त्वपूर्ण है, क्योंकि ये दोनों बहुत अलग तरह के पैटर्न पर चलते हैं और इनकी रणनीतियां भी काफ़ी अलग हैं। लुइस वाइसबर्ग संक्रामक थीं। वह इतने सारे लोगों को जानती थीं और इतनी सारी दुनियाओं के संपर्क में थीं कि वह एक सूचना और विचार को एक साथ ही हज़ारों तरीक़े से फैला सकती थीं। वहीं दूसरी ओर, लेस्टर वुंडरमैन और *ब्लूज़ क्लूज़* के रचनाकार, स्थिरता में विशेषज्ञ हैं। उनमें संदेशों का निर्माण करने की प्रतिभा है जो यादगार होने के साथ ही लोगों का व्यवहार बदल देती है। संक्रामकता संदेश की क्रिया का बड़ा हिस्सा है। स्थिरता मुख्य रूप से संदेश की संपत्ति है।

धूम्रपान भी इससे अलग नहीं है। जब भी एक किशोर यह आदत लगाता है तो उसका आधार यह होता है कि उसका संपर्क एक ऐसे सेल्समैन से हुआ है जिसने उस किशोर को इस कुमार्गी कृत्य को करने की "अनुमति" दी है। लेकिन क्या किशोर को सिगरेट इतनी पसंद आई कि वो उसका

उपयोग जारी रख सके यह पूरी तरह एक अलग तरह के पैमाने पर निर्भर करता है। उदाहरण के लिए, अभी हाल ही में मिशिगन विश्वविद्यालय में बड़ी संख्या में लोगों से पूछा गया था कि अपनी पहली सिगरेट पीते हुए उन्हें कैसा लगा था। प्रोजेक्ट अनुसंधानकर्ताओं में से एक ओविडे पॉमरल्यू कहती हैं, "हमने पाया कि लगभग सभी के लिए तंबाकू का शुरुआती अनुभव कुछ प्रतिकूल रहा था। लेकिन धूम्रपान जारी रखने वाले और इसे हमेशा के लिए त्याग देने वालों को अलग करने वाली बात इस अनुभव से मिला कुल आनंद था - जैसे गूंज की अनुभूति होना या मादक आनंददायक अनुभूति होना।" इनकी संख्या काफ़ी विचित्र थी। जिन लोगों ने कुछ भी बार सिगरेट पी और उसके बाद इसे कभी हाथ नहीं लगाया, उनमें से केवल एक-तिहाई को अपनी पहली सिगरेट में आनंददायक "उच्चता" के जैसी अनुभूति हुई थी। धूम्रपान छोड़ने वालों में - जो लोग इसे कुछ ही समय बाद छोड़ सके - उनमें से एक तिहाई को आनंददायक मादकता का अनुभव हुआ था। जो लोग कभी-कभार सिगरेट पीते थे, उनमें से लगभग आधे को अपनी पहली सिगरेट याद थी। अत्यधिक सिगरेट पीने वालों में से हालांकि, 78 फ़ीसदी को अपने पहले कुछ कश में प्राप्त बेहतरीन मादकता याद थी। दूसरे शब्दों में, किसी एक व्यक्ति के लिए धूम्रपान की स्थिरता किस तरह समाप्त हुई का सवाल निकोटिन के प्रति उसकी अपनी ख़ास शुरुआती प्रतिक्रिया पर अत्यधिक निर्भर होता है।

यह एक महत्त्वपूर्ण बिंदु है, जो धूम्रपान पर गरमागरम वाक् युद्ध में अक्सर खो जाता है। जैसे कि, तंबाकू उद्योग की वर्षों से निकोटिन के लत बनने से इनकार करने को लेकर निंदा होती रही है। निश्चित ही, यह हास्यास्पद स्थिति है। लेकिन इसका विरोध करने वाले जो अक्सर धूम्रपान-विरोधी समर्थक होते हैं, का तर्क कि - निकोटिन एक घातक दारोग़ा है जो अपने संपर्क में आने वाले हर किसी को गुलाम बना लेता है - भी उतना ही हास्यास्पद है। सिगरेट का अनुभव लेने वाले सभी किशोरों में से केवल एक-तिहाई ही नियमित रूप से धूम्रपान करते रहे। निकोटिन अत्यधिक व्यसनकारी हो सकता है, लेकिन यह केवल कुछ ही लोगों के लिए, कुछ ही बार लत बना। इससे भी महत्त्वपूर्ण, यह भी ज्ञात हुआ कि धूम्रपान करने वालों में से भी नियमित रूप से धूम्रपान करने वाले के इस आदत को बनाए रखने में काफ़ी हद तक अंतर था। धूम्रपान विशेषज्ञों का मानना था कि सभी धूम्रपान करने वालों में से 90 से 95 फ़ीसदी नियमित धूम्रपान करते

हैं। लेकिन कुछ वर्ष पूर्व, संघीय सरकारों के राष्ट्रीय स्वास्थ्य सर्वेक्षण में धूम्रपान संबंध सवालों ने इसका ख़ास ब्यौरा दिया, और अनुसंधानकर्ताओं ने पाया, कि आश्चर्यजनक रूप से, सभी धूम्रपान करने वालों में से हर पांचवां व्यक्ति रोज़ाना धूम्रपान नहीं करता। दूसरे शब्दों में, ऐसे लाखों अमेरिकी हैं जो नियमित रूप से धूम्रपान करते हैं, फिर भी इसके आदी नहीं हैं। वह लोग जिनके लिए धूम्रपान संक्रामक है, लेकिन स्थिर नहीं। बीते कुछ वर्षों में, जैसा इन्हें कहा जाता है, इन "चिपर्स" का विस्तारपूर्वक अध्ययन किया गया है, जिसमें से ज़्यादातर काम पिट्सबर्ग विश्वविद्यालय के मनोवैज्ञानिक सॉल शिफ़मैन ने किया है। शिफ़मैन के अनुसार चिपर्स की परिभाषा है, वह व्यक्ति जो एक दिन में पांच से ज़्यादा सिगरेट ना पीए लेकिन जो सप्ताह में कम से कम चार दिन धूम्रपान करता हो। शिफ़मैन लिखते हैं :

> चिपर्स का धूम्रपान हर दिन काफ़ी हद तक भिन्न होता है। और उनके धूम्रपान पैटर्न में अक्सर पूर्णतः परहेज़ के दिन भी शामिल होते हैं। रिपोर्ट के अनुसार चिपर्स के लिए ऐसा सामयिक परहेज़ थोड़ा कठिन होता है जिसमें रिपोर्ट के अनुसार उन्हें धूम्रपान से परहेज़ के दौरान कभी भी विद्ड्रॉल लक्षणों का अनुभव नहीं किया... नियमित धूम्रपान करने वालों के विपरीत जो सुबह उठते ही रात में साफ हुए निकोटिन को फिर से भरने के लिए धूम्रपान करते हैं। चिपर्स सुबह कई घंटों तक दिन की पहली सिगरेट पिए बिना रह सकते हैं। संक्षेप में, हर निरीक्षण संकेतक का यही सुझाव था कि उनका धूम्रपान विद्ड्रॉल से शांति या विद्ड्रॉल से बचने के लिए नहीं था।

शिफ़मैन चिपर्स को सोशल ड्रिंकर्स जैसा मानते हैं। वह लोग जिनकी यह आदत उनके नियंत्रण में होती है। वे कहते हैं :

> इनमें से ज़्यादातर लोग कभी भी अत्यधिक धूम्रपान करने वाले नहीं रहे। मैं उन्हें विकासात्मक मतिमंद मानता हूं। धूम्रपान करने वाले हर व्यक्ति की शुरुआत पहले-पहल चिपर से होती है, लेकिन यह आगे बढ़कर धूम्रपान पर अत्यधिक निर्भर हो जाती है। जब हमने धूम्रपान का आरंभिक डाटा एकत्रित किया, तो शुरुआत में चिपर्स भी बाक़ी सब जैसे ही थे। अंतर यही है कि समय के

साथ, अत्यधिक धूम्रपान करने वाले बढ़ते गए और चिपर वहीं टिके रहे जहां वे थे।

वो कौन-सी चीज़ है जो चिपर को अत्यधिक धूम्रपान करने वाले से अलग करती है? शायद अनुवांशिक कारक। जैसे कि, कोलोराडो विश्ववविद्यालय के एलर कोलिंस ने अभी हाल ही में विभिन्न क़िस्मों के चूहे लिए और उनमें से प्रत्येक को निकोटिन की क्रमिक बढ़ोतरी वाले इंजेक्शन लगाए। जब एक चूहे में निकोटिन विषैले स्तर तक पहुंच गई (निकोटिन आख़िरकार एक विष ही तो है), तो उसे दौरा पड़ गया - उसकी पूंछ सख़्त हो गई; वो अपने पिंजरे में बेतहाशा दौड़ने लगा। वो अपना सिर झटकने और पटकने लगा; और इसी के साथ पीठ के बल लेट गया। कोलिंस देखना चाहते थे कि क्या भिन्न क़िस्म के चूहे निकोटिन की भिन्न मात्राओं को संभाल सकते हैं।

निश्चित ही, वे कर सकते थे। निकोटिन के प्रति सबसे अधिक सहनशीलता दिखाने वाला चूहे की क़िस्म उससे लगभग दो या तीन गुना अधिक को संभाल सकती थी जो सबसे कम डोज़ को सहन कर सकी थी। कोलिंस कहते हैं, "इसकी रेंज शराब जितनी ही है।" इसके बाद उन्होंने सभी चूहों को पिंजरे में डाल दिया और उन्हें पीने के लिए दो बोतलें दीं : एक में केवल सैकरीन का सॉल्यूशन था तो दूसरे में निकोटिन मिश्रित सैकरीन सॉल्यूशन था। इस बार वह यह देखना चाहते थे कि क्या चूहे कि हर क़िस्म में निकोटिन के प्रति अनुवांशिक सहनशीलता और उनके अपनी इच्छानुसार ली गई निकोटिन की मात्रा के बीच किसी तरह का संबंध है। एक बार फिर, ऐसा था। बल्कि, यह सहसंबंध लगभग आदर्श था। चूहे की निकोटिन के प्रति अनुवांशिक सहनशीलता जितनी अधिक होती, वो निकोटिन बोतल में से उतना ही पीता जाता। कोलिंस का मानना था कि चूहों के दिमाग़ में ऐसे जीन हैं जो निकोटिन संसाधित करने को नियंत्रित करते हैं कि वो कितने तेज़ी से नशे में आते हैं, उन्हें कितना आनंद मिलता है, इससे कितना मादकता हासिल होती है - तथा चूहों की कुछ क़िस्मों में ऐसे जीन होते हैं जो निकोटिन को बहुत अच्छी तरह संभालते हैं और इससे अधिक से अधिक आनंद निकाल लेते हैं और कुछ में ऐसे जीन होते हैं जो निकोटिन को विष की तरह उपचारित करते हैं।

ज़ाहिर है, मनुष्य चूहा नहीं है, और पिंजरे में बोतल से निकोटिन पीना मलबोरो की सिगरेट सुलगाने जैसा नहीं है। लेकिन फिर भी चूहे के और हमारे दिमाग़ में जो चल रहा होता है उसमें यदि तनिक भी सहसंबंध है, तो ये निष्कर्ष भी पॉमरल्यू के अध्ययन जैसे ही हैं। जिन लोगों को अपनी पहली सिगरेट से मादकता नहीं मिली और जिनके भी लिए यह पूरा अनुभव इतना बुरा रहा कि उन्होंने इसके बाद फिर कभी धूम्रपान नहीं किया संभवतः वो लोग होंगे जिनका शरीर वास्तव में निकोटिन के प्रति संवेदनशील है, जो इसका छोटे से छोटा डोज़ भी सह पाने में अक्षम है। चिपर्स शायद वो लोग होते हैं जिनके जीन में निकोटिन से आनंद प्राप्त करना तो है, लेकिन उनके जीन इसकी भारी मात्रा को सहन नहीं कर सकते।

इस बीच, अत्यधिक धूम्रपान करने वाले लोग शायद वे होते हैं जिनके जीन दोनों चीज़ें कर सकते हैं। यह नहीं कहा जा सकता कि जीन से यह पूरा खुलासा हो जाता है कि व्यक्ति कितना धूम्रपान करता है। जैसे कि, चूंकि निकोटिन को ऊब और तनाव को दूर करने वाला माना जाता है, अतः जो लोग ऊब या तनावपूर्ण हालात में रहते हैं वो हमेशा उन लोगों से अधिक धूम्रपान करेंगे जो ऐसे हालात में नहीं हैं। अतः यह कहा जा सकता है कि धूम्रपान को स्थिर बनाने वाली चीज़ उस चीज़ से बिलकुल अलग है जो इसे संक्रामक बनाती है। यदि धूम्रपान पर युद्ध में हम टिपिंग पॉइंट की तलाश करें, तो, हमें यह तय करना होगा महामारी के दौरान इन दोनों पक्षों में से सबसे सफल हमले किसने किए हैं। क्या हमें धूम्रपान को कम संक्रामक बनाना चाहिए, ताकि धूम्रपान का वायरस फैलाने वाले सेल्समैन को रोका जा सके? या यह बेहतर होगा कि हम इसे कम स्थिर बनाएं, जिससे सभी धूम्रपान करने वालों को चिपर्स में बदला जा सके।

5.

चलिए सबसे पहले संक्रामकता के मसले पर बात करते हैं। धूम्रपान के फैलने को रोकने की दो संभावित रणनीतियां हो सकती हैं। पहली, सबसे पहले तो अनुमति-देने वाले - मैगी और बिली जी. को धूम्रपान करने से रोकना। साफ़ तौर पर, यह सबसे कठिन रास्ता है : अत्यधिक स्वतंत्र, अपनी उम्र से बड़े, विद्रोही किशोरों के राष्ट्रीय स्वास्थ्य सलाह को स्वीकार करने की संभावना

बहुत कम है। दूसरी संभावना, उन सब लोगों को मनाना है जो मैगी और बिली जी. जैसों की यह अनुमति लेने के लिए तलाश करते हैं, जो वास्तव में उन्हें कहीं और से लेनी चाहिए, जिससे उन्हें संकेत मिले कि क्या शानदार है, जो इस मामले में वयस्कों से लिया जा सकता है।

लेकिन यह भी आसान नहीं है। बल्कि, यह रणनीति पहली वाली से भी ज़्यादा कठिन है, मात्र इस कारण से माता-पिता अपने बच्चों पर इस तरह का प्रभाव नहीं रखते हैं।

निश्चित ही इस तथ्य पर भरोसा करना मुश्किल है। माता-पिता पूरी तरह से मानते हैं कि वे अपने बच्चे के व्यक्तित्व और व्यवहार को आकार दे सकते हैं। लेकिन, जैसा कि जूडिथ हैरिस ने सन् 1998 में अपनी पुस्तक *द नर्चर एज़म्पशन* में शानदार ढंग से तर्क देते हुए कहा कि इस धारणा का कोई प्रमाण मौजूद नहीं है। उदाहरण के लिए, मनोवैज्ञानिक के माता-पिता का अपने बच्चों पर प्रभाव संबंधी सवाल के लिए मनोवैज्ञानिक के कई वर्षों तक किए प्रयासों पर ग़ौर कीजिए। ज़ाहिर है, उन्होंने अपने बच्चों को अपने जीन दिए हैं, और हम जो हैं उसमें जीन की बड़ी भूमिका होती है। माता-पिता बाल्यावस्था के शुरुआती दिनों में प्रेम और स्नेह प्रदान करते हैं; इस शुरुआती भावात्मक पोषण से वंचित बच्चों को अपूरणीय क्षति पहुंचती है। माता-पिता भोजन, घर और सुरक्षा और रोज़मर्रा के जीवन की बुनियादी वस्तुएं प्रदान करते हैं जो बच्चे को सुरक्षित, स्वस्थ और ख़ुशहाल रहने के लिए चाहिए होती हैं। यह आसान है। लेकिन अगर आप अधिकारपूर्ण और सक्षम माता-पिता नहीं होकर चिंतित और अनुभवहीन अभिभावक हों तो क्या इसका आपके बच्चे के व्यक्तित्व पर स्थायी अंतर पड़ेगा? क्या आप अपना घर किताबों से भरकर बौद्धिक उत्सुकता वाले बच्चे की रचना कर सकते हैं। क्या इससे आपके बच्चे का व्यक्तित्व प्रभावित होगा अगर आप उसे रोज़ाना आठ घंटे की जगह केवल दो घंटे मिल सकें। दूसरे शब्दों में, क्या हम अपने घर में जिस विशिष्ट सामाजिक वातावरण का निर्माण करते हैं उसका हमारे बच्चे के वयस्क होने पर कोई वास्तविक अंतर पड़ता है? जुड़वां बच्चों - ख़ासतौर पर जन्म के समय अलग कर दिए गए जुड़वांओं पर किए गए वृहद और भली-भांति डिज़ाइन किए अध्ययन द्वारा आनुवांशिकी विज्ञानियों ने दर्शाया है कि चरित्र की - मित्रतावादी, बहिर्मुखता, घबराहट, खुलापन आदि जैसी विशेषताएं जिनसे हम बने हैं, में से आधे का

निर्धारण हमारे जीन से और शेष का हमारे परिवेश से होता है, और हमेशा से यही धारणा रही है कि वह परिवेश जिसका हमारे जीवन पर इतना बड़ा प्रभाव रहता है वो हमारे घर का वातावरण ही है। फिर भी, समस्या यह है कि जब भी मनोवैज्ञानिक इस पोषण प्रभाव को तलाशने की कोशिश करते हैं, वह उन्हें मिल नहीं पाता।

उदाहरण के लिए, इस तरह के सबसे बड़े और गंभीर अध्ययन को कोलोराडो एडॉप्शन प्रोजेक्ट के रूप में जाना जाता है। 1970 के दशक के मध्य में, कोलोराडो विश्वविद्यालय में दुनिया के सबसे अग्रणी व्यवहार आनुवांशिकी वैज्ञानिक रॉबर्ट प्लोमिन के नेतृत्व में अनुसंधानकर्ताओं के एक समूह ने डेनवर क्षेत्र में अपने बच्चों को गोद देने की इच्छुक 245 गर्भवती महिलाओं को काम पर रखा। इसके बाद उन्होंने इन बच्चों की उनके नए घरों में निगरानी की, और नियमित अंतराल पर उनके पूरे बचपन के दौरान उनके व्यक्तित्व और बुद्धिमत्ता परीक्षा लेते रहे और ऐसी ही परीक्षा उनके माता-पिता की भी ली। तुलना करने के लिए, इस समूह ने ऐसी ही जांच उसी तरह के 245 माता-पिताओं तथा उनके अपने बच्चों की की। इस तुलना करने वाले समूह में परिणाम काफ़ी कुछ वैसे ही आए जिनकी उम्मीद थी। बौद्धिक क्षमता और व्यक्तित्व के कुछ ख़ास पहलुओं जैसी चीज़ों के पैमाने पर, अपने खुद के माता-पिता के साथ रहने वाले बच्चे उनके जैसे ही थे। हालांकि, वहीं गोद गए बच्चों में परिणाम बेहद अजीब थे। उनके अंक अपने गोद लेने वाले माता-पिता से कहीं नहीं मिलते थे : इन बच्चों का व्यक्तित्व और बौद्धिक कौशल उन लोगों से कहीं नहीं मिलता था जिन्होंने उन्हें खिलाया-पिलाया, कपड़े दिए, उन्हें कहानियां सुनाईं, उन्हें सिखाया, और सोलह सालों तक प्रेम किया। वे बस एक ही राह पर चलने वाले दो अजनबियों के जैसे थे।

अगर आपको यह खोज असाधारण लगती है तो हम में अधिकांश लोगों को विश्वास है कि वे अपने माता-पिता जैसे हैं, क्योंकि जीन के कुछ संयोजनों तथा, इससे बढ़कर, काफ़ी हद तक, पालन-पोषण द्वारा माता-पिता ने हमें अपनी ही तसवीर की तरह परवरिश की है। लेकिन अगर ऐसा है, अगर परवरिश इतना मायने रखती है, तो फिर गोद गए बच्चे ज़रा से भी अपने गोद लेने वाले माता-पिता जैसे क्यों नहीं थे? कोलोराडो का अध्ययन यह नहीं कहता कि जीन ही सबकुछ है और वातावरण का कोई प्रभाव

नहीं होता। बल्कि, इसके उलट, यही परिणाम पूरी मज़बूती के साथ यही बताते हैं कि हमारे वातावरण की बहुत अधिक नहीं तो हमारे व्यक्तित्व और बुद्धिमत्ता को आकार देने में आनुवंशिकता जितनी भूमिका अवश्य है। यहां वे यह कह रहे हैं वातावरण का प्रभाव चाहे जैसा भी हो, इसका माता-पिता से कुछ अधिक लेना-देना नहीं होता। यह कुछ और है, और जूडिथ हैरिस तर्क दे रही हैं कि यह कुछ और, साथियों का प्रभाव है।

हैरिस पूछती हैं कि, आख़िर हाल ही में परदेश आए बच्चे अपने माता-पिता के उच्चारण को लगभग कभी नहीं बनाए रखते? यह कैसे है कि बहरे माता-पिता के बच्चे बोलना उतनी ही शीघ्र सीख लेते हैं जितनी तेज़ी से वे बच्चे सीखते हैं जिनके माता-पिता उनके साथ जन्म के पहले दिन से ही बातें कर रहे हैं। इसका उत्तर हमेशा यही होगा कि भाषा ऐसा कौशल है जिसे बाद में सीखा जाता है - जिसे बच्चे अन्य बच्चों से लेते हैं बजाय इसके कि उस भाषा को हासिल करें जिसे उन्होंने घर से सीखा है। हैरिस तर्क देती हैं कि यह आमतौर पर यह भी सत्य है कि वातावरण का प्रभाव ही बच्चों को वह बनने में मदद करता है जो वे हैं। उनके चरित्र और व्यक्तित्व को आकार देने का कार्य उनका साथी समूह करता है।

ज़ाहिर है, इस तर्क ने लोकप्रिय प्रेस में बड़ा विवाद खड़ा कर दिया। इसके भी वैध तर्क थे कि इसे कहां व किस हद तक लागू किया जा सकता है। लेकिन इसका किशोरों में धूम्रपान की समस्या से प्रासंगिक होने पर कोई सवाल नहीं है। धूम्रपान नहीं करने वालों के मुक़ाबले धूम्रपान करने वालों के बच्चों के धूम्रपान करने की संभावना दोगुनी से भी अधिक होती है। यह एक सुविज्ञ तथ्य है। लेकिन - हैरिस का तर्क मानें तो, इसका यह मतलब नहीं कि बच्चों के आसपास रहते धूम्रपान करने वाले ऐसा उदाहरण बनते हैं जिससे वे बच्चे भी ऐसा ही करें। इसका बस यह अर्थ है कि धूम्रपान करने वालों के बच्चों को अपने माता-पिता से ऐसे जीन विरासत में मिले हैं जो उन्हें निकोटिन की लत के लिए प्रवृत्त करते हैं।

निश्चित ही, गोद लिए बच्चों के अध्ययन ने दर्शा दिया है कि धूम्रपान करने वालों से परवरिश के बावजूद उनके धूम्रपान करने की संभावना उनसे अधिक नहीं होती जिनका पालन-पोषण धूम्रपान नहीं करने वालों ने किया हो। मनोवैज्ञानिक डेविड रोव अपनी 1994 में प्रकाशित पुस्तक, *द लिमिट्स*

ऑफ फ़ैमिली इन्फ़्लुएंस में लिखते हैं, "दूसरे शब्दों में कहें तो, परवरिश में भिन्नता का प्रभाव (जैसे, क्या माता-पिता धूम्रपान करते हैं, या घर में सिगरेट है या नहीं) बच्चों के वयस्क होने तक अनिवार्य रूप से शून्य हो जाता है। माता-पिता की भूमिका निष्क्रिय होती है - वे धूम्रपान के जोखिम वाले जीन तो दे सकते हैं, लेकिन अपने बच्चों को सामाजिक रूप से प्रभावित नहीं कर सकते।"

रोव और हैरिस के लिए, वह प्रक्रिया जिससे किशोर धूम्रपान की आदत से संक्रमित हो जाते हैं पूरी तरह उनके साथी समूह से जुड़ी होती है। वे बड़ों के व्यवहार की नक़ल नहीं करते और यही कारण है कि किशोरों में धूम्रपान की समस्या उस समय बढ़ रही है जब वयस्कों में धूम्रपान कम हो रहा है। किशोरों में धूम्रपान का कारण अल्हड़पन, भावात्मक अनुभवों का साझाकरण और अभिव्यक्तिपूर्ण भाषा और किशोरावस्था के रिवाज़ होते हैं, जो बाहरी लोगों के लिए उतने ही अबूझ और तर्कहीन होते हैं जैसे माइक्रोनेशिया में किशोरों की आत्महत्या के रिवाज़ थे। अब ऐसे हालात में, क्या हम किसी वयस्क के दख़ल का प्रभाव पड़ने की उम्मीद भी कर सकते हैं?

हैरिस निष्कर्ष देती हैं, "किशोरों को धूम्रपान से संबंधित स्वास्थ्य जोखिमों के बारे में बताने में आप बूढ़े हो जाएंगे! शक्तिहीन हो जाएंगे! निष्प्राण हो जाएंगे! - यह निरर्थक है। ये वयस्कों की बेतुकी बातें हैं : ये थोथे तर्क हैं। ऐसा इसलिए क्योंकि वयस्क धूम्रपान की अनुमति इसलिए नहीं देते क्योंकि -इसमें कुछ जोख़िमभरा और अशोभनीय है- और किशोर ऐसा करना चाहते हैं।"

6.

अगर आप इस सेल्समैन के प्रयासों को विफल करने का प्रयास कर रहे हैं -अगर किशोरों के आंतरिक जगत में दख़ल देना चाहते हैं- तो यह धूम्रपान के ख़िलाफ़ विशेष प्रभावशाली रणनीति प्रतीत नहीं होती, तो आदत की बात ही क्या करें? यहां टिपिंग पॉइंट की तलाश काफ़ी भिन्न है। हमें संदेह है, जैसा कि मैंने पहले भी लिखा है, कि कुछ प्रयोग-पात्रों के बाद में धूम्रपान नहीं करने का और कुछ को इसकी लत पड़ जाने का कारण यह है कि

मनुष्यों में निकोटिन के प्रति जन्मजात सहनशीलता काफ़ी भिन्न है। एक आदर्श जगत में हम बहुत अधिक धूम्रपान करने वालों को एक दवा देते हैं जिससे उनकी सहनशीलता घटकर एक चिपर के बराबर हो जाती है। यह धूम्रपान की आदत को छुड़ाने का शानदार तरीक़ा है। दुर्भाग्यवश, हम नहीं जानते कि हम ऐसा कैसे किया जाए। हमारे पास निकोटिन का पैच है, जो धीमी गति से व कम मात्रा में निकोटिन प्रदान करता है जिससे धूम्रपान करने वाले को अपने नशे के लिए सिगरेट पीने का जोख़िम नहीं लेना पड़े। यह आदत-विरोधी रणनीति है जिससे लाखों धूम्रपान करने वालों को मदद मिली है। लेकिन यह साफ़ है कि पैच ठीक तरह काम नहीं करता। किसी भी व्यसनी के लिए अपना नशा हासिल करने का सबसे आनंदकर तरीक़ा "हिट" है - फ़ौरन दी जाने वाली उच्च डोज़, जो इंद्रियों को परिपूर्ण कर दे। हीरोइन लेने वाले नसों में ड्रिप द्वारा दिन में दो या तीन या चार बार नशा नहीं लेते। वे एक ही बार में बड़ी डोज़ ले लेते हैं। धूम्रपान करने वाले भी, कुछ कम स्तर पर ऐसा ही करते हैं। वे सिगरेट पीकर एक झटका लेते हैं, फिर रुकते हैं, और इसके बाद एक और झटका लेते हैं। जबकि पैच, आपको दिनभर में ड्रग का धीमा डोज़ देता है, जो निकोटिन लेने का काफ़ी उबाऊ तरीक़ा है। यह पैच धूम्रपान की महामारी के ख़िलाफ़ लड़ाई में टिपिंग प्वाइंट प्रतीत नहीं होता, वैसे ही जैसे स्लिमफ़ास्ट मिल्कशेक मोटापे के ख़िलाफ़ लड़ाई में टिपिंग प्वाइंट नहीं रहा। क्या इससे बेहतर कोई और चीज़ है?

मुझे लगता है इसमें दो संभावनाएं हैं। पहली को धूम्रपान और अवसाद के बीच सहसंबंधों में पाया जा सकता है। यह संबंध अभी हाल ही में मिला है। सन् 1986 में, मिनेसोटा में बाहरी मनोरोगियों के एक अध्ययन में पाया गया कि उनमें से आधे धूम्रपान करते हैं। यह आंकड़ा राष्ट्रीय औसत से भी अधिक है। दो साल बाद, कोलंबिया विश्वविद्यालय के मनोवैज्ञानिक अलेक्जेंडर ग्लासमैन ने पाया कि वह जिस पूर्ण भिन्न अनुसंधान के लिए जिन अत्यधिक धूम्रपान करने वालों का अध्ययन कर रहे थे, वे अतीत में भारी अवसाद का शिकार रहे थे। उन्होंने इस बारे में सन् 1990 में एक प्रमुख पत्रिका *जर्नल ऑफ़ द अमेरिकन मेडिकल असोसिएशन* में 3,200 बिना क्रम के चयनित वयस्कों के परिणाम दिए। ये सभी अपने जीवन में कभी न कभी गंभीर मानसिक विकार से पीड़ित रहे थे। इनमें से 74 फ़ीसदी ने किसी समय धूम्रपान भी किया था, और 14 फ़ीसदी धूम्रपान छोड़ चुके थे।

जिन्हें कभी कोई मानसिक विकार नहीं हुआ, उनमें से 53 फ़ीसदी ने अपने जीवन में किसी समय धूम्रपान किया था, और 31 फ़ीसदी धूम्रपान छोड़ सके थे। मनोवैज्ञानिक समस्याएं बढ़ने के साथ ही, इसका धूम्रपान के साथ रिश्ता और मजबूत होता गया। शराब पीने वालों में तक़रीबन 80 फ़ीसदी धूम्रपान भी करते हैं। लगभग 90 फ़ीसदी सिज़ोफ़्रेनिया धूम्रपान करते हैं। ब्रिटिश मनोवैज्ञानिकों के एक विशेष रूप से भयभीत कर देने वाले अध्ययन में बारह से पंद्रह साल के बच्चों की भावात्मक और व्यवहार संबंधी समस्याओं की इसी उम्र के आम स्कूलों में जाने वालों बच्चों के समूह के साथ की गई। इनमें से आधे बच्चे पहले से ही एक हफ़्ते में 21 सिगरेट पी रहे थे, वो भी इतनी कम उम्र में। इनके मुक़ाबले आम स्कूलों में जाने वाले बच्चों की संख्या 10 फ़ीसदी थी। दूसरे शब्दों में, कुल धूम्रपान दर गिरने के साथ ही यह आदत समाज के सबसे अशांत और सीमांत सदस्यों के बीच केंद्रित होती जा रही है।

यह बताने वाले बहुत-से सिद्धांत हैं कि धूम्रपान का भावनात्मक समस्याओं के साथ इतना मज़बूत संबंध क्यों है। इनमें सबसे पहले उस तरह की चीज़ें हैं जो किसी ग्रहणशील व्यक्ति को धूम्रपान के प्रति संक्रामक प्रभाव देती हैं -जैसे, कम आत्म-सम्मान, या कष्टकारी अथवा अप्रसन्न घरेलू माहौल- जैसी वह चीज़ें जो अवसाद में भी योगदान देती हैं। हालांकि, इससे भी ज़्यादा कष्ट पहुंचाने वाले शुरुआती प्रमाण मिले हैं कि इन दोनों समस्याओं की अनुवांशिक जड़ एक ही है। जैसे, अवसाद को कुछ हद तक कुछ ख़ास प्रमुख दिमाग़ी रसायनों, विशेष रूप से न्यूरोट्रांसमीटर्स जिन्हें सेरोटोनिन, डोपामाइन, और नोरेपिनेफ़्रीन के नाम से जाना जाता है, के उत्पादन में समस्या का परिणाम माना जाता है। ये ऐसे रसायन हैं जो मूड को नियंत्रित करते हैं, जो आत्मविश्वास और श्रेष्ठता तथा आनंद की अनुभूति में योगदान देते हैं। ज़ोलोफ़्ट और प्रोज़ैक जैसी दवाएं इसलिए सफल हैं क्योंकि वे दिमाग़ को और अधिक सेरोटोनिन उत्पादन के लिए प्रेरित करती हैं। दूसरे शब्दों में, वे सेरोटोनिन की उस कमी को पूरा कर देती हैं जिससे अवसादग्रस्त व्यक्ति पीड़ित होता है। निकोटिन अन्य दो प्रमुख न्यूरोट्रांसमीटर्स - डोपामाइन और नोरेपेनेफ़्रिन के साथ बिलकुल यही करता है। संक्षेप में कहें तो, जो धूम्रपान करने वाले अवसादग्रस्त होते हैं, वे निश्चित रूप से तंबाकू को अपना अवसाद दूर करने के सस्ते तरीक़े, तथा उन दिमाग़ी

रसायनों का स्तर बढ़ाने के लिए उपयोग करते हैं जिनकी उन्हें सामान्य रूप से कार्य करने के लिए आवश्यकता है। यह प्रभाव इतना मज़बूत होता है कि जब वे धूम्रपान करने वाले जिनका मानसिक समस्याओं का इतिहास रहा है सिगरेट पीना छोड़ देते हैं, तो उन्हें फिर से रोग हो जाने का काफ़ी ख़तरा होता है। यह प्रतिशोधी आदत होती है : इसलिए धूम्रपान करने वालों के लिए इसे छोड़ना केवल इसलिए मुश्किल नहीं होता कि उन्हें इसकी लत है बल्कि इसलिए भी कि निकोटिन ना मिलने से उन्हें कमज़ोर कर देने वाले मानसिक रोगों का ख़तरा रहता है।

यह होश में लाने वाला तथ्य है। लेकिन ये यह भी सुझाता है कि तंबाकू गंभीर कमज़ोरी दे सकती है। अगर आप धूम्रपान करने वालों का इलाज चाहते हैं, तो आपको उनकी इस आदत को इतना अधिक ख़राब बनाना होगा जिससे वे आसानी से टूट जाएं। एक मामले में ऐसा ही हुआ। 1980 के दशक के मध्य में, अनुसंधानकर्ताओं आज की ग्लैक्सो वैलकम फ़ार्मास्यूटिकल फ़र्म में बुप्रोपियन नाम एक नए अवसादरोधी का बड़ा राष्ट्रीय परीक्षण कर रहे थे। इस दौरान अनुसंधान क्षेत्र में धूम्रपान की रिपोर्टों ने उन्हें हैरान कर दिया। कंपनी के मानसिक रोग चिकित्सा विभाग का नेतृत्व करने वाले एंड्रयू जॉनस्टन कहते हैं, "मुझे पता चला कि रोगी कह रहे हैं, 'मेरी अब धूम्रपान की इच्छा नहीं होती, या 'मैं कम सिगरेट पीने लगा हूं,' या 'मुझे अब सिगरेट का स्वाद अच्छा नहीं लगता।' आप कल्पना कर सकते हैं कि मेरे जैसे पद पर बैठे व्यक्ति को ऐसी रिपोर्ट मिलती रहती हैं, इसलिए मैंने इन पर बहुत ध्यान नहीं दिया। लेकिन वे आती रहीं। ये बहुत असामान्य था।" यह सन् 1986 की, अवसाद-धूम्रपान के बीच संबंध होने को समझे जाने से पहले की बात है।

अतः शुरुआत में तो कंपनी थोड़ा उलझी। लेकिन उन्हें जल्द ही अहसास हो गया कि बुप्रोपियन निकोटिन के विकल्प के रूप में काम कर रही है। जॉनस्टन बताते हैं, "डोपामाइन और निकोटिन प्रवाहित होकर दिमाग़ के प्रीफ़्रंटल कोरेट्क्स हिस्से में जाते हैं। यह दिमाग़ का आनंद केंद्र है। इसे ही लोग आनंद के लिए ज़िम्मेदार मानते हैं, कल्याण का बोध, जो धूम्रपान से जुड़ा है, और यही वो कारण है कि इसे छोड़ना आसान नहीं होता। निकोटिन से नोरेपेनेफ़्रिन भी बढ़ जाता है, और यही कारण है कि जब आप धूम्रपान छोड़ने का प्रयास करते हैं और आपको इतनी अधिक मात्रा में नोरेपेनेफ़्रिन

नहीं मिल पाता, तब आप उत्तेजित एवं चिड़चिड़े होने लगते हैं। बुप्रोपियन दो काम करती है। पहला डोपामाइन को बढ़ाती है, जिससे धूम्रपान करने वालों को धूम्रपान की इच्छा नहीं हो, तथा इसके बाद वो नोरेपेनेफ्रिन का थोड़ा बदल देती है, जिससे व्यक्ति में उत्तेजना और विद्ड्रॉल लक्षण उत्पन्न नहीं हों।"

ग्लैक्सो वैल्कम ने दवा का परीक्षण किया - और अब वो इसे ज़ायबैन नाम से अत्यधिक लती धूम्रपान करने वालों (दिनभर में 15 से ज़्यादा सिगरेट) को बेच रही है और इसके काफ़ी असाधारण परिणाम मिल रहे हैं। इस अध्ययन में, 23 फ़ीसदी धूम्रपान करने वालों को धूम्रपान-विरोधी सलाह का कोर्स करवाया गया और चार हफ़्तों बाद एक प्रायोगिक-औषध को हटा दिया गया। जिन लोगों को सलाह और निकोटिन पैच दिए गए, उनमें से 36 फ़ीसदी ने चार हफ़्तों के बाद इसे छोड़ दिया। हालांकि, ज़ायबैन के लिए यह आंकड़ा 49 फ़ीसदी था, और उन अत्यधिक लती धूम्रपान करने वालों को ज़ायबैन और पैच दोनों दिए गए, एक महीने बाद उनमें से 58 फ़ीसदी ने धूम्रपान छोड़ दिया। दिलचस्प बात है कि, ज़ोलॉफ़्ट और प्रोज़ैक, दोनों ही सेरोटोनिन दवाओं से धूम्रपान करने वालों को इसे छोड़ने में कोई मदद नहीं मिली। ये मूड में पर्याप्त सुधार के क़ाबिल नहीं थीं, दूसरे शब्दों में, इन्हें मूड में उसी तरह सुधार करना था जैसे निकोटिन करता है। और केवल ज़ायबैन ऐसा कर सकी। इसे आदर्श दवा तो नहीं कह सकते। लेकिन धूम्रपान रुकवाने वाले सहायकों में अत्यधिक धूम्रपान करने वालों में इसे न्यूनतम सफलता मिली। लेकिन दवा की शुरुआत सफलता ने साबित कर दिया कि इससे धूम्रपान में स्थिर टिपिंग पॉइंट को खोजना संभव है। यानी अवसाद के शून्यीकरण द्वारा आप लत की प्रक्रिया में गंभीर कमज़ोरी का लाभ उठा सकते हैं।

आदत के प्रश्न पर दूसरा संभावित टिपिंग प्वाइंट भी है जो तब साफ़ हो जाएगा अगर आप फिर से पीछे जाकर यह देखें कि किशोरों ने धूम्रपान करना क्यों शुरू किया था। शुरुआत में, जब किशोरों ने सिगरेट का पहला अनुभव लिया, तब वे सब चिपर्स थे। वे कभी-कभार ही सिगरेट पीते थे। उनमें से अधिकांश किशोरों ने इसे शीघ्र ही छोड़ दिया और उसके बाद कभी धूम्रपान नहीं किया। जबकि उनमें से कुछ ने बिना लत लगे, कई सालों बाद तक सिगरेट पीना जारी रखा। वहीं एक तिहाई नियमित धूम्रपान करने

लगे। तथापि, इस अवधि में सबसे दिलचस्प बात यह है कि अंतिम समूह के किशोर को औपचारिक से नियमित धूम्रपान करने वाला बनने में तीन साल लग गए। मोटे तौर पर पंद्रह से 18 साल की उम्र - और इसके बाद के पांच या सात साल उनकी आदत में क्रमिक बढ़ोतरी होती रही। सैन फ्रांसिस्को के कैलिफ़ोर्निया विश्वविद्यालय में व्यसन विशेषज्ञ नील बेनोवियू कहते हैं, "हाई स्कूल में नियमित धूम्रपान करने वाले एक दिन में पूरा पैक नहीं पीता। इस स्तर तक के लिए वो बीस के दशक में पहुंच जाता है।"

अर्थात् निकोटिन का व्यसन अचानक विकसित नहीं होता। लोगों को सिगरेट की लत लगने में समय लगता, और क्योंकि किशोर पंद्रह साल की उम्र में धूम्रपान कर रहे हैं इसका यह मतलब नहीं कि वे अनिवार्य रूप से इसके आदी हो जाएंगे। आपके पास उन्हें रोकने के लिए तीन साल हैं। दूसरा, तथा और भी ज़्यादा लुभावना निहितार्थ यह है कि निकोटिन की लत एक रेखीय परिघटना है। ऐसा नहीं है कि दिनभर में एक सिगरेट पीने से आप इसके थोड़े लती हो गए हैं, और अगर आपको दिन में दो सिगरेट चाहिए तो आप और अधिक लती हैं, और अगर आपको दस सिगरेट चाहिए तो आप उससे दस गुना ज़्यादा लती हैं जब आपको एक सिगरेट चाहिए होती थी। बल्कि, इस अनुसार एक लत का टिपिंग पॉइंट भी होता है, एक दहलीज़ - कि अगर आप उस संख्या से कम सिगरेट पीते हैं तब तक तो आपको इसकी लत नहीं है। लेकिन जब आप उस जादुई नंबर से आगे बढ़ जाते हैं तो सहसा हो जाती है। यह, चिपर्स को पहचानने का एक और पूर्ण तरीक़ा है। वे वह लोग हैं जो इस लत की दहलीज़ को कभी पार नहीं करते। वहीं दूसरी ओर, एक अत्यधिक धूम्रपान करने वाला, ऐसा है, जो कभी बिंदु पर, रेखा पार कर गया है।

लत की दहलीज़ क्या है? कोई नहीं मानेगा कि यह सभी लोगों के लिए एक जैसी है। लेकिन बेनोविट्ज़ और जैक हेनिंगफ़ील्ड - जो शायद दुनिया के सबसे अग्रणी निकोटिन विशेषज्ञ हैं - ने कुछ अध्ययनशील अनुमान लगाए हैं। वे कहते हैं, चिपर्स, वह लोग हैं जो बिना आदी बने दिन में पांच सिगरेट तक पी लेते हैं। वे कहते हैं पांच सिगरेटों में निकोटिन की मात्रा निकाली जाए तो यह लगभग चार या पांच मिलीग्राम निकोटिन होगी - जो संभवतः लत की दहलीज़ के काफ़ी पास है। तब हेनिंगफ़ील्ड और बेनोविट्ज़ सुझाव देते हैं कि अगर तंबाकू कंपनियां निकोटिन का स्तर घटा दें तो इससे बहुत

अधिक धूम्रपान करने वाला भी -जो मान लीजिए, दिनभर में 30 सिगरेट पी जाता है- वो 24 घंटे की अवधि में पांच मिलीग्राम से अधिक निकोटिन का सेवन नहीं करेंगे। एक प्रतिष्ठित *न्यू इंग्लैंड जर्नल ऑफ़ मेडिसिन* के संपादकीय में वे दोनों तर्क देते हैं कि यह स्तर, "इतना पर्याप्त होना चाहिए जिससे ज़्यादातर युवाओं में लत के विकास को रोका या सीमित किया जा सके। इसके साथ ही इससे इतना निकोटिन हासिल हो सके जिससे स्वाद और इंद्रिय उत्तेजना मिल सके।" दूसरे शब्दों में, किशोर, सिगरेट के साथ वह सभी प्रयोग करना जारी रख सकते हैं जो वे सिगरेट के साथ प्रयोग करना चाहते हैं - क्योंकि यह आदत संक्रामक है, क्योंकि शानदार बच्चे धूम्रपान करते हैं, क्योंकि वे उनके साथ घुल-मिल जाना चाहते हैं। लेकिन, क्योंकि निकोटिन का स्तर लत की दहलीज़ से कम हो गया होगा, इसलिए यह आदत अब स्थिर नहीं हो सकेगी। सिगरेट पीना कुछ हद तक फ़्लू जैसा और काफ़ी हद तक सामान्य जुकाम जैसा होता है, जो आसानी से पकड़ लेता है लेकिन उतनी ही आसानी से हार भी जाता है।

इन दोनों आदत कारकों के दृष्टिकोण से देखना महत्त्वपूर्ण है। अब तक एक धूम्रपान-विरोधी आंदोलन पर केंद्रित रहा गया है जो सिगरेट के दाम बढ़ाने, सिगरेट के विज्ञापनों को कम करने, रेडियो और टेलीविज़न पर सार्वजनिक स्वास्थ्य के संदेश चलाने, अवयस्कों की सिगरेट तक पहुंच नहीं बनने, और स्कूली छात्रों को तंबाकू-विरोधी संदेशों से अभ्यस्त करवाने, तथा जिस दौरान यह व्यापक, सर्वग्राही प्रतीत होता, महत्त्वाकांक्षी अभियान परवान चढ़ेगा, किशोरों में धूम्रपान आसमान छू रहा होगा। हम बड़े पैमाने पर तंबाकू के प्रति बदलते रवैये के प्रभाव की विफलता को लेकर आसक्त होंगे। लेकिन उन सेल्समैनों का प्रभाव लगातार ऐसा दिख रहा है जिसे हम तोड़ नहीं सकते। संक्षेप में कहें, हम शायद यह मान चुके हैं कि हमें इस पूरी समस्या से एक बार में निपटना होगा। लेकिन सच तो यह है कि ऐसा है नहीं। हमें केवल टिपिंग पॉइंट की स्थिरता तथा अवसाद एवं निकोटिन दहलीज़ के संपर्कों को तलाशने की ज़रूरत है।

आदत संबंधी रणनीति का दूसरा सबक़ यह है कि यह किशोरों को प्रयोग के लिए अधिक तर्कपूर्ण दृष्टिकोण प्रदान करता है। ड्रग्स से लड़ाई में निरपेक्षवादी दृष्टिकोण इस आधार पर आगे बढ़ता है कि प्रयोग करना लत के ही बराबर है। हम नहीं चाहते कि हमारे बच्चों का ड्रग्स या पॉट या कोकीन

के साथ कोई भी रिश्ता हो क्योंकि हम सोचते हैं कि ऐसे पदार्थों का प्रलोभन इतना शक्तिशाली होता है कि इसके साथ थोड़ा भी संपर्क काफ़ी हो जाएगा। लेकिन क्या आप जानते हैं कि अवैध ड्रग्स के लिए प्रायोगिक रणनीति क्या है? सन् 1996 के हाउसहोल्ड सर्वे ऑन ड्रग एब्यूज़ के सर्वेक्षण में 1.1 फ़ीसदी ने कहा कि उन्होंने कम से कम एक बार हीरोइन का उपयोग किया है। लेकिन उन 1.1 फ़ीसदी में से केवल 18 फ़ीसदी ने इसे बीते एक साल में उपयोग किया था, और केवल 9 फ़ीसदी ने इसे बीते महीने में उपयोग किया था। यह किसी विशेष स्थिर ड्रग की रूपरेखा नहीं है। कोकीन के आंकड़े और भी चौंकाने वाले थे। कोकीन को आज़माने वाले लोगों में से एक फ़ीसदी से भी कम - 0.9 फ़ीसदी - इसके नियमित उपयोगकर्ता थे। ये आंकड़े हमें बताते हैं कि प्रयोग करना और वास्तव में समर्पित उपयोग करना दो बिलकुल अलग बातें हैं। किसी भी नशीली दवा का संक्रामक होने का मतलब उसका स्वतः ही स्थिर हो जाना नहीं है। बल्कि, कोकीन को कभी न कभी कम से कम एक बार आज़माने वालों की बड़ी संख्या हमें बताती है कि किशोरों में किसी ख़तरनाक चीज़ को आजमाने की ललक काफ़ी हद तक लगभग वैश्विक है। सब किशोर यही करते हैं। वे इसी तरह दुनिया के बारे में सीखते हैं, और अधिकांश बार -कोकीन के 99.1 फ़ीसदी मामलों में- प्रयोग करने के परिणामस्वरूप कुछ बुरा नहीं हुआ है। हमें इस तरह के प्रयोगों की ख़िलाफ़त करना बंद करना होगा। हमें इसे स्वीकार बल्कि अंगीकार करना होगा। किशोरों को मैगी जैसी विदेशी घरेलू सहायिकाएं और बिली जी. तथा पैम पी. हमेशा आकर्षित करते रहेंगे। और उनका इन लोगों से आकर्षित होने का कारण केवल किशोरावस्था की विद्रोही, लड़ाकू और ग़ैर ज़िम्मेदाराना कल्पनाओं से आगे बढ़ना जीवन बिताने का बेहतरीन तरीक़ा है। हमें उनके प्रयोगों की ख़िलाफ़त करने की जगह यह सुनिश्चित करना चाहिए कि इन प्रयोगों के कोई गंभीर नतीजे नहीं निकलें।

मुझे लगता है कि यहां अध्याय के आरंभ में डोनाल्ड रुबिन्सटाइन की उक्ति को दोहराना उचित होगा जिसमें बताया गया है कि माइक्रोनेशिया की किशोर संस्कृति में आत्महत्या किस गहराई से बैठी थी।

> आत्महत्या के प्रयास में विफल रहे युवा लड़कों ने बताया कि उन्होंने इसके बारे में पहली बार तब देखा या सुना था जब वे 8 या 10 साल के थे। उनके आत्महत्या के प्रयास अनुकरणात्मक और

> प्रायोगिक खेल प्रतीत होते थे। जैसे कि, एक 11 साल के लड़के ने खुद को अपने घर में ही लटका लिया और जब उसे पाया गया तब वो पहले ही अचेत था और उसकी ज़बान बाहर लटकने लगी थी। उसने बाद में बताया कि वो लटकने को "आज़मा" रहा था। उसने कहा कि वो मरना नहीं चाहता था।

इसके सबसे दुखद बात यह है कि ये कमउम्र लड़के प्रयोग नहीं कर रहे थे। कमउम्र लड़के तो प्रयोग करते ही हैं। इसमें दुखद यह है कि उन्होंने प्रयोग के लिए ऐसी चीज़ को चुना जिसके साथ प्रयोग नहीं करना चाहिए। दुर्भाग्यवश, आत्महत्या का कोई सुरक्षित प्रारूप नहीं होता, जिससे माइक्रोनेशिया के किशोरों को बचने में मदद मिलती। लेकिन धूम्रपान का सुरक्षित तरीक़ा है। इस लत की प्रक्रिया के टिपिंग पॉइंट का ध्यान रखकर हम इसे धूम्रपान का अधिक सुरक्षित व कम स्थिर संभावित तरीक़ा बना सकते हैं।

8

निष्कर्ष

केन्द्रीकरण, परीक्षा और विश्वास

अभी कुछ ही समय पहले जॉर्जिया सैडलर नामक नर्स ने सैन डिएगो के अश्वेत समुदाय में मधुमेह और स्तन कैन्सर संबंधित जानकारी बढ़ाने के लिए जागरुकता अभियान चलाया। वो इसके बचाव से संबंधित ज़मीनी आंदोलन का निर्माण करना चाहती थीं, इसलिए उन्होंने शहर के अश्वेत गिरजाघरों में सेमिनार करने आरंभ किए। लेकिन परिणाम निराशाजनक रहे। "चर्च में तक़रीबन 200 लोग होंगे, लेकिन केवल लगभग बीस लोग ही रुके, और जो लोग रुके थे वो वह थे जिन्हें इन बीमारियों के बारे में पहले ही बहुत कुछ पता था और वे बस और जानना चाहते थे। यह काफ़ी निरुत्साह करने वाला था।" सैडलर अपने संदेश को उस छोटे-से समूह से बाहर चरम पर नहीं पहुंचा सकीं।

उन्हें अहसास हुआ कि उन्हें नए प्रसंगों की ज़रूरत है। वे कहती हैं, "मुझे लगा कि इस सेवा के बाद लोग थके हुए और भूखे थे। हम सबका जीवन व्यस्त है। लोग घर जाना चाहते हैं।" वह ऐसा स्थान चाहती थीं जहां महिलाएं विश्रांत तथा नए विचारों के प्रति ग्रहणशील हों, और उन्हें कोई नई बात सुनने का समय और अवसर मिले। उसे एक नया संदेशवाहक भी चाहिए था। कोई ऐसा जो थोड़ा कनेक्टर हो, थोड़ा सेल्समैन, और थोड़ा-सा मेवन। उन्हें जानकारियों को दर्शाने वाले अधिक स्थिर नए तरीक़े की दरकार थी। और उन्हें ये सभी बदलाव इस तरह करने थे कि वो उस छोटी-सी

धनराशि से अधिक नहीं हो जाएं जो उन्होंने विभिन्न फ़ाउंडेशनों और फ़ंड प्रदाता समूहों से एकत्रित की थी। इसका समाधान? इस अभियान को अश्वेत गिरजाघरों की जगह ब्यूटी सैलूनों से चलाया जाए।

सैडलर कहती हैं, "वे सम्मोहित श्रोता हैं। इन महिलाओं को अगर चोटी भी बनवानी हो तो सैलून में दो घंटे से आठ घंटे तक बिताती हैं।" स्टाइलिस्ट भी इनके साथ के ख़ास रिश्ते से आनंदित होते हैं। "एक बार जब आपको कोई अपने बाल ठीक करने वाला मिल जाए, तो आप सौ मील ड्राइव करके भी उसके पास जाएंगी। वह स्टाइलिस्ट आपकी दोस्त बन जाएगी। आप उसके साथ हाई स्कूल ग्रेजुएशन, से लेकर अपनी शादी और अपने पहले बच्चे तक हर तरह की बात करेंगी। यह लंबा चलने वाला रिश्ता है। यह विश्वास का रिश्ता है। आप सैद्धांतिक व लाक्षणिक दोनों रूपों से सैलून में अपने को संवारने जाते हैं। "स्टाइलिस्ट के पेशे की यही ख़ासियत है, जो ख़ास तरह के लोगों को आकर्षित करती है - ऐसे लोग जो दूसरों के साथ बातचीत और व्यवहार में माहिर हों, ऐसा व्यक्ति बहुत तरह की जानकारियां रखता हो। सैडलर कहती हैं, "वे स्वाभाविक रूप से बातचीत में माहिर होते हैं। उन्हें आपसे बातचीत करना अच्छा लगता है। उनकी बोध-बुद्धि प्रबल होती है, क्योंकि यह ध्यान रखना होता है कि आप कैसा महसूस कर रहे हैं।"

उन्होंने शहर के कुछ स्टाइलिस्ट के समूहों को प्रशिक्षण सत्रों के लिए एकत्रित किया। उन्होंने कुछ किस्सागो को बुलाया जिससे स्टाइलिस्ट यह सीख सकें कि स्तन कैन्सर से संबंधित जानकारी को सम्मोहक तरीक़े से कैसे पेश करें। सैडलर कहती है, "हम संवाद के पारंपरिक तरीक़ों पर चलना चाहते थे। यह क्लास-रूम जैसा नहीं था। हम इसे इस तरह पेश करना चाहते थे जिसे महिलाएं दूसरों के साथ साझा करना चाहें, जिसे वे दूसरों को भी बताना चाहें। और ज्ञान को कहानियों में परोसना कितना आसान हो जाता है?"

सैडलर ने नई जानकारियों और गपशप के सतत चक्र को सैलूनों में स्तन कैन्सर संबंधी बातचीत की शुरुआत बनाया। इससे जब भी ग्राहक फिर से आता, स्टाइलिस्ट बातचीत के लिए किसी नए सूत्र को पकड़ लेती। उन्होंने इस सामग्री को बड़े अक्षरों में लिखा और इसे लेमिनेशन शीट से

ढंक दिया जिससे यह व्यस्त हेयर सैलून की रेल-पेल से बचा रहे। उन्होंने एक मूल्यांकन कार्यक्रम तैयार किया जिससे यह पता लगे कि क्या काम कर रहा है और वे देख सकें कि दृष्टिकोण बदलने में कितनी क़ामयाब रहीं और कितनी महिलाओं को मेमोग्राम और मधुमेह की जांच के लिए ला पाईं। और उन्होंने पाया कि उनका कार्यक्रम काम कर गया। किसी छोटे-से क़दम से बहुत कुछ किया जाना संभव है।

द टिपिंग पॉइंट लिखने के दौरान हमने - न्यू यॉर्क में अपराध के ख़िलाफ़ लड़ाई से लेस्टर वुंडरमैन की कोलंबिया रिकॉर्ड क्लब की ख़ज़ाने की खोज तक की कहानियों को तलाशा- और इन सभी में विनम्रता समान चीज़ थी। सैडलर नेशनल कैन्सर इंस्टीट्यूट या कैलिफ़ोर्निया स्टेट डिपार्टमेंट ऑफ़ हेल्थ जाकर मदद के लिए कई मिलियन डॉलर की मांग नहीं की जिससे कोई विस्तृत, मल्टीमीडिया सार्वजनिक जाग्रति अभियान चलाएं। उन्होंने सैन डिएगो में एक से दूसरे दरवाज़े जाकर महिलाओं को मुफ़्त मेमोग्राफ़ी के लिए साईन नहीं किया। उन्होंने बचाव और जांच के लिए निरंतर फ़ोनों की हवाई बमबारी नहीं की। इसकी जगह उन्होंने अपने पास मौजूद थोड़े-से बजट में ही सोचा कि इसे ज़्यादा बुद्धिमानी के साथ कैसे इस्तेमाल किया जाए। उन्होंने अपने संदेश का संदर्भ बदल दिया। उन्होंने संदेशवाहक बदल दिया, और उन्हें खुद संदेश को भी परिवर्तित कर दिया। उन्होंने अपने प्रयासों को केंद्रित किया।

यह टिपिंग पॉइंट का पहला सबक़ है। महामारी की शुरुआत करने के लिए संसाधनों के कुछ प्रमुख क्षेत्रों पर ध्यान केंद्रित करना होता है। अल्प का सिद्धांत कहता है कि ज़बानी प्रचार महामारी शुरू करने की ज़िम्मेदारी कनेक्टर, मेवन, और सेल्समैन की होती है। जिसका मतलब हुआ कि अगर आप कोई ज़बानी प्रचार महामारी शुरू करना चाहते हैं, तो आपके संसाधन पूरी तरह से इन्हीं तीन समूहों पर केंद्रित होने चाहिए। कोई और मायने नहीं रखता। विलियम डावेस का ब्रिटिश आ रहे हैं कहने में न्यू इंग्लैंड के उपनिवेशियों पर कोई फ़र्क़ नहीं पड़ा। लेकिन पॉल रिवीयर का यह कहने का मतलब अंततः हार और जीत था। *ब्लूज़ क्लूज़* के निर्माताओं ने एक बौद्धिक रूप से प्रभावशाली, आधे घंटे का टेलीविज़न शो विकसित किया जो बच्चों को पसंद आया। लेकिन इन्हें महसूस हुआ कि यह संभव ही नहीं है कि बच्चे केवल एक बार देखने से वह सब याद और सीख सकें जो उन्हें याद रखना और सीखना चाहिए। तो उन्होंने वो किया जो इससे पहले

टेलीविज़न में किसी ने नहीं किया था। उन्होंने एक ही शो को एक के बाद एक पांच बार दिखाया। सैडलर ने सैन डिएगो की सभी महिलाओं के पास एक साथ पहुंचने का प्रयास नहीं किया। उन्होंने उनके पास जो भी संसाधन मौजूद थे उस सबको एक महत्त्वपूर्ण स्थान - ब्यूटी सैलून - पर लगा दिया।

एक आलोचक इन पूरी तरह केंद्रित, लक्षित हस्तक्षेपों को देखकर शायद इन्हें बैंड-एड समाधान कहकर ख़ारिज कर दे। लेकिन इस वाक्यांश को निंदा नहीं मानना चाहिए। बैंड-एड चौंका देने वाली समस्याओं की श्रंखला का एक सस्ता, आसान और आश्चर्यजनक रूप से बहुमुखी समाधान है। अपने इतिहास में, बैंड-एड ने शायद लाखों लोगों को काम करने या टेनिस खेलने या खाना बनाने या चलने में सक्षम बनाया जो अन्यथा ऐसा नहीं कर पाते। बैंड-एड समाधान वास्तव में सबसे अच्छा समाधान है, क्योंकि इसके द्वारा समस्या को न्यूनतम प्रयासों तथा समय व लागत में सुलझाया जा सकता है। निस्संदेह, हम में इस तरह के समाधानों के प्रति एक आंतरिक तिरस्कार का भाव है क्योंकि हम सबके भीतर एक ऐसी चीज़ होती है जिससे लगता है कि किसी भी समस्या का सच्चा उत्तर विस्तृत होना चाहिए, कि प्रयासों के दृढ़ और अविचारपूर्ण उपयोग में कल्याण है, कि धीमा और स्थिर दौड़ जीतता है। निस्संदेह, समस्या यह है कि प्रयास का अविचारपूर्ण उपयोग ऐसी चीज़ है जो हमेशा संभव नहीं होती। कई बार ऐसा भी समय होता है जब हमें आसान शॉर्टकट की ज़रूरत होती है। ऐसा रास्ता जहां थोड़े से बहुत हासिल किया जा सके। और अंततः, टिपिंग पॉइंट इसी से संबंधित है।

फिर भी, टिपिंग पॉइंट सिद्धांत के लिए आवश्यक है कि हम दुनिया के प्रति अपनी सोच को बदलें। मैंने इस पुस्तक को बहुत समय दिया है। मैंने इसमें उस व्यक्तिगत विशिष्टता पर बात की है जिससे हम अपने आपको नई जानकारी तथा एक-दूसरे से जोड़ते हैं। हमें प्रभावशाली, अनियंत्रित बदलावों का अनुमान लगाने में परेशानी होती है। हम इसे स्वीकार नहीं कर पाते कि एक काग़ज़ के टुकड़े को 50 बार से ज़्यादा मोड़ा जाए तो यह सूर्य तक पहुंच सकता है। हम संज्ञानात्मक वर्गों की अनंत आकस्मिक सीमाएं बना सकते हैं, और उन लोगों की जिन्हें हम सचमुच प्यार करते हैं और ऐसे जान-पहचान वाले जिन्हें हम सचमुच जानते हैं। हम संक्षेप में बताई समस्याओं से हाथ झाड़ लेते हैं, लेकिन उसी समस्या तो सुलझाने में हमें तब कोई परेशानी नहीं होती जब उसे सामाजिक कलंक के तौर पर व्यक्त किया जाए। ये

सभी चीज़ें मानव मन और दिल की विशिष्टताओं की अभिव्यक्तियां हैं, उस धारणा का खंडन है कि हम जानकारियों पर पूरी स्पष्टता और पारदर्शिता के साथ कार्य, संवाद और परीक्षण करते हैं जबकि ऐसा है नहीं। यह गंदा और अपारदर्शी है। *सीसमी स्ट्रीट* और *ब्लूज़ क्लूज़,* बड़े पैमाने पर सफल रहे, क्योंकि उन्होंने ऐसी चीज़ें कीं जो सामान्य नहीं थीं। पहले से किसे पता था कि, बिग बर्ड को उसी सेट पर होना चाहिए जिस पर वयस्क हैं? या पहले से कौन भविष्यवाणी कर सकता था कि किसी प्लांट में 100 से 150 कर्मचारियों का होना समस्या नहीं होगी, लेकिन 150 से 200 हो जाना बड़ी समस्या होगी? फ़ोन-बुक नाम परीक्षा जो मैंने दी है, उसमें मुझे नहीं लगता कि किसी ने भी भविष्यवाणी की हो कि उसमें उच्चतम स्कोर 100 से ऊपर और न्यूनतम स्कोर 10 से कम हो सकता है। हम सोचते हैं कि लोग भिन्न हैं, लेकिन इतने भी भिन्न नहीं हैं।

दुनिया, हम जितना भी चाहें, हमारे अंतर्ज्ञान से सहमत नहीं होती। यह टिपिंग पॉइंट का दूसरा सबक़ है। जो भी लोग सामाजिक महामारी के निर्माण में सफल हुए हैं उन्होंने वो नहीं किया जो उन्हें ठीक लगता था, उन्होंने सोच-समझकर अपने अंतर्ज्ञान की परीक्षा ली। डिस्ट्रैक्टर के प्रमाण के बिना, जो उन्हें बताता है कि किसी कल्पना या वास्तविकता के प्रति उनका अंतर्ज्ञान ग़लत था। *सीसमी स्ट्रीट* आज टेलीविज़न इतिहास का भूला हुआ ज़माना है। लेस्टर वुंडरमैन का सुनहरा बक्सा तब तक मूर्खतापूर्ण लगा जब तक उसने साबित नहीं कर दिया कि वो पारंपरिक विज्ञापनों से कितना ज़्यादा प्रभावी था। किट्टी जेनोवेस की चीख़ तब तक मानव उदासीनता का स्पष्ट मामला था जब तक सतर्क मनोवैज्ञानिक परीक्षा ने प्रसंग के शक्तिशाली प्रभाव को दर्शा नहीं दिया। सामाजिक महामारी के मायने निकालने के लिए, सबसे पहले हमें यह समझना होगा कि मानव संवाद के अपने बेहद असाधारण और प्रतिरोधी नियम हैं।

अंत में हमें यह निर्धारित करना होगा कि सफल महामारी बदलाव के संभव होने का मूल विश्वास है, कि लोग सही प्रेरणा मिलने पर अपने व्यवहार और आस्थाओं में मौलिक परिवर्तन कर सकते हैं। यह भी, उन कुछ काफ़ी गहरी समाई मान्यताओं के विपरीत है जो हमने अपने और दूसरों के बारे में बना रखी हैं। हम अपने आपको स्वायत्त और अंतर-निर्देशित मानना पसंद करते हैं, कि हम जो हैं और हम जो करते हैं वो हमारे जीन

और हमारे स्वभाव द्वारा स्थायी रूप ये तय किया है। लेकिन अगर आप सेल्समैन और कनेक्टर, तथा पॉल रिवीयर की यात्रा और *ब्लूज़ क्लूज़*, और 150 के नियम व न्यू यॉर्क सब-वे सफ़ाई और फ़ंडामेंटल एट्रिब्यूशन एरर के उदाहरणों का संज्ञान लें, तो यह मनुष्य होना क्या है का बहुत अलग तरह का निष्कर्ष देंगे। हम वस्तुतः अपने आसपास के परिवेश, अपने तात्कालिक प्रसंगों, तथा हमारे आसपास के लोगों के व्यक्तित्व से बुरी तरह प्रभावित हैं। न्यू यॉर्क सब-वे की दीवारों से ग्राफ़िटी हटाने ने न्यू यॉर्क वासियों को बेहतर नागरिकों में परिवर्तित कर दिया। सामरियों को जल्दी करने को कहने ने उन्हें बुरा नागरिक बना दिया। आकर्षक युवा माइक्रोनेशियाई की आत्महत्या ने आत्महत्याओं की महामारी की शुरुआत की जो एक दशक तक जारी रही। कोलंबिया रिकॉर्ड क्लब के विज्ञापन के कोने में छोटा-सा सुनहरा बक्सा लगाने ने अचानक ही डाक द्वारा रिकॉर्ड ख़रीदने को लुभावना बना दिया। धूम्रपान या आत्महत्या या अपराध जैसे जटिल व्यवहारों को निकट से देखने पर इसकी सराहना करनी पड़ती है कि हम कुछ भी देखने या सुनने पर दूसरों के कहने में कितने आसानी से आ जाते हैं, और हम दैनिक जीवन के सूक्ष्मतम विवरणों के प्रति कितने अधिक संवेदनशील हैं। इसी कारण सामाजिक परिवर्तन इतने अस्थिर और अक्सर इतने अबोध्य होते हैं, क्योंकि अस्थिरता और अबोध्यता हम सबका स्वभाव है।

लेकिन अगर टिपिंग पॉइंट के जगत में कठिनाई या अस्थिरता है तो इसमें बड़े पैमाने पर आशावादिता भी है। एक समूह का केवल आकार बदल देने से, हम उनके नए विचारों के प्रति ग्रहणशील होने में प्रभावशाली सुधार ला सकते हैं। जानकारी को पेश करने में ज़रा-सा फेरबदल करके हम इसकी स्थिरता में महत्त्वपूर्ण सुधार ला सकते हैं। बस अत्यधिक सामाजिक ताक़त रखने वाले कुछ ख़ास लोगों को तलाशकर और उन तक पहुंचकर हम सामाजिक महामारी के मार्ग को आकार दे सकते हैं। अंत में, टिपिंग पॉइंट बदलाव की संभावना और बुद्धिमत्तापूर्ण कार्रवाई की शक्ति की पुनः पुष्टि है। अपने आसपास की दुनिया को देखिए। यह देखने में अडिग, कठोर स्थान लगता होगा लेकिन यह है नहीं। सही जगह पर लगा, एक हल्का धक्का, इसे चरम पर पहुंचा सकता है।

आभार

टिपिंग पॉइंट का बीज उस लेख से पनपा जिसे मैंने बतौर फ्रीलांसर न्यू यॉर्कर की टीना ब्राउन के लिए लिखा था, जिन्होंने उसे छापा और मैं यह देखकर हैरान और प्रसन्न हुआ कि उन्होंने मुझे काम पर रख लिया। टीना, आपका शुक्रिया। वे तथा उनके बाद डेविड रेमनिक, ने कृपापूर्वक मुझे पत्रिका से कई महीनों दूर रहकर इस पुस्तक पर काम करने की अनुमति दी। मेरी पुस्तक की सबसे शुरुआती पांडुलिपि की टैरी मार्टिन ने बख़ूबी आलोचना की, जो अब हार्वर्ड विश्वविद्यालय में, और इससे पहले हमारे शहर एल्मिरा में थे, मेरे लिए दसवीं ग्रेड के जीव-विज्ञान के दिनों से ही मेरी बौद्धिक प्रेरणा का स्रोत रहे हैं। द नर्चर एज़्मपशन की लेखिका जुडिथ हैरिस अपने असाधारण योगदान के लिए धन्यवाद की पात्र हैं, जिसने दुनिया को समझने का मेरा तरीक़ा बदल दिया। और मेरी मां जॉइस ग्लैडवेल, जो हमेशा से मेरी पसंदीदा लेखिका रही हैं। जुडिथ शॉलविट्ज़, रॉबर्ट मैकक्रम, ज़ोई रोज़ैनफ़ैल्डस जैकब वाइसबर्ग और डेब्रा नीडलमैन ने मेरी पुस्तक की पांडुलिपि पढ़ने का समय निकाला और अपने विचार साझा किए। डीडी गोर्डन (और सेज) तथा सैली हॉर्चो ने कृपापूर्वक मुझे अपना घर कई हफ़्तों तक लिखने के लिए दिया। आशा करता हूं कि कभी उनका उधार चुका सकूंगा।

लिटिल और ब्राउन में मुझे, केटी लॉन्ग, बैट्टी पॉवर, रयान हार्बेज, सारा क्रिचटन, और सबसे बढ़कर मेरे संपादक बिल फ़िलिप्स जैसे प्रतिभाशाली और समर्पित व शानदार पेशेवरों की टीम के साथ काम करने का आनंद मिला। बिल ने इस पुस्तक को इतना बार पढ़ा है कि वह शायद याददाश्त के आधार पर इसे सुना सकते हैं, और हर बार जब वह इसे पढ़ते उनका

अंतर्बोध व बुद्धिमत्ता इसे बेहतर पुस्तक बना देती। आपका धन्यवाद।

आख़िर में दो लोगों के प्रति मेरा गहरा आभार है। पहली, मेरी एजेंट और दोस्त टीना बैनेट, जिन्होंने इस परियोजना का विचार दिया और इसका पूरा ध्यान रखते हुए मेरी इस मार्ग में हर क़दम पर रक्षा, निर्देशन, मदद और प्रेरणा दी। और दूसरा, *न्यू यॉर्कर* के मेरे संपादक, अतुलनीय हेनरी फ़ाइंडर, जिनका मैं जितना कह सकता हूं उससे कहीं अधिक क़र्ज़दार हूं। आप सबको धन्यवाद।